# *O Triunfo de* SHARPE

## OBRAS DO AUTOR PUBLICADAS PELA EDITORA RECORD

*1356*
*Azincourt*
*O condenado*
*Stonehenge*
*O forte*

### Trilogia *As Crônicas de Artur*

*O rei do inverno*
*O inimigo de Deus*
*Excalibur*

### Trilogia *A Busca do Graal*

*O arqueiro*
*O andarilho*
*O herege*

### Série *As Aventuras de um Soldado nas Guerras Napoleônicas*

*O tigre de Sharpe (Índia, 1799)*
*O triunfo de Sharpe (Índia, setembro de 1803)*
*A fortaleza de Sharpe (Índia, dezembro de 1803)*
*Sharpe em Trafalgar (Espanha, 1805)*
*A presa de Sharpe (Dinamarca, 1807)*
*Os fuzileiros de Sharpe (Espanha, janeiro de 1809)*
*A devastação de Sharpe (Portugal, maio de 1809)*
*A águia de Sharpe (Espanha, julho de 1809)*
*O ouro de Sharpe (Portugal, agosto de 1810)*
*A fuga de Sharpe (Portugal, setembro de 1810)*
*A fúria de Sharpe (Espanha, março de 1811)*
*A batalha de Sharpe (Espanha, maio de 1811)*
*A companhia de Sharpe (janeiro a abril de 1812)*

### Série *Crônicas Saxônicas*
*O último reino*
*O cavaleiro da morte*
*Os senhores do norte*
*A canção da espada*
*Terra em chamas*
*Morte dos reis*
*O guerreiro pagão*
*O trono vazio*
*Guerreiros da tempestade*
*O Portador do Fogo*

### Série *As Crônicas de Starbuck*
*Rebelde*
*Traidor*
*Inimigo*

# BERNARD CORNWELL

## O Triunfo de SHARPE

Tradução de
SYLVIO GONÇALVES

7ª edição

EDITORA RECORD
RIO DE JANEIRO • SÃO PAULO
2017

CIP-Brasil. Catalogação na fonte
Sindicato Nacional dos Editores de Livros, RJ.

C834t  Cornwell, Bernard, 1944-
7ª ed.      O triunfo de Sharpe / Bernard Cornwell; tradução de Sylvio Gonçalves. – 7ª ed. – Rio de Janeiro: Record, 2017.
    (As aventuras de Sharpe; 2)

    Tradução de: Sharpe's triumph
    Sequência de: O tigre de Sharpe
    Continua com: A fortaleza de Sharpe

    ISBN 978-85-01-07062-3

    1. Assaye, Batalha de, 1803 – Ficção. 2. Grã-Bretanha – História militar, Século XIX – História. 3. Ficção inglesa. I. Gonçalves, Sylvio. II. Título. III. Série.

05-1871                    CDD – 823
                             CDU – 821.111-3

Título original inglês:
SHARPE'S TRIUMPH

VOLUME II: SHARPE'S TRIUMPH
Copyright © Bernard Cornwell, 1998

Todos os direitos reservados. Proibida a reprodução, no todo ou em parte, através de quaisquer meios.

Texto revisado segundo o novo Acordo Ortográfico da Língua Portuguesa.

Direitos exclusivos de publicação em língua portuguesa somente para o Brasil adquiridos pela
EDITORA RECORD LTDA.
Rua Argentina, 171 – Rio de Janeiro, RJ – 20921-380 – Tel.: (21) 2585-2000, que se reserva a propriedade literária desta tradução.

Impresso no Brasil

ISBN 978-85-01-07062-3

Seja um leitor preferencial Record.
Cadastre-se no site www.record.com.br e receba informações sobre nossos lançamentos e nossas promoções.

Atendimento e venda direta ao leitor:
mdireto@record.com.br ou (21) 2585-2002

O triunfo de Sharpe *é para Joel Gardner, que caminhou comigo por Ahmednuggur e Assaye.*

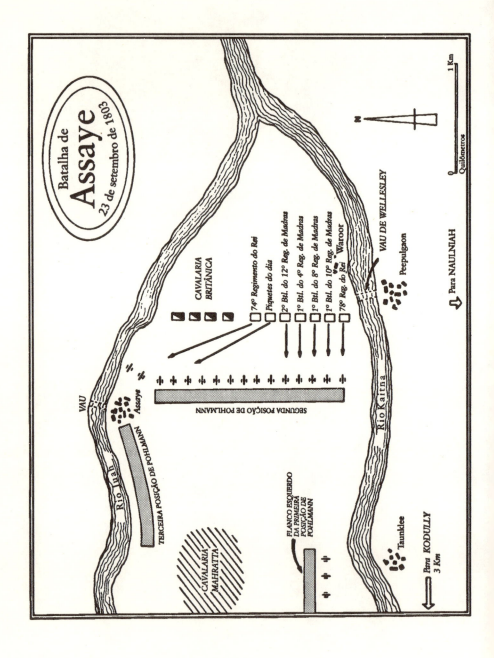

# CAPÍTULO I

Não foi culpa do sargento Richard Sharpe. Ele não era o encarregado. Era menos graduado que pelo menos uma dúzia de homens, incluindo um major, um capitão, um *subadar* e dois *jemandars*. Mesmo assim, sentia-se responsável. Sentia-se responsável, zangado, amargo, assustado. Sobre a papa de sangue em seu rosto mil moscas caminhavam. Havia moscas até em sua boca aberta.

Mas ele não ousava se mexer.

O ar úmido recendia a sangue e a um odor de ovo podre provocado pela fumaça de pólvora. A última coisa de que lembrava era de ter jogado sua mochila, farnel e cartucheira nas cinzas ardentes de uma fogueira, e agora a munição na cartucheira explodia. Cada explosão de pólvora lançava fagulhas e cinzas no ar quente. Dois homens riram disso. Pararam para assistir ao pequeno espetáculo durante alguns segundos, e então espetaram os corpos mais próximos com seus mosquetes e foram embora.

Sharpe permaneceu imóvel. Uma mosca caminhava por seu globo ocular e ele se forçou a permanecer imóvel como uma estátua. Tinha sangue no rosto e mais sangue juntara-se na orelha direita, embora estivesse secando agora. Piscou, temendo que o leve movimento atraísse um dos assassinos, mas ninguém reparou.

Chasalgaon. Era onde estava. Chasalgaon: um forte miserável na fronteira de Haiderabad. Como o nizam de Haiderabad era aliado britânico, o forte fora guarnecido com uma centena de sipaios da Companhia das

Índias Orientais e cinquenta cavaleiros mercenários de Misore. Quando Sharpe chegara metade dos sipaios e todos os cavaleiros estavam fora, em patrulha.

Sharpe viera de Seringapatam, liderando uma unidade de seis recrutas e carregando uma bolsa de couro recheada com rupias. Fora saudado pelo major Crosby, comandante de Chasalgaon. O major, um homem rechonchudo e irritadiço, com faces muito vermelhas, não gostava do calor e abominava Chasalgaon. Crosby aboletara-se em sua cadeira de couro enquanto desdobrava as ordens de Sharpe. Lera os documentos, resmungara, e então tornara a lê-los.

— Por que cargas d'água enviaram você? — finalmente perguntou.

— Não havia mais ninguém para enviar, senhor.

Crosby olhou desconfiado para a ordem.

— Por que não um oficial?

— Não havia oficiais disponíveis, senhor.

— Um trabalho de muita responsabilidade para um sargento, não concorda?

— Não decepcionarei o senhor — disse Sharpe, enquanto fitava a lona amarela da tenda alguns centímetros acima da cabeça do major.

— Para o seu bem, é bom mesmo você não me decepcionar — asseverou Crosby, empurrando as ordens para uma pilha de documentos úmidos em sua mesa de acampamento. — E você parece jovem demais para ser sargento.

— Nasci atrasado, senhor — disse Sharpe. Estava com 26 anos ou achava que estava, e a maioria dos sargentos eram bem mais velhos.

Crosby, desconfiado de que o sargento estava zombando dele, fitou Sharpe, mas não encontrou nada de insolente em sua expressão. Um homem bonito, pensou com amargura. Provavelmente todas as *bibbis* de Seringapatam se derretiam por ele. Crosby, cuja esposa morrera de febre dez anos antes e que às noites de quinta-feira consolava-se com uma prostituta de vilarejo que cobrava duas rupias pelo serviço, sentiu uma pontada de inveja.

— E como espera levar a munição de volta para Seringapatam? — inquiriu.

— Pretendo contratar carros de boi, senhor. — Já fazia tempo que Sharpe aprimorara seu jeito de tratar com oficiais não prestativos. Ele dava respostas precisas, não acrescentando nada que não fosse necessário e sempre demonstrando confiança.

— Com o quê? Promessas?

— Dinheiro, senhor. — Sharpe deu um tapinha na parte de seu farnel em que estava a bolsa de rupias.

— Meu Deus, eles confiaram dinheiro a você?

Sharpe decidiu não responder a essa pergunta, limitando-se a fitar, impassível, a lona. Chasalgaon, decidiu ele, não era um lugar feliz. Era um fortim construído numa ribanceira acima de um rio que deveria ter inundado suas margens, mas a monção não chegara e a terra estava seca. O forte não tinha fosso, apenas um muro feito de espinhos de cacto com uma dúzia de plataformas de combate de madeira distribuídas ao redor de seu perímetro. Dentro do muro havia um campo de parada de terra batida onde uma árvore nua servia de mastro de bandeira, e o campo de parada era cercado por três barracas de paredes de barro e teto de sapé, uma cozinha de campanha, tendas para os oficiais e um paiol de paredes de pedra onde se guardava a munição da guarnição. Os sipaios viviam com suas famílias, de modo que o forte estava transbordando com mulheres e crianças. Mas ao ver como todos pareciam sorumbáticos, Sharpe deduziu que Crosby era um daqueles oficiais amargos que só se sentiam felizes quando todos à sua volta estavam desolados.

— Suponho que você espera que eu providencie os carros de boi — disse Crosby, indignado.

— Farei isso eu mesmo, senhor.

— Você fala a língua, é isso? — disse Crosby, a voz carregada com desprezo. — É sargento, banqueiro e intérprete?

— Trouxe um intérprete, senhor — explicou Sharpe.

O que era botar muita azeitona na empada de Davi, que só tinha 13 anos. Davi Lal era um menino de rua de Seringapatam, uma criança inteligente e travessa que Sharpe flagrara roubando a cozinha do exército. Depois de dar um belo puxão de orelhas no garoto faminto para ensiná-lo a respeitar Sua Majestade Britânica, Sharpe levara-o até a casa de Lali e dera-lhe uma refeição decente. Lali conversara com o garoto e descobrira que seus pais estavam mortos, ele não tinha parentes que conhecesse, e que dependia apenas de sua esperteza para sobreviver. Ele também estava coberto de piolhos.

— Livre-se dele — aconselhara Lali.

Mas Sharpe vira um reflexo de sua própria infância em Davi Lal, e assim arrastara-o até o rio Cauvery e dera-lhe um bom banho de esponja. Depois disso Davi Lal tornara-se o faz-tudo de Sharpe. O menino aprendera a encerar cintos, engraxar botas e contar sua própria vida em inglês, que costumava chocar os bem-nascidos.

— Você vai precisar de três carros — avaliou Crosby.

— Sim, senhor. Obrigado, senhor.

Sharpe sabia exatamente de quantos carros de boi precisaria, mas também sabia que era estupidez demonstrar conhecimento diante de oficiais como Crosby.

— Vá encontrar suas porcarias de carros, e depois me diga quando estará pronto para carregar.

— Muito bom, senhor. Obrigado, senhor.

Sharpe empertigou-se em posição de sentido, deu meia-volta e saiu marchando da tenda para achar Davi Lal e os seis recrutas esperando à sombra de uma das barracas.

— Nós vamos ranchar agora e depois escolher alguns carros — disse Sharpe a eles.

— O que tem para comer? — indagou o recruta Atkins.

— O que Davi conseguir afanar da cozinha de campanha — respondeu Sharpe. — Mas seja discreto, sim? Quero sair deste lugar maldito amanhã de manhã.

A missão deles era pegar oitenta mil cartuchos de mosquetes roubados do arsenal da Companhia das Índias Orientais em Madras. Os cartuchos eram da melhor qualidade na Índia, e os ladrões sabiam exatamente quem pagaria o preço mais alto pela munição. Os principados da Confederação Mahratta estavam eternamente em guerra entre si ou agredindo os estados vizinhos, mas agora, no verão de 1803, enfrentavam uma invasão iminente da parte das forças britânicas. A ameaça de invasão unira dois dos maiores regentes maratas numa aliança para repelir os britânicos. Esses regentes haviam prometido aos ladrões uma fortuna em ouro pelos cartuchos. Porém, um dos ladrões que ajudara a invadir o arsenal em Madras recusara a deixar que seu irmão se unisse ao bando e compartilhasse do lucro. E assim o irmão ofendido traíra os ladrões para os espiões da Companhia e, duas semanas depois, a caravana que levava os cartuchos através da Índia sofrera uma emboscada dos sipaios não muito longe de Chasalgaon. Os ladrões morreram ou escaparam, e a munição recapturada foi trazida para o paiol do fortim. Agora os oitenta mil cartuchos tinham sido levados para o arsenal em Seringapatam, três dias ao sul, de onde seriam distribuídos para os soldados britânicos que estavam se preparando para a guerra contra os maratas. Um trabalho simples, e a responsabilidade fora incumbida a Sharpe, que passara os últimos quatro anos como sargento no arsenal de Seringapatam.

Deterioração, pensou Sharpe enquanto seus homens ferviam um caldeirão de água de rio numa fogueira de bosta de vaca. Essa era a palavra de ordem para os próximos dias: deterioração. Digamos, sete mil cartuchos perdidos para a umidade? Ninguém em Seringapatam questionaria isso, e Sharpe acreditava que podia vender os sete mil cartuchos para Vakil Hussein. Isso dependendo, é claro, de haver oitenta mil cartuchos, para início de conversa. Ainda assim, o major Crosby não estranhara as cifras. E no exato instante em que Sharpe pensou isso, o major Crosby emergiu de sua tenda com um chapéu tricorne na cabeça e uma espada na cintura.

— De pé! — ordenou Sharpe aos seus subordinados enquanto o major caminhava até eles.

— Achei que você estaria procurando os carros de boi — rosnou Crosby para Sharpe.

— Primeiro precisamos ranchar, senhor.

— Provisões de vocês e não nossa, espero. Não temos rações para alimentar os soldados do rei, sargento.

O major Crosby estava a serviço da Companhia das Índias e, embora usasse uma casaca vermelha como o exército do rei, havia pouco amor entre as duas forças.

— Comida nossa, senhor — garantiu Sharpe, gesticulando para o caldeirão no qual se fervia arroz e carne de cabrito, ambos roubados dos armazéns de Crosby. — Nós a carregamos conosco, senhor.

Um *havildar* gritou do portão do forte, requerendo a atenção de Crosby, mas o major ignorou o grito.

— Esqueci de mencionar uma coisa, sargento.

— Senhor?

Crosby pareceu humilde por um momento, mas então lembrou que estava falando com um mero sargento.

— Alguns dos cartuchos estavam estragados. A umidade deu cabo deles.

— Sinto muito ouvir isso, senhor — disse Sharpe, muito sério.

— Assim sendo, tive que destruí-los — justificou Crosby. — Seis ou sete mil, se bem me recordo.

— Deterioração, senhor — disse Sharpe. — Acontece o tempo todo, senhor.

— Precisamente — concordou Crosby, incapaz de esconder seu alívio pela forma como Sharpe aceitou facilmente sua história. — Precisamente — repetiu, enquanto se virava para o portão. — *Havildar?*

— Soldados da Companhia se aproximando, *sahib!*

— Onde está o capitão Leonard? Ele não é o oficial do dia? — inquiriu Crosby.

— Aqui, senhor. Estou aqui.

Um homem alto e esbelto saiu apressado de uma tenda, tropeçou numa corda enrolada, recuperou seu chapéu e seguiu para o portão.

Sharpe correu para alcançar Crosby que também estava caminhando para o portão.

— O senhor pode nos dar uma nota, senhor?

— Uma nota? Por que diabos eu lhe daria uma nota?

— Deterioração, senhor — disse Sharpe respeitosamente. — Preciso responder pelos cartuchos, senhor.

— Depois — respondeu Crosby. — Depois.

— Sim, senhor — disse Sharpe. — E vou fingir que acredito, seu bastardo miserável — acrescentou Sharpe bem baixinho para que Crosby não o ouvisse.

O capitão Leonard subiu até a plataforma ao lado do portão onde Crosby o encontrou. O major tirou um telescópio do bolso de sua casaca. A plataforma dava vista para o riozinho que deveria ter sido inundado pelas chuvas sazonais, mas como a monção não chegara, havia apenas um fiapo de água entre as rochas cinzentas e achatadas. Depois do rio encolhido Crosby divisou, subindo para o céu atrás de um bosquete, uma tropa de casacas vermelhas liderada por um oficial europeu num cavalo preto. O primeiro pensamento de Crosby foi que aquele devia ser o capitão Roberts retornando de sua patrulha, mas Roberts tinha um cavalo malhado e, além disso, levara cinquenta sipaios enquanto este cavaleiro liderava uma companhia de quase o dobro desse tamanho.

— Abra o portão — ordenou Crosby, tentando adivinhar quem diabos seria.

Decidiu que provavelmente era o capitão Sullivan, do posto da Companhia em Milladar, outra fronteira como Chasalgaon. Mas que diabos Sullivan estava fazendo aqui? Talvez estivesse viajando com alguns recrutas novos para endurecê-los, não que aqueles brutos magricelas precisassem de qualquer endurecimento, mas fora descortês da parte de Sullivan não avisar sobre a visita.

— *Jemadar* — gritou Crosby. — Baixe a guarda!

— *Sahib!* — o *jemadar* reconheceu a ordem.

Outros sipaios estavam puxando os portões.

Ele vai querer comer, pensou amargamente Crosby e se perguntou o que seus criados estavam preparando para a hora do rancho. Cabrito, provavelmente, em arroz fervido. Bem, Sullivan teria de engolir essa carne fedida como preço por não ter enviado nenhum aviso, e ele poderia tirar o cavalinho da chuva se achava que Crosby iria alimentar seus sipaios também. Os cozinheiros de Chasalgaon não haviam esperado visitantes e não tinham ração suficiente para mais uma centena de sipaios famintos.

— Aquele é Sullivan? — perguntou a Leonard, passando o telescópio para o capitão.

Leonard fitou durante um longo tempo o cavaleiro que se aproximava.

— Nunca estive com Sullivan — disse finalmente. — Não tenho como dizer.

Crosby tomou o telescópio de volta.

— Dê ao bastardo uma saudação quando ele chegar — ordenou Crosby a Leonard. — Depois diga a ele que pode almoçar comigo. — Fez uma pausa. — Você também — acrescentou, ranzinza.

Crosby voltou para sua tenda. Era melhor deixar Leonard receber o estranho, decidiu. Assim ele não pareceria ansioso por isso. Maldito Sullivan, pensou. Que ideia não avisar que estava vindo. Porém, havia um lado positivo nisso, porque Sullivan talvez estivesse trazendo notícias. O sargento alto e bem-apessoado de Seringapatam poderia contar os últimos rumores de Misore, mas faria frio no inverno antes que Crosby tentasse obter informações com um sargento. Contudo, não havia dúvida de que alguma coisa estava mudando no mundo lá fora, porque fazia nove semanas desde a última vez em que Crosby vira um saqueador mahratta, e isso era muito estranho. O propósito do fortim em Chasalgaon era manter os saqueadores maratas afastados do território rico do nizam de Haiderabad, e Crosby queria acreditar que fazia bem o seu trabalho, mas mesmo assim considerava a ausência de saqueadores inimigos muito preocupante. O que os bastardos estavam planejando? Sentou à sua mesa e gritou por seu escrivão. Crosby iria escrever ao maldito sargento de arsenal uma nota explicando que a perda de sete mil cartuchos fora devida a um vazamento no teto de pedra do paiol de Chasalgaon. Ele obviamente não podia admitir que vendera a munição a um mercador.

E nesse momento Sharpe estava dizendo aos seus homens:

— O que o desgraçado fez foi vender a porcaria da munição a algum bastardo pagão.

— Era isso que o senhor ia fazer, sargento — lembrou o recruta Phillips.

— O que eu faço ou deixo de fazer não é da sua conta. A comida ainda não está pronta?

— Em cinco minutos — prometeu Davi Lal.

— Um camelo cozinharia mais rápido — resmungou Sharpe e, pegando sua mochila e seu farnel, levantou-se. — Vou dar uma mijada.

— Ele nunca vai a lugar nenhum sem aquela mochila — comentou Atkins.

— Vai ver ele quer evitar que você roube a outra camisa dele — retrucou Phillips.

— Ele tem mais do que uma camisa naquela mochila. Está escondendo alguma coisa da gente. — Atkins girou nos calcanhares. — Ei, Porco-Espinho. — Todos eles chamavam Davi Lal de "Porco-Espinho" por causa de seus cabelos espetados; mesmo que estivessem muito besuntados ou curtos, eles sempre ficavam rijos e apontando em todas as direções. — O que Sharpe guarda na mochila?

Davi Lal revirou os olhos.

— Joias! Ouro. Rubis, diamantes, esmeraldas, safiras e pérolas.

— Uma ova que ele tem essas coisas.

Davi riu enquanto se virava de volta para o caldeirão. No portão do fortim o capitão Leonard estava saudando os visitantes. O guarda apresentou armas enquanto o oficial liderando os sipaios cavalgou para dentro da fortificação. Era um homem alto, extraordinariamente alto, e usava estribos compridos, de modo que parecia grande demais para seu cavalo, que era um animal de couro sarnento e aspecto lastimável. Mas não havia nada estranho nisso. Bons cavalos eram um luxo na Índia, e a maioria dos oficiais da Companhia cavalgava pangarés decrépitos.

— Bem-vindo a Chasalgaon, senhor — saudou Leonard. Ele não tinha certeza se deveria chamar o estranho de "senhor", porque o homem não usava qualquer insígnia de posto visível em sua casaca vermelha, mas se portava como um oficial superior e ele reagiu à saudação de Leonard com uma expressão fria. — O senhor está convidado a almoçar conosco, senhor — acrescentou Leonard, caminhando para se manter ao lado do cavaleiro que, tendo enfiado seu chicotinho no cinto, agora conduzia os sipaios ao campo de parada.

O oficial visitante parou seu cavalo ao lado do mastro da bandeira, de onde a bandeira britânica pendia reta no ar sem vento, e esperou que sua companhia de sipaios de casacas vermelhas se dividisse em suas unidades com duas fileiras. Cada unidade continuou marchando a cada lado do mastro. Crosby, que observava do interior de sua tenda, decidiu que aquela era uma entrada muito exibicionista.

— Alto! — gritou o oficial desconhecido quando sua companhia estava no centro do forte. Os sipaios pararam. — Sentido! Bom dia! — Finalmente olhou para o capitão Leonard. — Você é Crosby?

— Não, senhor. Sou o capitão Leonard. E o senhor?

Ignorando a pergunta, o homem alto olhou ao seu redor como se desaprovasse tudo que estava vendo. Que diabos é isto?, perguntou-se Leonard. Uma inspeção-surpresa?

— Devo dar de beber ao seu cavalo? — ofereceu Leonard.

— No devido tempo, capitão. No devido tempo — disse o oficial misterioso, e então virou-se em sua sela e grunhiu uma ordem para a sua companhia. — Calar baionetas!

Os sipaios desembainharam suas lâminas de 43 centímetros e as encaixaram nas bocas de seus mosquetes.

— Gosto de oferecer uma saudação apropriada a um conterrâneo inglês — explicou o homem alto a Leonard. — Você é inglês, não é?

— Sim, senhor.

— Há escoceses demais na Companhia — resmungou o homem alto. — Já notou isso, Leonard? Muitos escoceses e irlandeses fedorentos. Eles não são ingleses. Não são nem um pouco ingleses. — O visitante sacou sua espada e então respirou fundo. — Companhia! — gritou. — Apontar armas!

Os sipaios levaram seus mosquetes aos ombros e Leonard viu, tarde demais, que as armas estavam apontadas para os soldados da guarnição.

— Não! — disse ele, mas não muito alto, porque ainda não acreditava no que estava vendo.

— Fogo! — gritou o oficial, e o ar do campo de parada foi violado por estampidos de mosquetes, explosões roucas que desabrocharam fumaça sobre a lama recortada pelo sol e despejaram balas de chumbo na guarnição surpreendida.

— Agora, à caça! — gritou o oficial alto. — Cacem-nos! Depressa, depressa, depressa!

O oficial esporeou seu cavalo para perto de Leonard e, quase casualmente, desfechou um golpe de espada contra ele, puxando a lâmina para trás assim que ela havia mordido o pescoço do capitão para que seu fio serrasse com rapidez e profundidade através de tendão, músculo e carne.

— Cacem-nos! Cacem-nos! Cacem-nos! — gritou o oficial, enquanto Leonard caía.

O oficial sacou uma pistola de seu coldre de sela e cavalgou até as tendas dos oficiais. Seus homens estavam bradando gritos de guerra enquanto se espalhavam pelo fortim para caçar cada sipaio da guarnição de Chasalgaon. Eles tinham recebido ordens de deixar as mulheres e crianças por último e caçar os homens primeiro.

Crosby estivera assistindo à cena com horror e descrença e agora, com mãos trêmulas, começou a carregar uma de suas pistolas, mas subitamente a porta de sua tenda escureceu e ele viu que o oficial alto havia desmontado de seu cavalo.

— Você é Crosby? — inquiriu o oficial.

Crosby descobriu que não podia falar. Suas mãos tremiam. Suor escorria por seu rosto.

— Você é Crosby? — inquiriu novamente o homem, agora num tom irritado.

— Sim — conseguiu dizer Crosby. — E quem diabos é você?

— Dodd — disse o homem. — Major William Dodd, ao seu serviço. E Dodd apontou sua pistola para o rosto de Crosby.

— Não! — gritou Crosby.

Dodd sorriu.

— Deduzo que você está me entregando o forte, Crosby.

— Maldito seja — retrucou, debilmente, Crosby.

— Você bebe demais, major — disse Dodd. — A Companhia inteira sabe que você é um beberrão. Você não resistiu muito, não é verdade? — Apertou o gatilho e a cabeça de Crosby foi empurrada para trás num borrifo de sangue que pintou a lona. — Pena que você seja inglês — disse Dodd. — Eu preferiria atirar num escocês.

O moribundo fez um som gorgolejante horrível, e seu corpo se pôs a tremer incontrolavelmente até que, por fim, ficou imóvel.

— Louvado seja o Senhor. Agora abaixe a bandeira e encontre o baú de pagamento — disse Dodd aos seus botões e então passou por cima do cadáver do major para ver se o baú de pagamento estava onde ele esperava, debaixo da cama. — *Subadar!*

— *Sahib?*

— Dois homens aqui para guardar o baú de pagamento.

— *Sahib!*

O major Dodd correu de volta para o campo de parada onde um pequeno grupo de soldados, casacas vermelhas britânicos, oferecia resistência, e ele queria certificar-se de que seus sipaios cuidariam deles, mas um *havildar* antecipara suas ordens e estava liderando um pelotão de homens contra a meia dúzia de soldados.

— Enfiem as espadas! — encorajava-os Dodd. — Bem fundo! Torçam as lâminas! É assim que se faz! Atentos para a esquerda! Esquerda!

Sua voz estava tensa porque um sargento saíra de trás da cozinha de campanha. Era um homem alto empunhando um mosquete e uma baioneta, mas um dos sipaios que estava com sua arma carregada mirou e disparou nele. Dodd viu outro borrifo de sangue cintilar ao sol. O sargento fora atingido na cabeça. Parou, esboçou uma expressão de surpresa enquanto o mosquete caía de suas mãos e sangue escorria por seu rosto. Finalmente tombou para trás e ficou imóvel.

— Procurem pelos outros bastardos! — ordenou Dodd, sabendo que devia haver ainda muitos soldados escondidos.

Alguns homens haviam escapado pulando o muro de espinhos, mas seriam caçados pelos cavaleiros maratas que eram aliados de Dodd e que a esta altura deveriam estar espalhados a cada lado do forte.

— Procurem bem! — insistiu Dodd.

Ele próprio foi examinar os cavalos dos oficiais da guarnição e decidiu que um deles era ligeiramente melhor que o seu. Dodd passou sua sela para o outro cavalo e levou-o para o campo de parada, onde amarrou-o ao mastro de bandeira. Uma mulher passou correndo por ele, gritando, enquanto fugia dos assassinos com casacas vermelhas, mas um sipaio conseguiu segurá-la e derrubá-la, e outro arrancou o sári de seu ombro. Dodd quase ordenou que largassem a mulher, mas mudou de ideia quando concluiu que o inimigo estava derrotado e que seus homens poderiam desfrutar de seu prazer em segurança.

— *Subadar?* — gritou.

— *Sahib?*

— Um pelotão para garantir que todos estão mortos. Outro para abrir o arsenal. E há um par de cavalos no estábulo. Pegue um para você, e nós levaremos o outro para Pohlmann. E, Gopal, bom trabalho.

— Obrigado, *sahib* — disse *Subadar* Gopal.

Dodd limpou o sangue de sua espada e então recarregou a pistola. Um dos casacas vermelhas caídos estava tentando se virar. Dodd caminhou até o ferido, observou seus esforços débeis por um momento e então meteu uma bala na cabeça do homem. O homem teve um espasmo e então parou de se mexer. Constatando, repugnado, que sua bota estava suja de sangue, o major Dodd cuspiu nela e se curvou para limpá-la. Sharpe observou de rabo de olho o homem alto. Sentia-se responsável, amargo, zangado, assustado. O sangue tinha esguichado do ferimento em seu escalpo. Estava tonto, com a cabeça latejando, mas vivo. Havia moscas em sua boca. E então sua munição começou a explodir e o oficial alto girou nos calcanhares, pensando que era problema, e alguns homens riram do espetáculo de cinzas jorrando para o ar a cada estalo de pólvora.

Sharpe não ousava se mexer. Ouviu mulheres gritando e crianças chorando. Ouviu um tropel de cascos e esperou até que alguns cavaleiros aparecessem. Eram indianos, é claro, e todos homens de aspecto violento com sabres, mosquetes, lanças e até arcos e flechas. Apearam de suas selas e se juntaram à caça por despojos.

Sharpe manteve-se deitado como se estivesse morto. O sangue havia coagulado formando uma camada grossa em seu rosto. O impacto da bala o havia atordoado, e ele não lembrava de ter largado seu mosquete e caído ao chão, mas sentia que o golpe não era mortal. Nem mesmo profundo. Ele estava com dor de cabeça, e a pele de seu rosto parecia rija por causa do sangue coagulado, mas ele sabia que ferimentos de cabeça sempre sangravam profusamente. Tentava respirar o menos possível, mantendo a boca aberta, e não engasgou nem quando uma mosca caminhou até a base de sua língua, e então sentiu cheiro de tabaco, araca, couro e suor: um cavaleiro estava se inclinando sobre ele com uma faca de aparência horrendamente curva e uma lâmina enferrujada. Sharpe temeu que sua garganta estivesse prestes a ser cortada, mas em vez disso o cavaleiro se pôs a cortar os bolsos do uniforme de Sharpe. Encontrou a chave grande que abria o arsenal principal de Seringapatam, chave que Sharpe mandara copiar no bazar para não ser obrigado a preencher um formulário na torre de vigia do arsenal sempre que precisava abri-lo. O homem jogou a chave fora, cortou outro bolso, não achou nada de valor e começou a examinar outro corpo. Sharpe ficou deitado ali, olhando para o sol.

Em algum lugar perto dali, um sipaio da guarnição gemeu e quase imediatamente foi trespassado por uma baioneta. Sharpe ouviu a exalação rouca do homem morrendo e o som da lâmina sendo retirada de seu corpo. Tudo acontecera muito depressa. E Sharpe responsabilizava a si mesmo, embora soubesse que não tivera culpa. Não deixara os assassinos entrarem no fortim, mas hesitara durante alguns segundos para arremessar suas mochilas, bolsas e caixa de cartuchos na fogueira, e agora condenava-se por isso, porque poderia ter usado esses poucos segundos para salvar seus seis homens. Só que a maioria deles já fora morta ou estava à morte quando Sharpe compreendeu que ocorria um combate. Estivera mijando na parede dos fundos do barraco de provisões da cozinha de campanha quando uma bala de mosquete atravessou a parede de tapete de juncos. Durante um ou dois segundos ficou parado, sem ação, quase sem conseguir acreditar nos disparos e gritos que seus ouvidos registravam. Decidindo não perder tempo abotoando as calças, virara-se para fogueira quase apagada e jogara nela a sua mochila. A essa altura engatilhara o mosquete e correra de volta para onde há poucos instantes seus homens aguardavam o rancho. Mas a luta estava quase acabada. A bala de mosquete empurrara sua cabeça para trás e ele sentira uma dor lancinante a cada lado dos olhos. Depois tudo que lembrava era de estar caído no chão, com sangue coagulado no rosto e moscas descendo por sua garganta.

Mas talvez ele pudesse ter recolhido seus homens. Ele se torturou com o pensamento de que poderia ter salvado Davi Lal e alguns recrutas, talvez atravessado o muro de espinhos de cactos e corrido para as árvores, mas David Lal estava morto, bem como todos os seis recrutas, e Sharpe podia ouvir os assassinos rindo enquanto retiravam a munição do pequeno paiol.

— *Subadar!* — gritou o oficial alto. — Tire aquela maldita bandeira do mastro. Quero isso feito para ontem!

Sharpe piscou novamente porque não conseguiu se conter, mas ninguém notou, e então fechou os olhos porque o sol o estava cegando, e ele queria chorar de raiva, frustração e ódio. Seis homens mortos, e Davi Lal morto, e Sharpe não pudera fazer porcaria nenhuma para ajudá-los. Estava se perguntando quem era o oficial alto quando uma voz proporcionou a resposta.

— Major Dodd, *sahib?*

— *Subadar?*

— Tudo carregado, *sahib.*

— Então vamos partir antes que as patrulhas deles retornem. Bom trabalho, *Subadar!* Diga aos homens que eles serão recompensados.

Sharpe ouviu os saqueadores deixarem o forte. Quem diabos eram eles? Esse tal major Dodd usava um uniforme da Companhia das Índias Orientais e seus homens também, mas com toda certeza não eram soldados da Companhia. Eram uns bastardos, era isso que eram, bastardos do inferno que tinham feito o diabo em Chasalgaon. Sharpe duvidava que eles tivessem perdido um único homem em seu ataque traiçoeiro. Por precaução, manteve-se em silêncio enquanto os sons sumiam. Um bebê berrava em algum lugar, uma mulher chorava, mas Sharpe esperou ter certeza de que o major Dodd e seus homens tinham ido embora. Apenas então virou-se de lado. O forte fedia a sangue e estava infestado com moscas. Ele gemeu e se pôs de joelhos. O caldeirão de arroz e carne de cabrito tinha secado. Sharpe se levantou e chutou o caldeirão do tripé.

— Desgraçados! — gritou para o ar quente.

Em seguida chutou um cachorro que estava cheirando o cadáver de Phillips. Um fedor de sangue, pólvora e arroz queimado invadiu suas narinas, provocando-lhe náuseas. Sharpe cambaleou para dentro da cozinha de campanha onde encontrou uma jarra com água. Tomou um bom gole e depois jogou a água no rosto e esfregou o sangue coagulado. Molhou um farrapo e estremeceu ao limpar o ferimento superficial em seu escalpo. Súbito foi tomado por um sentimento de horror e piedade que o fez cair de joelhos e quase chorar. Mas ele não chorou. Ele xingou.

— Desgraçados!

Sharpe proferiu a palavra de novo, num tom carregado de desespero e fúria, e então, lembrando de sua mochila, levantou-se novamente e saiu para o sol.

As cinzas da fogueira continuavam quentes e os restos de lona queimada de sua mochila e algibeiras reluziam em vermelho. Sharpe encontrou um graveto e usou-o para remexer no borralho. Achou, uma a uma, as coisas que escondera na fogueira. As rupias com as quais teria alugado os carros de boi, e então rubis e esmeraldas, diamantes e pérolas, safiras e ouro. Na cozinha de campanha pegou um saco de arroz, despejou seu conteúdo, e então encheu-o com seu tesouro. O tesouro de um rei, e fora tomado de um rei quatro anos antes na Comporta de Seringapatam onde Sharpe encurralara e matara o sultão Tipu, para então saquear seu cadáver.

Então, com o tesouro apertado contra o diafragma, Sharpe se ajoelhou no chão fedido de Chasalgaon e sentiu culpa. Sobrevivera a um massacre. Raiva se misturou à culpa, e então Sharpe lembrou que tinha deveres a cumprir. Precisava descobrir se mais alguém sobrevivera, devia ajudá-los, e depois pensaria em como se vingar.

De um homem chamado Dodd.


O major John Stokes era engenheiro e se havia um homem feliz com sua profissão, esse homem era ele. Não havia nada que gostasse mais do que fazer coisas, fosse uma carreta de canhão melhor, um jardim ou, como ele estava fazendo agora, aperfeiçoamentos num relógio que pertencia ao rajá de Misore. O rajá era jovem, na verdade pouco mais que um menino, e devia seu trono ao exército britânico que derrubara seu usurpador, o sultão Tipu. Consequentemente, as relações entre o palácio e a pequena guarnição britânica de Seringapatam eram boas. O major Stokes encontrara o relógio numa das antecâmaras do palácio e notara sua altíssima precisão, motivo pelo qual trouxera-o de volta para o arsenal onde estava desmontando-o alegremente.

— Não é assinado — disse ao seu visitante. — Suspeito que seja trabalho local. Mas aqui tem dedo de francês, tenho certeza. Vê o escapo? Trabalho francês típico.

O visitante fitou o emaranhado de engrenagens.

— Nunca imaginei que aqueles comedores de patê soubessem fazer essas coisas, senhor.

— Claro que sabem! — exclamou Stokes num tom desaprovador. — E são muito bons nisso! Eles fazem relógios de altíssima precisão. Pense em Lépine! Pense em Berthoud! Como você pode ignorar Montandon? E Breguet! — O major meneou a cabeça num tributo mudo a esses grandes artífices, e então tornou a examinar o relógio do rajá, que se encontrava em estado lastimável. — A mola principal está um pouco enferrujada. Esta peça é um trabalho decorativo magnífico, mas os indianos não são bons mecânicos. Veja só esta mola! Uma desgraça.

— Chocante, senhor, chocante! — O sargento Obadiah Hakeswill não sabia discernir uma mola principal de um pêndulo e não se importava nem um pouco com isso, mas como precisava obter informações com o major Stokes, julgou de boa política demonstrar interesse.

— Estava marcando nove quando devia marcar oito — disse o major, apontando um dedo para as entranhas do relógio. — Ou talvez estivesse marcando oito quando deveria ter soado nove, não lembro. De uma às sete ele funciona admiravelmente, mas em algum ponto por volta das oito ele acelera. — O major, que estava encarregado do arsenal de Seringapatam, era um sujeito gorducho e simpático com cabelos prematuramente brancos. — Entende de relógios, sargento?

— Não posso dizer que entendo, senhor. Sou um simples soldado que tem o sol como seu relógio — disse o sargento, cujo rosto se contorcia horrivelmente. Era um espasmo incontrolável que abalava seu rosto de poucos em poucos segundos.

— Você estava perguntando sobre Sharpe — disse o major Stokes, sem desviar os olhos do relógio. — Ah, não! Este sujeito fez os rolamentos de madeira. Meu Deus. Madeira! Não admira que esteja adiantando! Harrison certa vez fez um relógio de madeira, você sabia? Até as engrenagens! Tudo de madeira.

— Harrison, senhor? Ele está no exército?

— Ele é um relojoeiro, sargento. Um relojoeiro. Um relojoeiro muito bom.

— É francês, senhor?

— Com um nome como Harrison? Bom Deus, é claro que não! É inglês, e sabe fazer um relógio muito decente.

— Fico contente em ouvir isso, senhor — retrucou Hakeswill. Ele resolveu lembrar ao major o propósito de sua visita ao arsenal. — O sargento Sharpe, senhor. O meu bom amigo Sharpe. Ele está aqui?

— Ele está aqui — disse Stokes, finalmente desviando os olhos do relógio. — Ou melhor, esteve. Eu o vi faz uma hora. Esteve envolvido naquele incidente sinistro em Chasalgaon.

— Chiseldown, senhor?

— Situação terrível, terrível! Assim, mandei Sharpe ir se lavar. O pobre coitado estava coberto de sangue! Parecia um pirata. Mas isso é muito interessante.

— Sangue, senhor? — indagou Hakeswill.

— Uma roda de seis dentes! Com um fechamento bifurcado! Nunca iria adivinhar! Isto é como cobrir um pudim com groselhas. Ou melhor, como colocar um ferrolho de ouro numa pistola ordinária! Por que não espera um pouco, sargento? Sharpe voltará logo. Ele é um sujeito formidável. Jamais me deixa na mão.

Hakeswill forçou um sorriso, porque odiava Sharpe com um veneno raro e obsessivo.

BERNARD CORNWELL

— Ele é um sujeito e tanto, senhor — forçou-se a dizer, o rosto se contorcendo. — E ele deixará Seringapatam muito em breve, não é verdade? Partirá em mais uma missão?

— Não, claro que não! — exclamou Stokes, pegando uma lupa para olhar mais de perto o relógio. — Preciso dele aqui, sargento. Pronto, descobri! Tem um pino faltando na roda de acionamento. Ele se conecta com as engrenagens e o mecanismo faz o resto. Muito simples, se quer minha opinião.

O major olhou para cima, mas viu que o sargento estranho, com o rosto que não parava de se contorcer, havia sumido. Mas o major não se importou, porque o relógio era muito mais interessante.

O sargento Hakeswill saiu do arsenal e dobrou à direita em direção ao quartel no qual desfrutava de uma acomodação temporária. O 33º Regimento do Rei estava aquartelado agora em Hurryhur, a 241 quilômetros ao norte. Como seu trabalho era manter as estradas do oeste de Misore livres de bandoleiros, o regimento passava o tempo subindo e descendo o campo. Quando o regimento aproximara-se de Seringapatam, onde era mantido o arsenal principal do exército britânico, o coronel Gore enviara um destacamento para buscar munição. O capitão Morris, da Companhia Ligeira, fora incumbido do serviço e trouxera metade de seus homens e o sargento Obadiah Hakeswill para proteger os carros de boi até Arrakerry, onde o regimento estava acampado no momento. Um trabalho simples, mas que oferecera ao sargento Hakeswill a oportunidade que ele esperava há muito tempo.

O sargento parou numa das tabernas e pediu araca. A taberna estava vazia, toda só para ele, o proprietário e um mendigo sem pernas que, movendo-se com o apoio dos braços, aproximou-se do sargento apenas para receber um chute na corcunda.

— Saia daqui, desgraçado seboso! — gritou Hakeswill. — Está atraindo as moscas. Xô!

Satisfeito de finalmente ter a taberna só para si, Hakeswill sentou-se num canto escuro para pensar na vida.

— A culpa é minha — murmurou alto, para desespero do taberneiro, que sentia medo da expressão naquele rosto que não parava de se contorcer. — A culpa é sua, Obadiah — disse Hakeswill. — Você devia ter percebido isso anos atrás. Anos! Ele está rico como um judeu. Está prestando atenção em mim, seu bastardo escuro? — O taberneiro, vendo-se alvo da ira do casaca vermelha, correu para o quarto dos fundos, deixando Hakeswill resmungando à mesa. — O Sharpezinho está rico como um judeu. Ele pensa que está escondendo bem isso, mas não está. Ele nem vive no quartel! Ele conseguiu um quarto perto do Portão Misore. Tem até um criado. Sempre leva dinheiro consigo, sempre! Paga rodadas de bebida.

Hakeswill meneou a cabeça diante da injustiça da situação. O 33º Regimento passara os últimos quatro anos patrulhando as estradas de Misore enquanto Sharpe, durante todo esse tempo, vivera no conforto de Seringapatam. Não era certo, não era justo, não era decente. Hakeswill já havia se perguntado muitas vezes como Sharpe podia ser tão rico. No começo achou que ele estaria roubando o arsenal do exército, mas isso não explicava a riqueza aparente de Sharpe.

— Chega um dia que a vaca fica seca — murmurou Hakeswill. — Por mais que você aperte as tetas dela, ela não dá leite.

Mas agora Hakeswill sabia por que Sharpe era rico, ou achava que sabia, e essa descoberta enchia seu coração de inveja amarga. O sargento coçou uma picada de mosquito no pescoço, revelando a cicatriz velha e escura onde a corda da forca queimara e abrasara sua pele. Obadiah Hakeswill sobrevivera ao enforcamento e como resultado acreditava fervorosamente que não podia ser morto. Tocado por Deus, clamava ser, tocado por Deus.

Mas ele não era rico. Nem um pouco rico, e Richard Sharpe era. Segundo os boatos, Richard Sharpe usava a casa de Lali, que era um bordel apenas para oficiais. Então, como o sargento Sharpe tinha permissão de entrar nele? Porque era rico, esse era o motivo, e Hakeswill finalmente descobrira o segredo de Sharpe.

— Foi o sultão Tipu! — disse em alto e bom som e então golpeou a mesa com sua caneca de latão para exigir mais uma bebida. — E rápido com isso, seu sacana de cara escura!

BERNARD CORNWELL

A resposta tinha de ser Tipu. Hakeswill não vira Sharpe vagando pela área onde Tipu fora morto? E nenhum soldado jamais exigira o crédito por ter matado o sultão. A crença geral era de que os bastardos de Suffolk do 12º Regimento do Rei haviam capturado Tipu em meio ao caos do final do cerco, mas Hakeswill finalmente descobrira a verdade. Fora Sharpe, e Sharpe mantinha segredo sobre isso porque havia aliviado o sultão de todas as suas joias e não queria que ninguém, muito menos os oficiais de alta patente do exército, descobrisse que ele as possuía.

— Maldito Sharpe! — exclamou Hakeswill bem alto.

Então tudo o que precisava agora era de uma desculpa para trazer Sharpe de volta para o regimento. Nada mais de boa vida para o Sharpezinho! Nada mais de visitas alegres à casa de Lali. Era a vez de Obadiah Hakeswill viver no luxo, e tudo por causa do tesouro de um rei morto.

— Rubis — disse Hakeswill em voz alta, demorando-se na palavra. — E esmeraldas, safiras, diamantes como estrelas, e ouro grosso como manteiga. — Hakeswill calculava que tudo de que precisaria era um pouco de astúcia. Um pouco de astúcia, uma mentira convincente e uma ordem de prisão. — E esse será o seu fim, Sharpezinho. Será o seu fim — disse Hakeswill, sentindo a beleza de seu plano desdobrar-se como uma flor-de-lótus desabrochando no fosso de Seringapatam. Iria funcionar! Sua visita ao major Stokes estabelecera que Sharpe estava na cidade, o que significava que a mentira poderia ser contada e então, exatamente como o relógio do major Stokes, tudo funcionaria com precisão. Cada engrenagem, roda e pino funcionariam num tique-taque feliz. O rosto do sargento Hakeswill se contorceu e suas mãos se contraíram como se a caneca em sua mão fosse a garganta de um homem. E ele ficaria rico.


O major William Dodd levou três dias para levar a munição de volta ao *compoo* de Pohlmann, que estava acampado logo depois da cidade mahratta de Ahmednuggur. O *compoo* era uma brigada de infantaria de oito batalhões, cada um deles recrutado dentre os melhores guerreiros mercenários do norte da Índia e todos treinados e comandados por oficiais europeus. Dowlut Rao Scindia, o marajá de Gwalior, cuja terra estendia-se da Fortaleza de Baroda ao norte até o Forte de Gawilghur no leste, e descia até Ahmednuggur, ao sul, gabava-se de liderar cem mil homens e que seu exército escurecia a terra como uma praga de gafanhotos. Contudo, este *compoo*, com seus sete mil homens, era o coração desse exército.

Um dos oito batalhões do *compoo* marchou um quilômetro e meio a partir do acampamento para encontrar Dodd. A cavalaria que acompanhara os sipaios até Chasalgaon seguira na frente para avisar Pohlmann sobre o retorno de Dodd, e Pohlmann organizara uma recepção triunfal. O batalhão posicionou-se em sentido em seus uniformes brancos, com cintos negros e armas reluzindo, mas Dodd, cavalgando na dianteira de sua pequena coluna, tinha olhos apenas para o elefante imenso parado ao lado de um toldo com listras amarelas e brancas. O grande animal reluzia ao sol, porque seu corpo e cabeça estavam cobertos por uma grande capa de couro sobre a qual quadrados de prata tinham sido costurados em padrões intrincados. A prata cobria o corpo do elefante e continuava sobre o rosto, deixando apenas círculos abertos para os olhos, para finalmente cascatear pela tromba. Joias reluziam entre as placas de prata enquanto laços de seda púrpura adejavam da coroa da cabeça do animal. As últimas poucas polegadas das presas grandes e curvadas do bicho estavam encapadas com biqueiras de metal afiadas como agulhas. O condutor do elefante, o *mahout*, estava todo suado dentro de um antiquado casaco de malha de metal polido até ficar cintilando como a armadura de prata do animal. Atrás dele havia um *howdah* feito de madeira de cedro, no qual painéis de ouro tinham sido pregados e sobre o qual pairava um toldo se seda amarela franjado. Longas fileiras de soldados de infantaria em vestes púrpura assumiram posição de sentido a cada flanco do elefante. Alguns dos homens portavam mosquetes, enquanto outros empunhavam lanças cujas lâminas compridas tinham sido polidas para parecer prata.

O elefante se ajoelhou quando Dodd chegou a vinte passos e o ocupante do *howdah* desceu cuidadosamente por uma escada de prata colocada ali por um dos seus guarda-costas em vestes púrpura, e então caminhou para a sombra do *howdah* listrado. Era um homem europeu alto e robusto, mas não gordo, e embora a um olhar casual pudesse parecer acima do peso, uma análise mais detalhada revelaria que a maior parte de seu corpanzil era músculo sólido. Tinha um rosto redondo corado pelo sol, com um bigode grande e preto e olhos que pareciam encontrar prazer em tudo que viam. Ele próprio inventara o seu uniforme: calças compridas de seda brancas enfiadas em botas de equitação inglesas, um casaco verde enfeitado com renda dourada e, nas ombreiras largas do casaco, almofadas de seda branca das quais pendiam correntinhas de ouro. O casaco tinha adornos escarlates e tranças de fitas da mesma cor em torno dos punhos e dos botões banhados a ouro. O chapéu do homem era um bicorne encimado por penas tingidas em púrpura e mantidas no lugar por um emblema ostentando o cavalo branco de Hanover. O cabo da espada era feito de ouro em forma de cabeça de elefante, e anéis de ouro reluziam nos dedos grandes. Uma vez à sombra do toldo, o homem se aboletou num divã onde seus auxiliares se reuniram ao redor. Este era o coronel Anthony Pohlmann e ele comandava o *compoo*, junto com quinhentos soldados de cavalaria e 26 canhões de sítio. Dez anos antes, quando o exército de Scindia não era nada além de uma horda de soldados esfarrapados sobre cavalos faminitos, Anthony Pohlmann fora sargento num regimento de Hanover da Companhia das Índias Orientais; agora ele andava de elefante e precisava de mais dois animais para carregar os baús de moedas de ouro com os quais viajava para toda parte.

Pohlmann se levantou enquanto Dodd apeava de seu cavalo.

— Bom trabalho, major! — saudou o coronel, em seu inglês carregado de sotaque britânico. — Ou melhor, excelente trabalho! — Os auxiliares de Pohlmann, metade deles europeus e a outra metade indianos, juntaram-se ao seu comandante para aplaudir o retorno do herói, enquanto os guarda-costas formavam uma fila dupla através da qual Dodd pôde avançar para receber o coronel resplandecente. — Oitenta mil cartuchos roubados de nosso inimigos! — exultou Pohlmann.

— Setenta e três mil, senhor — disse Dodd, limpando poeira das calças.

Pohlmann sorriu.

— Sete mil estragados, hein? Nada muda.

— Não foram estragados por mim, senhor — garantiu Dodd.

— Nunca supus que tivessem sido. Teve alguma dificuldade?

— Não — respondeu Dodd com confiança. — Não tivemos nenhuma baixa, na verdade, nenhum arranhão. Além disso, nenhum soldado inimigo sobreviveu. — Sorriu, fendendo a poeira acumulada nas bochechas. — Nenhum para contar a história.

— Uma vitória! — exclamou Pohlmann, e então apontou para a tenda. — Temos vinho. Temos rum, araca e até água! Venha, major.

Dodd dispensou seus homens. Era um inglês esbelto de rosto longo e chupado e expressão sorumbática. Também era a coisa mais rara do mundo, um oficial que desertara da Companhia das Índias Orientais, e ainda por cima com 130 de seus soldados sipaios. Entrara em contato com Pohlmann havia apenas três semanas, e a princípio alguns dos oficiais europeus do coronel acreditaram que o tenente Dodd era um espião enviado pelos britânicos, cujo exército preparava-se para atacar a Confederação Mahratta. Porém Pohlmann não tivera a mesma certeza. Era verdade que jamais um oficial britânico desertara como Dodd, mas poucos tinham motivos como os de Dodd, e Pohlmann também reconheceu a fome, a rudeza, a raiva e a habilidade do tenente. A ficha do tenente Dodd mostrava que ele era um grande soldado, contava com o afeto de seus sipaios, e era dotado de uma ambição sem freios. Assim, Pohlmann acreditara que a deserção do tenente tinha sido sincera e real. Ele promovera Dodd a major, e em seguida dera-lhe um teste. Mandara-o a Chasalgaon. Se fosse capaz de matar seus velhos camaradas, então Dodd não era espião. Agora o major Dodd passara com honras no teste e o exército de Scindia estava fortalecido com mais 73 mil cartuchos.

Dodd voltou para o toldo e recebeu a cadeira de honra no lado direito do divã de Pohlmann. A cadeira à esquerda era ocupada por uma mulher, uma europeia. Dodd mal conseguia desviar os olhos da mulher, que possuía uma aparência muito rara na Índia. Era jovem, com pouco mais de 18 ou 19 anos, rosto pálido e cabelos claros. Os lábios talvez fossem um pouco finos demais e a fronte provavelmente um centímetro e meio mais larga que o ideal, mas havia alguma coisa estranhamente atraente nela. Dodd finalmente decidiu que ali estava um rosto no qual as imperfeições aumentavam a beleza, e seu apelo era fortalecido por um ar tímido e vulnerável. De início Dodd considerou que a mulher era amante de Pohlmann, mas então viu que seu vestido branco estava gasto na bainha e que parte da renda de seu colarinho fora cerzida toscamente, e concluiu que Pohlmann jamais deixaria que sua amante se vestisse tão mal.

— Permita-me apresentá-lo a madame Joubert — disse Pohlmann, que notara a fome com que Dodd fitava a mulher. — Este é o major William Dodd.

— Madame Joubert? — Dodd frisou o "madame", levantando-se um pouco de sua cadeira ao cumprimentá-la.

— Major — disse a mulher em voz baixa, e então sorriu nervosa antes de baixar os olhos para a mesa servida com pratos de amêndoas.

Pohlmann estalou os dedos para chamar um criado, e então sorriu para o major Dodd.

— Simone é casada com o capitão Joubert, e aquele é o capitão Joubert. — Ele apontou contra o sol, onde um capitão baixo mantinha-se em posição de sentido diante do batalhão rijo e imóvel sob o sol escaldante.

— Joubert comanda o batalhão, senhor? — indagou Dodd.

— Ninguém comanda o batalhão — respondeu Pohlmann. — Mas até três semanas atrás ele era liderado pelo coronel Mathers. Nessa época o batalhão tinha cinco oficiais europeus; agora ele tem o capitão Joubert e o tenente Sillière.

Pohlmann apontou para um segundo europeu, um homem alto e magro, e Dodd, que era observador, viu Simone Joubert corar à menção do nome de Sillière. Dodd achou aquilo divertido. Joubert parecia pelo menos vinte anos mais velho que a esposa, enquanto Sillière tinha apenas um ou dois anos a mais que ela.

— E nós precisamos ter europeus — prosseguiu Pohlmann, esticando-se no divã, que estalou sob seu peso. — Os indianos são bons soldados, mas precisamos de europeus que compreendam as táticas europeias.

— Quantos oficiais europeus o senhor perdeu? — indagou Dodd.

— Deste *compoo*? Dezoito — disse Pohlmann. — Um número grande demais.

Os homens que haviam partido eram oficiais britânicos. Todos haviam tido contratos com Scindia que os poupava de lutar contra seus compatriotas, e para piorar a situação a Companhia das Índias Orientais oferecera um suborno a qualquer oficial britânico que desertasse da Confederação Mahratta. Consequentemente, alguns dos melhores homens de Pohlmann haviam partido. Era verdade que ainda contava com alguns bons oficiais, a maioria franceses, com um punhado de holandeses, suíços e alemães, mas Pohlmann sabia o quanto fora prejudicado com a perda de 18 oficiais europeus. Pelo menos um dos canhoneiros havia desertado, um em cuja perícia Pohlmann depositara grande fé. Os melhores canhoneiros de sua artilharia eram portugueses ou indianos mestiços das colônias portuguesas, e esses eram profissionais leais e dotados de uma eficiência espantosa.

Pohlmann secou um copo de rum e se serviu de outro. Ele possuía uma resistência extraordinária para o álcool, capacidade que Dodd não compartilhava, e o inglês, ciente de sua propensão a se embebedar, restringiu-se a goles de vinho aguado.

— Major, eu lhe prometi uma recompensa se conseguisse resgatar os cartuchos — disse Pohlmann cordialmente.

— Saber que cumpri meu dever é recompensa suficiente — disse Dodd.

Sentindo-se desmazelado entre os auxiliares suntuosamente uniformizados de Pohlmann, Dodd decidira bancar o soldado devotado, papel que imaginou capaz de encantar um ex-sargento. Segundo os boatos, Pohlmann guardava seu antigo uniforme da Companhia das Índias Orientais para lembrá-lo do quanto havia ascendido.

— Homens não se alistam no exército de Scindia apenas pelo prazer de cumprir seu dever — disse Pohlmann. — Eles fazem isso pelas recompensas que o serviço oferece. Estamos aqui para ficar ricos, não é verdade? — Ele desenganchou de seu cinto a espada com cabo de cabeça de elefante. A bainha era feita de couro vermelho macio e era incrustada com esmeraldinhas. — Tome — disse Pohlmann, oferecendo a espada a Dodd.

— Não posso aceitar sua espada! — protestou Dodd.

— Tenho muitas, major. E muitas bem mais valiosas do que esta. Eu insisto.

Dodd pegou a espada. Sacando a lâmina da bainha, viu que a arma era de fabricação primorosa, muito melhor que o chanfalho que usara como tenente nos últimos vinte anos. Muitas espadas indianas eram feitas de aço mole e quebravam com facilidade em combate, mas Dodd deduziu que esta lâmina fora forjada na França ou na Inglaterra para depois receber na Índia seu belíssimo cabo elefantino. O cabo era de ouro, com a cabeça de elefante compondo o copo da espada e a tromba curva o resguardo. O forro do pegadouro era de couro preto costurado com fio dourado.

— Muito obrigado, senhor — disse com sinceridade.

— É a primeira de muitas recompensas — comentou Pohlmann. — Essas recompensas choverão sobre nós quando derrotarmos os britânicos. O que iremos fazer, embora não aqui. — Ele parou para beber rum. — Os britânicos podem atacar a qualquer momento. Com certeza eles esperam que eu permaneça aqui para lutar com eles, mas não desejo satisfazer a vontade de meus inimigos. É melhor obrigar os bastardos a marcharem atrás de nós, não concorda? As chuvas poderão chegar enquanto eles estiverem nos perseguindo. Se isso acontecer, eles serão detidos pelas enchentes dos rios. Os britânicos serão enfraquecidos por doenças. E quando estiverem cansados e fracos, nós seremos fortes. Todos os *compoos* de Scindia irão se unir e o rajá de Berar prometeu seu exército. Com essa união, esmagaremos os britânicos. Mas isso significa que terei de abrir mão de Ahmednuggur.

— Não é uma cidade importante — comentou Dodd.

Dodd notou que Simone Joubert estava bebericando vinho. Ela mantinha os olhos baixos, apenas ocasionalmente olhando para seu esposo ou para o tenente Sillière. Ela não tinha olhos para Dodd, mas ela ainda iria ter, ou pelo menos foi o que o britânico prometeu a si mesmo. Simone tinha um nariz pequeno demais, decidiu Dodd, mas ainda assim sua palidez e fragilidade tornavam-na uma beldade nesta terra de calor escaldante e gente de pele escurecida. Seus cabelos louros, que pendiam em cachinhos numa moda que prevalecera dez anos antes na Europa, eram mantidos por prendedores de madrepérola.

— Ahmednuggur não é importante — concordou Pohlmann. — Mas Scindia odeia perder suas cidades. Ele abarrotou Ahmednuggur com suprimentos e insistiu para que eu postasse um regimento dentro da cidade. — Apontou com a cabeça os soldados com casacos brancos. — Aquele regimento, major. Provavelmente é o meu melhor regimento, mas sou forçado a aquartelá-lo em Ahmednuggur.

Dodd compreendeu a situação difícil em que Pohlmann se encontrava.

— Você não pode retirá-los da cidade sem aborrecer Scindia, mas não quer perder o regimento quando a cidade cair — avaliou Dodd.

— Não posso perdê-lo! — disse Pohlmann, indignado. — Um regimento bom como esse? Eles foram treinados por Mathers, e muito bem treinados. Agora ele partiu para se juntar aos nossos inimigos, mas não posso me dar ao luxo de perder o regimento dele também. Um soldado que foi treinado por Mathers saberá o que fazer para se defender de outro treinado por ele.

Dodd sentiu-se subitamente empolgado. Gostava de pensar que não fora apenas pelo dinheiro que ele desertara a Companhia, e nem por seus problemas legais. Fora pela chance de comandar seu próprio regimento, uma chance pela qual esperava havia muito tempo. Sabia que poderia fazê-lo bem, e sabia que era nessa direção que Pohlmann estava conduzindo seu raciocínio. Pohlmann sorriu.

— Suponha que eu lhe entregue o regimento de Mathers, major. Poderia retirá-lo de perigo para mim?

— Sim, senhor — respondeu Dodd com simplicidade.

Simone Joubert, pela primeira vez desde que fora apresentada a Dodd, levantou os olhos para fitá-lo, mas sem nenhuma cordialidade.

— Todo o regimento? — indagou Pohlmann. — Inclusive com o canhão?

— Todo ele — respondeu Dodd com firmeza. — E com cada porcaria de canhão.

— Então daqui em diante é o regimento de Dodd — disse Pohlmann. — E se liderá-lo bem, major, eu o farei coronel e lhe darei um segundo regimento para comemorar.

Dodd celebrou bebendo seu cálice de vinho até o último gole. Estava tão tomado pela emoção que mal ousava falar, embora a expressão em seu rosto dissesse tudo. Seu próprio regimento, finalmente! Esperara muito por este momento. Por Deus, Dodd mostraria à Companhia o quanto um oficial desprezado podia lutar.

Pohlmann estalou os dedos para que uma criada trouxesse mais rum para o major.

— Quantos homens Wellesley trará? — perguntou a Dodd.

— Não mais de cinquenta mil soldados de infantaria — respondeu com confiança o novo comandante do regimento. — Provavelmente menos, e serão divididos em dois exércitos. "Menino" Wellesley comandará um, e coronel Stevenson o outro.

— Stevenson é velho?

— Um ancião cauteloso — disse Dodd com desprezo.

— Cavalaria?

— Cinco ou seis mil, talvez. Indianos, em sua maioria.

— Canhões?

— No máximo 26. Nada maior do que um canhão de 12 libras.

— E Scindia pode colocar oitenta canhões em campo, alguns de 28 libras — informou Pohlmann. — E uma vez que as forças do rajá de Berar se unam a nós, teremos quarenta mil soldados de infantaria e pelo menos mais cinquenta canhões. — O hanoveriano sorriu. — Mas batalhas não são vencidas apenas por números. Elas também são vencidas por generais. Conte-me sobre esse general de divisão, *sir* Arthur Wellesley.

— "Menino" Wellesley? — retrucou Dodd com a voz carregada de desprezo. O general britânico era mais jovem que Dodd, mas esse não era o motivo de seu tom. O motivo era inveja, porque Wellesley tinha ligações e riquezas, enquanto Dodd não desfrutava de nenhuma das duas coisas.

— Ele é jovem. Tem apenas 34 anos.

— Juventude não é empecilho para um homem ser um bom soldado — disse Pohlmann com frieza, embora entendesse bem o ressentimento de Dodd.

Durante anos Dodd vira homens mais jovens serem promovidos no exército do rei, enquanto ele continuava atolado nos postos inferiores da Companhia. Como na Companhia não era possível comprar promoções — que não eram oferecidas por mérito, apenas por tempo de serviço —, homens de quarenta anos como Dodd ainda eram tenentes enquanto, no exército do rei, rapazes ainda de fraldas eram capitães ou majores.

— Wellesley é competente? — indagou Pohlmann.

— Ele nunca lutou uma batalha — disse Dodd com amargura. — A não ser que se conte Malavelly.

— Uma salva? — perguntou Pohlmann, recordando histórias da escaramuça.

— Uma salva e uma investida de baionetas — respondeu Dodd. — Nem se pode chamar de batalha.

— Ele derrotou Dhoondiah.

— Um ataque de cavalaria contra um bandoleiro — disse Dodd com desdém. — Senhor, a minha opinião é de que "Menino" Wellesley jamais enfrentou artilharia e infantaria num campo de batalha real. Ele foi catapultado para general apenas porque seu irmão é governador-geral. Se seu nome fosse Dodd em vez de Wellesley, ele teria sorte se conseguisse comandar uma companhia, quanto mais um exército.

— Ele é um aristocrata? — inquiriu Pohlmann.

— Claro que é. O que mais? — indagou Dodd. — Seu pai era conde.

— Então... — Pohlmann colocou um punhado de amêndoas na boca e parou para mastigá-las. — Então ele é o filho mais novo de um nobre, enviado ao exército porque não servia para mais nada, e sua família comprou todos os seus postos?

— Exatamente, senhor.

— Mas ouvi dizer que ele é eficiente.

— Eficiente? — Dodd refletiu sobre isso. — Senhor, ele é eficiente porque seu irmão lhe dá dinheiro. Ele pode pagar um grande comboio de bois. Como carrega seus próprios suprimentos, seus homens são bem alimentados. Mas ele jamais viu a boca de um canhão, não voltada para ele, não alinhada a uma série de outras e amparada por uma infantaria forte.

— Ele se saiu bem como governador de Misore — comentou Pohlmann.

— Então ele é um governador eficiente. Como isso o faz um general?

— Um bom disciplinador, foi o que ouvi falar — comentou Pohlmann.

— Ele sabe promover um desfile bonito — concordou Dodd com sarcasmo.

— Mas não é estúpido?

— Não — admitiu Dodd. — Não é estúpido, mas também não é general. Ele foi promovido muito depressa e muito jovem. Já derrotou bandoleiros, mas tomou uma bela sova nas cercanias de Seringapatam.

— Ah, sim. O ataque noturno. — Pohlmann ouvira falar dessa peleja, da forma como Arthur Wellesley atacara um bosque nos arrabaldes de Seringapatam e ali sofrera uma derrota vergonhosa nas mãos dos soldados do sultão Tipu. — Mesmo assim, nunca se deve subestimar um inimigo.

— Superestime-o o quanto quiser, senhor, mas permanece o fato de que "Menino" Wellesley jamais travou uma batalha de verdade, não com mais de mil homens sob seu comando, e nunca enfrentou um exército de verdade, nem um exército de campo treinado com canhoneiros e soldados de infantaria disciplinados, e meu palpite é de que ele não enfrentaria. Ele vai correr de volta para o irmão e pedir mais homens. É um homem cauteloso.

Pohlmann sorriu.

O TRIUNFO DE SHARPE

— Então vamos atrair esse homem cauteloso para as profundezas de nosso território, onde não poderá recuar. E então o derrotaremos. — Sorrindo, tirou um relógio do bolso e abriu sua tampa. — Preciso sair logo, mas antes precisamos cuidar de alguns negócios. — Tirou um envelope do bolso de seu casaco e estendeu o papel selado para Dodd. — Esta é a sua autorização para comandar o regimento de Mathers, major — disse ele. — Mas lembre-se, quero que o retire em segurança de Ahmednuggur. Você pode ajudar a defesa durante algum tempo, mas não se permita ficar encurralado lá. O jovem Wellesley não pode atacar a cidade inteira, ele não tem homens suficientes para isso. Assim, você terá por onde escapar com facilidade. Suje as mãos de sangue, Dodd, mas mantenha o seu regimento em segurança. Você entendeu?

Dodd entendeu perfeitamente bem. Pohlmann estava incumbindo Dodd de uma tarefa difícil e ignóbil: fugir de uma luta com seu comando ileso. Havia pouca glória numa manobra como essa, mas ainda assim seria uma ação militar difícil e Dodd sabia que seria testado uma segunda vez. O primeiro teste fora Chasalgaon, o segundo seria Ahmednuggur.

— Eu conseguirei — disse com solenidade.

— Bom! — exclamou Pohlmann. — Facilitarei as coisas para você levando as famílias do seu regimento para o norte. Você deve conduzir os soldados numa marcha segura para longe da cidade sitiada, mas duvido que consiga fazer isso levando também uma horda de mulheres e crianças. E quanto a você, madame? — Ele se virou e pousou uma mão carnuda no joelho de Simone Joubert. — Virá comigo? — Falava com ela como se fosse uma criança. — Ou permanecerá com o major Dodd?

Simone foi surpreendida pela pergunta. Corou e olhou na direção do tenente Sillière.

— Ficarei aqui, coronel — respondeu em inglês.

— Leve-a em segurança para casa, major — disse Pohlmann para Dodd.

— Farei isso, senhor.

Pohlmann se levantou. Seus guarda-costas de casacas púrpura, que estavam de pé diante da tenda, correram para assumir seus postos nos flancos do elefante enquanto o *mahout*, que até agora estivera descansando à sombra generosa do animal, montou a besta sonolenta com a agilidade de um marujo subindo uma corda. Passou pelo *howdah* dourado, ocupou seu assento no pescoço do elefante e conduziu o animal em direção à tenda de Pohlmann.

— Você tem certeza de que não prefere viajar comigo? — indagou Pohlmann a Simone Joubert. — O *howdah* é muito confortável, contanto que você não sofra de enjoos.

— Permanecerei com meu marido — disse Simone. Ela havia se levantado, provando ser bem mais alta do que Dodd supusera. Alta e um tanto desajeitada, pensou ele, mas ainda assim estranhamente atraente.

— Uma boa mulher deve permanecer com seu marido — disse Pohlmann. — Ou pelo menos com o marido de alguém — acrescentou. Então virou-se para Dodd. — Dentro de alguns dias voltarei a vê-lo, major, com seu novo regimento. Não me decepcione.

— Não decepcionarei, senhor — prometeu Dodd, enquanto, segurando a espada que ganhara, observou seu novo comandante galgar os degraus de prata até o *howdah*.

Dodd, que tinha um regimento para salvar e uma reputação a criar, jurou por Deus que faria bem ambas as coisas.

# CAPÍTULO II

Sharpe sentou-se no barraco aberto onde o arsenal guardava as carretas de canhão. Começara a chover, embora não fosse o aguaceiro sufocante da monção, apenas um chuvisco miserável que transformava a lama no campo de parada numa superfície de lodo vermelho. O Major Stokes, iniciando a tarde com uma casaca vermelha limpa, colarinho de seda branca e botas engraxadas, caminhava obsessivamente em torno de uma carreta recém-construída.

— Não foi culpa sua, Sharpe.

— Sinto como se fosse, senhor.

— Compreendo seu sentimento, Sharpe. E o respeito por sentir-se assim. Mas não foi culpa sua, sob nenhum aspecto.

— Perdi todos os seis homens, senhor. E o jovem Davi.

— Coitado do Porco-Espinho — disse Stokes, agachando-se para examinar o fundo da carreta. — Acha que este estrado está reto, Sharpe? Um pouco empenado, talvez?

— Parece reto para mim, senhor.

— Este carvalho não tem consistência — disse o major e começou a desafivelar o cinto de sua espada. Todas as manhãs e tardes seu criado mandava para o arsenal roupas lavadas e passadas à perfeição, e uma hora depois o major Stokes estava em mangas de camisa segurando plainas, serras, sovelas ou enxós. — Gosto de ver um estrado reto — disse ele. — Tem uma plaina número quatro na parede, Sharpe. Pode fazer a gentileza?

O TRIUNFO DE SHARPE

— Deseja que eu a afie, senhor?

— Fiz isso ontem à noite, Sharpe. Deixei-a com um fio adorável. — Stokes despiu sua casaca vermelha e enrolou as mangas. — Nestas bandas a madeira não amadurece bem, esse é o problema. — Agachou-se diante da nova carruagem e começou a correr a plaina ao longo do estrado, deixando cachos de madeira branca caírem. — Estou consertando um relógio — disse ele a Sharpe enquanto trabalhava. — Um instrumento belíssimo, embora dotado de um mecanismo tosco. Você precisa vê-lo. Está em meu escritório.

— Não deixarei de vê-lo, senhor.

— E encontrei tábuas novas para eixos, Sharpe. É realmente empolgante!

— Elas também irão quebrar, senhor — disse Sharpe, curvando-se para pegar um dos muitos gatos que viviam no arsenal. Era uma fêmea. Colocou a gatinha no colo e lhe fez carinho, provocando um ronronado satisfeito.

— Não seja tão pessimista, Sharpe! Cedo ou tarde resolveremos o problema dos eixos. É só uma questão de madeira, nada mais que isso. Pronto, agora está parecendo melhor.

O major recuou um passo para analisar criticamente seu trabalho. Havia muitos artesãos indianos empregados no arsenal, mas o major Stokes gostava de fazer as coisas ele mesmo. Além disso, a maioria dos indianos estavam ocupados preparando-se para a festa de Dusshera, que envolvia a fabricação de três bonecos gigantes que desfilariam até o templo hindu, onde seriam queimados. Esses indianos estavam ocupados em outro barracão aberto, onde ferviam cola numa fogueira, e alguns dos homens estavam grudando tiras de pano branco numa cesta de vime que formaria uma das cabeças gigantes. Stokes estava fascinado com sua atividade e Sharpe sabia que não demoraria muito até que o major se juntasse a eles.

— Eu lhe contei que hoje de manhã esteve aqui um sargento procurando por você? — perguntou Stokes.

— Não, senhor.

— Chegou um pouco antes da hora do rancho — disse Stokes. — Um sujeito estranho. — O major se agachou diante da carroça para atacar mais uma seção de madeira no estrado. — O rosto dele não parava de se contorcer.

— Obadiah Hakeswill — disse Sharpe.

— Acho que esse era o nome dele. Não pareceu muito importante — disse Stokes. — Disse que estava apenas visitando a cidade e procurando por velhos companheiros. Sabe no que estou pensando?

— Diga-me, senhor — respondeu Sharpe, perguntando-se por que cargas d'água Hakeswill estaria procurando por ele. De uma coisa Sharpe tinha certeza: fosse qual fosse o motivo, não era algo bom.

— Aquelas madeiras de teca na antiga sala do trono do sultão Tipu — disse Stokes. — Elas devem estar bem amadurecidas. Poderíamos quebrar meia dúzia daquelas coisas e fazer um monte de eixos com elas!

— As vigas douradas, senhor? — perguntou Sharpe.

— Logo, logo elas vão começar a descascar, Sharpe.

— O rajá pode não gostar, senhor — argumentou Sharpe.

A expressão de Stokes desabou.

— É verdade, é verdade. Um sujeito não costuma gostar de saber que o madeiramento de seu teto está sendo arrancado para fazer carretas de canhão. Ainda assim, o rajá costuma ser muito prestativo depois que você consegue passar pelos seus malditos cortesãos. O relógio é dele. Marca oito quando devia tocar nove, ou talvez o contrário. Acha que aquela cunha está direita?

Sharpe olhou para a chaveta que abaixava e levantava o cano do canhão.

— Parece boa, senhor.

— Acho que ainda vou aplainá-la um pouco. Será que nossos modelos são precisos? Precisamos verificar isso. Esta chuva não é esplêndida? As flores estão definhando, mas depois da estação das chuvas elas vão florir abundantemente.

— Ainda me quer aqui, senhor? — perguntou Sharpe.

O TRIUNFO DE SHARPE

— Se o quero aqui? — Stokes, que estava lixando uma quina, virou-se para olhar para Sharpe. — Claro que o quero, sargento. É o melhor homem que tenho!

— Perdi seis homens, senhor.

— Mas não foi por sua culpa. Nem de perto. Vou lhe dar outros seis.

Sharpe queria que fosse fácil assim, mas não conseguia expulsar de sua mente a culpa pelo incidente em Chasalgaon. Depois do fim do massacre, Sharpe perambulara pelo forte meio atordoado. A maioria das mulheres e crianças ainda estavam vivas, mas tão assustadas que corriam dele. O capitão Roberts, o subcomandante no fortim, retornara da patrulha naquela tarde e vomitara ao ver o horror entre suas muralhas.

Sharpe fizera seu relatório a Roberts, que o enviara por mensageiro para Hurryhur, o QG do exército, e então dispensara Sharpe.

— Haverá um inquérito. Pelo menos é o que acho — dissera Roberts a Sharpe. — Seu testemunho será vital, mas pode aguardar em Seringapatam.

E assim, Sharpe, sem nenhuma outra ordem, voltara para casa. Devolvera a bolsa de rupias ao major Stokes, e agora, obscuramente, queria receber alguma punição do major, mas Stokes estava muito mais preocupado em aplainar a cunha da carreta.

— Já vi parafusos entortarem porque o ângulo era agudo demais, e não é bom ter parafusos tortos numa batalha. Já vi canhões de franceses com cunhas metálicas, mas elas enferrujam. Os franceses são tão idiotas que nem lembram de azeitar as peças de metal. Qual é o problema, Sharpe? Está perdido em pensamento?

— Não consigo evitar, senhor.

— Então pare de pensar. Pensar é coisa de poeta e filósofo. Eles ganham para pensar. Você precisa tocar a vida para a frente. O que mais poderia ter feito?

— Matado um dos bastardos, senhor.

— E eles teriam matado você. E você não teria gostado disso. Nem você, nem eu. Veja este ângulo! Veja só! Gosto de uma cunha com ângulo decente. Devemos compará-la com os modelos. Como está a sua cabeça?

— Sarando, senhor. — Sharpe tocou a bandagem que envolvia sua fronte. — Não sinto mais dor nenhuma, senhor.

— Foi a providência, Sharpe. Deus, em sua inefável piedade, desejou que você vivesse. — Stokes soltou a plaina e recolocou a cunha na carreta. — Uma mão de tinta no estrado e a carreta estará pronta. Você acha mesmo que o rajá não me daria uma viga de teto?

— Perguntar não ofende, senhor.

— Então vou perguntar. Ah, um visitante.

Stokes empertigou-se enquanto um cavaleiro, protegido contra o temporal por uma capa de chuva oleada com lanolina e um pano que cobria seu chapéu tricorne, entrou no arsenal puxando um segundo cavalo pelas rédeas. O visitante retirou os pés dos arreios, apeou da sela e amarrou as rédeas de ambos os cavalos a um dos pilares do barraco. O major Stokes, roupas apenas começando a parecer sujas e desmazeladas, sorriu para o recém-chegado alto, cujo chapéu tricorne e espada denunciavam que era um oficial.

— Veio inspecionar-nos, senhor? — indagou alegremente o major. — O senhor vai descobrir caos! Nada em seu devido lugar, registros bagunçados, vermes nas pilhas de madeira, umidade nos cartuchos e a tinta completamente podre.

— Melhor tinta do que mente podre — disse o recém-chegado, retirando o chapéu tricorne para revelar uma cabeça coberta por cabelos brancos.

Sharpe, que estivera sentado numa das carretas de canhão não finalizadas, levantou abruptamente, jogando a gatinha, assustada, sobre uma pilha de restos de madeira.

— Coronel McCandless, senhor!

— Sargento Sharpe! — respondeu McCandless. O coronel tirou a água de seu chapéu tricorne e se virou para Stokes. — E o senhor?

— Major Stokes, senhor, ao seu serviço. Horace Stokes, comandante do arsenal e, como o senhor vê, carpinteiro de Sua Majestade.

— Com sua licença, major Stokes, preciso falar com o sargento Sharpe. — McCandless despiu sua capa de chuva para revelar seu unifor-

O TRIUNFO DE SHARPE

me da Companhia das Índias Orientais. — O sargento Sharpe e eu somos velhos amigos.

— Com todo prazer, coronel — disse Stokes. — Tenho trabalho a fazer na forja. Eles estão vertendo rápido demais. Já falei isso para eles mil vezes! Verter com muita pressa cria bolhas no metal, e metal com bolhas é garantia de desastre. Mas eles não me ouvem. Eu vivo lhes dizendo: não é a mesma coisa que fazer sinos de templo. Mas até parece que estou falando com as paredes. — Lançou um olhar na direção dos homens que se divertiam fazendo a cabeça gigante para o festival Dusshera. — E também tenho outras coisas a fazer.

— Prefiro que o senhor não se retire, major — disse McCandless com muita formalidade. — Suspeito que o que tenho a dizer também lhe interesse. É bom vê-lo, Sharpe.

— Também é muito bom ver o senhor — disse Sharpe, com a mais profunda sinceridade.

Certa vez Sharpe fora trancafiado numa das masmorras do sultão Tipu com o coronel Hector McCandless, e se era possível para um sargento e um coronel tornarem-se amigos, então uma amizade existia entre os dois homens. McCandless, alto, vigoroso e na casa dos sessenta, era o chefe de inteligência da Companhia das Índias Orientais para toda a Índia sul e oeste, e nos últimos quatro anos ele e Sharpe tinham conversado algumas vezes sempre que o coronel passava por Seringapatam, mas esses tinham sido encontros sociais e o ar solene do coronel sugeria que este encontro era tudo, menos isso.

— Você esteve em Chasalgaon? — inquiriu McCandless.

— Estive sim, senhor.

— Então viu o tenente Dodd?

Sharpe fez que sim com a cabeça.

— Jamais esquecerei aquele bastardo. Perdão, senhor.

Sharpe desculpou-se porque McCandless era um cristão fervoroso que abominava todo tipo de imprecação. O escocês era um homem severo, honesto como um santo, e Sharpe às vezes se perguntava por que gostava tanto dele. Talvez porque McCandless fosse sempre justo, sempre leal, e capaz de falar com qualquer homem, rajá ou sargento, com a mesma franqueza.

— Nunca estive com o tenente Dodd — esclareceu McCandless. — Descreva-o para mim.

— Alto, senhor, e magro como o senhor ou eu.

— Não como eu — interveio o major Stokes.

— Um tanto amarelado, como se já tivesse tido a febre — prosseguiu Sharpe. — Rosto chupado, como se tivesse comido alguma coisa amarga. — Pensou por um segundo. Ele vira Dodd apenas de relance, e sempre meio de lado. — Quando tirou o chapéu, vi que seus cabelos eram lisos. Castanhos. Nariz comprido, como o de *sir* Arthur, e queixo pontudo. Ele agora está se referindo a si mesmo como major Dodd, não como tenente. Ouvi um de seus homens chamá-lo de major.

— E ele matou cada homem na guarnição? — indagou McCandless.

— Sim, senhor. Matou a todos, menos a mim. Tive sorte.

— Não diga absurdos, Sharpe! — ralhou McCandless. — A mão do Senhor estava sobre você.

— Amém — concordou o major Stokes.

McCandless olhou pensativo para Sharpe. O coronel tinha uma expressão severa e olhos de um azul quase sobrenatural. Sempre dizia querer aposentar-se em sua terra natal, a Escócia, mas sempre encontrava algum motivo para permanecer na Índia. Passara grande parte da vida percorrendo os estados fronteiriços à terra administrada pela Companhia, porque seu trabalho era explorar e reportar aos seus chefes as ameaças e fraquezas desta terra. Pouco acontecia na Índia que escapasse a McCandless, mas Dodd escapara dele, e Dodd agora era a sua preocupação.

— Colocamos a cabeça dele a prêmio — disse o coronel. — Quinhentos guinéus.

— Misericórdia! — exclamou, atônito, o major Stokes.

— Ele é um assassino — prosseguiu McCandless. — Matou um ourives em Seedesegur e devia ser julgado, mas fugiu. Sharpe, quero que você ajude a capturá-lo. Não estou perseguindo esse salafrário por causa do dinheiro da recompensa. Na verdade, irei recusá-lo. Mas quero botar minhas mãos nele e quero a sua ajuda.

O major Stokes começou a protestar, dizendo que Sharpe era o melhor homem que ele tinha e que o arsenal iria degringolar se o sargento fosse afastado, mas o olhar severo que McCandless lançou ao major bastou para silenciá-lo.

— Quero o tenente Dodd capturado — disse McCandless. — Quero que seja julgado, quero que seja executado, e preciso de alguém que o reconheça.

O major Stokes reuniu toda a sua coragem para prosseguir suas objeções.

— Mas preciso do sargento Sharpe — protestou. — Ele organiza tudo! As escalas de serviço, os suprimentos, o baú de pagamento, tudo!

— Eu preciso mais dele — rosnou McCandless, virando-se para o major desconsolado. — Sabe quantos britânicos estão na Índia, major? Talvez vinte mil, e menos da metade são soldados. Nosso poder não repousa nos ombros de homens brancos, major, mas nos mosquetes de nossos sipaios. Nove em cada dez homens que invadem os estados maratas são sipaios, e o tenente Dodd perseguiu mais de uma centena desses homens até o deserto! O deserto! Consegue imaginar qual será a nossa sorte se outros sipaios os seguirem? Scindia vai banhar esses homens com ouro obtido com saques, na esperança de que outros os sigam. Eu preciso impedir isso, e preciso de Sharpe.

O major Stokes reconheceu o inevitável.

— O senhor irá trazê-lo de volta?

— Se for a vontade de Deus, sim. E então, sargento? Virá comigo?

Sharpe olhou para o major Stokes, que deu de ombros, sorriu e emitiu sua permissão com um aceno de cabeça.

— Irei, senhor — disse Sharpe ao escocês.

— Quanto tempo levará para se aprontar?

— Já estou pronto, senhor — disse Sharpe, apontando para a mochila e o mosquete, recém-entregues, que jaziam aos seus pés.

— Sabe cavalgar?

— Sei sentar num cavalo, senhor — disse Sharpe, testa franzida em preocupação.

— Isso basta — disse o escocês. Vestiu sua capa de chuva, desatou as duas rédeas e deu uma delas a Sharpe. — Ela é uma égua muito mansinha, Sharpe.

— Vamos partir agora mesmo, senhor? — indagou Sharpe, surpreso com a velocidade com que tudo estava acontecendo.

— Agora mesmo — respondeu McCandless. — O tempo urge, Sharpe. Precisamos capturar um traidor e assassino.

McCandless montou em sua sela e observou Sharpe subir meio sem jeito no segundo cavalo.

— Para onde vocês estão indo? — perguntou Stokes a McCandless.

— Primeiro para Ahmednuggur. Depois disso será a vontade de Deus.

O coronel tocou com as esporas os flancos da montaria. Sharpe, mochila pendurada em um dos ombros e mosquete no outro, o imitou.

Sharpe agora poderia redimir-se pelo fracasso em Chasalgaon. Não com punição, mas com algo melhor: vingança.


O major William Dodd correu um dedo enluvado pelo aro de uma roda. Inspecionou a ponta de seu dedo e quase novecentos homens, ou pelo menos tantos dos novecentos que podiam ver o major, inspecionaram-no também.

Não havia lama ou poeira na luva. Dodd empertigou-se e fitou severamente as equipes de artilharia, inibindo qualquer homem a demonstrar satisfação por ter conseguido uma limpeza quase perfeita. Fora um trabalho difícil, porque chovera no começo do dia e os cinco canhões do regimento tinham sido arrastados por ruas enlameadas até o campo de parada que ficava bem perto do portão sul de Ahmednuggur. Eles haviam removido cada naco de lama, limpado os estrados de mogno e polido os canos até a liga de cobre e estanho estar reluzindo como bronze.

Impressionante, pensou Dodd enquanto despia a luva. Pohlmann deixara Ahmednuggur, recuando para norte a fim de juntar seu *compoo* ao exército de Scindia, e Dodd ordenara esta inspeção-surpresa de seu novo comando. Ele dera ao regimento apenas uma hora para se preparar para a inspeção, mas até agora não encontrara nenhuma irregularidade. Eles eram realmente impressionantes. Estavam posicionados em quatro fileiras com seus quatro canhões e seu único obus perfilados no flanco direito. Os canhões propriamente ditos, a despeito do quanto reluziam, eram lastimáveis. Os quatro canhões de campo eram meros quatro libras, enquanto o quinto era um obus de cinco polegadas, e nenhuma das peças disparava uma bala realmente pesada. Nenhuma bala matadora.

— Bolinhas de papel — disse Dodd com desprezo.

— *Monsieur?* — retrucou o capitão Joubert, o francês que até pouco tempo nutrira grandes esperanças de receber o comando do regimento.

— Você me ouviu, "monssiê". Bolinhas de papel! — disse Dodd, enquanto levantava a parte dianteira de uma das carretas de canhão e pegava uma das balas de quatro libras. Tinha metade do tamanho de uma bola de críquete. — Seria preferível que vocês cuspissem no inimigo, "monssiê"!

Joubert, um homem baixo, deu de ombros.

— *Monsieur*, a curta distância...

— A curta distância, "monssiê", curta distância! — Dodd jogou a bala para Joubert, que quase deixou-a cair. — Uma bala de canhão não adianta porcaria nenhuma a curta distância! Não é mais útil que uma bala de mosquete. Além disso, um canhão é dez vezes mais difícil de operar do que um mosquete. — Continuou revistando a carreta. — Não temos granadas de fragmentos?

— Não se fornece granadas de estilhaços para canhões de quatro libras — esclareceu Joubert. — Não são fabricadas para eles.

— Então fabricaremos as nossas — disse Dodd. — Cada granada será uma bolsa entupida com pedaços de metal e afixada a um suporte de boca de canhão e uma carga explosiva. Uma libra e meia de pólvora por granada. Encontre uma dúzia de mulheres na cidade para costurar as bolsas.

BERNARD CORNWELL

Aliás, a sua esposa não poderia ajudar, "monssiê"? — perguntou com um sorriso escarninho, mas Joubert não demonstrou qualquer reação. Dodd podia farejar a fraqueza de um homem e a exótica Simone Joubert era a fraqueza do marido, porque ela claramente o desprezava, e Joubert, com a mesma clareza, temia perdê-la. — Quero trinta bolsas de estilhaços para cada canhão até amanhã a esta hora — ordenou Dodd.

— Mas os canos dos canhões, major! — protestou Joubert.

— Qual é o problema? Está preocupado com o interior dos canos? — escarneceu Dodd. — O que você prefere, "monssiê": um cano arranhado e um regimento vivo, ou um cano intacto e uma fileira de mortos? Amanhã a esta hora, trinta granadas por canhão, e se elas não couberem nas carretas, jogue fora essas porcarias de balas. A disparar essas bolinhas é preferível cuspir caroços de azeitona no inimigo.

Dodd bateu a tampa da carreta. Ele não tinha certeza se valia a pena manter esses canhões, mesmo disparando granadas improvisadas. Todo batalhão na Índia possuía esse tipo de artilharia de apoio próximo, mas na opinião de Dodd os canhões serviam apenas para retardar as manobras de um regimento. As armas propriamente ditas eram desajeitadas, e o gado necessário para puxá-las sempre representava um transtorno. Se um dia tivesse seu próprio *compoo,* Dodd dispensaria os canhões de sítio de seu regimento. Ora qual era a utilidade de um batalhão de infantaria que não conseguia se defender com mosquetes? Mas agora Dodd estava preso a esses cinco canhões. Sua intenção era usá-los como espingardas gigantes e abrir fogo a 270 metros. Os artilheiros iriam se queixar do dano causado aos canos, mas ele queria mais que os artilheiros se danassem.

Dodd inspecionou o obus, constatou que estava tão limpo quanto as outras armas, e meneou com a cabeça para o artilheiro-*subadar.* Não fez nenhum elogio, pois não acreditava em parabenizar soldados por cumprirem suas obrigações. Apenas os soldados que superavam as expectativas deviam receber elogios, assim como aqueles que não cumpriam suas obrigações deviam ser punidos severamente. Quanto ao resto, merecia apenas silêncio.

Depois que os cinco canhões haviam sido inspecionados, Dodd caminhou lentamente ao longo das fileiras de soldados de casacas brancas, fitando cada homem sem permitir que sua expressão suavizasse uma única vez. Dodd não estava disposto a tratá-los com condescendência, apesar dos esforços evidentes dispensados pelos soldados para impressionar seu novo oficial-comandante. O capitão Joubert acompanhou Dodd a um passo atrás. Havia alguma coisa ridícula na combinação do homem alto, de pernas compridas, que era Dodd, e o miúdo Joubert, que precisava apertar o passo para acompanhar o inglês. Vez por outra o francês fazia algum comentário.

— Ele é um bom homem, senhor — dizia quando passavam por um soldado.

Mas Dodd sempre ignorava os elogios, e depois de algum tempo Joubert calou a boca e cerrou uma carranca. Dodd sentia o desapreço do francês, mas não se importava com isso.

Embora não tenha demonstrado qualquer reação à aparência do regimento, Dodd ficou impressionado. Os homens eram muito disciplinados e suas armas eram tão limpas quanto as dos seus próprios sipaios que, tendo recebido jaquetas brancas, agora desfilavam como companhia extra ao flanco esquerdo do regimento onde, nos regimentos britânicos, desfilavam os combatentes de corpo a corpo. Os britânicos acreditavam que os nativos não serviam para essa função, mas Dodd decidira fazer de seus leais sipaios os melhores combatentes de corpo a corpo na Índia. Eles provariam que a Companhia estava errada e, ao provar isso, ajudariam a destruir a Companhia.

A maioria dos homens fitava Dodd enquanto ele passava, mas poucos ousavam fazer isso por muito tempo, preferindo desviar rapidamente o olhar. Joubert percebeu a reação e a compreendeu; havia uma coisa fortemente desagradável na expressão amarga do inglês, uma coisa que beirava o assustador. Provavelmente este inglês era um torturador, decidiu Joubert. Era notório o costume dos ingleses em usar o chicote em seus próprios homens, deixando as costas dos soldados em carne viva. Porém, Joubert não podia estar mais errado a respeito de Dodd. O major Dodd nunca havia açoitado um único homem em toda a sua vida, e isso não apenas porque era proibido pela Companhia, mas porque William

BERNARD CORNWELL

Dodd não gostava do chicote e odiava ver um soldado ser açoitado. O major Dodd gostava de soldados. Ele odiava a maioria dos oficiais, especialmente aqueles mais graduados que ele, mas gostava de soldados. Bons soldados venciam batalhas e vitórias tornavam os oficiais famosos. Assim, para ser bem-sucedido, um oficial precisava de soldados que gostassem dele e que estivessem dispostos a segui-lo. Os sipaios de Dodd eram prova disso. Cuidara deles, garantira que fossem alimentados e pagos, conduzira-os à vitória. Agora faria deles homens ricos a serviço de príncipes maratas famosos por sua generosidade.

Dodd afastou-se do regimento e marchou de volta para suas insígnias, um par de bandeiras verdes marcadas com *tulwars* cruzados. As bandeiras tinham sido escolhidas pelo coronel Mathers, o inglês que comandara o regimento durante cinco anos até pedir demissão para não lutar contra seus compatriotas, e agora o regimento seria conhecido como o regimento de Dodd. Ou talvez pudesse chamá-lo de outra coisa. Os Tigres? Os Águias? Os Guerreiros de Scindia? Não que o nome importasse agora. O que importava agora era salvar esses novecentos homens bem-treinados e seus cinco canhões reluzentes e levá-los em segurança de volta para o exército mahratta que estava se reunindo no norte. Dodd girou nos calcanhares debaixo das bandeiras tremulantes.

— Meu nome é Dodd! — bradou, fazendo uma pausa para permitir que um dos oficiais indianos traduzisse suas palavras para marata, língua que Dodd não falava. Na verdade, poucos soldados falavam marata, porque a maioria compunha-se de mercenários do norte, mas aqueles que falavam murmuraram suas próprias traduções, de modo que a mensagem de Dodd foi transmitida ao longo das fileiras. — Sou um soldado! Nada mais do que um soldado! Sempre um soldado! — Fez mais uma pausa. A parada estava sendo conduzida em espaço aberto dentro do portão e uma multidão de aldeões reunira-se para observar os soldados. Espalhados pela multidão havia alguns dos mercenários árabes vestidos em túnicas, que eram conhecidos como os mais perigosos soldados maratas. Eram homens de aparência feroz, armados até os dentes, mas Dodd duvidava que tivessem a disciplina de seu regimento. — Juntos, vocês

O TRIUNFO DE SHARPE

e eu lutaremos e venceremos — gritou para seus homens. Suas palavras eram simples, porque soldados sempre gostavam de coisas simples. Pilhar era simples, vencer e perder eram ideias simples, e até mesmo a morte, a despeito da forma como os malditos padres tentavam associá-la com os supersticiosos, era um conceito simples. — É meu intento — gritou, e então esperou que a tradução fosse transmitida através dos soldados — que este regimento seja o melhor a serviço de Scindia! Façam seu trabalho bem e irei recompensá-los. Façam mal e deixarei seus companheiros soldados decidirem sua punição.

Eles gostaram de ouvir isso, conforme Dodd previra. Ele prosseguiu:

— Ontem os britânicos atravessaram a nossa fronteira! Amanhã seu exército estará aqui em Ahmednuggur, e em breve travaremos com eles uma grande batalha! — Dodd decidira não dizer que a batalha seria logo a norte da cidade, porque isso poderia assustar os civis que ouvissem o discurso. — Iremos escorraçá-los de volta para Misore. Ensinaremos que o exército de Scindia é maior do que qualquer um dos exércitos deles. Nós venceremos! — Os soldados sorriram em resposta à confiança demonstrada por seu comandante. — Tomaremos seus tesouros, armas, terras e mulheres, e essas coisas serão sua recompensa se lutarem bem. Mas, se lutarem mal, vocês irão morrer. — Essa frase provocou um arrepio através das quatro fileiras de soldados de casacas brancas. — E se algum de vocês se revelar um covarde, irei matá-lo com minhas próprias mãos — finalizou Dodd.

Dodd deixou que os soldados absorvessem a ameaça, e então abruptamente ordenou ao regimento que retornasse aos seus deveres antes de convocar Joubert para segui-lo até os degraus de pedra vermelha da muralha da cidade onde guardas árabes estavam de prontidão atrás de merlões dispostos ao longo do parapeito. Ao sul, além do horizonte, uma nuvem de fumaça era visível. Poderia ser confundida com uma nuvem de chuva longínqua, mas Dodd deduziu que era o resíduo de fumaça das fogueiras britânicas.

— Quanto tempo você acha que a cidade resistirá? — indagou Dodd a Joubert.

O francês meditou antes de responder.

— Um mês?

— Não seja idiota — rosnou Dodd. Ele queria a lealdade de seus homens, mas não ligava a mínima para a opinião dos seus dois oficiais europeus.

Ambos eram franceses e Dodd tinha a costumeira opinião inglesa sobre esse povo. Bons professores de dança, especialistas em amarrar gravatas e dispor cordões de modo a caírem com elegância no uniforme, mas tão úteis num combate quanto cachorrinhos de madame. O tenente Sillière, que seguira Joubert até o parapeito, era alto e parecia forte, mas Dodd não confiava num homem que dava importância demais ao seu uniforme, e podia jurar que sentia um aroma de lavanda vindo dos cabelos cuidadosamente penteados do tenente. Ele perguntou a Joubert:

— A que distância as muralhas ficam da cidade?

O capitão pensou por um momento.

— Três quilômetros?

— Pelo menos. E quantos homens na guarnição?

— Dois mil.

— Então faça os cálculos, "monssiê" — disse Dodd. — Um homem a cada mil e oitocentos metros? Teremos sorte se a cidade resistir por três dias. — Dodd escalou até um dos bastiões, de onde pôde olhar entre as ameias para o grande forte que posava perto da cidade. Aquela construção de duzentos anos era uma fortaleza muito mais formidável que a própria cidade, embora seu tamanho a deixasse vulnerável, porque a guarnição do forte, como a da cidade, era pequena demais. Mas a muralha alta da cidade ficava de frente para uma grande vala, seus adarves estavam entupidos com canhões e os bastiões eram altos e resistentes, embora o forte não fosse de nenhuma valia sem a cidade. A cidade era o prêmio, não o forte, e Dodd duvidava que o general Wellesley fosse desperdiçar homens contra a guarnição do forte. "Menino" Wellesley atacaria a cidade, abriria uma brecha na muralha, invadiria por essa abertura e mandaria seus homens chacinarem os defensores no emaranhado de becos e pátios. E depois que a cidade tivesse caído, os casacas vermelhas procurariam por suprimentos que pudessem ajudar a alimentar o exército britânico. Apenas então, com a cidade em seu poder, Wellesley voltaria seus canhões contra o forte, e era possível que então o forte contivesse o avanço britânico por duas ou três semanas, conferindo assim a Scindia mais tempo para reunir seu exército. Quanto mais o forte resistisse, melhor, porque as chuvas atrasadas finalmente chegariam e impediriam o avanço britânico. Mas de uma coisa Dodd tinha certeza absoluta: como Pohlmann dissera, a guerra não seria vencida aqui, e para William Dodd o fator mais importante era destrinçar seus soldados para que pudessem compartilhar dessa vitória.

— Você levará os canhões do regimento e trezentos homens e guarnição para o portão norte — ordenou Dodd a Joubert.

— O senhor acha que os britânicos atacarão no norte? — indagou o francês.

— "Monssiê", acho que os britânicos atacarão aqui, no sul. Nossas ordens são de matarmos quantos deles pudermos, e depois escapar para nos juntarmos ao coronel Pohlmann. Escaparemos através do portão norte. O seu trabalho, Joubert, é impedir que os bastardos bloqueiem nosso caminho. Meu objetivo é salvar o regimento, não perdê-lo com a cidade. Isso significa que você deve abrir fogo contra qualquer civil que tentar deixar a cidade, compreendeu? — Joubert tentou argumentar, mas bastou um olhar feroz de Dodd para que engolisse suas palavras. — Estarei no portão norte dentro de uma hora — disse Dodd. — Que Deus o ajude, "monssiê", se os trezentos homens não estiverem em posição.

Joubert afastou-se a passos largos. Dodd observou-o afastar-se e então virou-se para Sillière.

— Quando foi a última vez que os homens foram pagos?

— Há quatro meses, senhor.

— Onde aprenderam inglês, tenente?

— O coronel Mathers insistia para que nós falássemos, senhor.

— E onde madame Joubert aprendeu?

Sillière olhou desconfiado para Dodd.

— Não sei, senhor.

Dodd fungou.

— Está usando perfume, "monssiê"?

— Não! — respondeu Sillière, enrubescido.

— Jamais use, tenente. Enquanto isso, pegue sua companhia, encontre o *killadar* e mande que ele abra o tesouro da cidade. Se tiver algum problema, arrombe a maldita coisa com um dos seus canhões. Dê a cada homem três meses de soldo e ponha o restante do dinheiro nos lombos dos animais de carga. Vamos levar o dinheiro conosco.

Sillière ficou atônito com a ordem.

— Mas o *killadar*... — começou ele.

— "Monssiê", o *killadar* é um homenzinho ridículo com sangue de barata nas veias! Você é um soldado. Se não pegarmos o dinheiro, os britânicos pegarão. Agora vá!

Dodd balançou a cabeça, chocado, enquanto o tenente se retirava para cumprir as ordens. Quatro meses sem pagamento! Não havia nada incomum num lapso como esse, mas Dodd o desaprovava. Um soldado arriscava a vida por seu país, e o mínimo que o país podia fazer era pagá-lo em dia.

Caminhou para leste ao longo do parapeito, tentando prever onde os britânicos posicionariam suas baterias de canhões e onde abririam uma brecha. Sempre havia uma chance de que Wellesley passasse por Ahmednuggur e simplesmente marchasse para norte em direção ao exército de Scindia, mas Dodd duvidava que o inimigo escolhesse esse curso, porque então a cidade e o forte estariam emparelhados com as linhas de suprimento britânicas e a guarnição poderia espalhar o caos entre os comboios que transportavam munição, armas e alimentos para os casacas vermelhas.

Uma pequena multidão reunira-se nas muralhas do sul para olhar para a nuvem longínqua que traía a presença do exército inimigo. Entre essas pessoas estava Simone Joubert, segurando uma sombrinha para proteger o rosto do sol. Dodd retirou seu chapéu tricorne. Sempre sentia-se meio sem jeito ao tratar com mulheres, pelo menos com mulheres brancas, mas seu novo posto concedia-lhe uma confiança com a qual ainda não estava acostumado.

— Vejo que está observando o inimigo, madame.

— Gosto de caminhar pelas muralhas, major — respondeu Simone. — Mas hoje, como o senhor vê, o caminho está entupido com pessoas.

— Abrirei caminho para a senhora — ofereceu Dodd, tocando o cabo de ouro de sua espada nova.

— Não é necessário, major.

— Fala inglês muito bem, madame.

— Aprendi quando era pequena. Tínhamos uma governanta galesa.

— Na França, madame?

— Na Île-de-France, *monsieur.*

— Um lugar remoto.

Simone deu de ombros. Na verdade concordava com Dodd. Maurício era um lugar remoto, uma ilha a 643 quilômetros a leste da África e a única base naval decente no oceano Índico. Ali fora criada com os mimos devidos à filha do capitão dos portos e, aos 16 anos, cortejada pelo capitão Joubert que estava de passagem para a Índia, onde fora postado como consultor para Scindia. Joubert maravilhara Simone com histórias sobre as riquezas que um homem poderia conquistar na Índia. Simone, entediada com a pequena sociedade burguesa de sua ilha, permitira-se ser seduzida, apenas para descobrir que o capitão Joubert era na verdade um homem tímido, e que parte de seus ganhos era remetida para sua família empobrecida em Lyon, e o resto assiduamente economizado para que o capitão pudesse aposentar-se confortavelmente na França. Simone esperara uma vida de festas e joias, de bailes e sedas. Em vez disso, ela poupou, costurou e sofreu. O coronel Pohlmann oferecera-lhe uma saída para a pobreza, e agora ela sentia que o inglês alto tentava desajeitadamente fazer-lhe a mesma oferta, mas não era do feitio de Simone tornar-se amante de um homem apenas porque estava enfadada. Fazia-o por amor, e na ausência de qualquer amor em sua vida, Simone estava resistindo a uma atração pelo tenente Sillière, mesmo sabendo que o tenente era tão digno dela quanto seu marido. O dilema estava conduzindo-a à beira da loucura. Simone chorava por causa disso, e as lágrimas apenas contribuíam para o diagnóstico de insanidade.

— Quando os britânicos virão, major? — perguntou a Dodd.

— Amanhã, madame. Estabelecerão as baterias de canhões no dia seguinte, golpearão a muralha por dois ou três dias, farão seu buraco e invadirão a cidade.

Ela olhou para Dodd por baixo da bainha da sombrinha. Embora o britânico fosse um homem alto, Simone conseguiu fitar seus olhos.

— Eles vão tomar a cidade depressa? — perguntou, demonstrando uma pontinha de preocupação.

— Não será possível detê-los, madame. Não temos homens nem canhões suficientes, e nossa muralha também não é grande coisa.

— Como escaparemos, então?

— Confiando em mim, madame — respondeu Dodd, sorrindo de lado. — A senhora deve se preocupar apenas em fazer suas malas e ficar pronta para partir. Guarde tanto quanto possa ser carregado em quantos cavalos de carga o seu marido possuir. Mas é claro que me seria útil, madame, saber onde a senhora está alojada.

— O meu esposo sabe, *monsieur* — respondeu Simone com frieza. — Então, quando os "rosbifes" chegarem não terei nada a fazer por três dias além de preparar as malas?

Dodd notou o uso do termo com que os franceses se referiam desdenhosamente aos ingleses, mas preferiu fazer ouvidos de mercador.

— Isso mesmo, madame.

— Obrigada, major — agradeceu Simone, fazendo um gesto para que dois criados, que Dodd não notara em meio à multidão, se aproximassem para escoltá-la de volta até sua casa.

— Fria como gelo — disse Dodd aos seus botões depois que Simone havia se retirado. — Mas ela vai derreter, vai sim.

Anoiteceu rápido. Tochas foram acesas nas muralhas da cidade, iluminando os mantos espectrais dos mercenários árabes que patrulhavam os bastiões. Pequenas oferendas de alimentos e flores foram depositadas diante dos deuses e deusas extravagantes em seus templos alumiados por velas. Os habitantes da cidade rezavam para que fossem poupados, enquanto ao sul um fulgor suave no firmamento indicava onde o exército dos casacas vermelhas preparava-se para levar a morte a Ahmednuggur.

O tenente-coronel Albert Gore assumira o comando do 33º Regimento do Rei em sucessão a *sir* Arthur Wellesley. Na ocasião da chegada de Gore, o 33º não era um batalhão feliz. Essa infelicidade não fora culpa de *sir* Arthur, que há muito deixara o batalhão para assumir responsabilidades maiores, mas em sua ausência o 33º Regimento fora comandado pelo major John Shee, um alcoólatra incompetente. Shee morrera, Gore recebera o comando e o tenente-coronel pusera-se a consertar os estragos lentamente. Esse conserto poderia ter sido muito mais rápido se Gore tivesse sido capaz de se livrar de alguns dos oficiais do batalhão. Entre todos esses oficiais, aquele que o tenente-coronel mais gostaria de dispensar era o preguiçoso e desonesto capitão Morris, da Companhia Ligeira, mas Gore estava de mãos atadas nessa questão. Como Morris comprara sua patente e não era culpado de ofensas contra os regulamentos do Regimento do Rei, Gore não pudera livrar-se dele. E com Morris permanecera a figura sinistra, de rosto pálido e perpetuamente trêmulo, do sargento Obadiah Hakeswill.

— Sharpe sempre foi um homem mau, senhor — disse Hakeswill ao tenente-coronel. — Uma desgraça para o exército, senhor. — Ele não deveria ter sido promovido a sargento, senhor, porque não tem o que se precisa para ser um sargento. Ele não passa de um monte de estrume, senhor, um monte de estrume que não merecia nem ser cabo, quanto mais sargento. Está na bíblia, senhor.

O sargento estava em rígida posição de sentido, pé direito atrás do esquerdo, mãos coladas nas laterais do corpo, cotovelos apontados para a base da coluna. Sua voz ribombava na saleta, abafando o som da chuva que caía torrencialmente. Gore gostaria de saber se a chuva era o começo tardio da monção. Torcia para que sim, porque se a monção deixasse de chegar haveria muita gente faminta na Índia no ano seguinte.

Gore viu uma aranha caminhando na mesa. A casa pertencia a um coureiro que a alugara para o 33º Regimento durante sua permanência em

Arrakerry. O lugar estava tão infestado de insetos que andavam, voavam, espreitavam e picavam que Gore, um homem requintado e exigente, estava quase arrependido de não ter ficado numa tenda.

— Conte o que aconteceu — disse a Morris. — Mais uma vez, por obséquio.

Morris, curvado numa cadeira diante da mesa de Gore com uma bandagem na cabeça, pareceu surpreso com o pedido, mas se empertigou e deu de ombros.

— Não me lembro exatamente, senhor. Foi há duas noites, em Seringapatam. Eu fui atingido, senhor.

Gore varreu a aranha da mesa e fez uma anotação.

— Atingido — disse ele, enquanto escrevia a palavra em letras perfeitas de caderno de caligrafia. — Onde exatamente?

— Na cabeça, senhor — respondeu Morris.

Gore suspirou.

— Posso ver isso, capitão. Eu me refiro a em que lugar de Seringapatam.

— Perto do arsenal.

— E foi à noite?

Morris fez que sim com a cabeça.

— Noite fechada, senhor — comentou Hakeswill prestativo. — Negra como bunda de mouro, senhor.

O coronel franziu a testa em desaprovação à linguagem do sargento. Gore estava resistindo ao impulso de enfiar uma das mãos dentro do casaco e coçar a barriga. Temia ter contraído a Coceira de Malabar, uma mazela que o condenaria a passar duas semanas com uma pomada de banha de porco na pele, e caso a banha não funcionasse seria obrigado a tomar banhos numa solução de ácido nítrico.

— Se estava escuro, então você não viu o agressor — disse pacientemente.

— Não vi, senhor — respondeu Morris com sinceridade.

— Mas eu vi, senhor — acrescentou Hakeswill. — E foi Sharpe. Eu o vi tão claramente como se fosse dia.

— À noite? — indagou Gore, cético.

— Ele estava trabalhando tarde, senhor, por conta de não ter cumprido suas obrigações burocráticas durante o dia como caberia a um cristão. Ele abriu a porta e a lanterna estava acesa, senhor. Ele saiu e golpeou o capitão.

— E você viu isso?

— Tão claro quanto vejo o senhor agora — disse Hakeswill, o rosto perturbado por uma série de contorções violentas.

A mão de Gore subiu por conta própria até os botões do casaco, mas ele resistiu ao impulso.

— Sargento, se você testemunhou a agressão, por que não prendeu Sharpe? Certamente havia sentinelas nas imediações.

— Era mais importante salvar a vida do capitão, senhor. Foi isso que calculei, senhor. Era preciso tirar ele dali e colocá-lo sob os cuidados do Sr. Micklewhite. Não confio nos outros cirurgiões, senhor. E também precisava limpar o Sr. Morris, senhor.

— Do sangue, quer dizer?

Hakeswill balançou a cabeça negativamente.

— Das substâncias, senhor — respondeu, olhando para um pouco acima da cabeça do coronel Gore.

— Substâncias?

O rosto de Hakeswill tremeu.

— O senhor é um cavaleiro, e peço desculpas sinceras por dizer isso, mas o sargento Sharpe acertou o capitão Morris com um vaso de merda, senhor. Um vaso cheio de merda, senhor. Merda líquida e merda sólida.

— Meu Deus! — exclamou Gore, pousando sua pena na mesa e tentando ignorar a coceira horrível na barriga. — Ainda não entendo por que você não fez nada em Seringapatam — disse o coronel. — O prefeito da cidade deveria ter sido notificado.

— Não foi possível, senhor — respondeu Hakeswill entusiasmado. — Não foi possível porque não há um prefeito na cidade, não um prefeito de fato, considerando que o major Stokes assume a maior parte das responsabilidades, e o restante cabe ao *killadar* do rajá. Não gosto de ver um casaca vermelha sendo preso por um escuro, senhor, nem mesmo Sharpe. Não acho isso direito. E o major Stokes não ajudaria, senhor. Ele gosta de Sharpe, compreende? Ele permite que Sharpe viva com conforto, senhor. Da fartura da terra, senhor, como diz na bíblia. Ele tem seu próprio quarto e uma *bibbi*, e também um criado, senhor. Isso não é direito, senhor. Ele vive com conforto demais, senhor, enquanto o resto de nós sofre como os soldados que juramos ser.

A explicação fazia algum sentido, ou pelo menos Gore reconheceu que o sargento Hakeswill realmente poderia acreditar nela. Porém, ainda havia alguma coisa estranha naquela história.

— O que você estava fazendo no arsenal à noite, capitão?

— Certificando-me de que todas as carroças de munição estavam lá, senhor — respondeu Morris. — O sargento Hakeswill informou-me que uma delas estava faltando.

— E estava?

— Não, senhor — respondeu Morris.

— Contei errado, senhor — justificou Hakeswill. — Porque estava escuro, senhor.

Na verdade, Hakeswill convocara Morris ao arsenal à noite e ali golpeara o capitão com um toco de madeira para, em seguida, de modo a tornar a situação mais convincente, acrescentar o conteúdo de um vaso de excrementos que o major Stokes deixara diante de seu escritório. As sentinelas estavam abrigadas da chuva na torre de vigia e nenhuma delas fez qualquer questionamento ao ver o sargento carregar Morris, desmaiado, de volta para seus aposentos. Era rotineiro ver sargentos ou recrutas carregarem oficiais bêbados. O importante era que Morris não vira quem o atacara e estava plenamente preparado para acreditar na versão de Hakeswill, porque Morris acreditava piamente em tudo que o sargento lhe dizia.

— Tenho minha parcela de culpa no caso, senhor — prosseguiu Hakeswill. — Eu deveria ter acusado Sharpe, mas julguei que meu dever era cuidar do meu capitão, que estava todo emporcalhado com merda.

— Basta, sargento! — bradou Gore.

— Não foi um ato cristão, senhor — murmurou Hakeswill, ressentido. — Não com um vaso de merda, senhor. A bíblia diz que isso não é direito.

Gore esfregou o rosto. A chuva suavizara o calor, mas não muito, e ele considerava a atmosfera horrivelmente opressiva. Talvez a coceira fosse apenas uma reação ao calor. Ele passou a mão sobre a barriga, mas isso não adiantou.

— Por que o sargento Sharpe atacou o senhor sem aviso, capitão? — indagou Gore.

Morris deu de ombros.

— Ele é um sujeito desagradável, senhor — disse Morris sem muita convicção.

— Sharpe jamais gostou do capitão, senhor — informou Hakeswill. — Se quer minha opinião, senhor, Sharpe pensou que o capitão tinha ido ali para convocá-lo de volta para o batalhão, onde ele estaria trabalhando como um soldado, em vez de viver da fartura da terra. Mas ele não queria voltar porque preferia a boa vida, como se tivesse direito a ela. Esse Sharpe nunca conheceu seu lugar, senhor. Sempre achou que tinha o rei na barriga. Ao menos ele tem dinheiro nos bolsos. Dinheiro ganho com trapaças.

Gore ignorou a última acusação.

— Você ficou muito machucado? — indagou a Morris.

— Apenas cortes e contusões, senhor — respondeu Morris, ajeitando-se na cadeira. — Mas ainda assim essa é uma ofensa passível de corte marcial.

— Uma ofensa capital, senhor — disse Hakeswill. — Merece o paredão, senhor. E que Deus tenha piedade de sua alma negra, o que duvido muito, porque Deus tem mais coisas com que se preocupar do que com um verme como esse Sharpezinho.

Gore suspirou. Ele suspeitava de que havia muito mais por trás dessa história do que parecia, mas quaisquer que fossem os fatos, o capitão Morris tinha razão. Tudo que importava era que o sargento Sharpe era suspeito de ter atacado um oficial, e não havia desculpa no mundo que

BERNARD CORNWELL

pudesse explicar uma ofensa como essa. O que significava que o sargento Sharpe teria de ser julgado e muito provavelmente fuzilado. Assim sendo, Gore lamentava ter ouvido algumas coisas muito boas a respeito do jovem sargento Sharpe.

— Eu colocava grandes esperanças no sargento Sharpe — disse com tristeza o coronel.

— Ele se acha o maior, senhor — criticou Hakeswill. — Só porque explodiu a mina em Seringapatam, ele pensa que ganhou asas e pode voar. Precisa que lhe cortem as penas, como diz na bíblia, senhor.

— E o que você fez durante o assalto à cidade, sargento? — perguntou Gore com uma expressão de desdém.

— Meu dever, senhor — respondeu Hakeswill. — Fiz o meu dever. Que é mais do que eu poderia esperar que qualquer outro homem fizesse, senhor.

Gore meneou a cabeça com tristeza. Realmente não parecia haver saída deste dilema. Se Sharpe havia batido em um oficial, então devia ser punido.

— Suponho que ele terá de ser trazido para cá — admitiu Gore.

— É claro — concordou Morris.

Gore franziu a testa, irritado. Mas que situação irritante! Gore desejara imensamente que o 33º fosse anexado ao exército de Wellesley que estava prestes a invadir o território mahratta, mas em vez disso o batalhão fora ordenado a permanecer na retaguarda e proteger Misore contra os bandoleiros que ainda infestavam as estradas e colinas. E agora, com o batalhão sobrecarregado de responsabilidades como estava, Gore teria de destacar um grupo para prender o sargento Sharpe.

— O capitão Lawford poderia ir pegá-lo — sugeriu Gore.

— Esse não é um trabalho para um oficial, senhor — disse Morris. — Um sargento poderia fazer isso com a mesma competência.

Gore considerou a questão. Enviar um sargento decerto seria menos prejudicial ao batalhão do que perder um oficial, e um sargento poderia fazer esse serviço tão bem quanto qualquer um.

— De quantos homens precisaria? — perguntou Gore.

— Seis homens, senhor — respondeu Hakeswill apressado. — Eu poderia fazer esse serviço com seis homens.

— E o sargento Hakeswill é o melhor homem para o serviço — sugeriu Morris. Ele não estava particularmente empolgado em ficar sem os serviços de Hakeswill durante os dias que seriam necessários para prender Sharpe, mas o sargento insinuara que havia dinheiro neste negócio. Morris não tinha certeza de quanto dinheiro, mas estava atolado em dívidas e Hakeswill fora muito persuasivo. — De longe, o melhor homem para o serviço.

— Porque conheço os truques do sodomitazinho, senhor — explicou Hakeswill. — Perdoe-me pelo meu hindi.

Gore meneou a cabeça positivamente. Ele adoraria livrar-se de Hakeswill durante algum tempo, porque o homem exercia uma influência prejudicial sobre o batalhão. Gore sabia que Hakeswill era odiado mas também temido, porque o sargento afirmava que não podia ser morto. Ele sobrevivera à forca uma vez, e de fato a cicatriz da corda ainda estava escondida debaixo da gargalheira de couro. Os soldados acreditavam que Hakeswill estava, de alguma forma, sob a proteção de um anjo mau. O coronel sabia que isso era bobagem, mas mesmo assim a simples presença do sargento o incomodava.

— Mandarei meu escrivão redigir as suas ordens, sargento — disse o coronel.

— Obrigado, senhor! — agradeceu Hakeswill. — O senhor não irá se arrepender. Obadiah Hakeswill nunca faltou ao seu dever, não como certas pessoas que eu poderia citar.

Gore dispensou Hakeswill, que aguardou o capitão Morris sob a varanda do prédio enquanto observava a chuva açoitar a rua. O rosto do sargento se contorceu; seus olhos expressaram um sentimento tão peculiarmente maligno que a sentinela mais próxima virou para o outro lado. Mas na verdade o sargento Obadiah Hakeswill era um homem feliz. Deus pusera Richard Sharpe em suas garras e agora o maldito pagaria caro pelos insultos dos últimos anos, e principalmente pelo momento aterrorizante em que Sharpe empurrara Hakeswill para os tigres do sultão Tipu.

Hakeswill pensara que as feras iriam devorá-lo, mas sua sorte falou mais alto e os monstros o ignoraram. Aparentemente, haviam sido alimentados uma hora antes, de modo que o anjo da guarda de Hakeswill mais uma vez viera ao seu resgate.

Então agora Obadiah Hakeswill teria sua vingança. Ele iria escolher seis homens, seis homens amargos em quem pudesse confiar. Juntos eles prenderiam o sargento Sharpe, e depois, em algum lugar na estrada de volta de Seringapatam, onde não haveria testemunhas, eles achariam o dinheiro de Sharpe e dariam cabo dele. Abatido a bala enquanto tentava escapar: essa seria a explicação. E assim Hakeswill estava feliz e Sharpe, condenado.


O coronel McCandless conduziu Sharpe para norte em direção à região selvagem onde as fronteiras de Haderabad, Misore e os estados maratas se encontravam.

— Até prova em contrário, estou considerando que nosso traidor está em Ahmednuggur.

— O que é isso, senhor? Uma cidade?

— Uma cidade e um forte, um ao lado do outro — respondeu o coronel.

O grande cavalo castrado de McCandless percorria quilômetros com facilidade, mas a égua de Sharpe, bem menor, oferecia uma viagem agitada. Uma hora depois da partida de Seringapatam os músculos de Sharpe estavam doloridos; duas horas depois o sargento tinha a impressão de que as partes posteriores de suas coxas ardiam em brasa; e ao final da tarde os estribos tinham friccionado através de suas calças de algodão, criando manchas de sangue nas panturrilhas.

— É uma das defesas da fronteira de Scindia — prosseguiu McCandless. — Mas duvido que possa defendê-la por muito tempo. Wellesley pretende capturar o lugar para em seguida atacar ao norte.

— Então estamos indo para a guerra, senhor?

— Claro que estamos. — McCandless olhou para Sharpe com uma expressão preocupada. — Isso incomoda você?

O TRIUNFO DE SHARPE

— Não, senhor — respondeu Sharpe.

Realmente não o incomodava. Tinha uma boa vida em Se-ringapatam, talvez a melhor que um soldado poderia ter em algum lugar. Porém, nos quatro anos desde a queda de Seringapatam até o massacre em Chasalgaon, Sharpe não ouvira um único tiro disparado com raiva, e uma parte dele invejava seus velhos colegas do 33º, que travavam escaramuças contra os bandoleiros e mercenários que infestavam o oeste de Misore.

— Vamos lutar contra os maratas — esclareceu McCandless. — Sabe quem são eles?

— Sei que são uns fodidos, senhor.

McCandless desaprovou o palavrão com uma carranca.

— Os maratas são uma confederação de estados independentes que domina a maior parte do oeste da Índia, Sharpe — disse com precisão. — São belicosos, mercenários e traiçoeiros, exceto, é claro, aqueles que são nossos aliados. Esses são românticos, galantes e heroicos.

— Alguns estão do nosso lado, senhor?

— Alguns. Os Peshwa, por exemplo, que têm o nome de seu líder. Mas pouco se ouve falar dele. Outros estão indiferentes a esta guerra, mas dois dos maiores príncipes decidiram lutar nela. Um se chama Scindia, e é o marajá de Gwalior. O outro se chama Bhosla, e é o rajá de Berar.

Sharpe tentou ficar de pé nos estribos para aliviar a dor nas ná-degas, mas isso só piorou a ardência nas panturrilhas.

— E por que estamos brigando com esses dois, senhor?

— Ultimamente eles têm atacado Haiderabad e Misore. Precisamos fazer com que parem com isso de uma vez por todas.

— E o tenente Dodd juntou-se ao exército deles?

— Pelo que ouvimos, ele se alistou no exército de Scindia. Mas não sabemos muito mais do que isso. — O coronel já explicara como mantinha os ouvidos abertos para notícias de Dodd desde que o tenente persuadira seus sipaios à deserção. Quando chegaram as notícias terríveis sobre Cha-salgaon, McCandless, então viajando para norte para juntar-se ao exército de Wellesley, viu o nome de Sharpe no relatório, deu meia-volta e correu para sul até Seringapatam. Concomitantemente, enviou alguns de seus próprios agentes maratas para norte com a missão de descobrir o paradeiro de Dodd. — Hoje devemos nos encontrar com esses camaradas — previu o coronel. — Na pior das hipóteses, amanhã.

A chuva não havia parado, mas pelo menos não estava pesada. Lama salpicava os flancos dos cavalos e as botas e calças brancas de Sharpe. Ele tentou sentar meio de lado, tentou inclinar-se à frente ou se recostar, mas a dor não parava. Jamais gostara muito de cavalos, mas agora decidiu que os odiava.

— Gostaria muito de reencontrar os agentes do tenente Dodd, senhor — disse a McCandless enquanto os dois cavalgavam debaixo de árvores gotejantes.

— Tenha muita cautela com esse homem, Sharpe — aconselhou McCandless. — Ele tem uma reputação.

— Reputação de quê, senhor?

— Ora, de guerreiro. É um soldado excepcional. Não o conheci, claro, mas ouvi histórias. Ele serviu no norte, principalmente em Calcutá, onde fez nome. Foi o primeiro soldado a invadir a muraiha *pettah* em Panhapur. Como muralha ela não era grande coisa, apenas um amontoado de cactos, mas os sipaios levaram cinco minutos para seguir Dodd e, quando finalmente o alcançaram, ele há havia matado uma dúzia de inimigos. É um homem alto que sabe manejar uma espada. Também é exímio atirador. Em suma, um matador perfeito.

— Se é tão bom assim, por que ainda é tenente, senhor?

O coronel suspirou.

— Sinto dizer que isso é normal no exército da Companhia das Índias Orientais. Não é como no exército do rei, onde um homem pode comprar degraus na escada. Além disso a Companhia também não oferece promoções por mérito. Só se sobe por tempo de serviço. Na Companhia um sujeito precisa esperar sua vez de calçar os sapatos de algum morto. Não há outra forma de subir.

— Então Dodd estava esperando, senhor?

— E há muito tempo. Agora está com quarenta anos, e duvido que tenha conseguido a patente de capitão antes dos cinquenta.

— Foi por causa disso que ele fugiu, senhor?

— Ele fugiu por causa do assassinato. Dodd acusou um ourives de lhe ter roubado dinheiro e mandou seus homens espancarem o pobre coitado com tanta severidade que ele morreu. Foi à corte marcial por isso, evidentemente, mas a única sentença que recebeu foi de seis meses sem pagamento. Seis meses sem pagamento! Isso é sancionar um assassinato, Sharpe! Mas Wellesley insistiu para que a Companhia dispensasse Dodd. Wellesley planejava levar Dodd a julgamento por um tribunal civil, onde seria condenado à morte. Então Dodd fugiu. — O coronel se calou por um instante antes de dizer: — Mas não é só isso. Estamos perseguindo Dodd porque ele persuadiu seus homens a desertarem. Quando a podridão começa, ela nunca para, e precisamos mostrar aos outros sipaios que a deserção sempre será punida.

Pouco antes do anoitecer a chuva parara e Sharpe achava que a qualquer momento os músculos doloridos e as panturrilhas ensanguentadas fariam com que ele gemesse de agonia. Então viram um grupo de cavaleiros trotando em sua direção. Para Sharpe pareceram *silladars*, os cavaleiros mercenários que vendiam a si mesmos, suas armas e cavalos ao exército britânico, e assim o sargento tocou sua égua para o lado esquerdo da estrada para dar aos homens fortemente armados espaço para passarem. Mas o líder dos cavaleiros reduziu a velocidade à medida que se aproximava e levantou a mão em saudação.

— Coronel! — gritou o homem.

— Sevajee! — gritou McCandless.

O coronel esporeou seu cavalo em direção ao indiano. Estendeu a mão e Sevajee a apertou.

— Tem notícias? — indagou McCandless.

Sevajee fez que sim com a cabeça.

— Seu compatriota está dentro de Ahmednuggur, coronel. Ele recebeu o regimento de Mathers.

Sevajee ficou satisfeito em dar a notícia, sorrindo largamente para revelar dentes manchados de vermelho. Era um jovem trajado nos restos de um uniforme verde que Sharpe não reconheceu. A casaca tinha dragonas europeias pendendo de correntes de prata; por cima estavam afivelados uma bainha de espada e um cinturão, ambos de seda branca e ambos amarronzados com sangue seco.

McCandless cuidou das apresentações.

— Sargento Sharpe, este é Syud Sevajee.

Sharpe meneou a cabeça num cumprimento cauteloso.

— *Sahib* — disse ele, porque havia alguma coisa em Syud Sevajee que sugeria que ele fosse um homem de posição elevada.

— O sargento viu o tenente Dodd — explicou McCandless. — Ele é a nossa garantia de que capturaremos o homem certo.

— Matem todos os europeus e então vocês terão certeza — sugeriu Sevajee.

— Quero capturá-lo vivo — respondeu McCandless, visivelmente irritado. — Justiça precisa ser feita. Se não, sua gente vai acreditar que um oficial britânico pode espancar um homem até a morte sem punição.

— Eles já acreditam nisso — retrucou Sevajee negligentemente. — Mas se quer ser escrupuloso, McCandless, então capturaremos o Sr. Dodd.

Os homens de Sevajee, uma dúzia de guerreiros de aspecto selvagem armados com arcos, flechas e lanças, tinham apeado de suas montarias às costas de McCandless.

— Syud Sevajee é um mahratta, Sharpe — explicou McCandless.

— Um dos românticos, senhor?

— Romântico? — Sevajee repetiu a palavra em surpresa.

— Ele está do nosso lado, se é isso que está perguntando — disse McCandless.

— Não — corrigiu Sevajee. — Faço oposição a Beny Singh e, enquanto ele viver, ajudarei os inimigos de meu inimigo.

— Por que esse sujeito é seu inimigo, senhor, se não se importa que eu pergunte? — Sevajee tocou o cabo de seu *tulwar* como se fosse um fetiche.

— Porque ele matou meu pai, sargento.

— Então espero que mate o bastardo, senhor.

— Sharpe! — repreendeu McCandless.

O TRIUNFO DE SHARPE

Sevajee riu.

— Meu pai liderava um dos *compoos* do rajá de Berar. Ele era um grande guerreiro, sargento. Beny Singh era seu rival. Ele convidou meu pai a um banquete e lhe serviu veneno. Isso aconteceu há três anos. Minha mãe cometeu suicídio. Meu irmão caçula serve a Beny Singh e minha irmã é uma de suas concubinas. Eles também irão morrer.

— Como o senhor escapou? — perguntou Sharpe.

— Estava servindo na cavalaria da Companhia das Índias Orientais, sargento — respondeu Sevajee. — Meu pai acreditava que um homem deve conhecer seu inimigo. Foi por causa disso que ele me enviou para Madras.

— Onde nos conhecemos — acrescentou McCandless com brusquidão. — Agora Sevajee serve a mim.

— Porque em troca suas baionetas britânicas trarão Beny Singh para a minha vingança — explicou Sevajee. — E com ele, é claro, a recompensa por Dodd. Quatro mil e duzentas rupias, se não me engano.

— Contanto que ele seja capturado vivo — disse McCandless, austero. — E essa recompensa deverá ser aumentada quando a Corte de Diretores for informada sobre o incidente em Chasalgaon.

— E pensar que quase o capturei — disse Sevajee e descreveu como ele e seus poucos homens haviam visitado Ahmednuggur se fazendo passar por *brindarries* que eram leais a Scindia.

— *Brindarrie*? — perguntou Sharpe.

— Como *silladars* — disse-lhe McCandless. — Cavaleiros mercenários. E você viu Dodd? — perguntou a Sevajee.

— Eu o ouvi, coronel, embora não tenha me aproximado muito. Ele estava falando ao seu regimento, dizendo como poderiam expulsar vocês britânicos da Índia.

McCandless resfolegou.

— Ele terá sorte se escapar de Ahmednuggur! Por que ele continuou lá?

— Para dar a Pohlmann uma chance de atacar? — sugeriu Sevajee. — Até alguns dias atrás, seu *compoo* ainda estava nos arrabaldes de Ahmednuggur.

— Apenas um *compoo*, senhor? — perguntou Sharpe. — Um *compoo* não derrotará Wellesley.

Sevajee fitou Sharpe com uma expressão demorada, especulativa. Por fim, disse:

— Pohlmann, sargento, é o melhor líder de infantaria a serviço da Índia. Ele nunca perdeu uma batalha, e seu *compoo* provavelmente é o melhor exército de infantaria na Índia. Ele já excede em número o exército de Wellesley, mas se Scindia liberar seus outros *compoos*, então, juntos, eles terão vantagem numérica sobre Wellesley numa razão de três por um. E se Scindia esperar até que o exército de Berar esteja com ele, ele superará vocês de dez para um.

— Então por que estamos atacando, senhor?

— Porque vamos vencer — disse McCandless com firmeza. — Essa é a vontade de Deus.

— Porque, sargento, vocês britânicos pensam que são invencíveis — respondeu Sevajee. — Acreditam que não podem ser derrotados, mas ainda não lutaram contra os maratas. Os seus exercitozinhos marcham para norte cheios de confiança, mas não passam de camundongos caminhando nas costas de um elefante.

— Camundongos bravos — bufou McCandless.

— E um elefante mais bravo ainda — disse Sevajee com gentileza. — Somos os maratas, e se não lutarmos entre nós mesmos, governaremos toda a Índia.

— Vocês ainda não enfrentaram a infantaria escocesa, e Wellesley tem dois regimentos escoceses com ele — disse McCandless com confiança. — Além disso, você esquece que Stevenson também tem um exército, e ele não está muito distante. — Dois exércitos, ambos pequenos, estavam invadindo a Confederação Mahratta, embora Wellesley, como o oficial superior, detivesse controle de ambos. — Os camundongos ainda assustarão vocês — predisse McCandless.

Passaram aquela noite numa aldeia. Ao norte, logo depois do horizonte, o céu reluzia em vermelho devido ao reflexo de chamas na fumaça de milhares de fogueiras de acampamento, o sinal de que o exército britânico estava a uma pequena marcha de distância. McCandless barganhou com o chefe da aldeia por comida e abrigo, e fez cara feia quando Sevajee comprou uma jarra da araca da região. Sevajee ignorou a desaprovação do escocês e saiu para se juntar aos seus homens, que estavam jogando na taberna da aldeia. McCandless meneou a cabeça, pesaroso.

— Ele luta por motivos mercenários, Sharpe. Nada mais.

— Por isso e por vingança.

— Sim, ele anseia por vingança. E darei vingança a ele, mas depois que a conseguir ele se voltará contra nós como uma serpente. — O coronel esfregou a vista. — Ele é um homem útil, mas eu gostaria de me sentir mais confiante quanto à situação inteira.

— A guerra, senhor?

McCandless balançou a cabeça.

— Vamos vencê-la. Não importa quantas vezes eles sejam mais numerosos que nós, não irão nos derrotar. Não, Sharpe. Estou preocupado com Dodd.

— Vamos capturá-lo, senhor — garantiu Sharpe.

O coronel não disse nada durante algum tempo. Um lampião bruxuleava na mesa, atraindo muitas mariposas, e à sua luz fosca o rosto do coronel parecia mais cavernoso que nunca. McCandless finalmente esboçou um leve sorriso.

— Nunca fui dado a crer no sobrenatural, Sharpe. Excetuando as providências de Deus Todo-poderoso, é claro. Alguns dos meus compatriotas afirmam ver e ouvir sinais. Dizem que estar dentro de casa e ouvir o uivo de uma raposa é sinal de que uma morte é iminente. Ou que focas chegam à terra quando um homem está perdido no mar. Mas nunca acreditei nessas coisas. São apenas superstições, Sharpe. Superstições pagãs. Mas eu não consigo espantar meu medo de Dodd. — Meneou a cabeça lentamente. — Deve ser a idade.

— O senhor não é velho.

McCandless sorriu.

— Tenho 63, Sharpe, e devia ter sido descomissionado há dez anos se o Senhor não tivesse considerado adequado me tornar útil. Mas agora a

Companhia não está mais tão segura de meu valor. Eles gostariam de me dar uma pensão, e não posso culpá-los por isso. O salário de um coronel é um item pesado na contabilidade da Companhia. — McCandless lançou um olhar amargurado a Sharpe. — Você luta pelo rei e pela pátria, Sharpe, mas eu luto e morro pelos acionistas.

— Eles jamais irão substituí-lo, senhor! — disse Sharpe lealmente.

— Já me substituíram — admitiu baixinho McCandless. — Ou pelo menos Wellesley fez isso. Ele tem agora o seu próprio chefe de inteligência e a companhia sabe disso. Eles me disseram que eu sou "supranumerário para a instituição". — Deu de ombros. — Eles querem me mandar pastar, Sharpe, mas antes me deram esta última missão, a captura do tenente William Dodd. Só que alguma coisa me diz que esse homem irá me matar.

— Ele não irá matá-lo, senhor — garantiu Sharpe. — Eu manterei o senhor vivo.

— Se for a vontade de Deus.

Sharpe sorriu.

— Não dizem que Deus ajuda a quem se ajuda, senhor? Cumpriremos nossa missão, senhor.

— Rezo para que esteja certo, Sharpe — disse McCandless. — Rezo para que você esteja certo.

E eles começariam em Ahmednuggur, onde Dodd esperava e onde a nova guerra de Sharpe iria começar.

# CAPÍTULO III

No final da tarde seguinte o coronel McCandless liderou sua pequena força até o acampamento de *sir* Arthur Wellesley. Durante a maior parte da manhã haviam sido seguidos por um pelotão de cavaleiros inimigos que se aproximavam ocasionalmente como se convidando os homens de Sevajee a lutar, mas McCandless manteve Sevajee a rédeas curtas, e no meio do dia uma patrulha de cavaleiros em casacas azuis e adornos amarelos afugentou o inimigo. A cavalaria de casacas azuis era a 19ª Cavalaria Ligeira, e o capitão que liderava a tropa dirigiu a McCandless um aceno alegre enquanto seguia a meio galope o inimigo que estivera espreitando a estrada na esperança de encontrar um vagão de suprimentos retardatário. Quatro horas depois, McCandless subiu uma pequena ladeira para ver as fileiras do exército espalhadas pelo campo enquanto, seis quilômetros e meio mais ao norte, as muralhas vermelhas de Ahmednuggur posavam diante do solo ocidental. Deste ângulo o forte e a cidade pareciam um único prédio contínuo, uma muralha vasta e vermelho cravejado com bastiões. Sharpe colheu suor do rosto.

— Parece um monstro, senhor — disse, apontando com a cabeça para a muralha.

— A muralha é grande — reconheceu o coronel. — Mas ela não tem vala, esplanada ou qualquer defesa externa. Não levaremos mais do que três dias para abrir um buraco.

— Então que os céus tenham piedade das pobres almas que passarem pelo buraco.

— É para isso que eles são pagos — respondeu rudemente McCandless.

A área ao redor do acampamento fervilhava com homens e animais. Cada soldado de cavalaria no exército precisava de dois lascares para colher forragem, e esses homens estavam trabalhando com suas foices, enquanto perto do centro do acampamento havia uma vasta área lodosa onde o gado estava cercado. *Puckalees*, como eram chamados os homens que carregavam água para os soldados e animais, estavam enchendo seus baldes num tanque coberto por uma escuma verde. Uma cerca de espinhos cercava seis elefantes que pertenciam aos canhoneiros, enquanto ao lado das feras estava o parque de artilharia com seus 26 canhões, e depois disso as linhas de sipaios onde crianças berravam, cães latiam e mulheres carregavam bolos de estrume nas cabeças para acender as fogueiras da noite. A última parte da jornada conduziu-os através das linhas do 78º, um regimento das Highlands da Escócia. Os soldados, todos usando *kilts*, saudaram McCandless. Ao verem os galões na casaca de Sharpe, os soldados puseram-se a gritar os insultos inevitáveis.

— Veio ver como um homem de verdade luta, sargento?

— Vocês já encararam uma luta de verdade? — retorquiu Sharpe.

— O que um Havercake está fazendo aqui?

— Vim ensinar uma lição a vocês, rapazes.

— Lição de quê? Culinária?

— De onde eu venho, quem usa saia é quem cozinha.

— Basta, Sharpe — ordenou McCandless. O próprio coronel gostava de usar um *kilt*, alegando que era uma veste muito mais adequada ao calor da Índia do que calças compridas. — Precisamos prestar nossos respeitos ao general — disse McCandless e começou a caminhar em direção às tendas maiores no centro do acampamento.

Fazia dois anos que Sharpe não via seu velho coronel, e duvidava que o general de divisão *sir* Arthur Wellesley se revelasse mais amistoso agora do que antes. *Sir* Arthur sempre tinha sido avarento na aprovação e assustador na desaprovação. O olhar mais casual de Wellesley tinha o poder de fazer com que Sharpe se sentisse a um só tempo insignificante e inadequado. E assim, quando McCandless desmontou diante da tenda do general, Sharpe deliberadamente manteve-se atrás. O general, ainda um homem jovem, estava de pé ao lado de uma linha de seis cavalos amarrados a estacas. Wellesley estava claramente de mau humor. Um ordenança, vestido com a casaca azul e amarela do 19º, segurava um grande garanhão cinza por sua rédea e Wellesley estava alternadamente acariciando o cavalo e ralhando com meia dúzia de auxiliares encolhidos de medo. Um grupo de oficiais graduados, majores e coronéis, estava aglomerado ao lado da tenda do general, sugerindo que um conselho de guerra fora interrompido pelo sofrimento do cavalo. O garanhão cinza estava claramente agonizante. Tremia mostrando os brancos dos olhos, e suor e saliva escorriam de sua cabeça caída.

Wellesley virou-se enquanto McCandless e Sevajee se aproximavam.

— Sabe sangrar um cavalo, McCandless?

— Posso trespassá-lo com uma faca, senhor, se isso ajudar — respondeu o escocês.

— Isso não ajuda, maldição! — retorquiu Wellesley com selvageria. — Não quero que ele seja sacrificado. Quero que seja sangrado. Onde está o veterinário?

— Estamos procurando por ele, senhor — retrucou um auxiliar.

— Então encontre-o logo, maldição! Calma, rapaz, calma! — Essas últimas três palavras foram proferidas num tom calmante para o cavalo, que emitiu um relincho débil. — Ele está com febre — explicou Wellesley a McCandless. — Morrerá se não for sangrado.

Um cavalariço chegou correndo, carregando uma lanceta e um martelo, e ofereceu os objetos a Wellesley.

— Não adianta nada me dar essas coisas — vociferou o general. — Não sei sangrar um cavalo. — Olhou para seus auxiliares e em seguida para os oficiais graduados ao lado da tenda. — Alguém deve saber como se faz isso — apelou Wellesley.

Todos eram homens que viviam com cavalos e professavam amor por eles, embora nenhum soubesse como sangrar um cavalo porque isso era tarefa de criados, mas finalmente um major escocês declarou que tinha uma vaga ideia de como se fazia isso. E assim deram ao escocês a lanceta e o martelo. O escocês tirou sua casava vermelha, escolheu aleatoriamente uma das lâminas da lanceta e caminhou até o cavalo trêmulo. Posicionou a lâmina no pescoço do cavalo e recuou o martelo com a mão direita.

— Assim não! — gritou Sharpe. — Assim vai matar o cavalo!

Todos viraram-se para Sharpe. O major escocês, lâmina fora da bainha, pareceu bastante aliviado. Sharpe explicou:

— O senhor está posicionando a lâmina do jeito errado, senhor. — Ele estava enrubescido por ter levantado a voz diante do general e de todos os oficiais graduados do exército. — Precisa fazer o corte ao longo da veia, e não através dela.

Olhando de cara feia para Sharpe, Wellesley perguntou:

— Sabe sangrar um cavalo?

— Não sei cavalgar esses bichos, senhor, mas sei sangrá-los. Já trabalhei num estábulo — acrescentou Sharpe como se isso fosse explicação suficiente.

— Alguma vez já sangrou um cavalo? — inquiriu Wellesley. Ele não demonstrou a menor surpresa em ver um homem de seu antigo batalhão no acampamento, mas na verdade estava distraído demais com o sofrimento de seu garanhão para preocupar-se com homens.

— Sangrei dúzias, senhor — respondeu Sharpe.

Isso era verdade, mas os animais que ele sangrara tinham sido animais de tração, muito grandes, e este garanhão branco era claramente um puro-sangue.

— Então faça, maldição! — ordenou o general. — Não fique parado aí! Faça logo!

O major passou para Sharpe a lanceta e o martelo. A lanceta parecia um canivete desfigurado e, dentro de seu estojo de bronze, estavam dispostas uma dúzia de lâminas. Duas das lâminas eram em forma de gancho, enquanto as outras eram moldadas como colheres. Sharpe escolheu uma colher de tamanho médio, verificou se estava bem afiada, dobrou as outras lâminas e se aproximou do cavalo.

— Vocês vão precisar segurá-lo com força — disse ao ordenança da cavalaria ligeira.

— Ele pode ser arisco, sargento — alertou o ordenança numa voz baixa, ansioso por não fazer feio novamente na frente de Wellesley.

— Faça o que for possível — disse Sharpe ao ordenança, e então começou a acariciar o pescoço do cavalo, procurando a veia jugular.

— Quanto você vai deixar sair? — perguntou Wellesley.

— O quanto ele aguentar, senhor — respondeu Sharpe, que na verdade não fazia a menor ideia de quanto sangue devia derramar. O suficiente para fazer com que ele melhore, calculou. O cavalo estava nervoso e tentou escapar do ordenança. — Faça carinho nele, senhor — disse Sharpe ao general. — Faça com que ele saiba que não é o fim do mundo.

Wellesley puxou a cabeça do garanhão para si e acariciou o focinho do animal.

— Está tudo bem, Diomedes — disse ele. — Vamos fazer você melhorar. Pode começar, Sharpe.

Sharpe encontrou a jugular e posicionou sobre a veia a curva afiada da lâmina em forma de colher. Segurou a faca na mão esquerda e o martelo na direita. O martelo era um pequeno porrete de madeira que seria usado para conduzir a lâmina através da pele grossa do cavalo. — Está tudo bem, garoto — murmurou para o cavalo. — É só uma picadinha, nada ruim. — E golpeou a cabeça cega do martelo contra a lâmina.

A lanceta varou pelo, pele e carne direto até a veia, e o cavalo empinou, mas Sharpe, esperando a reação, manteve a lanceta no lugar enquanto sangue quente esguichava sobre sua barretina.

— Segure firme! — gritou Sharpe para Wellesley, e o general, que não pareceu estranhar o fato de que estava recebendo ordens de um sargento, segurou firmemente a cabeça de Diomedes. — Isso mesmo, mantenha ele assim.

Sharpe desviou a lâmina levemente para abrir o corte na veia e assim permitir que o sangue jorrasse. Ele escorreu em vermelho pelo flanco do cavalo, empapou a casaca vermelha de Sharpe e formou uma poça aos seus pés.

O cavalo estremeceu, mas Sharpe sentiu que o animal estava se acalmando. Diminuindo a pressão na lanceta, ele podia reduzir o fluxo do sangue. Depois de algum tempo reduziu o sangramento para um leve filete e então, quando o animal parou de tremer, Sharpe tirou a lâmina. A mão e o braço direito de Sharpe estavam empapados de sangue.

Ele cuspiu em sua mão esquerda limpa, e em seguida limpou o pequeno ferimento.

— Creio que ele sobreviverá, senhor — disse ao general. — Mas um pouco de gengibre na sua comida irá ajudar. — Esse era outro truque que Sharpe aprendera ao trabalhar na estalagem em que sua principal atribuição fora roubar as carruagens dos hóspedes.

Wellesley cofiou o focinho de Diomedes. O cavalo, subitamente alheio ao rebuliço ao seu redor, abaixou a cabeça e se pôs a comer um tufo de grama. O general sorriu, seu mau humor completamente evaporado.

— Sou seu profundo devedor, Sharpe — disse Wellesley, passando a rédea para o ordenança. — Por minha alma, sou seu profundo devedor — repetiu entusiasmado. — Você é o melhor sangrador que já vi. — Enfiou uma das mãos no bolso, retirou um *haideri* e o ofereceu a Sharpe. — Bom trabalho, sargento.

— Obrigado, senhor — respondeu Sharpe, aceitando a moeda de ouro. Era uma recompensa generosa.

— Bom como novo, hein? — disse Wellesley, admirando o cavalo. — Foi um presente.

— E bem caro — observou secamente McCandless.

— Um presente querido — disse Wellesley. — O pobre Ashton deixou-o para mim em seu testamento. Conheceu Ashton, McCandless?

— Claro, senhor. — Henry Ashton fora o coronel do 12º, um regimento de Suffolk posicionado na Índia, e morrera depois de receber uma bala no fígado durante um duelo.

— Uma perda lamentável — comentou Wellesley. — Mas um belo presente. Puro-sangue árabe, McCandless.

A maior parte do puro-sangue árabe parecia estar em Sharpe, mas o general estava deliciado com a melhora repentina do cavalo. Realmente, Sharpe jamais vira Wellesley tão animado. Ele sorriu ao olhar para o cavalo e instruiu ao ordenança que fizesse Diomedes caminhar um pouco, e sorriu ainda mais ao ver o cavalo se mover. E então, subitamente cônscio de que os homens à sua volta estavam se divertindo com seu próprio deleite, o general devolveu ao seu rosto a sua costumeira máscara de frieza.

— Seu profundo devedor, Sharpe — repetiu e então se virou para caminhar até sua tenda. — McCandless! Venha dar-me suas notícias!

McCandless e Sevajee seguiram o general e seus auxiliares para dentro da tenda, deixando Sharpe tentando limpar o sangue de suas mãos. O ordenança da cavalaria sorriu para ele.

— Você acabou de sangrar um cavalo de seiscentos guinéus, sargento — disse o ordenança.

— Santo Deus! — exclamou Sharpe, fitando abestalhado o ordenança. — Seiscentos!

— Deve valer cada centavo. Diomedes é o melhor cavalo na Índia.

— E você cuida dele? — indagou Sharpe.

O ordenança fez que não com a cabeça.

— O general tem cavalariços para cuidar de seus cavalos, e um ferrador para sangrá-los e ferrá-los. Meu trabalho é seguir o general para a batalha, e quando um cavalo fica cansado eu lhe dou outro.

— Você leva todos esses seis cavalos para o campo de batalha? — indagou Sharpe, atônito.

— Não todos os seis. Apenas dois ou três. Mas se dependesse do general ele nem teria seis cavalos. Ele só teria cinco. O problema é que ele não encontra ninguém que queira comprar o sobressalente. Você não conhece ninguém que queira comprar um cavalo, conhece?

— Conheço centenas — disse Sharpe, gesticulando para o acampamento. — Cada maldito soldado de infantaria, para início de conversa.

— É deles se tiverem quatrocentos guinéus — disse o ordenança. — É aquele cavalo baio ali. — Apontou. — Seis anos de idade e bom como ouro.

— Nem olhe para mim. Odeio esses malditos bichos.

— É mesmo?

— Uns bichos fedorentos. Além disso, é horrível cavalgá-los. Sou mais feliz sobre meus pés.

— Você vê o mundo do lombo de um cavalo — filosofou o ordenança. — E as mulheres veem você.

— Bem, então não são completamente inúteis — disse Sharpe, e o ordenança sorriu. Era um rapaz feliz, de rosto arredondado, com cabelos castanhos desgrenhados e sorriso franco. — Como se tornou ordenança do general?

O ordenança deu de ombros.

— Ele pediu um ao meu coronel, e eu fui escolhido.

— Você não se importa?

— Ele é boa pessoa — disse o ordenança, apontando com a cabeça para a tenda de Wellesley. — Não é de sorrir muito, pelo menos não para pessoas como você ou eu, mas é um homem justo.

— Bom para ele. — Sharpe estendeu a mão ensanguentada. — Meu nome é Dick Sharpe.

— Daniel Fletcher — disse o ordenança. — De Stoke Poges.

— Nunca ouvi falar — replicou Sharpe. — Onde posso achar uma toalha?

— Na cozinha de campanha, sargento.

— E botas de montaria?

— Encontre um homem morto em Ahmednuggur — disse Fletcher. — Será a maneira de conseguir uma.

— Tem razão.

Sharpe se dirigiu à cozinha de campanha. Foi capengando devido aos músculos doloridos após horas na sela. Sharpe comprara um pedaço de pano de algodão na aldeia onde haviam passado a noite, e em seguida rasgado o pano em tiras que usara para embrulhar as panturrilhas para protegê-las dos estribos. Mesmo assim, suas panturrilhas ainda doíam. Deus, como odeio cavalos, pensou Sharpe.

Lavou a maior parte do sangue de Diomedes de suas mãos e rosto, diluiu o que estava em seu uniforme, e então voltou para aguardar McCandless. Ainda montados em seus cavalos, os homens de Sevajee observavam a cidade distante coberta por uma mancha de fumaça. Sharpe ouvia o burburinho de vozes dentro da tenda do general, mas não prestou atenção. Não era da sua conta. Perguntou-se se conseguiria uma tenda para si, porque chovera hoje e Sharpe suspeitava que choveria de novo, mas o coronel McCandless não era um apreciador de tendas. Ele as considerava luxos femininos, preferindo buscar abrigo com aldeões locais. E se não houvesse uma casa de camponês ou um estábulo disponível, ficava feliz em dormir sob as estrelas ou a chuva. Um gole de rum também não lhe faria mal, pensou Sharpe.

— Sargento Sharpe! — A voz familiar de Wellesley interrompeu os pensamentos de Sharpe, que se virou para ver seu antigo oficial comandante saindo de sua tenda grande.

— Senhor! — Sharpe empertigou-se em posição de sentido.

— Então o coronel McCandless pegou você emprestado com o major Stokes? — indagou Wellesley.

— Sim, senhor — disse Sharpe.

A cabeça do general estava descoberta e Sharpe viu que suas têmporas tinham ficado grisalhas prematuramente. Ele parecia ter esquecido o bom trabalho de Sharpe com o cavalo, porque seu rosto estava inamistoso como sempre.

— E você viu esse tal Dodd em Chasalgaon?

— Sim, senhor.

— Incidente repugnante — comentou Wellesley. — Repugnante. Ele matou os feridos?

— Cada um deles, senhor. Todos menos eu.

— E por que não você? — perguntou Wellesley com frieza.

— Eu estava coberto em sangue, senhor. A bem da verdade, lavado em sangue.

— Você parece estar quase sempre nessa condição, sargento — disse Wellesley com uma leve insinuação de sorriso. Ele se virou de volta para McCandless. — Eu lhe desejo sorte na caçada, coronel. Farei tudo que estiver ao meu alcance para ajudá-lo, mas estou dispondo de poucos homens, realmente poucos.

— Obrigado, senhor — disse o escocês e então observou o general voltar para sua tenda grande, que estava apinhada com oficiais casacas vermelhas. Depois que o general havia se afastado, McCandless disse a Sharpe: — Aparentemente não fomos convidados para o jantar.

— Esperava que fôssemos, senhor?

— Não, e também não tenho nada a tratar naquela tenda esta noite — respondeu McCandless. — Eles estão planejando um ataque para o raiar do dia.

Durante um momento, Sharpe pensou que não havia escutado direito. Ele olhou para o norte, para a grande muralha da cidade.

— Amanhã, senhor? Um ataque? Mas eles chegaram aqui hoje mesmo e ainda nem abriram uma brecha!

— Não se precisa de brecha para uma escalada, sargento — revelou McCandless. — Tudo o que você precisa para uma escalada são escadas e assassinatos.

— Escalada? — retrucou Sharpe, testa franzida. Ele já ouvira a palavra, mas não tinha certeza de seu significado.

— Primeiro você marcha direto até a muralha, Sharpe. Depois empurra suas escadas contra os baluartes e sobe por elas. — McCandless meneou a cabeça. — Como não conta com a ajuda de uma artilharia, nem de uma brecha ou trincheiras para se aproximar com segurança, você deve aceitar as baixas e abrir caminho através das defesas lutando. Não é bonito, mas funciona. — O escocês disse tudo isso num tom desaprovador. Estava conduzindo Sharpe para longe da tenda do general, procurando um lugar onde pudesse estender seu cobertor. Sevajee e seus homens acompanhavam-nos, e Sevajee estava perto o bastante para ouvir as palavras de McCandless. O coronel prosseguiu: — Escaladas podem funcionar bem contra um inimigo inseguro, mas não estou convencido de que os maratas sejam assim. São perigosos como cobras e costumam ter mercenários árabes em suas fileiras.

— Árabes, senhor? Da Arábia?

— É de lá que eles costumam vir, Sharpe — confirmou McCandless. — Guerreiros violentos, esses árabes.

— Guerreiros bons — interveio Sevajee. — Contratamos centenas deles todos os anos. Homens famintos que chegam de sua terra árida com espadas afiadas e mosquetes compridos.

— Não se deve subestimar um árabe — concordou McCandless. — Eles lutam como demônios, mas Wellesley é um homem impaciente e quer acabar este assunto o quanto antes. Ele insiste em que o inimigo não está esperando uma escalada e que, portanto, não está preparado para uma. Tudo que posso fazer é rezar a Deus que ele esteja certo.

— Então o que faremos, senhor? — indagou Sharpe.

— Iremos atrás do ataque, Sharpe. E rogaremos ao Altíssimo que nossos pelotões de escada entrem na cidade. Depois que estivermos lá dentro caçaremos Dodd. Esse é o nosso trabalho.

— Sim, senhor — disse Sharpe.

— E depois que capturarmos o traidor iremos levá-lo até Madras e acompanharemos seu julgamento e execução — disse McCandless com satisfação, como se a missão já estivesse cumprida. Seus pressentimentos ruins da noite anterior pareciam ter evaporado. McCandless parou num terreno estéril. — Este parece um bom lugar para nosso alojamento. Não há mais chuva à vista, creio. Ficaremos confortáveis.

Confortáveis uma ova, pensou Sharpe. Sem colchão, sem rum, com um combate nos aguardando pela manhã, e sabe lá Deus que tipo de ameaças depois da muralha. Mesmo assim, Sharpe dormiu.

E ao acordar, enquanto ainda estava escuro, viu homens sombrejados passarem com escadas nos ombros. Com a alvorada próxima, a hora era propícia a uma escalada. Propícia para escadas e assassinatos.


Sanjit Pandee era *killadar* da cidade, o que significava que comandava a guarnição de Ahmednuggur em nome de seu mestre, Dowlut Rao Scindia, marajá de Gwalior. Em princípio cada soldado na cidade, embora não da fortaleza adjacente, estava sob o comando de Pandee. Então por que o major Dodd retirara os soldados de Pandee da entrada fortificada norte e os substituíra com seus próprios homens? Pandee não enviara ordens, mas a ação fora executada assim mesmo e ninguém sabia explicar o motivo. Quando Sanjit Pandee enviou uma mensagem ao major Dodd e exigiu uma resposta, foi dito ao mensageiro que esperasse. Até onde o *killadar* sabia, o mensageiro ainda estava esperando.

Sanjit Pandee finalmente reuniu a coragem necessária para confrontar ele próprio o major. Era alvorada, hora em que o *killadar* não estava acostumado a trabalhar, e ele descobriu Dodd e um grupo de seus oficiais de casacas brancas na muralha sul, de onde o major observava o acampamento britânico através de um telescópio pesado montado num tripé. Sanjit Pandee não gostou de perturbar o alto Dodd, curvado diante do telescópio porque o tripé era incapaz de levantar a lente até o nível de seu olho. O *killadar* pigarreou, mas sem qualquer efeito, e então arrastou um pé no parapeito, e mesmo assim Dodd nem sequer olhou para ele. Assim, finalmente o *killadar* exigiu sua explicação, embora em termos muito floreados, para não ofender o inglês. Sanjit Pandee já tinha perdido a batalha pelo tesouro da cidade, de que Dodd simplesmente se apropriara sem cerimônias, e o estrangeiro carrancudo dava nos nervos do *killadar*.

— Diga a esse desgraçado que ele está desperdiçando meu tempo — comunicou Dodd ao seu intérprete sem tirar o olho do telescópio. — Mande-o ir encher o saco de outro.

O intérprete de Dodd, que era um de seus jovens oficiais indianos, sugeriu educadamente ao *killadar* que a atenção do major Dodd estava completamente consumida pelo inimigo em aproximação, mas que assim que tivesse um momento de folga, o major ficaria deliciado em ter uma conversa com o honrado *killadar*.

O *killadar* olhou para sul. Cavaleiros, britânicos e indianos, enfileiravam-se a uma grande distância da coluna inimiga em aproximação. Não que Sanjit Pandee pudesse ver a coluna em si, apenas uma mancha escura em meio ao verde distante que ele supunha ser o inimigo. Seus pés não levantavam poeira, mas isso devido à chuva que caíra no dia anterior.

— Tem certeza de que o inimigo está vindo? — inquiriu educadamente o *killadar*.

— Não, claro que eles não estão vindo — disse Dodd, voz pingando sarcasmo, enquanto se empertigava e massageava a base da espinha. — Eles estão fugindo aterrorizados.

— O inimigo está realmente se aproximando, *sahib* — disse reverentemente o intérprete.

O *killadar* olhou ao longo de suas defesas e ficou aliviado ao ver que a maior parte do regimento de Dodd estava no parapeito e, junto com eles, as silhuetas trajadas em túnicas dos mercenários árabes.

— Os canhões do seu regimento não estão aqui? — indagou ao intérprete.

— Diga a esse sodomitazinho intrometido que vendi todos os malditos canhões ao inimigo — rugiu Dodd.

— Os canhões estão posicionados onde serão mais úteis, *sahib* — assegurou o intérprete com um sorriso carismático, e o *killadar*, que sabia que os cinco canhõezinhos estavam no portão norte apontando para a cidade em vez de para a planície, suspirou frustrado. Esses europeus eram uns sujeitos complicados.

— E os trezentos homens que o major postou no portão norte? — inquiriu Sanjit Pandee. — Ele espera um ataque lá?

— Pergunte ao idiota por que outro motivo eles estariam lá — instruiu Dodd ao intérprete.

Mas não houve tempo de dizer mais nada ao *killadar*, porque gritos das muralhas anunciaram a aproximação de cavaleiros inimigos. Os emissários cavalgavam sob uma bandeira branca, mas alguns dos árabes estavam apontando seus mosquetes para os cavaleiros, e o *killadar* precisou enviar alguns auxiliares para mandar os mercenários suspenderem fogo.

— Eles vieram nos oferecer *cowle* — disse o *killadar* enquanto corria até o portão sul.

*Cowle* era uma oferta de pacto, uma chance para os defensores se renderem ao invés de sofrer os horrores de um ataque, e o *killadar* esperava prolongar as negociações por tempo suficiente para persuadir o major Dodd a trazer seus trezentos homens de volta ao portão norte.

O *killadar* pôde ver que os trezentos cavaleiros estavam cavalgando até o portão sul que era encimado por uma torre atarracada da qual adejava a espalhafatosa bandeira verde e escarlate de Scindia. Para alcançar a torre o *killadar* teve de descer correndo alguns degraus de pedra porque a seção da muralha a oeste do portão não possuía parapeito, sendo simplesmente uma parede de pedras vermelhas alta e vazia. Ele correu ao longo do sopé da muralha, e então subiu mais degraus para alcançar a torre de vigia no exato instante em que os três cavaleiros pararam embaixo.

Dois dos cavaleiros eram indianos, enquanto o terceiro era um oficial britânico, e os três realmente tinham vindo oferecer *cowle* à cidade. Se o *killadar* se rendesse, gritou um dos indianos, os defensores da cidade teriam permissão de sair em marcha de Ahmednuggur com todas suas armas manuais e os pertences que pudessem carregar. O general Wellesley garantiria à guarnição salvo-conduto até o rio Godavery, para além do qual o *compoo* de Pohlmann recuara.

Sanjit Pandee hesitou. O *cowle* era generoso, surpreendentemente generoso, e ele ficou tentado a aceitá-lo, porque nenhum homem morreria se os termos fossem cumpridos. Ele podia ver a coluna inimiga com clareza agora, e ela lhe parecia uma mancha vermelha maculando a planície. Havia canhões naquela mancha, e só Deus sabia quantos mosquetes. Em seguida, Sanjit Pandee olhou para a esquerda e para a direita e viu a confortadora altura de suas muralhas, viu as túnicas brancas dos temíveis árabes, e imaginou o que Dowlut Rao diria se ele entregasse Ahmednuggur de mão beijada. Scindia ficaria furioso, e um Scindia furioso tendia a colocar o motivo de sua fúria debaixo da pata de um elefante. O dever do *killadar* era retardar os britânicos diante de Ahmednuggur enquanto Scindia reunia seus aliados e preparava o vasto exército que esmagaria o invasor. Sanjit Pandee suspirou.

— Não pode haver *cowle* — gritou para os três mensageiros de Wellesley, e os cavaleiros não tentaram fazer com que o *killadar* mudasse de ideia. Eles simplesmente puxaram as rédeas, esporearam os cavalos e foram embora. — Eles querem batalha — disse com tristeza o *killadar*. — Eles querem despojos.

— Foi para isso que vieram — retrucou um auxiliar. — A terra deles é estéril.

— Ouvi dizer que é verde — disse Sanjit Pandee.

— Não, *sahib*. É estéril e seca. Por que mais estariam aqui?

Pelas muralhas correu a notícia de que o *cowle* fora recusado. Ninguém esperara o contrário, mas o desafio relutante do *killadar* animou os defensores, cujo número aumentava ao passo que civis subiam até o parapeito para ver o inimigo em aproximação.

Dodd ficou furioso ao ver que mulheres e crianças se acotovelavam nas muralhas para ver o inimigo.

— Tire essa gente das muralhas! — ordenou ao seu intérprete. — Quero apenas soldados autorizados aqui em cima. — Observou suas ordens serem obedecidas. — Nada vai acontecer por três dias agora — assegurou aos seus oficiais. — O inimigo mandará soldados para nos incomodar, mas eles não poderão nos ferir se mantivermos nossas cabeças abaixo do muro. Mande os homens ficarem de cabeça baixa. E ninguém deve atirar nos soldados inimigos, entenderam? Não há por que desperdiçarmos munição boa com escaramuçadores. Abriremos fogo daqui a três dias.

— Daqui a três dias, *sahib*? — indagou um jovem oficial indiano.

— Os bastardos levarão um dia para estabelecer baterias de canhões e dois para abrir uma brecha na muralha — previu Dodd com confiança. — Os desgraçados virão apenas no quarto dia, de modo que não há motivo para nos preocuparmos com isso agora. — O major decidiu dar um exemplo de sangue-frio diante do inimigo.

— Vou fazer o desjejum — disse aos oficiais. — Estarei de volta quando os bastardos começarem a cavar suas baterias de canhões.

O major alto desceu os degraus e desapareceu nos becos da cidade. O intérprete tornou a olhar para a coluna em aproximação e então colocou o olho no telescópio. Ele estava procurando por canhões, mas a princípio viu apenas uma massa de homens em casacas vermelhas com um estranho cavaleiro entre suas fileiras, e então viu uma coisa curiosa. Uma coisa que ele não compreendeu.

Alguns dos homens à frente da fileira carregavam escadas. O intérprete franziu o cenho, intrigado, e então viu uma coisa mais familiar para mais além dos soldados de vermelho. Moveu o telescópio para ver a artilharia do inimigo. Havia apenas cinco canhões, um sendo puxado por homens e os outros quatro por elefantes, e depois da artilharia havia mais casacas vermelhas. Esses casacas vermelhas usavam saias axadrezadas e chapéus pretos altos, e o intérprete ficou feliz em lembrar que estava atrás da muralha, porque alguns daqueles homens de saias pareciam muito perigosos.

Olhou de volta para as escadas e não compreendeu exatamente o que via. Havia apenas quatro escadas, de modo que eles claramente não tencionavam encostá-las na muralha. Talvez, pensou o intérprete, os britânicos planejassem fazer uma torre de observação para poderem enxergar por cima das defesas. Como essa explicação pareceu fazer sentido, o intérprete não concluiu que não haveria cerco, e sim uma escalada. O inimigo não estava planejando abrir um buraco na muralha, e sim passar direto por cima dela. Não haveria espera, escavação, estabelecimento de baterias de canhões, nem brecha. Haveria um ataque, um grito, uma torrente de disparos, e então morte no sol matutino.

— Nossa principal preocupação, Sharpe, é não sermos mortos — disse McCandless.

— Não estava planejando isso, senhor.

— Sem heroísmos, Sharpe. Esse não é o seu trabalho. Devemos apenas seguir os heróis para dentro da cidade, procurar pelo sr. Dodd, e então voltar para casa.

— Sim, senhor.

— Portanto, permaneça perto de mim. Ficarei perto do grupo do coronel Wallace. Caso se perca, procure por ele. Aquele ali é Wallace, está vendo?

McCandless apontou para um oficial alto, de cabeça descoberta, cavalgando à frente do 74º Regimento.

— Estou vendo, senhor — respondeu Sharpe.

Wallace estava montado no cavalo sobressalente e a altura extra permitia-lhe enxergar por cima das cabeças do 74º Regimento do Rei que marchava à sua frente. Depois dos Highlanders, a muralha da cidade posava vermelho-escura ao sol nascente, e em seu cume aparecia ocasionalmente um lampejo de mosquete entre os merlões em forma de cúpula que encimavam a muralha. Grandes bastiões redondos sobressaíam a cada 90 metros e esses bastiões tinham seteiras negras que Sharpe acreditava ocultar os canhões de defesa. Estátuas em cores berrantes na torre de um templo despontavam por trás da muralha enquanto uma miríade de bandeiras pendia do portão. Ninguém ainda havia disparado. Os britânicos estavam ao alcance dos canhões, mas os defensores mantinham seus canhões silenciosos.

A maior parte da força britânica agora parou a 800 metros da muralha, enquanto os três grupos de assalto se organizavam. Dois dos grupos atacantes escalariam a muralha, um à esquerda do portão e o outro à direita, e ambos seriam liderados por soldados escoceses com sipaios oferecendo apoio. O 78º Regimento do Rei, o regimento trajando *kilts*, atacaria à esquerda, enquanto seus conterrâneos Highlanders do 74º atacariam à direita. O terceiro ataque, no centro, seria conduzido pelo coronel do 74º, William Wallace, que também era o comandante de uma das duas brigadas de infantaria e evidentemente um velho amigo de McCandless, porque, ao ver seu conterrâneo, Wallace cavalgou de volta atrás das fileiras de seu regimento para saudá-lo com uma familiaridade calorosa. Wallace lideraria soldados do 74º Regimento do Rei num assalto contra a muralha propriamente dita, e seu plano era empurrar um canhão de seis libras até os grandes portões de madeira e então disparar a arma para arrombar a entrada.

— Nenhum de nossos canhoneiros fez isso antes — disse Wallace a McCandless. — Assim, eles insistiram em colocar uma bala redonda no canhão, mas juro que minha mãe me ensinou a nunca usar balas para abrir portões. Use uma carga dupla de pólvora e apenas isso, foi o que ela me ensinou.

— A sua mãe lhe ensinou isso, Wallace? — indagou McCandless.

— O meu avô era soldado de artilharia e soube educá-la bem. Mas não consegui persuadir nossos canhoneiros a não usarem a bala. São uns cabeças-duras. Todos ingleses, claro. É impossível ensinar qualquer coisa a eles. — Wallace ofereceu seu cantil a McCandless. — É chá frio, McCandless, nada que mande a sua alma para a perdição.

McCandless tomou um bom gole de chá e em seguida apresentou Sharpe.

— Ele foi o camarada que explodiu a mina de Tipu em Seringapatam — disse a Wallace.

— Ouvi falar de você, Sharpe! — disse Wallace. — Um belo dia de trabalho, sargento, parabéns. — E o escocês se inclinou para estender a mão para Sharpe. Era um homem de meia-idade, começando a ficar calvo, de rosto agradável e sorriso fácil. — Posso tentá-lo a tomar um pouco de chá gelado, Sharpe?

— Obrigado, senhor, mas eu trouxe água — disse Sharpe, dando uma palmadinha em seu cantil cheio com rum, presente de Daniel Fletcher, o ordenança do general.

— Com sua licença, preciso voltar aos meus negócios — disse Wallace a McCandless, pegando de volta seu cantil. — Na próxima vez em que nos virmos estaremos dentro da cidade, McCandless. Felicidades para vocês dois — desejou Wallace e esporeou seu cavalo de volta para a testa da coluna.

— Um homem muito bom — disse McCandless calorosamente. — Muito bom mesmo.

Sevajee e seus doze soldados apressaram seus cavalos para alcançar McCandless. Todos estavam usando casacas vermelhas, visto que planejavam cavalgar para o interior da cidade com McCandless e nenhum deles queria ser confundido com o inimigo. Mesmo assim, de alguma forma as jaquetas desabotoadas, que tinham sido tomadas emprestadas de um batalhão de sipaios, concediam-lhes uma aparência mais corsária do que nunca. Todos carregavam *tulwars*, sabres curvados que tinham sido afiados ao alvorecer. Sevajee calculava que não haveria tempo de mirar mosquetes depois que estivessem no interior de Ahmednuggur. A ordem eram cavalgar para dentro, investir contra quem estivesse resistindo e cortá-los com força.

Os dois grupos de escalada se separaram. Cada um deles estava com um par de escadas, e cada grupo era liderado pelos homens que haviam se voluntariado para ser os primeiros a galgar os degraus. O sol agora estava cheio acima do horizonte e Sharpe podia enxergar a muralha com mais clareza. Calculou que tinha seis metros de altura, alguns centímetros a mais ou a menos, e o brilho dos canhões em cada troneira e seteira revelava que era fortemente protegida.

— Já viu uma escalada, Sharpe? — perguntou McCandless.

— Não, senhor.

— Uma empreitada perigosa. Escadas são coisas frágeis. É arriscado ser o primeiro a subir.

— Muito arriscado, senhor.

— E se a escada cai, o inimigo ganha confiança.

— Então por que tentar isso, senhor?

— Porque se for bem-sucedida, a escalada abaterá o ânimo do inimigo. Nós pareceremos invencíveis. *Veni, vidi, vici.*

— Não falo indiano, senhor. Não muito bem.

— Latim, Sharpe. Latim. Vim, vi, venci. Como você está de leitura?

— Estou bem, senhor, muito bem — respondeu Sharpe entusiasmado, embora ele realmente não tivesse lido muita coisa nos últimos quatro anos além de listas de armas armazenadas, escalas de serviço e os pedidos de consertos do major Stokes. Mas tinham sido o coronel McCandless e seu sobrinho, o tenente Lawford, que haviam ensinado Sharpe a ler enquanto compartilhavam uma cela na prisão do sultão Tipu. Isso tinha sido há quatro anos.

— Vou lhe dar uma bíblia, Sharpe — disse McCandless, observando os grupos de escalada marcharem com confiança. — É o livro que mais vale a pena ser lido.

— Eu gostaria disso, senhor — disse Sharpe, muito sério, e então viu os piquetes do dia correrem na frente para formar uma fileira de combate que polvilharia a muralha com tiros de mosquete.

Nenhuma bala ainda tinha sido disparada da muralha da cidade, embora a esta altura tanto os piquetes do dia e os dois grupos de escadas estivessem ao alcance dos mosquetes inimigos.

— Se não se importa que eu pergunte, senhor, o que impedira aquele sodomita... desculpe, senhor... o que impedirá o sr. Dodd de escapar pelo outro lado da cidade, senhor?

— Eles vão, Sharpe — disse McCandless, apontando para a cavalaria que agora galopava em ambos os lados da cidade. A 19ª Cavalaria Ligeira cavalgava num esquadrão cerrado, mas os outros cavaleiros eram aliados maratas ou *silladars* de Haiderabad ou Misore, e cavalgavam num agrupamento mais esparso. — Sua missão é atacar qualquer um que deixe a cidade — prosseguiu McCandless. — Não os civis, é claro. Mas qualquer soldado.

— Mas Dodd tem um regimento inteiro, senhor.

McCandless não parecia preocupado com isso.

— Duvido que o regimento inteiro servirá a ele. Dentro de um ou dois minutos haverá pânico dentro de Ahmednuggur, e como Dodd escapará? Ele terá de abrir caminho através de uma turba de civis aterrorizados. Não, iremos encontrá-lo dentro da cidade, se é que ele ainda está lá.

— Ele está — garantiu Sevajee. Ele estava olhando a muralha através de uma pequena luneta. — Posso ver os uniformes de seus homens no parapeito. Jaquetas brancas. — Apontou para oeste, além da seção de muralha que seria atacada pelo 78º Regimento.

Súbito, as linhas do dia abriram fogo. Estavam espalhadas ao longo da margem sul da cidade, e seus disparos eram esporádicos e, na opinião de Sharpe, fúteis. Homens atirando numa cidade? As balas dos mosquetes beijavam a pedra vermelha da muralha que devolvia em ecos os estampidos dos disparos, e os defensores ignoraram a ameaça. Nem mesmo um único mosquete respondeu, nem um só canhão disparou. A muralha estava silenciosa. Fiapos de fumaça se levantavam da linha de disparo que continuava lascando com chumbo as pedras vermelhas.

O grupo de ataque do coronel Wallace estava demorando a começar a agir, enquanto o homens de *kilt* do 78º, que estavam atacando a muralha à esquerda do portão, se achavam agora muito à frente dos outros atacantes. Corriam através de campo aberto, suas duas escadas bem evidentes, mas ainda assim os inimigos os ignoravam. Um regimento de sipaios estava correndo para a esquerda, indo somar seus mosquetes à linha. Um tocador de gaita de foles tentava entoar uma melodia, mas devia estar correndo porque seu instrumento emitia apenas pequenos soluços esganiçados. Na verdade, tudo aquilo parecia absurdo para Sharpe. A batalha — se é que podia ser chamada assim — começara muito casualmente, e o inimigo nem parecia considerá-la uma ameaça. Os disparos dos soldados eram esparsos, os grupos de assalto estavam hesitantes e ninguém parecia apressado ou cerimonioso. Devia haver cerimônia, considerou Sharpe. Uma banda devia estar tocando, bandeiras adejando, e o inimigo visível e ameaçador. Em vez disso, todo o conflito parecia desorganizado, quase irreal.

— Nesta direção, Sharpe — instruiu McCandless.

Os dois desviaram-se para onde o coronel Wallace instruía seus homens à formação. Uma dúzia de canhoneiros de casacas azuis amontoava-se em torno de um canhão de seis libras, evidentemente o canhão que seria abalroado contra o portão da cidade, enquanto um pouco adiante estava uma bateria de quatro canhões de vinte libras puxados por elefantes. Enquanto Sharpe e McCandless tocavam seus cavalos até Wallace, os quatro *mahouts* pararam seus elefantes e os canhoneiros correram para desatrelar os quatro canhões. Sharpe presumiu que a bateria de canhões iria salpicar a muralha com granadas, embora o silêncio dos defensores parecesse sugerir que eles não tinham nada a temer daqueles atacantes impudentes. *Sir* Arthur Wellesley, montado em Diomedes, que nem parecia ter sofrido uma sangria, cavalgou atrás dos canhões e proferiu algumas ordens para o comandante da bateria, que levantou a mão em reconhecimento. O general estava acompanhado por três auxiliares vestidos em casacas vermelhas e dois indianos que, a julgar pelo esplendor de suas túnicas, deviam ser comandantes dos cavaleiros aliados que haviam cavalgado para deter um fluxo de fugitivos do portão norte da cidade.

Agora os assaltantes do 78º Regimento estavam apenas a uma centena de passos da muralha. Não carregavam mochilas, apenas armas. E mesmo assim foram ignorados solenemente pelos inimigos. Nenhum canhão foi disparado, nenhum mosquete flamejou, nenhum foguete decolou da muralha.

— Parece que vai ser sopa, McCandless! — gritou Wallace.

— Rezo para que sim! — retorquiu McCandless.

— O inimigo também está rezando — comentou Sevajee, mas McCandless o ignorou.

E então, súbita e aterrorizantemente, o silêncio terminou.

O inimigo não estava ignorando o ataque. Em vez disso, das seteiras na muralha, dos baluartes altos dos bastiões e dos merlões ao longo da banqueta de tiro, ribombou uma tempestade de disparos. Num momento a muralha estivera clara ao sol da manhã, e agora aparecia anuviada por uma densa fumaça de pólvora. Uma cidade inteira franjada em branco, e o solo em torno dos soldados atacantes foi castigado por uma saraivada de balas.

— Dez para as sete! — gritou McCandless acima do barulho, como se a hora fosse importante.

Foguetes, como aqueles que Sharpe vira em Seringapatam, subiram das muralhas para costurar trilhas de fumaça em desenhos enlouquecidos acima das cabeças dos grupos de assalto. Ainda assim, apesar do volume do fogo, a salva inicial dos atacantes pareceu causar poucos danos. Um casaca vermelha estava cambaleando, mas os grupos de assalto ainda avançavam, e então um bramido carregado de dor fez Sharpe olhar para a direita para ver que um elefante fora atingido por uma bala de canhão. O *mahout* da fera puxou a coleira com força, mas o elefante se soltou e, enlouquecido por seu ferimento, investiu direto contra os soldados de Wallace. Os Highlanders se dissiparam. Os canhoneiros tinham começado a puxar seus canhões de seis libras para a frente, mas estando bem no caminho do animal ferido, muito sensatamente abandonaram a arma para fugir de sua investida. A pele enrugada do flanco esquerdo do elefante estava pintada de vermelho. Wallace gritou incoerentemente e então esporeou seu cavalo para fora do caminho. O elefante, tromba erguida e olhos mostrando os brancos, passou trovejando por McCandless e Sharpe.

— Pobre menina — disse McCandless.

— É menina? — perguntou Sharpe.

— Todos os animais de tração são fêmeas, Sharpe. São mais dóceis.

— Essa aí não é nada dócil, senhor — disse Sharpe, observando a aliá escapar da retaguarda do exército e pisotear um matagal, perseguida por seu *mahout* e uma turba empolgada de crianças magricelas que haviam seguido as tropas atacantes desde o acampamento e agora bradavam excitadas com a caçada.

Sharpe observou as crianças durante algum tempo e então se agachou involuntariamente quando uma bala de mosquete passou zunindo sobre sua barretina e outra ricocheteou do canhão de seis libras, produzindo uma surpreendente nota musical.

— Não é bom ficarmos muito perto agora, Sharpe — alertou McCandless e Sharpe obedientemente sofreou sua égua.

O coronel Wallace estava chamando seus homens de volta à formação.

— Malditos animais! — queixou-se a McCandless.

— A sua mãe nunca lhe deu conselhos sobre elefantes, Wallace?

— Nenhum que eu repetiria para um homem de fé, McCandless — disse Wallace, esporeando seu cavalo em direção aos canhoneiros que ainda estavam desorganizados.

— Voltem às suas posições, seus patifes! Depressa!

O 78º Regimento do Rei alcançou a muralha à esquerda do portão. Eles fincaram os pés de suas duas escadas no solo e então moveram os cumes em direção à banqueta de tiro da muralha.

— Bons rapazes! — gritou calorosamente McCandless, embora estivesse distante demais para que os atacantes ouvissem suas palavras de estímulo. — Bons rapazes!

O TRIUNFO DE SHARPE

Os primeiros Highlanders de *kilt* já estavam galgando os degraus, mas então um homem foi atingido por uma bala vinda do bastião de flanco. Ele parou de subir, agarrou-se à escada, e então tombou para o lado. Uma turba de Highlanders correu até a base das escadas para subir em seguida. Pobres bastardos, tão ansiosos por escalar para a morte, pensou Sharpe. Então viu que os homens que estavam subindo na frente em ambas as escadas eram oficiais. Eles tinham espadas. Os soldados escalavam com seus mosquetes munidos de baionetas sobre os ombros, mas os oficiais subiam com espadas em punho. Um deles foi atingido, e o homem atrás dele empurrou-o da escada sem a menor cerimônia e continuou subindo. Mas, ao atingir a banqueta de tiro, o homem parou inexplicavelmente.

Seus camaradas gritaram para ele se mover e escalar até a muralha, mas o homem não fez nada além de tirar o mosquete do ombro, sendo então empurrado para trás num borrifo de sangue. Outro homem assumiu seu lugar e o mesmo lhe aconteceu. O oficial no topo da segunda escada estava acocorado no degrau superior, ocasionalmente espiando sobre o cume da muralha entre dois dos merlões em forma de cúpula, mas não estava fazendo nenhuma tentativa de cruzar a muralha até a banqueta de tiro.

— Eles deviam ter mais de duas escadas, senhor — resmungou Sharpe.

— Não houve tempo, rapaz — disse McCandless. — Não houve tempo. O que está detendo os rapazes? — perguntou enquanto olhava com uma expressão agoniada para os homens parados. Os defensores árabes no bastião mais próximo estavam desfrutando de um alvo fácil e seus mosquetes exerciam um efeito avassalador nos soldados aglomerados. O ruído dos disparos dos defensores era contínuo; um destacado de tiros de mosquete, o chiado dos foguetes e o estrondo dos canhões. Homens eram derrubados das escadas, seus lugares imediatamente ocupados por outros, mas os homens no topo das escadas ainda não tentavam cruzar a muralha, e os defensores ainda disparavam. Os mortos e feridos acumulavam-se no sopé das escadas, com os vivos empurrando-os para os lados para alcançar os degraus e assim se oferecendo como alvos para os disparos incessantes. Um homem finalmente pulou para o muro e montou o cume, onde desafivelou o mosquete e disparou uma bala para a cidade. Foi quase imediatamente atingido por uma rajada de balas. O escocês oscilou por um segundo, seu mosquete caiu ao longo da face vermelha da muralha, e então ele o seguiu até o chão. O novo homem no topo da escada subiu, e então, como todos os outros, parou e se acocorou.

— O que está detendo vocês? — gritou McCandless, frustrado. — Em nome de Deus! Vá!

— Maldição, não há nenhuma banqueta de tiro lá! — exclamou Sharpe.

McCandless olhou para ele.

— O quê?!

— Desculpe, senhor. Esqueci de não praguejar, senhor.

Mas McCandless não estava preocupado com o linguajar de Sharpe.

— O que você disse, homem? — insistiu.

— Não há nenhuma banqueta de tiro lá em cima, senhor. — Sharpe apontou para o muro onde os escoceses estavam morrendo. — Não há nenhuma fumaça se levantando da banqueta, senhor.

McCandless tornou a olhar.

— Por Deus, você tem razão.

A muralha tinha merlões e seteiras, mas nenhum fiapo de fumaça de mosquete se erguia deles, o que significava que a defesa era falsa e que não havia banquetas no outro lado da muralha, onde os defensores podiam ficar em pé. De fora a seção da muralha parecia como qualquer outra parte das defesas da cidade, mas Sharpe presumia que depois que os Highlanders alcançassem o cume da muralha eles se deparavam com uma queda reta no lado oposto e, indubitavelmente, havia uma turba de inimigos esperando no sopé da muralha interna para massacrar qualquer homem que sobrevivesse à queda. O 78º Regimento do Rei estava invadindo o ar vazio e sendo impiedosamente chacinado por defensores jubilosos.

As duas escadas se esvaziaram quando os oficiais finalmente compreenderam sua situação e gritaram para que os homens descessem. Os defensores aplaudiram a retirada e continuaram disparando enquanto as duas escadas eram carregadas para longe das muralhas.

— Deus Misericordioso! — exclamou McCandless. — Deus Misericordioso!

— Eu avisei — disse Sevajee, incapaz de ocultar seu orgulho pelas qualidades de combate dos defensores maratas.

— Você está do nosso lado! — vociferou McCandless, e o indiano simplesmente deu de ombros.

— Ainda não está acabado, senhor — disse Sharpe, tentando animar o escocês.

— Escaladas dependem de velocidade, Sharpe — explicou McCandless. — Agora perdemos o elemento surpresa.

— Terá de ser feito da forma tradicional — comentou Sevajee, arrogante. — Com canhões e uma brecha.

Mas a escalada ainda não estava derrotada. O grupo de assalto do 74º alcançara a muralha à direita do portão e estava empurrando suas duas escadas contra as pedras vermelhas altas, mas este trecho da muralha possuía uma banqueta de tiro e estava apinhado com defensores animados que despejaram uma saraivada de tiros nos atacantes. Os canhões de doze libras britânicos abriram fogo e suas balas estavam destroçando os defensores. Mas os mortos e feridos foram retirados e substituídos por reforços que logo perceberam que, se deixassem os atacantes subirem as duas escadas, o canhão cessaria fogo. Assim, permitiram que os escoceses galgassem os degraus para em seguida largar toras de madeira que limpavam uma escada em segundos. Então, um canhão num dos bastiões de flanco disparou um barril entupido com pedras e sucatas de ferro contra os homens que se aglomeravam em torno do sopé das escadas.

— Deus Misericordioso! — rezou novamente McCandless. — Deus Misericordioso!

Mais homens começaram a escalar as escadas enquanto os feridos se arrastavam e cambaleavam para longe das muralhas, perseguidos por balas disparadas pelos defensores. Um oficial escocês, espada *claymore* em punho, subiu uma das escadas com a facilidade de um marinheiro escalando um cordame. Com a *claymore* ele aparou um golpe de baioneta, de alguma forma sobreviveu a uma rajada de balas, colocou uma das mãos no cume do muro, mas então uma lança o pegou na garganta e ele pareceu tremer como um peixe arpoado antes de tombar para trás, colhendo dois homens no caminho. O som dos disparos de mosquetes dos defensores era pontuado pelo ribombar grave do pequeno canhão que estava montado nas galerias ocultas dos bastiões. Um desses canhões agora acertou o flanco de uma escada e Sharpe presenciou a estrutura frágil ser rompida e cair, levando sete homens para o chão. O 78º Regimento do Rei tinha sido repelido e o 74º perdera uma de suas duas escadas.

— Isto não é bom — disse McCandless num tom arrasado. — Nada bom mesmo.

— Enfrentar maratas não é o mesmo que lutar contra homens de Misore — disse Sevajee com orgulho.

O grupo do coronel Wallace estava ainda a uns bons 90 metros do portão, retardado pelo peso de seu canhão de seis libras. Aos olhos de Sharpe, parecia que Wallace necessitava de mais homens para lidar com aquela arma pesada, e os disparos do inimigo estavam abatendo os poucos soldados de que ele dispunha para empurrar a carreta. Wellesley não estava muito atrás de Wallace, e logo atrás do general, montado num de seus cavalos sobressalentes e segurando um segundo pela rédea, estava Daniel Fletcher. Os disparos de mosquete levantavam cacos de lama seca ao redor de Wellesley e seus ajudantes, mas o general parecia protegido por um encantamento.

O 78º Regimento do Rei retornou ao ataque à esquerda, mas desta vez conduziu suas duas escadas diretamente para o bastião que flanqueava o trecho de muralha onde fracassara a primeira tentativa. O bastião ameaçado reagiu com uma erupção furiosa de tiros de mosquete. Uma das escadas caiu, seus portadores atingidos violentamente pela salva, mas a outra completou o movimento até o cume do bastião. E assim que a escada tocou o bastião, um oficial de *kilt* subiu os degraus.

— Não! — berrou McCandless enquanto o oficial era atingido e caía.

Outros homens assumiram seu lugar, mas os defensores emborcaram uma cesta de pedras sobre a banqueta de tiro. A chuva de pedras colheu todos os ocupantes da escada. Uma salva de mosquetes fez os defensores se abaixarem e, quando a fumaça esvaneceu, Sharpe viu que o oficial de *kilt* estava mais uma vez ascendendo a escada, desta vez sem o seu chapéu alto. Na mão direita empunhava a *claymore* e a espada enorme era um estorvo. Um árabe apareceu subitamente no topo da muralha e despejou um toco de madeira na escada. O oficial foi derrubado uma segunda vez.

— Não! — tornou a lamentar McCandless.

Mas então o mesmo oficial apareceu uma terceira vez. Estava resolvido a ter a honra de ser o primeiro a entrar na cidade, e desta vez estava com sua cinta vermelha amarrada ao punho e deixando a *claymore* pender por seu cabo de um laço na seda. Contando assim com ambas as mãos livres, podia subir muito mais rápido. Escalava sem pausas, seus subordinados agrupados atrás dele com seus chapéus de pele de urso, as seteiras nas galerias do bastião cuspindo chamas e fumaça enquanto eles venciam os andares. Como se por mágica, o oficial sobreviveu ao fuzilamento, e Sharpe estava com o coração na boca enquanto o homem se aproximava mais e mais do topo. Sharpe esperava ver um defensor aparecer a qualquer momento, mas os atacantes que não faziam fila no sopé da escada estavam agora castigando o cume do bastião com disparos de mosquete; sob essa cobertura, o oficial de cabeça descoberta galgou os últimos degraus, parou para empunhar sua *claymore* e saltou sobre o topo da muralha. Alguém bradou um viva, e Sharpe teve uma visão clara da *claymore* do oficial subindo e descendo sobre a cumeeira da muralha. Mais Highlanders escalavam a escada e embora alguns fossem atingidos por disparos vindos das seteiras no bastião, outros finalmente alcançaram a banqueta de tiro elevado e seguiram seu oficial para as defesas. A segunda escada foi empurrada até encostar na muralha e a goteira de atacantes virou uma torrente.

— Graças a Deus — disse McCandless com fervor. — Realmente, graças a Deus.

O 78º Regimento do Rei estava no bastião e agora o 74º, que fora reduzido a apenas uma escada, também conquistou sua posição. Um oficial organizou duas companhias para polvilhar com chumbo a banqueta de tiro enquanto um sargento trepava na muralha. O sargento desferiu uma baionetada para baixo e recuou quando um defensor desfechou-lhe um golpe de *tulwar*. Contudo, um tenente que estava atrás do sargento aparou o golpe com sua *claymore* e chutou violentamente o rosto do defensor. Um terceiro homem fez a travessia, um quarto foi morto, e quando mais um soldado que estava na muralha caiu, os escoceses entoaram seus gritos de guerra, iniciando a missão sinistra de varrer os defensores da banqueta de tiro. Sharpe podia ouvir o choque de lâminas na muralha, e divisar uma nuvem de fumaça de pólvora sobre as ameias onde os escoceses do 74º avançavam pela banqueta de tiro, mas não via nada no bastião onde lutavam os soldados de *kilt* do 78º Regimento do Rei. Sharpe presumiu que eles estavam limpando o bastião, pavimento por pavimento, descendo pela escadaria de pedra e desfechando baionetadas nos canhoneiros e soldados de infantaria que guarneciam as galerias inferiores.

Enfim os escoceses alcançaram o térreo do bastião, onde mataram um último defensor, e em seguida afloraram da porta interna da torre para confrontarem uma horda de árabes que desfechava uma salva de tiros nas fileiras de atacantes.

— Ataquem os bastardos! Ataquem!

Quem gritava era o mesmo jovem oficial que liderara o assalto e agora conduzia seus homens contra os árabes. Os defensores vestidos em túnicas agora estavam ocupados em recarregar seus mosquetes. Os Highlanders atacaram com baionetas e uma ferocidade nasceu do desespero.

Os escoceses estavam dentro da cidade, mas até agora a única rota para reforçá-los era subindo as três escadas remanescentes, e uma delas curvava-se perigosamente depois de ser atingida por uma pequena bala de canhão. Wellesley gritou para Wallace abrir o portão, e o coronel Wallace berrou para seus canhoneiros posicionarem sua maldita arma. Os defensores sobre o portão esforçaram-se ao máximo para deter o canhão que avançava, mas Wallace ordenou que uma companhia de infantaria ajudasse os canhoneiros a empurrar o canhão para a frente. Esses homens bradaram vivas enquanto sacolejavam a arma pesada em direção ao portão.

— Disparem neles! — berrou Wallace. — Disparem!

Os soldados de infantaria de Wallace que haviam sobrado abriram uma salva imprecisa contra os defensores do portão, lá em cima. As bandeiras sobre a muralha dançaram enquanto sua seda era perfurada por balas. O canhão de seis libras continuou seu avanço, sacolejando pela superfície irregular da estrada que era salpicada pelas balas de mosquete disparadas das seteiras da entrada fortificada. Uma gaita de foles estava tocando e a música selvagem servia de acompanhamento musical perfeito para o ataque selvagem dos canhões.

— Continuem atirando! — gritou Wallace para sua infantaria. — Não parem de atirar!

As balas de mosquete dos homens de Wallace levantavam nuvenzinhas de poeira e lascas de pedra do portão amortalhado em fumaça, fumaça tão densa que ao percorrer os últimos metros, o canhão pareceu desaparecer na neblina. Então Sharpe escutou o estrondo da boca do canhão sendo arrojada violentamente contra o grande portão de madeira.

— Recuem! — gritou o comandante de artilharia. — Recuem!

E os homens que haviam empurrado o canhão distanciaram-se da peça de artilharia.

— Preparem-se! — gritou Wallace e seus homens interromperam os disparos e desembainharam baionetas que foram encaixadas sobre as bocas enegrecidas dos mosquetes. — Disparem o canhão! — esgoelou-se Wallace. — Disparem! Pelo amor de Deus, disparem!

Um foguete emergiu da fumaça, traçando um rastro de fagulhas. Por um instante, Sharpe pensou que ele penetraria o coração dos soldados de Wallace que permaneciam em prontidão, mas então o projétil arqueou para cima rumo ao céu azul e limpo e explodiu sem causar danos.

Dentro da cidade os árabes que haviam tentado defender o bastião agora recuaram diante dos escoceses ensandecidos pela batalha que emergiam da porta interna do bastião. Os árabes podiam vir de um país cruel e belicoso, mas o mesmo valia para os homens de *kilt* que atacavam a cidade. Agora havia sipaios subindo as escadas e eles se juntaram aos Highlanders. Seu instinto era investir através do espaço aberto dentro da muralha e alcançar a cobertura dos becos da cidade. Porém, o jovem oficial que liderara o ataque sabia que os defensores ainda conseguiriam contra-atacar se ele não abrisse o portão, permitindo assim que um fluxo de atacantes inundasse a cidade.

— Ao portão! — gritou ele, liderando seus homens ao longo da face interna da muralha para alcançar o portão sul.

Os árabes que aguardavam logo depois do arco viraram-se e dispararam enquanto os escoceses se aproximavam, mas o jovem oficial parecia invencível. Ele gritou enquanto atacava e desferia golpes com sua *claymore* lavada em sangue. Os soldados do oficial também avançavam, arremetendo suas baionetas. Dois sipaios uniram-se a eles, apunhalando e berrando, e os árabes, superados em número, morreram ou fugiram.

— Abram o portão! — gritou o jovem oficial, e um dos sipaios correu para levantar a trava pesada de seus suportes de ferro.

— Fogo! — bradou o coronel Wallace no outro lado do portão.

O comandante da artilharia levou uma tocha acesa ao ouvido do canhão, produzindo um chiado de fagulhas e um fiapo de fumaça. Súbito, o canhão com carga dupla pulou para trás e o som de sua descarga maciça foi ampliado pelo eco ensurdecedor gerado pela passagem arcada do portão. As portas estilhaçaram, e o sipaio que estava levantando a barra foi partido ao meio pela bala de seis libras e pelos detritos de madeira afiados que estouraram para dentro da cidade. Os outros atacantes no lado interno do portão recuaram da fumaça e da chama do disparo, mas a barra fora levantada e a descarga do canhão abrira os portões.

— Atacar! — berrou Wallace.

Os soldados de Wallace gritaram enquanto corriam até a passagem arcada envolta em fumaça, passavam pelo canhão e pulavam as metades ensanguentadas do sipaio chacinado.

— Vamos, Sharpe, vamos!

Agora McCandless estava com sua própria *claymore* desembainhada. O velho estava empolgado como um menino ao esporear seu cavalo em direção à cidade invadida. As tropas de assalto que aguardavam para escalar as escadas agora se juntaram à erupção de soldados correndo em direção ao portão estilhaçado.

Porque Ahmednuggur caíra, e desde o primeiro disparo até a abertura do portão transcorreram meros vinte minutos. E agora que os casacas vermelhas avançavam para sua recompensa, o sofrimento dentro da cidade podia começar.


O major William Dodd não chegara ao lugar onde faria seu desjejum. Em vez disso, correra de volta para as muralhas no momento em que ouvira os primeiros disparos de mosquete e, uma vez no parapeito, fitara pasmo os soldados carregando escadas, porque em nenhum momento previra que os britânicos tentariam uma escalada. De todos os métodos de tomar uma cidade a escalada era o mais arriscado, porém Dodd compreendeu que deveria ter previsto isso. Ahmednuggur não contava com fosso ou esplanada. Sem nenhum obstáculo além de suas muralhas a cidade era uma candidata perfeita para uma escalada, embora Dodd jamais acreditasse que "Menino" Wellesley teria a ousadia de tentar esse estratagema. Achava-o cauteloso demais.

Como nenhum dos assaltos foi direcionado ao trecho de muralha onde os soldados de Dodd estavam posicionados, tudo que podiam fazer era disparar obliquamente seus mosquetes contra os britânicos. Para piorar, a distância era grande demais para os tiros serem eficazes e a densa fumaça de pólvora logo obscureceu sua mira. Dodd não teve outra opção além de ordenar aos seus homens que cessassem fogo.

— Só vejo quatro escadas — disse o intérprete de Dodd.

— Devem ser mais de quatro — comentou Dodd. — Não podem ser apenas quatro.

Durante algum tempo, pareceu que o major tinha razão. Os defensores estavam fazendo troça do ataque, enquanto o maior problema que os soldados de Dodd enfrentavam era um grupo de escaramuçadores sipaios disparando contra a muralha sem qualquer eficácia. Dodd demonstrou seu desprezo pelos disparos dos escaramuçadores ficando em pé a peito descoberto numa seteira de onde poderia observar a cavalaria inimiga contornar o flanco da cidade para conter qualquer tentativa de fuga pelo portão norte. Ele decidiu que conseguiria lidar com alguns soldados de cavalaria. Uma bala de mosquete expeliu um fragmento de pedra da cumeeira ao lado de Dodd. A pedra raspou o cinto de couro que estava afivelado em torno da casaca branca, e nova em folha, de Dodd. Ele não gostava de usar branco. Uma roupa branca destacava a sujeira, mas pior, fazia qualquer ferimento parecer muito mais grave do que era realmente. Numa casaca vermelha um ferimento raramente se destacava, mas mesmo uma pequena quantidade de sangue numa casaca branca podia aterrorizar um homem de nervos fracos. Dodd se perguntou se Pohlmann ou Scindia concordariam em pagar por casacas novas. Marrons, talvez, ou azul-escuras.

O intérprete parou ao lado de Dodd na seteira.

— Senhor, o *killadar* está pedindo que entremos em forma atrás do portão.

— Anotado — respondeu Dodd, sucinto.

— *Sahib*, ele diz que o inimigo está se aproximando do portão com um canhão.

— Sensato da parte dele — comentou Dodd.

Ignorando a requisição do *killadar*, Dodd olhou para leste e divisou um oficial escocês aparecer de repente no cume de um bastião. Matem-no, incitou silenciosamente aos árabes no bastião, mas o jovem oficial pulou para baixo, pôs-se a desferir golpes com sua espada *claymore* e de repente havia mais escoceses de *kilt* atravessando a muralha.

— Odeio esses escoceses sujos — disse Dodd.

— *Sahib?* — indagou o intérprete.

— Uns bastardos puritanos, é isso que eles são — disse Dodd.

Mas os bastardos puritanos pareciam ter capturado a cidade e Dodd sabia que seria loucura envolver-se numa luta cujo resultado já estava decidido. Se fizesse isso, perderia o seu regimento.

— *Sahib*, o *killadar* estava insistente — disse o intérprete, interrompendo os pensamentos de Dodd.

— Quero mais que o *killadar* se dane — disse Dodd, descendo da seteira. — Todos os homens devem descer da muralha e formar companhias na esplanada interna. — Apontou para o espaço amplo no interior da muralha. — Agora! — acrescentou e, depois de olhar pela última vez para os atacantes, desceu correndo a escadaria. — *Femadar!* — gritou para Gopal, a quem promovera como recompensa por sua lealdade.

— *Sahib!*

— Entrem em formação! Marchem em companhias para o portão norte! Se tiverem o caminho bloqueado por civis, abram fogo!

— Matar os civis? — perguntou o *Femadar.*

— O que acha que quero que façam com eles? Cócegas? Chacinem os civis!

O intérprete, que ouvira o diálogo, virou-se para fitar estupefato o inglês alto.

— Mas, senhor... — começou a argumentar.

— A cidade está perdida e a segunda lei da guerra é não reforçar o fracasso — rosnou Dodd.

O intérprete estava curioso para saber qual era a primeira lei, mas decidiu que não era hora de perguntar.

— Mas senhor, o *killadar...*

— É um rato e nós somos homens. Nossas ordens são salvar o regimento para que ele possa lutar novamente. Agora, vamos!

Dodd viu os primeiros casacas vermelhas eclodirem da porta interna do bastião, ouviu a salva de tiros dos árabes, que empurrou alguns dos atacantes para a terra ensanguentada, mas então deu as costas para o embate e seguiu seus homens para as ruas da cidade. Era contra seus instintos abandonar uma luta, mas Dodd conhecia seu dever. A cidade deveria morrer, mas o regimento precisava viver. Capitão Joubert estaria mantendo a segurança do portão norte, onde os canhões de Dodd aguardavam e onde seus próprios cavalos selados e mula carregada com fardos estavam prontos. Assim chamou seu outro oficial francês, o jovem tenente Sillière, e mandou-o pegar uma dúzia de homens para resgatar Simone Joubert do caos que estava prestes a engolir a cidade. Dodd preferiria resgatar Simone pessoalmente para se fazer passar por seu protetor, mas sabia que a queda da cidade era iminente e que não havia tempo para galanteios.

— Traga-a em segurança, tenente.

— Claro, senhor — respondeu Sillière e, feliz por ter sido incumbido dessa missão, ordenou a uma dúzia de homens que o seguisse até os becos.

Dodd olhou por cima do ombro para o norte e então marchou para longe da luta. Não havia nada para ele ali além de fracasso. Era hora de ir para norte, porque era lá, além dos rios amplos e entre as colinas distantes, e muito longe de seus suprimentos, que os britânicos seriam atraídos para a morte.

Mas a cidade de Ahmednuggur, bem como tudo em seu interior, estava condenada.

# CAPÍTULO IV

Sharpe seguiu McCandless até a passagem arcada, usando o peso de sua égua para abrir caminho através dos sipaios e Highlanders que se acotovelavam no caminho estreito e ainda parcialmente bloqueado pelo canhão de seis libras. A égua se assustou com a fumaça de
5. pólvora densa que pairava no ar entre os restos calcinados e fumarentos dos dois portões. Sharpe, segurando a crina para se manter na sela, usou seus calcanhares de modo a fazer o cavalo trotar à frente e pisotear os intestinos espalhados do sipaio que fora atingido na barriga pela bala de seis libras. Manejava as rédeas com vigor, controlando o medo da égua entre
10. os corpos espalhados dos árabes que haviam tentado defender o portão. A luta aqui fora curta e brutal, mas não havia mais nenhuma resistência na cidade quando Sharpe alcançou McCandless, que olhava com desaprovação para os casacas vermelhas vitoriosos que corriam para os becos de Ahmednuggur. Os primeiros gritos já soavam.

15.        — Mulheres e bebida — disse com desaprovação. — É apenas nisso em que estão pensando: mulheres e bebida.

       — E em despojos também, senhor — disse Sharpe, corrigindo o escocês. — É um mundo cruel, senhor — apressou-se em acrescentar, morrendo de inveja por não poder juntar-se aos saqueadores.

20.        Sevajee e seus homens tinham passado pelo portão e agora sofrearam seus cavalos atrás de Sharpe. Olhando para cima, Sharpe viu, com alguma surpresa, que muitos dos defensores da cidade ainda estavam no

O TRIUNFO DE SHARPE

*115*

parapeito, embora não estivessem fazendo qualquer esforço para disparar contra os casacas vermelhas que chegavam profusamente pelo portão destroçado.

— E então, senhor, o que faremos? — perguntou Sharpe.

McCandless, que geralmente era muito seguro, pareceu momentaneamente perdido. Mas então viu um mahratta ferido engatinhando pelo espaço esvaziado dentro da muralha. Jogando sua rédea para Sharpe, McCandless desmontou e caminhou até o ferido. Ajudou o homem a alcançar o abrigo de um pórtico e ali encostou-o contra uma parede e lhe deu de beber de seu cantil. McCandless falou com o ferido durante alguns segundos. Sevajee, *tulwar* ainda desembainhado, parou ao lado de Sharpe.

— Primeiro nós os matamos, depois lhes damos água — disse o indiano.

— A guerra é uma coisa muito curiosa, senhor — disse Sharpe.

— E você gosta dela? — perguntou Sevajee.

— Não sei exatamente, senhor. Não vi muita guerra. — Uma breve escaramuça em Flanders, a vitória rápida em Malavelly, o caos na queda de Seringapatam, o horror de Chasalgaon e a escalada feroz de hoje, essa era toda a experiência de Sharpe com a guerra. Sharpe juntou todas essas lembranças e tentou extrair delas algum padrão que lhe dissesse como deveria reagir quando a próxima onda de violência explodisse em sua vida. Pensava que gostava da guerra, mas estava vagamente cônscio de que talvez não gostasse. — E o senhor? — perguntou a Sevajee.

— Eu amo a guerra, sargento — foi a resposta simples do indiano.

— O senhor nunca foi ferido? — perguntou Sharpe.

— Duas vezes. Mas um jogador não para de rolar dados porque perdeu.

McCandless deixou o homem ferido e voltou correndo.

— Dodd está seguindo para o portão norte.

— Nesta direção — disse Sevajee, tocando a montaria e conduzindo seus assassinos para a direita, onde ele acreditava que poderiam evitar o fluxo de pessoas apavoradas que congestionava o centro da cidade.

— O homem ferido era o *killadar* — disse McCandless enfiando a bota esquerda no arreio e em seguida erguendo-se para a sela. — Está morrendo, pobre coitado. Levou uma bala no estômago.

— O chefe deles, hein? — comentou Sharpe, levantando a cabeça para a entrada fortificada; lá em cima, um Highlander estava arrancando as bandeiras de Scindia.

— E estava profundamente insatisfeito com o tenente Dodd — disse McCandless, enquanto esporeava o cavalo atrás de Sevajee. — Parece que ele desertou das defesas.

— Ele está apressado em fugir, senhor — sugeriu Sharpe.

— Então vamos nos apressar para detê-lo — retrucou McCandless, fazendo seu cavalo passar entre os homens de Sevajee para alcançar as fileiras frontais dos perseguidores. Sevajee estava seguindo pelos becos atrás do trecho leste das muralhas; durante algum tempo as ruas estreitas permaneceram comparativamente vazias, mas então as multidões aumentaram e seus problemas começaram. Um cão latiu aos calcanhares do cavalo de McCandless, fazendo-o empinar. Em seguida, uma vaca sagrada com chifres pintados de azul cruzou seu caminho e Sevajee insistiu em que eles esperassem a passagem do animal. McCandless, furioso, espalmou o traseiro ossudo da vaca com sua *claymore* para tocá-la para o lado. Então o cavalo de McCandless se assustou de novo, agora com uma saraivada de tiros de mosquete bem perto dali. Um grupo de sipaios estava abrindo uma porta a tiros, mas McCandless não dispunha de tempo para deter suas depredações.

— Wellesley terá de enforcar alguns deles — disse McCandless, esporeando o cavalo.

Refugiados corriam para os becos, batendo em portas trancadas ou escalando muros de tijolos em busca de segurança. Uma mulher, carregando um embrulho grande na cabeça, foi derrubada ao chão por um sipaio que se pôs a cortar as cordas do pacote com sua baioneta. Dois árabes, ambos armados com imensos mosquetes com coronhas cravejadas de pérolas, apareceram na frente deles e Sharpe tirou seu mosquete do ombro. Porém os dois homens não estavam dispostos a continuar lutando por uma causa perdida e desapareceram num portão. A rua estava entulhada com casacas de uniformes, algumas verdes, algumas azuis, outros marrons, todas descartadas por defensores apavorados que agora tentavam passar-se por civis. A multidão engrossou à medida que eles se aproximavam da orla norte da cidade, onde o pânico que pairava no ar era quase palpável. Tiros soavam constantemente na cidade e cada estampido, como cada grito, provocava um arrepio na multidão que continuava se movendo numa desenganada tentativa de fuga.

McCandless estava gritando com as multidões e usando a ameaça de sua espada para abrir uma passagem. Havia muitos homens nas ruas que poderiam ter-se oposto ao grupo do coronel, e alguns desses ainda estavam armados, mas nenhum esboçou qualquer movimento ameaçador. Os defensores de Ahmednuggur que haviam sobrevivido apenas queriam viver, enquanto os civis tinham mergulhado no terror. Uma multidão invadira um templo hindu onde as mulheres pranteavam na frente de seus ídolos. Uma criança carregando uma gaiola de passarinho atravessou correndo a rua e McCandless sofreou seu cavalo para não pisoteá-la, e então uma saraivada de tiros soou bem alto logo adiante. Houve uma pausa e Sharpe imaginou os homens rasgando novos cartuchos e socando as balas pelos canos das espingardas, e então, exatamente no momento em que ele esperava, a segunda salva soou. Estes não eram os estampidos intermitentes de saqueadores abrindo a bala cadeados de portas, mas o som disciplinado de um combate de infantaria.

— Tenho certeza de que é uma luta no portão norte! — gritou McCandless, empolgado.

— Parece violenta, senhor.

— Eles estarão em pânico, homem, pânico! Tudo que temos a fazer é cavalgar até lá e capturar o sujeito!

McCandless, tão perto de sua presa, estava exultante. Uma terceira salva soou, e desta vez Sharpe ouviu as balas de mosquete beijarem paredes de tijolos ou atravessar telhados de sapé. De repente, as ruas estavam substancialmente mais vazias e McCandless esporeou seu cavalo, tocando-o para mais perto da peleja. Sevajee estava ao seu lado, *tulwar* reluzindo, e seus homens logo atrás. As muralhas da cidade estavam próximas do seu lado direito, e adiante, sobre um emaranhado de telhados de sapé inclinados, Sharpe avistou uma bandeira com listras verdes e azuis adejando sobre os baluartes de uma torre quadrada como o bastião que coroava o portão sul. A torre devia estar acima do portão norte, e Sharpe chutou seu cavalo e engatilhou seu mosquete.

Os cavaleiros passaram pelas últimas casas da cidade e agora o portão estava a menos de trinta metros adiante, no outro lado de um espaço aberto e pavimentado. Contudo, no momento em que viu o portão, McCandless puxou as rédeas para desviar seu cavalo para o lado. Sevajee fez o mesmo, mas os homens que vinham atrás, Sharpe entre eles, demoraram a imitá-los. Sharpe pensara que as salvas disciplinadas estariam sendo disparadas por casacas vermelhas ou sipaios, mas em vez disso duas companhias de soldados de casacas brancas barravam o caminho até o portão. Eram esses os soldados que estavam atirando para manter o espaço em torno do portão livre para outras companhias de casacas brancas que marchavam a passo acelerado para fugir da cidade. As salvas eram disparadas indiscriminadamente contra civis, casacas vermelhas e defensores fugitivos, visando apenas manter o portão desimpedido para as companhias de casacas brancas sob o comando de um homem sobrenaturalmente alto, montado num cavalo negro de constituição delgada. E no instante em que Sharpe botou os olhos no homem, e o reconheceu, a companhia à esquerda mirou nos cavaleiros e disparou.

Um cavalo relinchou de dor. Sangue quente jorrou nos paralelepípedos enquanto o animal caía, aprisionando seu cavaleiro e quebrando sua perna. Outro dos homens de Sevajee estava caído, seu *tulwar* repicando enquanto rolava pelas pedras. Sharpe ouviu o zumbido de balas de mosquete ao seu redor e puxou fortemente as rédeas para tocar a égua de volta para o beco, mas o animal protestou contra sua violência e se virou em direção ao inimigo. Sharpe chutou o animal.

— Anda, sua desgraça! — gritou. — Anda!

Sharpe ouviu varetas roçando em canos e soube que faltavam segundos para que mais uma salva de balas viesse em sua direção, mas subitamente McCandless estava ao seu lado. O escocês se curvou, segurou o cabresto da égua e a rebocou para a segurança de um beco.

— Obrigado, senhor — agradeceu Sharpe.

Ele perdera o controle de sua montaria e estava envergonhado por isso. A égua estava tremendo. Sharpe começou a acariciar seu pescoço no instante em que a salva seguinte do regimento de Dodd martelou a cidade. As balas chocaram-se com paredes de tijolos, estilhaçaram azulejos, arrancaram grandes tufos dos telhados de sapé. Como McCandless havia desmontado, Sharpe tirou os pés dos estribos, desceu da sela e correu para juntar-se ao coronel na boca do beco. Uma vez lá, procurou por Dodd através da fumaça que começava a clarear. Encontrou-o e mirou o mosquete.

McCandless empurrou o mosquete de Sharpe para baixo.

— O que está fazendo, homem?

— Matando o sodomita, senhor — rosnou Sharpe, lembrando do fedor do sangue em Chasalgaon.

— Você não vai fazer isso, sargento! — vociferou McCandless. — Eu o quero vivo!

Sharpe praguejou, mas não apertou o gatilho. Notou que Dodd estava muito calmo. Ele causara outro massacre ali, mas desta vez matara civis de Ahmednuggur para impedi-los de tumultuar a passagem do portão. Seus assassinos, as duas companhias de casacas brancas, ainda mantinham guarda no portão embora as companhias remanescentes houvessem todas desaparecido no pátio ensolarado do outro lado do túnel arqueado e comprido. Então por que essas duas companhias permaneciam ali? Por que Dodd não as separava dos sipaios e Highlanders furiosos? O terreno na frente das duas companhias de retaguarda estava coberto de fugitivos mortos e agonizantes. Para o horror de Sharpe, grande parte desses cadáveres e baixas eram mulheres e crianças, enquanto mais pessoas chorando e gritando, assustadas com as salvas de tiros e igualmente aterrorizadas com os invasores que se espalhavam pela cidade às suas costas, acotovelavam-se em cada rua ou beco que desse passagem para o espaço aberto ao lado do portão.

— Por que ele não vai embora? — pensou McCandless em voz alta.

— Está esperando por alguma coisa, senhor — respondeu Sharpe.

— Precisamos de homens — disse McCandless. — Vá convocar alguns. Ficarei de olho em Dodd.

— Eu, senhor? Convocar homens?

— Você é sargento, não é? — vociferou McCandless. — Então comporte-se como um. Consiga para mim uma companhia de infantaria. Highlanders, de preferência. Agora vá!

Sharpe xingou baixinho e então correu de volta para a cidade. Como diabos ele iria reunir soldados? Podia ver muitos casacas vermelhas, mas nenhum deles estava sob ordens superiores, e exigir que saqueadores abandonassem seus despojos para embarcar em outra luta seria perda de tempo, ou pior: suicídio. Sharpe precisava encontrar um oficial, assim abriu caminho através da multidão aterrorizada na esperança de encontrar uma companhia de Highlanders que ainda estivesse obedecendo ordens.

Um estrondo diretamente acima de sua cabeça fez com que Sharpe se jogasse de bruços num pórtico poucos segundos antes que uma sacada frágil desmoronasse sob o peso de três sipaios e um baú de madeira escura que eles haviam retirado de um quarto. O baú se estilhaçou ao bater na rua, espalhando um rastro de moedas, e os três sipaios feridos gritaram enquanto eram pisoteados por uma horda de soldados e civis que investiu para coletar o saque. Um sargento escocês alto usou a coronha de seu mosquete para abrir espaço em torno do baú dilacerado, e então se ajoelhou para colher as moedas em seu chapéu de pele de urso. Ele mostrou os dentes para Sharpe, pensando que fosse um rival de olho em seu saque, mas Sharpe pulou por cima do sargento, pisou a perna quebrada de um dos sipaios e continuou em frente. Mas que maldito caos!

Uma garota seminua saiu correndo de uma olaria e parou subitamente quando seu sári desatado prendeu em alguma coisa. Dois casacas vermelhas puxaram-na de volta para a olaria. O pai da garota, têmpora ensanguentada, estava caído diante da porta entre os cacos de seus vasos. A garota fitou os olhos de Sharpe, que leu neles um apelo mudo. A porta da olaria foi fechada e Sharpe escutou a trava ser baixada. Um grupo alegre de Highlanders descobrira uma taverna e começava a servir-se das bebidas, enquanto outro Highlander lia calmamente sua bíblia sentado num baú com alças de bronze que ele puxara de uma ourivesaria.

— Belo dia, não é, sargento? — disse o Highlander com amabilidade, embora tenha mantido a mão sobre seu mosquete até Sharpe ter se afastado.

Outra mulher gritou num beco e Sharpe instintivamente correu em direção ao som terrível. Deparou-se com uma turba de sipaios lutando com um pequeno esquadrão de soldados de casacas brancas que deviam estar entre os últimos defensores da cidade ainda em uniformes reconhecíveis. Eram liderados por um oficial europeu muito jovem que brandia uma espada do alto de seu cavalo, mas quase no mesmo instante em que Sharpe o viu, uma baioneta pegou-o por trás. O oficial arqueou as costas e abriu a boca num grito silencioso enquanto largava a espada. Então uma massa de mãos escuras envolveu e puxou o oficial, derrubando-o do seu cavalo assustado. Algumas estocadas de baioneta depois, o uniforme empapado em sangue do oficial estava sendo revistado em busca de dinheiro.

Atrás do oficial morto, e também a cavalo, estava uma mulher. Ela usava roupas europeias e um véu branco pendia da aba de seu chapéu de palha. Fora o grito dessa mulher que Sharpe ouvira. Seu cavalo fora encurralado contra uma parede e ela estava se segurando a uma viga que se estendia logo acima de sua cabeça. Estava sentada de lado em sua montaria, olhando para a rua e gritando enquanto sipaios excitados estendiam as mãos para agarrá-la. Outros sipaios estavam saqueando uma mula de carga que estivera acompanhando seu cavalo, e a mulher virou-se e mandou-os parar.

— Não! — gritou a mulher quando dois homens agarraram-na pelas pernas.

Um chicotinho de cavalgar pendia de um laço perto do punho direito da mulher, e ela tentou largar a viga e golpear seus atacantes com a correia de couro, mas a ousadia apenas piorou sua situação.

Sharpe usara a coronha de seu mosquete para abrir caminho através dos sipaios. Ele era uns bons quinze centímetros mais alto do que qualquer um deles, e muito mais forte, e usou sua raiva como arma para empurrá-los para os lados. Chutou um homem para longe de um oficial chacinado, passou por cima do cadáver, e desfechou uma coronhada contra o crânio de um dos homens que tentavam arrancar a mulher de seu cavalo. Esse homem caiu e Sharpe virou o mosquete e conduziu o cano contra a barriga do segundo sipaio. Esse homem se dobrou em dois e cambaleou para trás, mas nesse instante um terceiro homem agarrou o cabresto do cavalo e o puxou da parede com tanta força que a mulher caiu de costas no chão. Os sipaios, vendo-a deitada com suas pernas compridas no ar, gritaram em triunfo e investiram à frente. Sharpe brandiu o mosquete como um porrete para tocá-los para trás. Um deles mirou seu mosquete em Sharpe, que o fitou nos olhos.

— Prossiga, seu bastardo! — gritou Sharpe. — Vamos, eu o desafio!

Os sipaios decidiram não discutir por causa disso. Havia outras mulheres na cidade e resolveram deixar esta em paz. Alguns pararam para saquear o soldado europeu morto, enquanto outros acabaram de saquear a mula da mulher, cuja carga foi aberta e em poucos instantes sipaios furiosos rasgavam seus vestidos de linho, meias e xales. A mulher estava ajoelhada atrás de Sharpe, tremendo e chorando, e assim ele se virou e tomou-a pelo cotovelo.

— Vamos, querida — disse ele. — Você está segura agora. Totalmente segura.

A mulher se levantou. Perdera o chapéu ao cair do cavalo, e seus cabelos dourados desmazelados pendiam em torno do rosto pálido. Sharpe viu que ela era alta, teve a impressão de que era bonita, embora seus olhos azuis estivessem arregalados de choque e ela ainda tremesse. Sharpe curvou-se para pegar o chapéu no chão.

— Você está com cara de quem foi arrastada através de um caminho de espinhos — disse Sharpe.

Ele tirou a terra do chapéu e o estendeu para ela. O cavalo da mulher estava parado solto na rua. Pegando as rédeas do cavalo, Sharpe conduziu mulher e animal para um portal próximo que dava num pátio.

O TRIUNFO DE SHARPE

— Você precisa cuidar do seu cavalo — disse Sharpe. — Esses bichos são coisas valiosas. Sabe como um soldado de cavalaria consegue uma montaria nova? — Sharpe não tinha certeza exatamente de por que estava falando tanto e nem sabia se a mulher o entendia, mas achava que se parasse de falar ela iria se derreter em lágrimas novamente. Assim, continuou tagarelando. — Se um soldado de cavalaria perde seu cavalo, ele precisa provar que o bicho está morto. Para mostrar que não o vendeu. Assim, ele corta um casco. Eles carregam umas machadinhas para isso, ou pelo menos alguns deles carregam. Não se pode vender um cavalo de três patas, certo? Então ele mostra o casco para seus oficiais e eles lhe dão um novo cavalo.

Havia uma cama de cordas no pátio. Sharpe conduziu a mulher até ela. A mulher sentou-se e colocou as mãos em concha no rosto.

— Eles disseram que vocês só viriam daqui a três dias — queixou-se a mulher num sotaque forte.

— Estávamos com pressa, querida — disse Sharpe. Ele se acocorou, e como a mulher ainda não havia aceitado o chapéu, Sharpe o manteve estendido para ela. — Você é francesa?

Ela fez que sim com a cabeça. Então começou a chorar novamente e lágrimas correram por suas faces.

— Está tudo bem — disse Sharpe. — Você está segura agora. — Ao ver o anel de casamento no dedo da mulher, um pensamento horrível acometeu Sharpe. Será que o oficial de casaca branca tinha sido o marido dela? Será que ela vira detalhadamente sua chacina? Apontando com a cabeça na direção da rua, onde os sipaios chutavam portas e arrebentavam janelas com seus mosquetes, Sharpe perguntou: — Aquele oficial era seu marido?

— Não — respondeu a mulher, balançando a cabeça. — Não, não era. Era um tenente. Meu marido é capitão. — Ela finalmente aceitou o chapéu e fungou. — Desculpe.

— Você não tem nada pelo que se desculpar — garantiu Sharpe. — Também não precisa ficar preocupada. Levou um grande susto, mas está tudo bem agora.

A mulher respirou fundo e então enxugou os olhos.

— Tenho a impressão de que estou sempre chorando. — Ela fitou os olhos de Sharpe. — A vida é um vale de lágrimas, não é?

— Não para mim, querida. Não choro desde que era um moleque. Pelo menos não que eu lembre.

Ela deu de ombros.

— Obrigada — disse a mulher, gesticulando em direção à rua onde fora atacada pelos sipaios. — Muito obrigada.

Sharpe sorriu.

— Querida, eu não fiz nada. Só espantei aqueles desgraçados. Um cachorro podia ter feito isso tão bem quanto eu. Está bem mesmo? Não foi ferida?

— Não.

Acariciando a mão da mulher, Sharpe perguntou:

— Seu marido foi embora sem a senhora, não foi?

— Ele mandou o tenente Sillière me resgatar. Ou melhor, não. Quem enviou Sillière foi Dodd.

— Dodd? — perguntou Sharpe.

A mulher notou o interesse na voz do britânico.

— O senhor o conhece? — perguntou ela.

— Eu o conheço de nome — respondeu Sharpe cautelosamente. — Não fomos apresentados.

A mulher estudou o rosto de Sharpe antes de perguntar:

— Não gosta dele?

— Eu o odeio, madame.

— Eu também o odeio. — Ela encolheu os ombros. — Meu nome é Simone. Simone Joubert.

— É um nome muito bonito, madame. Simone? Muito bonito.

O galanteio desajeitado de Sharpe fez Simone sorrir.

— E você? Tem um nome?

— Richard Sharpe, madame. Sargento Richard Sharpe, 33º Regimento do Rei.

— Richard — disse ela, experimentando a sonoridade da palavra. — É um nome que lhe cai bem. Richard, como Ricardo Coração de Leão?

— Ele foi um grande guerreiro, madame.

— Por guerrear contra os franceses, sargento — disse Simone com ar reprovador.

— Alguém precisava fazer isso — retrucou Sharpe, amuado.

E Simone Joubert riu, e nesse momento Sharpe considerou que ela era a jovem mais bonita que ele via em anos. Talvez não fosse realmente bonita, mas cativante com seu jeito vivaz, olhos azuis, cabelos louros e sorriso franco. Mas era a esposa de um oficial, disse Sharpe a si mesmo. A esposa de um oficial.

— Você não deve combater os franceses, sargento — disse Simone.
— Eu não vou deixar.

— Madame, eu a avisarei quando estiver para acontecer. Então a senhora poderá me segurar.

Ela riu novamente e então suspirou. Um incêndio começara não muito longe dali; fiapos de palha queimada levantavam-se dos telhados e flutuavam pelo ar cálido. Um naco de fuligem pousou no vestido branco de Simone e ela o espanou, manchando de preto o tecido.

— Eles levaram tudo — disse Simone com tristeza. — Eu tinha muito pouco, e o pouco que tinha se foi. Todas as minhas roupas. Todas!

— Então comprará outras — disse Sharpe.

— Com o quê? Com isto? — Ela lhe mostrou uma bolsinha pendurada de sua cintura. — O que será de mim, sargento?

— Ficará bem, madame. Cuidarão da senhora. É esposa de oficial, não é? Então nossos oficiais cuidarão para que fique bem. Provavelmente mandarão a senhora de volta para seu marido.

Simone delineou um sorriso dócil que fez Sharpe se perguntar por que ela não estava empolgada com a perspectiva de ser reunida ao seu capitão. Esqueceu a pergunta quando uma salva de tiros soou na rua. Sharpe virou-se para se deparar com um árabe que passava cambaleando pelo portal, túnica reluzindo com sangue. Um instante depois, meia dúzia de Highlanders saltou sobre o corpo do árabe. Começaram a rasgar suas roupas. Um deles lacerou a túnica da vítima com sua baioneta e Sharpe viu que o moribundo tinha um belo par de botas de equitação.

— Ali, uma mulher! — gritou um dos saqueadores ao ver Simone no pátio, mas ao perceber que Sharpe apontava-lhe um mosquete, levantou uma mão em sinal de paz. — Toda sua, hein? Tudo bem, sargento, não tem problema.

Em seguida, o homem se virou para olhar para a rua e gritar um aviso para seus camaradas. Os seis homens giraram nos calcanhares e instantes depois uma fileira de sipaios apareceu no portal sob o comando de um oficial montado. Eram os primeiros soldados disciplinados que Sharpe via na cidade e estavam restaurando a ordem. O oficial espiou o pátio, não viu nada irregular, e mandou seus homens seguirem em frente. Uma meia-companhia de casacas vermelhas de *kilt* seguiram os sipaios e Sharpe presumiu que Wellesley ordenara que os piquetes do dia entrassem na cidade. Os piquetes do dia, que serviam como sentinelas para o exército, eram compostos de meias-companhias de cada batalhão.

Havia um poço no canto do pátio. Sharpe içou um balde de couro para que ele e Simone bebessem. Levou mais água para o cavalo da francesa, e nesse instante ouviu McCandless gritando seu nome nas ruas.

— Aqui, senhor! — gritou em resposta. — Aqui!

Levou apenas alguns minutos para que McCandless o encontrasse e, quando o fez, o escocês estava furioso.

— Onde você estava, homem? — inquiriu o coronel. — Ele fugiu! Sem ninguém para impedi-lo! Saiu marchando como um soldadinho de brinquedo! — Tendo remontado seu cavalo castrado, McCandless olhava imperiosamente para Sharpe de sua sela. — Como um soldadinho de brinquedo!

— Não encontrei homens, senhor — explicou Sharpe. — Sinto muito.

— Apenas uma companhia! Era só o que precisávamos! — exclamou furioso McCandless e então reparou em Simone Joubert e tirou o chapéu. — Madame — disse com um meneio de cabeça.

— Madame, este é o coronel McCandless — apresentou Sharpe. — E esta é Simone, senhor — disse Sharpe, que não conseguiu lembrar do sobrenome da mulher.

— Madame Joubert — apresentou-se Simone.

McCandless sorriu sem jeito para ela. Sempre sentia-se desajeitado na presença de mulheres e, como não tinha nada a dizer para esta jovem, preferiu fazer cara feia para Sharpe.

— Tudo que eu precisava era de uma companhia, Sharpe. Uma companhia!

— Ele estava me resgatando, coronel — disse Simone.

— Foi o que presumi, madame. Foi o que presumi — disse o coronel num tom que insinuava que Sharpe desperdiçara tempo precioso.

Mais fiapos de fuligem desceram rodopiando para o pátio, enquanto na rua os piquetes do dia retiravam saqueadores das lojas e casas. McCandless olhou com irritação para Simone, que lhe respondeu com uma expressão plácida. O escocês era um cavalheiro e sabia que esta mulher agora era sua responsabilidade, mas esse era um dever do qual não gostava nem um pouco. Pigarreou e então descobriu que ainda não tinha nada a dizer.

— Senhor, o marido de Madame Joubert serve no regimento de Dodd — informou Sharpe.

— É verdade? — perguntou McCandless com súbito interesse.

— Meu marido esperava assumir o comando do regimento depois que o coronel Mathers partiu — explicou Simone. — Mas então o major Dodd chegou.

— Por que a senhora não saiu da cidade junto com seu marido? — inquiriu severamente o coronel.

— Era o que estava tentando fazer, coronel.

— E então foi capturada, foi isso? — O coronel fez um carinho em seu cavalo, que fora distraído por um dos pedaços fumegantes de palha. — A senhora tem moradia na cidade?

— Eu tinha, coronel. Tinha. Agora, se resta alguma coisa lá... — Simone deu com os ombros, indicando que esperava encontrar seu apartamento pilhado.

— Tem criados?

— O senhorio tinha criados e nós os usávamos. Meu marido tem um cavalariço, evidentemente.

**BERNARD CORNWELL**

— Mas a senhora tem algum lugar onde ficar, madame? — indagou McCandless.

— Suponho que sim. — Simone fez uma pausa. — Mas estou sozinha, coronel.

— O sargento Sharpe cuidará da senhora — disse McCandless, sentindo-se no mesmo instante obrigado a perguntar: — Você se importa de fazer isso, Sharpe?

— Darei um jeito, senhor — respondeu Sharpe.

— E devo simplesmente permanecer aqui? — indagou impetuosamente Simone. — Nada mais? É isso que está propondo, coronel?

— Madame, desejo levá-la ao seu marido — disse McCandless. — Mas isso levará tempo. Um ou dois dias. A senhora precisa ter paciência.

— Sinto muito, coronel — disse Simone, lamentando o tom com que inquirira McCandless.

— Lamento incumbi-lo de um dever tão inglório, Sharpe — disse McCandless. — Mas mantenha a dama em segurança até podermos fazer os preparativos necessários. Envie uma mensagem para mim informando onde estão e irei encontrá-los quando tudo estiver providenciado.

— Sim, senhor.

O coronel cavalgou para fora do pátio. Ficara arrasado ao ver Dodd sair da cidade pelo portão norte, mas agora estava novamente animado. Ele via em Simone Joubert uma oportunidade ofertada por Deus para cavalgar rumo ao coração do exército de seu inimigo. Devolver a mulher ao marido poderia não ajudar a levar a vingança da Companhia até Dodd, mas seria uma oportunidade inestimável de analisar as forças de Scindia. Assim, enquanto McCandless cavalgava até Wellesley para pedir-lhe permissão para a jornada, Simone conduzia Sharpe através das ruas arruinadas até sua casa. No caminho passaram por um carro de boi que fora virado de cabeça para baixo e sobrecarregado com pedras, de modo que sua única haste apontava para o céu. Da ponta da haste um sipaio pendia pelo pescoço. O homem ainda não estava completamente morto e seu corpo era estremecido por espasmos. Estava ali para lembrar aos soldados o destino que aguardava os saqueadores. Simone, chocada, desviou o rosto, e Sharpe, com as rédeas do cavalo da mulher na mão direita, apertou o passo.

— Aqui, sargento — disse ela, conduzindo-o a um beco que estava coberto por despojos descartados.

Acima deles fumaça pairava sobre uma cidade onde mulheres choravam e casacas vermelhas patrulhavam as muralhas. Ahmednuggur havia sido tomada.

O major Dodd julgara mal Wellesley, e esse erro o deixou profundamente abalado. Uma escalada parecia um ato intrépido e teimoso demais para o homem que Dodd chamava pejorativamente de "Menino" Wellesley. Aquilo não fora nem o que esperara nem o que quisera de Wellesley. Dodd quisera cautela, pois um inimigo cauteloso é um inimigo mais fácil de derrotar. Mas em vez disso Wellesley demonstrara desprezo absoluto pelas defesas de Ahmednuggur e desferira um assalto que poderia ter sido contra-atacado com facilidade. Se os soldados de Dodd houvessem estado nas muralhas diretamente no caminho do assalto, os atacantes teriam sido derrotados. Dodd não tinha a menor dúvida disso, porque apenas quatro escadas haviam sido utilizadas, e um número tão pequeno tornava ainda mais humilhante a facilidade e a rapidez da vitória dos britânicos. Sugeria que o general Arthur Wellesley possuía uma confiança que não podia ser fruto nem de sua idade nem de sua experiência. Também sugeria que Dodd subestimara Wellesley, e isso o preocupava. A decisão de Dodd em desertar para o exército de Pohlmann fora-lhe forçada pelas circunstâncias, mas não lamentara a decisão, porque era notória a rapidez com que os oficiais europeus que serviam aos chefes maratas enriqueciam, e os exércitos maratas superavam imensamente em número seus oponentes britânicos, tendo portanto as maiores chances de vencer esta guerra. Contudo, se os britânicos subitamente provassem ser invencíveis, não haveria riqueza nem vitória. Haveria apenas derrota e fuga desonrosa.

E assim, enquanto cavalgava para longe da cidade tomada, Dodd estava inclinado a atribuir o sucesso repentino de Wellesley a uma sorte de principiante. Dodd persuadiu a si mesmo de que a escalada fora uma aposta de grande risco premiada injustamente com a vitória. Tinha sido uma estratégia impulsiva, disse Dodd aos seus botões. Uma estratégia cujo sucesso poderia tentar Wellesley a ser impulsivo novamente, mas na próxima vez a impulsividade seria punida. Assim, Dodd começou a procurar por notícias boas dentro das ruins.

O capitão Joubert não conseguiu achar nenhuma notícia boa. Ele estava cavalgando logo atrás de Dodd e continuamente virava-se na sela na esperança de ver o vestido branco de Simone entre os fugitivos que afluíam do portão norte. Mas não havia qualquer sinal dela, nem do tenente Sillière, e cada decepção tornava a perda de Pierre Joubert mais difícil de suportar. Ele sentiu uma gota de lágrima formar-se no canto do olho, e então o pensamento de que sua jovem Simone poderia estar sendo estuprada fez a lágrima correr por sua face.

— Por que diabos está chorando? — inquiriu Dodd.

— Estou com alguma coisa no olho — respondeu Joubert.

Joubert não queria parecer tão submisso, mas sentia-se depreciado pelo inglês e incapaz de pagar por sua belicosidade na mesma moeda. Na verdade, Pierre Joubert sentira-se depreciado durante a maior parte de sua vida. Sua baixa estatura e sua natureza tímida tornavam-no um alvo, e ele fora a escolha óbvia quando seu regimento na França recebera ordens de encontrar um oficial que pudesse ser enviado como consultor para Scindia, o marajá de Gwalior. Joubert fora escolhido porque era o único oficial do qual eles não sentiriam falta. Porém, o posto impopular brindara Joubert com o único golpe de sorte de sua vida. Quando o navio que o levava à Índia parara na Île-de-France, Joubert conhecera, cortejara e conquistara Simone. Sentia orgulho dela, muito orgulho, porque sabia que os outros homens consideravam-na atraente. Joubert apreciaria mais a inveja que despertava nos outros se não soubesse o quanto Simone era infeliz. Atribuía essa infelicidade aos caprichos do temperamento de uma mulher recém-casada e ao calor da Índia. Consolava-se com a crença de que em um ou dois anos seria convocado de volta para a França e lá Simone aprenderia a ser feliz na companhia de sua enorme família. Ela iria se tornar mãe, aprender a cuidar da casa e aceitar sua sina confortável. Mas isso aconteceria apenas se Simone tivesse sobrevivido à queda de Ahmednuggur. Ele esporeou seu cavalo para emparelhá-lo com o de Dodd.

— O senhor agiu corretamente, coronel — disse o francês, puxando conversa para afastar de sua mente os temores por Simone. — Não havia nada a ganhar lutando.

Dodd agradeceu o elogio com um resmungo e então se forçou a dizer:

— Sinto muito por madame Joubert.

— Os britânicos enviarão notícias, tenho certeza — respondeu Joubert, aferrando-se à esperança de que Simone tivesse sido salva por algum oficial galante.

— Mas é melhor para um soldado não ter mulher — disse Dodd, contorcendo-se na sela para espiar a retaguarda. — A companhia de Sikal está a passo de tartaruga — disse a Joubert. — Mande os sodomitas se apressarem!

Dodd observou o cavalo de Joubert se afastar, e então seguiu para a testa da coluna onde sua vanguarda marchava com baionetas caladas e mosquetes carregados.

O regimento poderia ter escapado de Ahmednuggur, mas ainda não estava a salvo do perigo. As cavalarias britânica e mahratta haviam contornado a cidade para enfrentar os soldados inimigos que porventura tivessem conseguido escapar. Esses soldados de cavalaria agora ladea vam ambos os flancos da coluna de Dodd, mas sua ameaça era pequena. Muitos outros homens estavam fugindo da cidade, e esses fugitivos, como não estavam marchando em formações disciplinadas, eram alvos bem mais fáceis para os soldados de cavalaria. A todo momento Dodd via os soldados de cavalaria atacarem os fugitivos com lanças e sabres, mas quando algum cavaleiro aproximava-se demais de seus próprios soldados de casaca branca, Dodd mandava a companhia parar, virar-se na direção do inimigo e apontar seus mosquetes. A ameaça de uma salva de tiros geralmente bastava para mandar os cavaleiros em busca de presas mais fáceis, e nenhum inimigo colocava-se ao alcance dos mosquetes de Dodd.

BERNARD CORNWELL

Uma vez, quando a coluna estava a uns três quilômetros a norte da cidade, um esquadrão da Cavalaria Ligeira britânica tentara conter a marcha do regimento, mas Dodd ordenara que dois de seus canhões pequenos fossem disparados. Suas balas redondas e quase inofensivas, saltitando pelo terreno plano e seco, revelaram-se suficientes para fazer os cavaleiros de casacas azuis recuarem para buscar outro ângulo de ataque. Dodd reforçou a ameaça fazendo sua companhia de frente disparar uma salva de tiros de mosquete que, embora não tendo sido a curta distância, conseguiu abater o cavalo de um soldado. Observando os cavaleiros derrotados fugirem, Dodd sentiu um orgulho repentino por seu novo regimento. Esta fora a primeira vez que os observara em ação, e embora aqueles soldados da cavalaria ligeira não tivessem sido oponentes dignos, a calma e eficácia dos homens mereciam elogios. Nenhum deles meteu os pés pelas mãos ou disparou prematuramente em pânico. Além disso, nenhum parecera abalado com a queda repentina e selvagem da cidade, e nenhum demonstrara qualquer relutância em disparar nos civis que haviam ameaçado obstruir sua fuga pelo portão norte. Em vez disso, eles haviam mordido o inimigo como uma cobra defendendo a si mesma, e isso deu uma ideia a Dodd. Os Cobras! Esse era o nome que ele daria ao seu regimento: Os Cobras! Dodd calculou que o nome estimularia seus homens a instilar medo no inimigo. Os Cobras de Dodd. Ele gostou do som.

Dodd logo deixou seus perseguidores para trás. Pelo menos quatrocentos outros homens, em sua maioria árabes, haviam se juntado ao seu regimento, e Dodd recebeu-os de braços abertos porque quanto maior o número de homens que ele resgatasse do desastre, maior seria sua reputação perante o coronel Pohlmann. No começo da tarde, seus Cobras alcançaram o cume da escarpa que dava vista para a vasta planície Deccan, na qual ele divisou, ao longe e envolto em neblina, o acastanhado rio Godavery serpenteando através da terra seca. Depois desse rio estava a segurança. Às costas de Dodd a estrada estava vazia, mas ele sabia que não demoraria muito para que a cavalaria que o perseguia tornasse a aparecer. O regimento parou na beira da escarpa e Dodd deixou seus homens descansarem durante algum tempo. Alguns dos árabes fugitivos eram cavaleiros; Dodd mandou esses homens seguirem na frente para encontrar uma aldeia que pudesse fornecer comida para seu regimento. Presumiu que teria de acampar perto do Godavery, mas amanhã pensaria numa forma de cruzar o rio, e um ou dois dias depois faria sua entrada triunfal no acampamento de Pohlmann. Ahmednuggur podia ter caído como uma árvore podre, mas Dodd levaria de volta todo seu regimento, excetuando uma dúzia de homens que perdera. Dodd lamentava a perda desses doze homens, embora não a de Sillière, mas particularmente lamentava que Simone Joubert não tivesse fugido da cidade. Embora sentisse que a francesa não gostava dele, Dodd teria adorado seduzi-la e trair seu marido desprezível. Mas isso não era importante. O que realmente importava era que Dodd salvara seu regimento e seus canhões, e o futuro prometia uma utilização muito lucrativa para ambos.

E assim William Dodd marchou para norte como um homem feliz.


Simone conduziu Sharpe ao sobrado de uma casa que consistia em três cômodos pequenos que cheiravam como se tivessem pertencido a um curtidor. Um cômodo tinha uma mesa e quadro cadeiras, duas das quais haviam sido quebradas acidentalmente por saqueadores. O segundo cômodo era ocupado por uma banheira grande. O terceiro continha apenas um colchão de palha que fora cortado e tivera o estofamento espalhado sobre as tábuas do soalho.

— Pensei que os soldados juntavam-se a Scindia para ficar ricos — disse Sharpe, pasmo com os quartos apertados e espartanos.

Simone sentou-se numa das cadeiras que não tinha sido quebrada e pareceu prestes a chorar.

— Pierre não é um mercenário. É um consultor. Seu salário é pago pela França, não por Scindia, e ele economiza todo o dinheiro que ganha.

— Posso ver que ele não gasta o dinheiro — comentou Sharpe, olhando ao seu redor para o ambiente paupérrimo. — Onde estão os criados?

— Lá embaixo. Eles trabalham para o dono da casa.

Sharpe vira uma vassoura no estábulo onde deixara o cavalo de Simone, e resolveu ir pegá-la. Içou um balde com água do poço e subiu a escadaria que levava até a lateral da casa para descobrir que Simone não havia se movido, exceto para esconder o rosto nas mãos. Assim, Sharpe pôs-se a limpar ele mesmo a bagunça. Os homens que vasculharam o sobrado em busca de despojos tinham decidido usar a banheira como latrina; Sharpe iniciou seu serviço puxando a banheira até a janela e emborcando-a para despejar seu conteúdo no beco. Em seguida, lavou a banheira com água e esfregou-a com uma toalha suja.

— O senhorio tem muito orgulho da banheira. — Simone aparecera na porta e o estava observando. — Ele nos faz pagar uma taxa extra por ela.

— Nunca tomei banho numa banheira — disse Sharpe, dando uma palmada no tanque de zinco. Ele considerou que a peça tinha sido trazida para a Índia por um europeu, porque a parte externa estava pintada com desenhos de caravelas. — Como se enche essa coisa?

— Os criados cuidam disso. Demora muito tempo para encher e a essa altura a água sempre está fria.

— Se quiser, mando que a encham para você.

Simone deu de ombros.

— Primeiro precisamos comer.

— Quem cozinha? Não me diga, os criados lá de baixo?

— Mas primeiro precisamos comprar comida. — Ela tocou a bolsa em sua cintura.

— Não se preocupe com dinheiro, querida — disse Sharpe. — Sabe costurar?

— Minhas agulhas estavam no fardo da mula.

— Tenho um estojo de costura — disse Sharpe.

Ele levou a vassoura até o quarto, arrancou sua palha e a usou para encher o colchão cortado. Em seguida, pegou o estojo de costura em sua mochila, deu-o a Simone e mandou-a costurar o colchão.

— Enquanto você faz isso vou sair para procurar alguma coisa para comer — disse Sharpe e se retirou levando sua mochila.

O TRIUNFO DE SHARPE

A cidade estava silenciosa agora, com os habitantes escondidos dos conquistadores, mas Sharpe conseguiu trocar um punhado de cartuchos de munição por pão, alguma pasta de lentilhas e umas mangas. Foi parado duas vezes por patrulhas de casacas vermelhas e sipaios, mas as divisas de sargento e o nome do coronel McCandless convenceram os oficias de que ele não estava fazendo nada irregular. Encontrando o cadáver do árabe que fora morto perto do pátio onde resgatara Simone, Sharpe retirou suas botas de equitação. Eram botas muito boas, de couro vermelho, com esporas de aço em forma de garras de águia, e Sharpe torceu para que coubessem em seus pés. Ali perto, num beco, Sharpe descobriu uma pilha de sáris de seda evidentemente largados por um saqueador; enfiou tudo num saco e correu de volta até a casa de Simone.

Abriu a porta com um empurrão.

— Achei alguns panos para você! — gritou e então largou as sedas, porque Simone havia gritado do quarto. Sharpe correu até a porta para vê-la de frente para três indianos que agora se viraram para encará-lo. Um deles era um homem mais velho vestido numa túnica escura e adornada ricamente com flores de tricô, enquanto os dois mais jovens vestiam mantos brancos simples.

— Está com problemas? — perguntou Sharpe a Simone.

Com cara de poucos amigos, o homem mais velho desatou a bradar uma avalanche de palavras em marata.

— Cale essa boca — disse Sharpe. — Estou falando com a dama.

— Ele é o dono da casa — disse Simone, gesticulando para o homem com a túnica ornamentada.

— Ele quer expulsar você? — presumiu Sharpe e Simone fez que sim com a cabeça. — Ele acha que pode cobrar um aluguel mais alto de um oficial britânico, é isso? — perguntou Sharpe. Ele colocou a comida no chão, e então caminhou até o senhorio. — Quer mais aluguel? É isso?

O senhorio deu um passo para trás e disse alguma coisa aos seus dois criados que se aproximaram de Sharpe, cercando-o pelos lados. Sharpe desferiu uma cotovelada na barriga de um e pisou com força no pé do outro. Em seguida, agarrou as cabeças de ambos e bateu-as violentamente.

Soltou os homens, e eles se afastaram cambaleantes enquanto Sharpe desembainhava sua baioneta e sorria para o senhorio.

— A dama quer um banho, entendeu? Banho. — Apontou para o cômodo onde ficava a banheira. — E ela quer um banho quente, quente e fumegante. E ela quer comida. — Sharpe apontou para a modesta pilha de comida. — Você cozinha, nós comemos, e se você quiser fazer mais alguma mudança, terá de falar comigo primeiro. Ouviu bem, seu desgraçado ganancioso?

Um dos criados havia se recuperado o suficiente para cometer a insensatez de puxar Sharpe para afastá-lo de seu patrão. O criado era um homem jovem e grande, mas não tinha a ferocidade de Sharpe. Sharpe socou-o com força duas vezes, chutou-o na virilha, e quando o criado estava a meio caminho de desabar no chão da sala de estar, Sharpe o segurou. Ele obrigou o criado a ficar em pé e o socou de novo. Esse último golpe empurrou o criado até a pequena sacada no topo da escadaria externa.

— Agora vá se danar, sodomita de uma figa — disse Sharpe e empurrou o homem sobre a balaustrada.

Sharpe ouviu o homem gritar enquanto caía no beco, mas já tinha se virado novamente para o quarto.

— Ainda temos um problema? — perguntou Sharpe ao senhorio.

O homem não entendia nada de inglês, mas a esta altura compreendia Sharpe perfeitamente. Não havia problema nenhum. Ele se retirou dos aposentos, seguido por seu criado restante. Sharpe acompanhou os dois até a escadaria.

— Comida — disse ele, empurrando o pão, as lentilhas e as frutas para as mãos do apavorado senhorio. — E o cavalo da madame precisa ser limpo. E dê comida e água para ele. Cavalo, lá, entende? — Ele apontou para o pátio. — Dê comida para o bicho — ordenou.

O criado que fora empurrado sobre o balcão havia se sentado de costas para a parede do beco e agora tocou o nariz ensanguentado. Sharpe cuspiu nele para ter certeza de que a mensagem estava clara, e então voltou para dentro.

— Jamais gostei de senhorios — disse calmamente a Simone.

O TRIUNFO DE SHARPE

Simone estava rindo e temendo que o senhorio encontrasse alguma forma horrível de se vingar deles.

— Pierre tinha medo dele –- explicou Simone. — E ele sabe que somos pobres.

— Você não é pobre, garota. Você está comigo — disse Sharpe.

— Richard, o Rico? — disse Simone.

— Mais rico que você imagina, querida. Quanto sobrou de fio?

— Fio? Ah, para a agulha. Você tem muito. Por quê?

— Porque, minha querida, você pode me fazer um favor — disse Sharpe, começando a despir sua mochila, cinto e jaqueta. — Não sou habilidoso com a agulha — explicou. — Sei remendar e cerzir, é claro, mas o que preciso agora é de costura de alta qualidade. Qualidade realmente alta.

Sharpe se sentou. Simone, intrigada, sentou-se de frente para ele e o observou enquanto despejava o conteúdo de sua mochila. Havia duas camisas sobressalentes, meias sobressalentes, uma bola de graxa, uma escova e a lata de farinha que supostamente devia usar para empoar seu cabelo, embora não fizesse isso desde que saíra de Seringapatam com McCandless. Sharpe tirou sua gargalheira de couro, que também havia abandonado, e então o exemplar de *As viagens de Gulliver* que o sr. Lawford lhe dera para praticar leitura. Ele havia deixado a leitura de lado nos últimos tempos, e o livro estava úmido e perdera algumas páginas.

— Sabe ler? — perguntou Simone, tocando o livro com um pouco de nojo.

— Não sou muito bom nisso.

— Gosto de ler.

— Então talvez possa me ajudar a melhorar, hein?

Sharpe tirou da mochila a peça de couro dobrada que servia para reparar seus sapatos, e revelou por baixo dela uma camada de pano. Retirou o pano, e então despejou o restante do conteúdo da mochila na mesa. Simone engoliu em seco. Ali, diante dela, havia rubis, esmeraldas e pérolas; havia ouro; mais esmeraldas, safiras e diamantes; e havia um rubi grande, do tamanho de um ovo de galinha.

— O negócio é o seguinte: deve haver uma batalha antes desse tal Scindia aprender uma lição. É bem provável que não usemos mochilas na

BERNARD CORNWELL

batalha, porque elas são muito pesadas. E não quero que a minha mochila seja roubada por algum bastardo da guarda de bagagens.

Simone tocou as pedras e então fitou Sharpe absolutamente maravilhada. Ele não tinha certeza se fora sensato mostrar esse tesouro a uma quase desconhecida, porque coisas assim deviam ser mantidas em segredo, mas Sharpe queria impressioná-la, e era evidente que havia conseguido.

— Isso tudo é seu? — perguntou Simone.

— Tudo meu.

Simone balançou a cabeça loura em assombro e então começou a dispor as pedras em fileiras e linhas. Formou pelotões de esmeraldas, pelotões de rubis e outro de pérolas, uma companhia de safiras e uma linha de escaramuça de diamantes. E tudo isso comandado pelo grande rubi.

— Esta pedra pertencia ao sultão Tipu — disse Sharpe, tocando o rubi. — Ele a usava no chapéu.

— Tipu? Ele está morto, não está? — perguntou Simone.

— E fui eu quem o matou — disse Sharpe com orgulho. — Não era exatamente um chapéu, era um capacete de pano. E o rubi ficava bem no meio, e ele achava que não podia morrer porque tinha mergulhado o chapéu na fonte de Zum-Zum.

Simone sorriu.

— Zum-Zum?

— É em Meca. Seja lá onde for Meca. Mas não funcionou. Meti uma bala no crânio dele, através do chapéu. A julgar pela forma como protegeu o sultão, tanto fazia ele ter mergulhado esse chapéu em Zum--Zum ou no Tâmisa.

— Você é rico! — exclamou Simone.

O problema era como permanecer rico. Sharpe não tivera tempo de fazer compartimentos falsos na mochila e na algibeira novas que recebera para substituir as queimadas em Chasalgaon. Assim, vira-se obrigado a manter as pedras soltas na mochila. Ele tinha uma camada de esmeraldas no fundo de sua nova algibeira de cartuchos de munição, onde elas ficariam bem protegidas, mas precisava de lugares mais seguros para as outras joias. Ele deu uma fileira de diamantes a Simone e ela tentou recusar, e então, meio envergonhada, aceitou as pedras e encostou uma contra o lado do nariz onde as mulheres indianas mais abastadas costumavam usar esse tipo de joia.

— Como fica?

— Parece uma meleca bem cara.

Simone mostrou a língua para ele.

— É lindo — disse ela. Simone olhou para o diamante que ainda tinha seu reforço de veludo preto para que a pedra brilhasse ainda mais forte, e então abriu a bolsa. — Tem certeza?

— Vamos, garota. Fique com elas.

— Como vou explicar isso a Pierre?

— Diga que as achou num cadáver depois da luta. Ele vai acreditar. — Sharpe observou-a guardar os diamantes na bolsa. — Preciso guardar o resto — explicou a ela.

Sharpe calculava que algumas das pedras poderiam ficar em seu cantil, onde chocalhariam um pouco quando ele estivesse seco. Ele evidentemente teria de tomar cuidado ao beber para não engolir uma fortuna, mas ao menos desta forma as gemas continuariam ocultas. Sharpe usou sua faca para abrir uma costura na casaca vermelha e começou a enfiar os rubizinhos no rasgo, mas as pedras fizeram volume no fundo da bainha, e volume na casaca de um soldado era um indício claro de que ele estava carregando despojos.

— Vê o que quero dizer? — disse ele a Simone, mostrando-lhe o volume na bainha.

Simone pegou a casaca, buscou o estojo de costura de Sharpe no quarto e então começou a alojar cada gema em sua própria bolsinha na bainha aberta. O trabalho tomou toda a tarde, e quando ela terminou a casaca vermelha estava duas vezes mais pesada. A pedra mais difícil de esconder foi o grande rubi, porém Sharpe resolveu isso desatando seus cabelos compridos da bolsa que os soldados britânicos usavam como peso para que eles pendessem sobre suas nucas. Sharpe recheou a bolsa com o rubi e com as outras pedrinhas que haviam sobrado, e em seguida Simone atou seus cabelos novamente em torno da bolsa. Ao anoitecer, as joias haviam desaparecido.

Comeram à luz do lampião. A banheira não foi enchida, mas Simone disse que tomara banho há uma semana e que portanto não estava precisando. Sharpe fizera uma breve expedição no escuro e retornara com duas garrafas de barro enchidas com araca, e eles tomaram a bebida na penumbra. Conversaram, riram, e finalmente o óleo do lampião acabou e a chama se extinguiu, deixando o cômodo iluminado por rastros de luar entrando pela persiana. Simone estava calada e Sharpe soube no que ela estava pensando.

— Eu lhe trouxe panos para usar como lençóis — disse ele, apontando para os sáris.

Ela olhou para ele por baixo de suas franjas.

— E onde você vai dormir, sargento Sharpe?

— Acharei um lugar, querida.

Foi a primeira vez em que Sharpe dormiu em seda, embora mal tenha reparado nisso, de modo que mostrar as joias a Simone não tinha sido má ideia.

Sharpe acordou com o canto de galos e o estouro de um canhão de doze libras, uma lembrança de que o mundo e a guerra não haviam acabado.

O major Stokes decidira que o verdadeiro problema com o relógio do rajá eram seus rolamentos de madeira. Eles inchavam no clima úmido, e ele contemplava alegremente a questão de como fazer um novo conjunto de rolamentos em bronze quando o sargento do rosto que tremia reapareceu em sua oficina.

— Você novamente — cumprimentou-o o major. — Não lembro seu nome.

— Hakeswill, senhor. Sargento Obadiah Hakeswill.

— Punição em Edom, hein? — disse o major, perguntando-se se deveriam moldar ou perfurar o bronze.

— Edom, senhor? Edom?

— O profeta Obadiah, sargento, prevê punição em Edom — disse o major. — Ele ameaçou o lugar com fogo e cativeiro, se bem me recordo.

— Ele certamente tinha seus motivos, senhor — disse Hakeswill, rosto tremendo em seus espasmos incontroláveis. — Como eu tenho os meus. Procuro pelo sargento Sharpe, senhor.

— Não está aqui, sargento. Aliás, o lugar está despencando.

— Ele foi embora, senhor? — inquiriu Hakeswill.

— Foi convocado por uma autoridade maior, sargento. Nada da minha conta. Por mim, manteria Sharpe aqui para sempre, mas um tal coronel McCandless o requisitou, e quando os coronéis requisitam alguma coisa, os reles majores cedem. Até onde sei, que não é muito, eles foram se juntar às forças do general Wellesley. — O major agora estava remexendo num baú de madeira. — Nós tínhamos algumas verrumas bastante boas, tenho certeza. As mesmas que se usa em ouvidos de espingardas. Não que eu já tenha feito isso. Nunca tive de reabrir um ouvido de espingarda.

— McCandless, senhor?

— Um coronel da Companhia, mas ainda assim um coronel. Também vou precisar de uma lima redonda, suspeito.

— Conheço o coronel McCandless, senhor — disse Hakeswill, melancólico. Ele havia dividido as masmorras do sultão Tipu com McCandless e Sharpe, e sabia que o escocês não gostava dele. O que não importava, porque Hakeswill também não simpatizava com McCandless. Mas o escocês era um coronel e, como o major Stokes dissera, quando coronéis exigem, outros homens obedecem. O coronel McCandless, decidiu Hakeswill, poderia ser um problema. Mas um problema que poderia esperar. A necessidade mais urgente era alcançar Sharpe.

— O senhor tem algum comboio indo para norte? Para o exército?

— Parte um amanhã — disse Stokes, prestativo. — Levando munição. Mas você tem autoridade para viajar?

— Tenho autoridade, senhor. Tenho autoridade, sim — garantiu Hakeswill tocando a algibeira na qual mantinha seu precioso mandado de busca. Estava zangado porque Sharpe havia partido, mas sabia que não era sensato demonstrar seu sentimento. O que ele precisava fazer era alcançar sua presa, e então Deus colocaria uma fortuna nas mãos de Obadiah Hakeswill.

Hakeswill deu as explicações ao seu pelotão de seis homens numa das tabernas de soldados em Seringapatam. Até agora os seis homens sabiam apenas que eles tinham recebido ordens para prender o sargento Sharpe. Porém, Hakeswill já havia decidido que precisava compartilhar mais informações com seus soldados se queria que eles o servissem com entusiasmo, especialmente se fossem segui-lo para norte, onde Wellesley estava lutando contra os maratas. Hakeswill considerava todos eles bons homens, o que significava que todos eram astutos, violentos e subornáveis, mas ainda assim o sargento precisava assegurar-se de sua lealdade.

— Sharpezinho é rico — revelou Hakeswill aos seus homens. — Bebe e se serve de prostitutas sempre que tem vontade. É rico.

— Ele trabalha nas oficinas — argumentou o recruta Kendrick. — Nas oficinas sempre há chance de ganhar por fora.

— E nunca pegaram ele? Ele não pode roubar tanto — disse Hakeswill, rosto se contorcendo. — Você quer saber a verdade sobre Richard Sharpe? Vou contar. Ele foi o canalha sortudo que pegou o sultão Tipu em Seringapatam.

— Claro que não foi ele! — disse Flaherty.

— Então me digam quem foi — desafiou Hakeswill. — E me digam como Sharpezinho foi promovido a sargento depois da batalha. Ele não devia ser sargento! Ele não tem experiência!

— Ele lutou bem. É isso que o sr. Lawford diz.

— E quem liga para o que aquele sr. Lawford diz? Sharpezinho não se destacou por lutar bem! Com mil diabos, se merecimento valesse alguma coisa, eu seria general de divisão! Na minha opinião, ele pagou por suas divisas.

— Pagou? — retrucaram atônitos os recrutas.

— É a única coisa que faz sentido. Está na bíblia. Subornos, rapazes. Subornos. E eu sei onde ele arrumou o dinheiro. Sei porque segui o Sharpezinho. Aqui mesmo em Seringapatam. Ele foi até a rua dos ourives. Depois que ele tratou com um ourives, fui visitar o sujeito. Ele não quis me dizer qual tinha sido o negócio, mas eu o apertei um pouco... amistosamente, é claro. Então o ourives me mostrou um rubi. Um rubi deste tamanho! — O sargento mostrou um dedo e um polegar afastados por sete milímetros.

— O Sharpezinho estava vendendo joias! E onde o Sharpezinho pode ter achado uma pedra de qualidade?

— No sultão Tipu? — especulou Kendrick.

— E você sabe quantos despojos havia no sultão? Ele estava carregado de pedras preciosas! Ele era mais enfeitado que uma árvore de Natal. E vocês sabem onde essas pedras estão?

— Com Sharpe — sussurrou Flaherty.

— Isso mesmo, recruta Flaherty. Costuradas nas bainhas do uniforme, nas botas, nas algibeiras e na barretina de Sharpe. Uma fortuna! É por isso que temos de pegar o maldito. É por isso que não queremos que ele volte para o batalhão, entenderam?

Os seis homens fitaram Hakeswill. Eles sabiam que eram os favoritos do sargento, e todos eram seus devedores, mas agora compreenderam que ele estava lhes dando ainda mais motivos para ser gratos.

— Partes iguais, sargento? — indagou o recruta Lowry.

— Partes iguais?! — exclamou Hakeswill. — Iguais?! Escute, seu sapo fedorento, se não fosse por minha bondade você não teria chance de ter parte nenhuma, igual ou desigual. Quem escolheu você para vir nesta excursão de igreja?

— O senhor, sargento.

— Eu. Eu escolhi você. Pela bondade de meu coração. E você me paga pedindo partes iguais? — O rosto de Hakeswill estremeceu. — Estou quase mandando você de volta, Lowry.

Vendo que Hakeswill estava furioso, os recrutas se calaram.

— Ingratidão — acrescentou Hakeswill num tom magoado. — Ingratidão afiada como dente de serpente. Partes iguais! Nunca ouvi uma coisa dessas! Mas não se preocupe, porque serei justo com você.

Hakeswill tirou da algibeira o seu precioso mandado de busca por Sharpe e alisou o papel na mesa, cuidadosamente evitando as poças de araca.

— Vejam isto, rapazes — sussurrou. — Uma fortuna. Metade para mim, e vocês, seus sapos leprosos, ficarão com a outra metade. Igualmente.

BERNARD CORNWELL

— Ele parou para cutucar o peito de Lowry. — Igualmente. Mas eu fico com uma metade, como manda a bíblia. — Ele dobrou o papel e o guardou cuidadosamente na algibeira. — Morto durante tentativa de fuga — disse Hakeswill com um sorriso. — Esperei anos por esta oportunidade, rapazes. Quatro malditos anos. — Hakeswill meditou por alguns segundos. — Ele me jogou aos tigres! A mim! Ele me deixou num covil de tigres! — O rosto de Hakeswill contorceu-se num ricto. — Mas os tigres me pouparam. E vocês sabem por quê? Porque não posso morrer, meninos! Fui tocado por Deus! Como diz na bíblia!

Os seis recrutas ficaram calados. Hakeswill era louco. Louco de dar nó. Eles não sabiam como se dava nó num louco, mas sabiam que Hakeswill era louco. Até o exército relutava em recrutar loucos porque eles babavam, tremiam e falavam sozinhos; mas o exército recrutara Hakeswill e ele sobrevivera para se tornar malévolo, poderoso e aparentemente indestrutível. Sharpe havia jogado Hakeswill num covil de tigres, e mesmo assim os tigres estavam mortos e Hakeswill ainda respirava. Ele era um homem ruim de se ter como inimigo, e agora o papel na algibeira de Hakeswill colocava Sharpe em suas mãos e Obadiah já podia sentir o cheiro do dinheiro. Uma fortuna. Tudo que ele precisava era viajar para norte, juntar-se ao exército, apresentar o mandado de busca e despelar sua presa. Obadiah estremeceu. O dinheiro estava tão próximo que ele quase já podia gastá-lo.

— Vou pegá-lo — disse aos seus botões. — Vou pegá-lo e mijar no seu corpo apodrecido, juro. Vou mijar muito. Isso vai ensinar a ele.

Os sete homens partiram de Seringapatam pela manhã, viajando para norte.

# CAPÍTULO V

Sharpe sentiu-se curiosamente aliviado quando McCandless o encontrou na manhã seguinte, porque o clima no pequeno sobrado estava estranho. Simone parecia envergonhada pelo que acontecera na noite anterior, e quando Sharpe tentara falar com ela, balançara a cabeça abruptamente e não o fitara nos olhos. Ela tentou se explicar, murmurando alguma coisa sobre a araca e as joias, e sobre sua decepção no casamento, mas não conseguiu formar as palavras num inglês adequado, embora nenhuma linguagem fosse necessária para demonstrar que lamentava o que havia acontecido, que era o motivo pelo qual Sharpe ficou feliz ao ouvir a voz de McCandless no fundo da escadaria.

— Eu pensei que tinha dito a você para mandar alguém me avisar onde estava! — queixou-se McCandless quando Sharpe apareceu no topo das escadas.

— Eu fiz isso, senhor — mentiu Sharpe. — Mandei o alferes do 78º procurá-lo, senhor.

— Ele não me encontrou! — reclamou McCandless enquanto subia a escadaria externa. — Está me dizendo que passou a noite sozinho com esta mulher, sargento?

— O senhor mandou que eu a protegesse, senhor.

— Não mandei que pusesse a honra dessa senhora em risco! Você deveria ter-me procurado.

— Não queria importuná-lo, senhor.

— Dever nunca é importuno, Sharpe — disse McCandless ao alcançar o pequeno balcão no patamar da escadaria. — O general expressou um desejo de jantar com madame Joubert e expliquei que ela estava indisposta. Eu menti, sargento! — Indignado, o coronel cutucou furiosamente o peito de Sharpe. — Porém o que mais podia fazer? Não podia admitir que deixei a dama sozinha com um sargento!

— Sinto muito, senhor.

— Não houve nenhum dano, suponho — resmungou McCandless, tirando seu chapéu enquanto seguia Sharpe para a sala de estar onde Simone estava sentada à mesa. — Bom dia, madame — disse alegremente o coronel. — Espero que tenha dormido bem.

— Claro, coronel — respondeu Simone, mas McCandless era inocente demais para perceber ou interpretar seu rubor.

— Trago boas notícias, madame — prosseguiu o escocês. — O general Wellesley concordou que a senhora deve ser reunida ao seu esposo. Contudo, há uma dificuldade. — Foi a vez de McCandless enrubescer. — Não disponho de nenhuma acompanhante para oferecer, e a senhora não possui uma empregada. Asseguro que pode confiar inteiramente em minha honra, mas seu marido pode não gostar de saber que a senhora viajou sem uma companhia feminina.

— Pierre não se importará com isso, coronel — disse Simone humildemente.

— E asseguro que o sargento Sharpe irá se comportar como um cavalheiro — disse McCandless, fulminando Sharpe com um olhar.

— Ele é um cavalheiro, coronel — disse Simone, dirigindo um olhar tímido a Sharpe.

— Bom! — exclamou McCandless, aliviado por ter concluído aquele assunto tão delicado. Ele bateu na perna com seu chapéu tricorne. — Mais uma vez, não choveu — declarou. — Posso apostar que fará calor hoje. Pode estar pronta para partirmos em uma hora, madame?

— Em menos tempo, coronel.

BERNARD CORNWELL

— Uma hora será suficiente, madame. Esperarei a honra de sua presença no portão norte dentro uma hora. Estarei com seu cavalo preparado, Sharpe.

Partiram imediatamente, cavalgando para norte ao longo da bateria de canhões que fora aberta para martelar os grandes portões do forte. Os quatro canhões da bateria eram de doze libras, cuja potência não era suficiente nem para arranhar a muralha do forte, quanto mais arrombá-la, mas o general Wellesley calculava que a guarnição estaria tão abatida pela queda rápida da cidade que mesmo uns poucos canhões de doze libras poderiam persuadi-los à rendição. Os quatro canhões tinham aberto fogo ao amanhecer, mas seus disparos foram esporádicos até Mc-Candless conduzir seu grupo para fora da cidade onde subitamente todos dispararam ao mesmo tempo e o cavalo de Simone, assustado com o ruído inesperado, sacudiu para o lado. Simone estava cavalgando sentada de lado em sua sela logo atrás do coronel, enquanto Sevajee e seus soldados protegiam a retaguarda. Sharpe finalmente estava usando botas; as botas de couro de cano alto com esporas de aço que ele arrancara do cadáver de um árabe.

Sharpe olhou para trás enquanto se afastavam. Viu a boca de um canhão de doze libras expelir um jato imenso de fumaça e um segundo depois ouviu o ribombo da carga explosiva e, assim que esse som sumiu, um estampido indicando que a bala atingira a muralha do forte. A seguir os outros três canhões atiraram e Sharpe imaginou o vapor chiando no ar enquanto os canhoneiros derramavam água nos canos superaquecidos. As muralhas vermelhas do forte desabrocharam em fumaça quando os canhões dos defensores responderam ao fogo, mas os pioneiros haviam cavado para os canhoneiros uma bateria profunda, protegida com uma muralha grossa de terra vermelha, e os disparos do inimigo se perderam nessas defesas. Depois, quando Sharpe atravessou um bosquete, a luta foi oculta. O som dos canhões enfraqueceu à medida que o grupo cavalgava para norte, até que, finalmente, os disparos não passavam de resmungos no horizonte. Quando o grupo parou para levantar acampamento, o som dos disparos já havia esvanecido completamente.

Foi uma viagem desanimada. O coronel McCandless não tinha nada a dizer a Simone, que estava acabrunhada. Sharpe tentou animá-la, mas suas tentativas desajeitadas apenas fizeram a francesa sentir-se ainda mais infeliz, e depois de algum tempo ele também se calou. Mulheres eram um mistério, pensou Sharpe. Durante a noite Simone agarrara-se a ele como se estivesse se afogando, mas desde o amanhecer parecia preferir ter sido tragada pelas águas.

— Cavaleiros à nossa direita, sargento! — disse McCandless, seu tom uma censura por Sharpe não ter notado os soldados de cavalaria primeiro. — Provavelmente são nossos, mas podem ser inimigos.

Sharpe olhou para leste.

— São nossos, senhor — afirmou Sharpe, cutucando seu cavalo para emparelhar com McCandless.

Um dos cavaleiros distantes carregava a nova bandeira da União e a vista excelente de Sharpe notara o estandarte. Agora a bandeira era mais fácil de reconhecer à distância, porque desde a incorporação da Irlanda ao Reino Unido uma nova cruz diagonal fora adicionada à bandeira, e embora o novo desenho parecesse estranho, ressaltava o estandarte.

A cavalaria levantou uma nuvem de poeira enquanto corria para interceptar o grupo de McCandless. Sevajee e seus homens puseram seus cavalos a meio galope para encontrá-los e Sharpe viu os dois encontrarem-se e saudarem-se calorosamente. Os estranhos revelaram-se os *brindarries* dos estados maratas que, como Sevajee, haviam juntado forças com os britânicos contra Scindia. Esses mercenários estavam sob o comando de um oficial britânico e, como os soldados de Sevajee, carregavam lanças, *tulwars*, mosquetes, pistolas, arcos e flechas. Não usavam uniforme, mas um punhado dos sessenta homens possuía peitorais e a maioria deles usava capacetes de metal que eram encimados com penas ou plumas de crina de cavalo. Seu oficial, um capitão da cavalaria ligeira, emparelhou com McCandless para reportar ter avistado um batalhão de casacas brancas do outro lado do rio Godavery.

— Não tentei atravessar o rio, senhor, porque eles não eram exatamente amistosos — disse o capitão.

— Mas tem certeza de que eram casacas brancas?

— Sem sombra de dúvida, senhor — disse o capitão, assim confirmando que Dodd já devia ter cruzado o rio.

Ele acrescentou que questionara alguns mercadores de cereais que havia viajado para sul através do Godavery e esses homens disseram-lhe que o *compoo* de Pohlmann estava acampado nas proximidades de Aurugabad. Essa cidade pertencia a Haiderabad, mas os mercadores não tinham visto qualquer indício de que os maratas estavam se preparando para sitiar as muralhas da cidade. O capitão puxou as rédeas de seu cavalo para rumar para sul e levar suas notícias a Wellesley.

— Desejo-lhe um bom dia, coronel. Seu criado, madame.

O oficial da cavalaria ligeira tocou o chapéu em cumprimento a Simone e então se retirou com seus soldados.

McCandless decretou que eles acampariam naquela noite na margem sul do rio Godavery, onde Sharpe pendurou dois cobertores de cavalo numa corda para formar uma tenda para Simone. Sevajee e seus homens fizeram suas camas numa ribanceira acima do rio, a alguns metros da tenda, e McCandless e Sharpe estenderam seus cobertores lado a lado. O nível das águas do rio estava alto, mas ele ainda não inundara a ravina escarpada, aberta por monções sucessivas no terreno plano. Sharpe presumiu que o rio estava cheio pela metade. Se a monção atrasada chegasse, o rio Godavery inundaria numa torrente redemoinhada de quatrocentos metros de largura. Porém, mesmo cheio pela metade, o rio parecia um obstáculo formidável fluindo para oeste com seu fardo de destroços.

— É fundo demais para podermos atravessar a cavalo — disse McCandless enquanto o sol se punha.

— A correnteza parece forte, senhor.

— Pode arrastar um homem para a morte.

— Como um exército pode cruzar esse rio, senhor?

— Com dificuldade, Sharpe, com dificuldade, mas a disciplina sempre vence a dificuldade. Se Dodd atravessou, nós também poderemos. — McCandless estivera lendo sua bíblia, mas como o anoitecer já obscurecia as páginas, ele fechou o livro. Simone comera com eles, mas passara o tempo todo calada, e McCandless ficou feliz quando ela se recolheu.

— Mulheres sempre complicam tudo — queixou-se o escocês.

— Elas complicam, senhor?

— Perturbações — disse McCandless misteriosamente. — Perturbações. — As chamazinhas do acampamento deixavam seu rosto, já magro, parecer cadavérico. Ele meneou a cabeça. — É o calor, Sharpe, tenho certeza disso. Quanto mais viajamos para o sul, mais as mulheres são tentadas pelo pecado. Faz sentido, é claro. O Inferno é um lugar quente, e o Inferno é o destino do pecado.

— Então o senhor acha que o Céu é frio, senhor?

— Gosto de pensar que é ameno — respondeu o coronel com muita seriedade. — Parecido com a Escócia. Decerto não é quente como a Índia, e o calor aqui exerce um efeito muito ruim sobre as mulheres. Liberta coisas nelas. — Ele se calou por um momento, claramente pensando se deveria falar mais. — Não estou completamente convencido de que a Índia é um lugar adequado para mulheres europeias — prosseguiu. — Ficarei muito feliz quando nos livrarmos de madame Joubert. Mesmo assim, não posso negar que a situação é muito vantajosa para nós. Graças a madame Joubert poderemos ver de perto o tenente Dodd.

Com um graveto, Sharpe empurrou um pedaço de madeira meio queimado para a parte mais quente da fogueira, provocando um movimento ascendente de fagulhas.

— Está torcendo para capturarmos o tenente Dodd, senhor? É por causa disso que estamos levando a madame de volta para seu marido?

McCandless fez que não com a cabeça.

— Duvido que tenhamos chance, Sharpe. Não, nós vamos aproveitar uma oportunidade mandada pelos céus de dar uma olhada no nosso inimigo. Nossos exércitos estão marchando para território perigoso, porque nenhum lugar na Índia pode reunir exércitos do tamanho das forças da Confederação Mahratta, e nosso contingente é muito menor. Precisamos de informações privilegiadas, Sharpe. Assim, quando os alcançarmos, reze e observe! Mantenha os olhos bem abertos. Quantos batalhões? Quantos canhões? Qual o estado dos canhões? Quantas carretas? Preste atenção na infantaria. Espingardas ou mosquetes? Dentro de um ou dois meses estaremos lutando contra esses brutos, e quanto mais soubermos sobre eles, melhor. — O coronel jogou terra no fogo, apagando as últimas chamas que Sharpe acabara de provocar. — Agora durma, homem. Vai precisar de toda a sua força e inteligência amanhã.

Na manhã seguinte eles cavalgaram rio abaixo até encontrarem uma aldeia ao lado da qual havia um templo hindu grande e vazio. Na aldeia havia alguns barquinhos de palha que lembravam os *coracles* galeses. McCandless alugou meia dúzia dessas embarcações. Os cavalos foram desencilhados e obrigados a nadar atrás dos barcos. Era uma travessia perigosa, porque a correnteza acastanhada forçava as pequenas embarcações a mudar de rumo e descer a correnteza. Os cavalos, olhos arregalados, nadaram desesperadamente atrás dos barcos de palha que, como Sharpe logo notou, não possuíam vedação de nenhuma espécie, dependendo de um entrelaçamento habilidoso para impedir a passagem da água. Como as rédeas dos cavalos puxavam as embarcações, esgarçando as tranças de palha, os barcos estavam fazendo água alarmantemente. Sharpe tentou usar a barretina para esvaziar seu barco, mas os barqueiros simplesmente riram dos seus esforços fúteis e remaram com mais força. Em dado momento, uma árvore meio submersa quase abalroou o barco de Sharpe; o barco certamente teria virado se tivesse sido atingido pelo tronco, mas os dois barqueiros demonstraram sua habilidade ao desviar da árvore, deixá-la passar, e então continuar remando.

Levou-se meia hora para desembarcar e selar os cavalos. Simone havia dividido um barco com McCandless e a breve jornada encharcara a metade inferior de seu vestido de linho fino, de modo que o pano úmido estava agarrado às suas pernas. McCandless estava embaraçado e ofereceu-lhe um cobertor de cavalo em nome do recato, mas Simone fez que não com a cabeça.

— Para onde vamos agora, coronel? — perguntou Simone.

— Para Aurungabad, madame — disse McCandless, mantendo os olhos desviados da silhueta atraente de Simone. — Mas certamente seremos interceptados bem antes de alcançarmos a cidade. A senhora estará novamente com seu marido amanhã à noite, tenho certeza.

Os homens de Sevajee agora cavalgavam bem à frente, espalhando-se numa linha para avisar caso algum inimigo se aproximasse. Toda aquela região pertencia ao rajá de Haiderabad, um aliado dos britânicos, mas era uma terra de fronteira e os únicos soldados amistosos agora a norte de Godavery eram as guarnições das fortalezas isoladas de Haiderabad. Os outros eram todos maratas, embora Sharpe não tivesse visto inimigos naquele dia. As únicas pessoas que ele via eram camponeses limpando seus canais de irrigação ou abastecendo as enormes fornalhas de tijolos que esfumaçavam ao sol. Os oleiros, todos mulheres e crianças sujos e suados, mal desviavam a atenção de seu trabalho para olhar para os viajantes.

— É uma vida dura — disse Simone a Sharpe enquanto passavam por uma fornalha em construção onde um capataz descansava debaixo de um toldo e gritava para as crianças trabalharem mais depressa.

— Toda vida é dura se você não tem dinheiro — retrucou Sharpe, grato por Simone finalmente ter quebrado o silêncio.

Estavam cavalgando alguns passos atrás de McCandless e mantinham as vozes baixas para que o coronel não os ouvisse.

— Dinheiro e patente — disse Simone.

— Posição? — perguntou Sharpe.

— As duas coisas costumam ser a mesma — disse Simone. — Coronéis são mais ricos que capitães, não são?

E capitães geralmente são mais ricos que sargentos, pensou Sharpe, mas não disse nada. Simone tocou a algibeira em sua cintura.

— Eu devia devolver os seus diamantes — disse ela.

— Por quê?

— Porque... — disse ela, mas então se calou por alguns instantes. — Não quero que você pense... — tentou novamente, mas as palavras não saíam.

Sharpe sorriu para ela.

— Não aconteceu nada, minha querida — confortou-a Sharpe. — É isso que você vai dizer ao seu marido. Não aconteceu nada, e você achou os diamantes num cadáver.

— Ele vai querer que eu dê os diamantes para ele. Para sua família.

— Então não dê a ele.

— Ele está economizando dinheiro para a sua família poder viver sem trabalhar — explicou Simone.

— Todos queremos isso. Todos sonhamos em viver sem trabalhar. É por causa disso que todos queremos ser oficiais.

Simone prosseguiu como se Sharpe não tivesse falado:

— E eu me pergunto o que devo fazer? Não posso continuar aqui na Índia. Preciso ir para a França. Nós somos como barcos à procura de um porto seguro, sargento.

— E Pierre é seguro?

— Ele é seguro — disse Simone com tristeza.

Sharpe finalmente compreendeu o que Simone vinha pensando havia dois dias. Ele não poderia oferecer-lhe segurança, ao passo que seu marido podia, e embora Simone considerasse o mundo de Pierre sufocante, estava aterrorizada com a alternativa. Simone ousara provar essa alternativa por uma noite, mas agora sentia medo dela.

— Você não me condena, condena? — perguntou ansiosa a Sharpe.

— Provavelmente estou meio apaixonado por você — disse-lhe Sharpe. — Então, como posso condená-la?

Simone pareceu aliviada, e durante o resto do dia tagarelou animadamente. McCandless questionou-a sobre o regimento de Dodd, como ele fora treinado e como estava equipado, e embora ela nutrisse pouco interesse por essas coisas, suas respostas satisfizeram o coronel que rabiscou anotações em seu caderninho.

Naquela noite eles dormiram numa aldeia e no dia seguinte cavalgaram com ainda mais cautela.

— Quando encontrarmos o inimigo, mantenha as mãos longe da sua arma — aconselhou-o McCandless.

— Sim, senhor.

— Dê a um mahratta uma desculpa para pensar que você é hostil e ele vai usar você como alvo para suas flechas — disse o coronel com bom

O TRIUNFO DE SHARPE

humor. — Eles não são soldados de cavalaria decentes, mas como salteadores são insuperáveis. Eles atacam em enxames, Sharpe. Uma horda de cavaleiros. É como ver uma tempestade se aproximar. Nada além de poeira e brilho de espadas. Magníficos!

— Gosta deles, senhor? — indagou Sharpe.

— Gosto de selvageria, Sharpe — respondeu McCandless. — Lá em nossa terra nós nos civilizamos, mas aqui a sobrevivência de um homem ainda depende de sua arma e de sua inteligência. Talvez eu até sinta falta disto quando impusermos a ordem.

— Então por que domar essa gente, senhor?

— Porque é nosso dever, Sharpe. A missão que nos foi designada por Deus. Comércio, ordem, lei e decência cristã: esse é o nosso negócio. — McCandless estava olhando para a frente, onde uma névoa branca pairava sobre o horizonte norte.

A névoa era terra levantada, e talvez fossem apenas vacas ou ovelhas, mas cresceu aos poucos, e de repente os homens de Sevajee desviaram-se agudamente para oeste e galoparam para fora de vista.

— Eles estão fugindo, senhor? — indagou Sharpe.

— O inimigo provavelmente tratará a mim e a você com respeito, Sharpe — disse McCandless. — Mas Sevajee não pode esperar cortesia deles. Eles iriam considerá-lo um traidor e executá-lo sumariamente. Iremos nos encontrar com ele depois de entregarmos madame Joubert ao seu marido. Ele e eu combinamos um ponto de encontro.

A nuvem de poeira se aproximou. Quando viu o sol reluzir em tecidos brancos, Sharpe soube que estava tendo sua primeira visão dos cavaleiros que McCandless tanto admirava. A tempestade estava se aproximando.


Os cavaleiros maratas haviam se espalhado numa linha comprida enquanto se aproximavam do pequeno grupo de McCandless. Sharpe calculou que eram duzentos homens ou mais. À medida que os cavaleiros maratas se aproximavam, os flancos de sua linha aceleraram-se para formar um par de garras para envolver sua presa. McCandless fingiu não notar a ameaça, continuando a cavalgar com calma para a frente enquanto a garra envolvia seu grupo num tumulto de poeira e barulho.

Sharpe notou que eles eram homens pequenos em cavalos pequenos. Os soldados da cavalaria britânica eram maiores e seus cavalos mais pesados. Porém, esses cavaleiros nanicos pareciam muito eficientes. As lâminas curvadas de suas *tulwars* brilhavam ao sol, assim como os capacetes emplumados que subiam até uma ponta afiada decorada com uma crista. Algumas das cristas eram rabos de cavalos, outras penas de abutres, e ainda outras fitas de cores berrantes. Havia mais fitas amarradas nas crinas de seus cavalos ou nas extremidades dos arcos dos arqueiros. Os cavaleiros passaram trotando por McCandless e então se viraram com um volteio, uma nuvem de poeira sufocante, um deslizar de cascos, um tilintar de estribos e um sussurro de armas sendo desembainhadas.

O líder mahratta confrontou McCandless, que fingiu estar surpreso em ver seu caminho bloqueado, mas mesmo assim saudou o inimigo com uma mesura habilidosa e confiante. O comandante de cavalaria era um homem de barba desgrenhada com uma cicatriz na face, um tapa-olho e cabelos lisos que desciam até bem abaixo da borda de seu capacete. Ele empunhou ameaçadoramente a sua *tulwar*, mas McCandless ignorou a ameaça da lâmina, ignorando inclusive a maior parte do que o comandante inimigo dizia. Em vez disso, ribombou suas próprias exigências numa voz que não denotava o menor nervosismo. O escocês avultava-se sobre os cavaleiros menores e, como parecia considerar sua presença entre eles como inteiramente natural, aceitaram sua versão do que estava acontecendo.

— Exigi que nos escoltassem até Pohlmann — informou o escocês a Sharpe.

— Eles provavelmente planejavam fazer isso de qualquer jeito, senhor.

— Claro que planejavam, mas é muito melhor exigir do que obedecer — disse McCandless, e então, com um gesto majestoso, deu permissão para o chefe mahratta mostrar o caminho. Obedientes, os inimigos assumiram formação de escolta a cada lado dos três europeus.

— São uns mendigos bem-apessoados, não são? — perguntou McCandless.

— Um tanto excêntricos, senhor.

— E tristemente antiquados.

— Mas as aparências enganam, senhor — disse Sharpe, pois embora muitos dos cavaleiros maratas portassem armas que poderiam ter sido empregadas com mais utilidade em Agincourt ou Crécy que na Índia moderna, todos tinham mosquetes em seus coldres de sela, e todos possuíam aquelas *tulwars* curvadas e de aparência selvagem.

McCandless meneou a cabeça.

— Eles talvez sejam a melhor cavalaria ligeira do mundo, mas não são capazes de um bom ataque nem de suportar uma salva de tiros. Raramente é preciso formar um quadrado contra homens como esses, Sharpe. Eles são bons para trabalharem em linhas de piquete, são inigualáveis como perseguidores, mas morrem como moscas diante de nossos canhões.

— E o senhor os despreza por isso? — perguntou Simone.

— Não os desprezo, madame — disse McCandless. — Mas se uma unidade de cavalaria não pode suportar fogo de canhão, então ela não tem utilidade numa batalha. Não se ganha vitórias chacoalhando pelo campo como um grupo de caçadores, mas resistindo e sobrepujando o fogo do inimigo. É resistindo ao fogo inimigo que um soldado faz por merecer seu soldo.

E isso, pensou Sharpe, era algo que ele nunca havia realmente feito. Anos atrás enfrentara os franceses em Flanders, mas essas batalhas tinham sido breves e obscurecidas pela chuva, e as fileiras nunca haviam se aproximado umas das outras. Sharpe não tinha visto o branco dos olhos do inimigo, escutado seus disparos e atirado de volta. Lutara em Malavelly, mas aquela batalha consistira em uma salva de tiros e um ataque, e o inimigo fugira. Já em Seringapatam, Sharpe fora poupado do horror de atravessar a brecha. Ele sabia que um dia teria de participar de uma fileira de batalha e suportar as salvas de mosquetes e canhões, e não sabia se enfrentaria esse tormento com bravura ou enlouqueceria de terror. Também não sabia se viveria para ver uma batalha, porque a despeito da confiança demonstrada pelo coronel McCandless, não havia nenhuma garantia de que iriam sobreviver a esta visita ao acampamento do inimigo.

Alcançaram o exército de Pohlmann naquela noite. O acampamento ficava a uma marcha curta a sul de Aurugabad e era visível a quilômetros de distância devido à nuvem de fumaça que pairava no céu. A maioria das fogueiras queimava bolos secos de bosta de vaca e o cheio acre invadiu a garganta de Sharpe enquanto ele trotava através das linhas de abrigos de infantaria. Parecia muito com o acampamento britânico, exceto que a maioria das tendas eram feitas com tapetes de junco em vez de lona, mas as linhas também eram bem organizadas, os mosquetes ensarilhados com zelo em trios, e um cordão de sentinelas protegia o perímetro do acampamento. Passaram por alguns oficiais europeus exercitando seus cavalos, e um dos homens aproximou-se para saudar os recém-chegados. Ele ignorou McCandless e Sharpe, mas tirou seu chapéu emplumado num cumprimento a Simone.

— *Bonsoir, madame.*

Ignorando o homem, Simone chicoteou o traseiro de seu cavalo.

— Aquele sujeito é francês, senhor — disse Sharpe a McCandless.

— Conheço a língua, sargento — disse o coronel.

— Então o que o comedor de lesma está fazendo aqui, senhor?

— O mesmo que o tenente Dodd, Sharpe. Ensinando a infantaria de Scindia a lutar.

— Eles não sabem lutar, senhor?

— Eles não lutam como nós — disse McCandless, observando o francês desprezado se afastar.

— Como assim, senhor?

— O europeu aprendeu a preencher com rapidez a lacuna entre dois exércitos. Quanto mais perto você está de um homem, maiores são as suas chances de matá-lo. Porém, quanto mais você se aproxima, maiores são as suas chances de ser morto. Isso gera medo, e você precisa saber como superar esse medo. Aproximar-se, estabelecer as fileiras e começar a matar: esse é o segredo do negócio. Mas dê a um indiano uma chance e ele tentará ficar afastado e matar de longa distância. Camaradas como Dodd estão ensinando a eles como preencher a lacuna com rapidez e violência. Para isso é preciso disciplina. Disciplina, fileiras apertadas e bons sargentos. E ele certamente também está ensinando a eles como usar os canhões. — O coronel fez esse último comentário num tom melancólico, porque estavam trotando ao lado de um parque de artilharia apinhado com canhões pesados. Sharpe achou os canhões muito estranhos, porque grande parte deles tinha os canos decorados com padrões, e alguns até mesmo estavam completamente pintados com cores berrantes. Contudo, estavam posicionados ordenadamente e todos tinham carretas e conjuntos de equipamento completos: bucha de canhão, vareta, balas e balde. Os eixos reluziam com graxa e não havia um único vestígio de ferrugem nos canos compridos. Alguém sabia como manter canhões, e isso sugeria que eles também sabiam como usá-los.

— Está contando, Sharpe? — indagou abruptamente McCandless.

— Não, senhor.

— Dezessete naquele parque, quase todos de nove libras. Mas há alguns brutos mais pesados atrás. Fique de olhos abertos, homem. É para isso que estamos aqui.

— Sim, senhor. É claro, senhor.

Passaram por uma fila de camelos amarrados, e em seguida um recinto onde uma dúzia de elefantes recebia seu jantar de folhas de palmeira e arroz amanteigado. Crianças seguiam os homens que carregavam o arroz para colher o que escorria dos baldes. Parte da escolta de maratas seguira adiante para avisar sobre a chegada dos visitantes, e curiosos reuniam-se para observar McCandless e seus dois companheiros cavalgarem pelo acampamento. O lugar parecia mais povoado à medida que eles se aproximavam do centro do acampamento, que era marcado por uma sucessão de tendas maiores. Uma das tendas era feita de lona com listras azuis e amarelas, e em frente a ela havia dois mastros gêmeos, dos quais, devido ao vento parado, pendiam retas duas bandeiras de cores brilhantes.

— Deixe a conversa toda por minha conta — ordenou McCandless a Sharpe.

— É claro, senhor.

Simone arfou de repente. Sharpe virou-se e viu que ela estava olhando sobre as cabeças dos curiosos para um grupo de oficiais europeus. Ela olhou para Sharpe subitamente e ele notou a tristeza em seus olhos.

— Pierre — explicou Simone com um sorriso amarelo, antes de encolher os ombros e chicotear seu cavalo para que ele trotasse para longe de Sharpe.

O marido de Simone, um homem baixo numa casaca branca, primeiro fitou-a boquiaberto, e depois correu para encontrá-la com o rosto iluminado por um sorriso. Sharpe sentiu-se estranhamente enciumado.

— Pronto, nossa tarefa principal está cumprida — disse animadamente McCandless. — Uma mulher indócil, Sharpe.

— Infeliz, senhor.

— Ela apenas não tem muito com que se ocupar. O demônio gosta de mãos ociosas, Sharpe.

— Então ele deve me odiar, senhor, na maior parte do tempo. — Sharpe observou Simone deslizar da sela para ser abraçada pelo marido bem mais baixo. Em seguida a multidão envolveu o casal, ocultando-o dos olhos do sargento britânico.

Alguém gritou um insulto e dois cavaleiros britânicos e os outros espectadores zombaram ou riram, mas Sharpe, a despeito de sua hostilidade, consolou-se com a confiança de McCandless. O coronel, que havia dias não parecia tão bem-humorado, estava exultante por estar entre as linhas inimigas.

Um grupo de homens emergiu da tenda grande com listras. Eram quase todos europeus, e à frente figurava um homem alto e musculoso em mangas de camisa, cercado por uma guarda pessoal de soldados com casacas púrpura.

— Aquele é o coronel Pohlmann — disse McCandless, apontando com a cabeça para o homem grande, de rosto enrubescido.

— O sujeito que antes era sargento, senhor?

— O próprio.

— Já esteve com ele antes, senhor?

— Uma vez, há alguns anos. É um sujeito afável, mas duvido que seja merecedor de confiança.

Se estava surpreso por ver um oficial britânico em seu acampamento, Pohlmann não demonstrou. Em vez disso, abriu os braços num gesto de boas-vindas expansivo.

— Vocês são os novos recrutas? — gritou em saudação.

Sem dar-se ao trabalho de responder à pergunta zombeteira, McCandless simplesmente apeou de seu cavalo.

— Não lembra de mim, coronel?

— Claro que lembro — disse Pohlmann com um sorriso. — Coronel Hector McCandless, que pertenceu à Brigada Escocesa de Sua Majestade e agora está a serviço da Companhia das Índias Orientais. Como poderia esquecê-lo, coronel? O senhor tentou me convencer a ler a bíblia. — Pohlmann sorriu, exibindo dentes manchados pelo tabaco. — Mas não respondeu à minha pergunta, coronel. Veio juntar-se ao nosso exército?

— Estou aqui meramente na função de emissário, coronel — esclareceu McCandless espanando poeira do *kilt* que insistira em vestir em honra de seu encontro com o inimigo. Os guarda-costas de Pohlmann estavam se segurando para não rir das roupas de McCandless. — Eu lhe trouxe uma mulher — acrescentou McCandless como explicação.

— E a que devemos esse presente, coronel? — perguntou Pohlmann com uma expressão intrigada.

— Ofereci conduto para madame Joubert — respondeu o escocês.

— Então foi Simone quem vi passar a cavalo — disse Pohlmann. — Ela será bem-vinda. Temos bastante de tudo neste exército: canhões, mosquetes, cavalos, munição, homens, mas nunca há mulheres suficientes num exército, não é verdade? — Ele riu e então convocou dois de seus guarda-costas de casacas púrpura. — Você cavalgou muito, coronel — disse Pohlmann a McCandless. — Portanto, permita que eu lhes ofereça algo de beber. — Ele incluiu Sharpe no convite. — Vocês devem estar cansados.

— Estou doído por causa da viagem, senhor — disse Sharpe, descendo desajeitadamente do cavalo.

BERNARD CORNWELL

— Não está acostumado a cavalos, hein? — Pohlmann caminhou até Sharpe e pousou um braço amistoso em seus ombros. — Você é um soldado de infantaria, o que significa que tem pés duros e bunda macia. Pessoalmente, nunca gostei de estar em cima de um cavalo. Sabe como vou para a batalha? Num elefante. Essa é a melhor forma de fazer isso, sargento. Qual é o seu nome?

— Sharpe, senhor.

— Então, seja bem-vindo ao meu quartel-general, sargento Sharpe. Chegou bem a tempo do rancho.

Pohlmann conduziu Sharpe até a tenda e então parou para deixar que seus convidados admirassem o interior com soalho revestido com tapetes macios e paredes cobertas por cortinas de seda, iluminado com candelabros de bronze e mobiliado com mesas e cadeiras com entalhes intrincados. McCandless franziu o nariz para todo aquele luxo, mas Sharpe ficou impressionado.

— Nada mal, hein? — disse Pohlmann apertando os ombros de Sharpe. — Para um ex-sargento?

— O senhor? — perguntou Sharpe, fingindo não conhecer a história de Pohlmann.

— Fui sargento no Regimento Hanoveriano da Companhia das Índias Orientais — gabou-se Pohlmann. — Agora comando um exército do rei e tenho todos esses almofadinhas empoados para me servir — apontou com um gesto para seus oficiais subordinados que, acostumados aos insultos de Pohlmann, sorriram tolerantes. — Precisando dar uma mijada, sargento? — perguntou Pohlmann, tirando o braço dos ombros de Sharpe. — Um banho?

— As duas coisas cairiam bem, senhor.

— Lá no fundo — disse, apontando o caminho. — Depois volte e venha beber comigo.

McCandless observara toda essa cordialidade com suspeita. Também sentira o bafo de bebida de Pohlmann e suspeitava de que estava condenado a uma noite de bebedeira na qual, embora o próprio McCandless fosse recusar todo álcool, teria de suportar as galhofas dos bêbados. Era uma perspectiva desanimadora e que não pretendia aturar sozinho.

— Você não, Sharpe — sussurrou quando Sharpe retornou à tenda.

— Eu não o que, senhor?

— Você deve permanecer sóbrio, está me ouvindo? Não vou aturar suas queixas de ressaca enquanto estivermos voltando para o exército.

— Claro que não, senhor.

Durante algum tempo Sharpe tentou obedecer a McCandless, mas Pohlmann insistiu para que o sargento se juntasse a ele num brinde antes do jantar.

— Você não é abstêmio, é? — inquiriu Pohlmann em horror fingido quando o sargento tentou recusar tomar uma taça de uma jarra de conhaque. — Não é um leitor de bíblia abstêmio, é? Não me diga que o exército britânico está ficando moralizado!

— Não, senhor; não eu, senhor.

— Então beba comigo ao rei Jorge de Hanover e da Inglaterra!

Sharpe obedientemente bebeu à saúde de seu soberano conjunto, e depois à rainha Carlota, e esses dois brindes esvaziaram a jarra de conhaque. Uma criada foi convocada para enchê-la novamente para que ele pudesse brindar à Sua Majestade Jorge, Príncipe de Gales.

— Gosta da garota? — indagou Pohlmann, mostrando com um gesto a criada que se esquivou de um major francês que estava tentando agarrar seu sári.

— Ela é bonita, senhor.

— Todas elas são bonitas, sargento. Mantenho uma dúzia delas como esposas, outra dúzia como criadas, e sabe lá Deus quantas outras que simplesmente aspiram a essas posições. O senhor parece chocado, coronel McCandless.

— Um homem que visita tendas pagãs, cedo ou tarde terá costumes pagãos.

— E graças a Deus por isso — retorquiu Pohlmann e então bateu palmas para convocar os pratos do jantar.

Vários oficiais comeram à mesa. Meia dúzia eram maratas e os outros europeus, e apenas depois que as tigelas e pratos tinham sido colocados nas mesas, o major Dodd chegou. A noite estava caindo e as velas iluminavam parcamente o interior da tenda, mas Sharpe reconheceu o rosto de Dodd assim que o viu. A visão do queixo comprido, da pele amarelada, dos olhos amargos, suscitou lembranças nítidas de Chasalgaon, de moscas andando nos seus olhos e goela, e de disparos sucessivos enquanto homens pisoteavam os mortos para eliminar os feridos. Dodd, alheio ao olhar de Sharpe, dirigiu um meneio de cabeça a Pohlmann.

— Coronel Pohlmann, peço desculpas por meu atraso — anunciou com rija formalidade.

— Eu esperava que o capitão Joubert atrasasse, porque um homem reunido a sua esposa tem coisas melhores a fazer do que se apressar para o jantar, isso se ele lembrar de jantar, é claro — disse Pohlmann. — Também estava dando as boas-vindas a Simone, major?

— Não, senhor, estava atendendo aos piquetes.

— A dedicação do major Dodd envergonha a todos nós — disse Pohlmann. — Já teve o prazer de conhecer o major Dodd, coronel? — perguntou a McCandless.

— Conheço a Companhia que pagará quinhentos guinéus pela captura do tenente Dodd — disse McCandless, emburrado. — Até mais agora, eu diria, depois de seu bestialismo em Chasalgaon.

Dodd não demonstrou qualquer reação à hostilidade do coronel, mas Pohlmann sorriu.

— Veio pelo dinheiro da recompensa, coronel? — perguntou Pohlmann.

— Não tocaria nesse dinheiro, porque está maculado por associação — disse McCandless. — Maculado com assassinato, deslealdade e desonra.

As palavras foram proferidas para Pohlmann, mas dirigidas a Dodd cujo rosto pareceu franzir-se enquanto ouvia. Dodd ocupara um lugar no fim da mesa e estava servindo-se de comida. Os outros convidados estavam calados, intrigados pela tensão entre McCandless e Dodd. Pohlmann estava adorando assistir ao confronto.

— Está dizendo que o major Dodd é um assassino, coronel?

— Assassino e traidor.

Pohlmann baixou os olhos para a mesa.

— Major Dodd, não tem nada a dizer?

Dodd pegou um pedaço de pão achatado, partiu-o ao meio e disse a Pohlmann:

— Coronel, quando tive o infortúnio de servir na Companhia, o coronel McCandless eram bem conhecido como o chefe da Inteligência. Ele tinha o trabalho desonroso de espionar os inimigos da Companhia, e não tenho dúvida de que esse é o seu propósito aqui. Ele pode dizer o que quiser, mas está aqui em missão de espionagem.

Pohlmann sorriu.

— É verdade, coronel?

— Pohlmann, vim devolver madame Joubert ao seu marido, nada mais — insistiu McCandless.

— Claro que há mais — disse Pohlmann. — O major Dodd tem razão! O senhor é o chefe do serviço de Inteligência da Companhia, não é? O que significa que o senhor viu na situação de nossa querida Simone uma chance de inspecionar nosso exército.

— Está deduzindo demais — disse McCandless.

— Bobagem, coronel. Experimente o cordeiro ao molho de coalhada. Então, o que o senhor deseja ver?

— Minha cama — disse sucintamente McCandless, recusando o cordeiro com um gesto. Ele jamais comia carne. — Apenas minha cama.

— Que seja, então — disse Pohlmann alegremente. O hanoveriano fez uma pausa, perguntando se deveria reacender a hostilidade entre McCandless e Dodd, mas deve ter decidido que cada um havia insultado o outro suficientemente. — Mas amanhã, coronel, oferecerei uma visita de inspeção para o senhor. Poderá ver o que bem quiser, McCandless. Poderá ver nossos canhoneiros trabalhando, inspecionar a nossa infantaria, ir aonde bem entender e falar com quem desejar. Não temos nada a esconder. — Sorriu para o estarrecido McCandless. — O senhor é meu convidado, coronel, e devo tratá-lo com a devida hospitalidade.

Pohlmann cumpriu com sua palavra. No dia seguinte, McCandless foi convidado a inspecionar todo o *compoo* de Pohlmann.

— Gostaria que estivéssemos com mais soldados aqui, mas Scindia está a alguns quilômetros ao norte com os *compoos* de Saleur e Dupont — informou Pohlmann. — Gosto de pensar que eles não são tão hábeis quanto o meu, mas na verdade as duas unidades são muito boas. Ambas possuem oficiais europeus, e ambas são treinadas adequadamente. Não posso dizer o mesmo sobre a infantaria do rajá de Berar, mas seus canhoneiros são iguais aos nossos.

McCandless falou muito pouco durante a manhã inteira, e Sharpe, que aprendera a ler o humor do escocês, viu que ele estava severamente embaraçado. E isso era natural, considerando que os soldados de Pohlmann pareciam tão bons quanto qualquer um a serviço da Companhia. O hanoveriano comandava seis mil e quinhentos soldados de infantaria, quinhentos soldados de cavalaria, e o mesmo número de pioneiros que serviam como engenheiros, além de possuir 38 canhões. Este *compoo* sozinho superava em número a infantaria do exército de Wellesley, e era bem mais forte em canhões, e havia dois *compoos* similares a serviço de Scindia, além de sua horda de cavalaria. Sharpe considerou que não era surpresa que o ânimo de McCandless estivesse abatido agora. E McCandless ficou ainda mais desanimado quando Pohlmann providenciou uma demonstração de sua artilharia e o escocês, fingindo gratidão ao seu anfitrião, foi forçado a assistir a equipes de artilharia servirem uma bateria de grandes canhões de dezoito libras com toda a diligência e eficácia do exército britânico.

— As peças de artilharia também são muito boas — gabou-se Pohlmann, conduzindo McCandless até os canhões fumegantes que posavam atrás de moitas chamuscadas pelos disparos. — Talvez um pouco espalhafatosos para o gosto europeu, mas não menos eficientes por causa disso. — Todos os canhões estavam pintados em cores brilhantes e alguns tinham nomes escritos numa grafia encaracolada em suas partes traseiras. — *Megawatti* — leu Pohlmann em voz alta. — As deusas das nuvens. Pode inspecioná-los, coronel! Todos são bem-feitos. Nossos eixos não quebram, posso assegurar.

Pohlmann estava disposto a mostrar ainda mais a McCandless, mas depois do rancho o escocês decidiu passar a tarde em sua tenda emprestada. Alegou desejo de descansar, mas Sharpe suspeitou de que o escocês já suportara muita humilhação e queria um pouco de sossego para escrever anotações sobre tudo que vira.

— Partiremos esta noite, Sharpe — disse o coronel. — Pode encontrar algo com que se ocupar até lá?

— O coronel Pohlmann quer levar-me para um passeio em seu elefante, senhor.

— Ele gosta de se exibir — disse o coronel, torcendo o nariz. Durante um momento pareceu que estava prestes a pedir a Sharpe que recusasse o convite, e então deu de ombros. — Cuidado para não ficar mareado.

O movimento do *howdah* do elefante realmente lembrava o de um navio, porque jogava de lado para lado enquanto o animal avançava para norte. No começo Sharpe teve de se agarrar na borda do cesto, mas depois que se acostumou com o movimento relaxou. Recostado no assento, tinha a impressão de que o *howdah* inteiro era uma cama acolchoada que poderia ser oculta pelas cortinas que pendiam do toldo com armação de vime.

— É um bom lugar para trazer uma mulher, sargento — disse Pohlmann enquanto recolocava o encosto em sua posição ereta. — Mas uma vez as correias romperam e o *howdah* se soltou! Por sorte ele caiu devagar, e eu ainda estava com minhas calças, de modo que não perdi muito de minha dignidade.

— O senhor não parece um homem que se preocupa muito com dignidade, senhor.

— Eu me preocupo com reputação, que não é a mesma coisa — disse Pohlmann. — Mantenho minha dignidade conquistando vitórias e dando ouro. Aqueles homens — fez um gesto na direção dos guarda-costas de casacas púrpura que viajavam a cada flanco do elefante — são pagos tão bem quanto um tenente do serviço britânico. E quanto aos meus oficiais europeus! — Ele riu. — Eles nunca sonharam ganhar tanto dinheiro. Olhe para eles! — Apontou com a cabeça para a profusão de oficiais europeus que seguiam o elefante. Dodd estava entre eles, mas cavalgando a uma certa distância dos outros, com a expressão morosa de quem não estava gostando de integrar a comitiva de um oficial-comandante. Seu cavalo era feio e desajeitado, um animal tão sorumbático quanto seu mestre. — Ganância, Sharpe, ganância, essa é a melhor motivação para um soldado. A ganância fará com que lutem como demônios, se nosso mestre e senhor um dia permitir que lutemos.

— Acha que ele não permitirá, senhor?

Pohlmann sorriu.

— Scindia dá mais ouvidos aos seus astrólogos que aos seus europeus. Mas quando a hora chegar, darei ouro a esses astrólogos imbecis e eles dirão ao marajá que as estrelas são propícias. Assim, Scindia colocará o exército inteiro nas minhas mãos e me soltará contra o inimigo.

— Qual é o tamanho do exército inteiro, senhor?

Pohlmann sorriu, reconhecendo que Sharpe estava fazendo perguntas em benefício do coronel McCandless.

— Quando nos enfrentar, sargento, deveremos ser mais de cem mil homens. E desses, quinze mil soldados de infantaria são de primeira classe, trinta mil são confiáveis e o restante são cavaleiros que valem apenas para saquear os feridos. Também teremos uma centena de canhões, todos eles tão bons quanto qualquer um na Europa. E qual será o tamanho do seu exército?

— Não sei, senhor — gaguejou Sharpe.

Pohlmann sorriu.

— Wellesley tem, talvez, sete mil e quinhentos homens, de cavalaria e infantaria, enquanto o coronel Stevenson tem talvez mais sete mil. Isso soma, quanto? Quatorze mil e quinhentos? Com quarenta canhões? Você acha que quatorze mil homens podem derrotar cem mil? E o que acontecerá, sargento Sharpe, se eu conseguir derrotar um dos seus exercitozinhos antes que o outro possa apoiá-lo? — Sharpe não disse nada, e Pohlmann sorriu. — Você deveria pensar em me vender suas habilidades, Sharpe.

— Eu, senhor?

— Você, sargento Sharpe — confirmou Pohlmann, virando-se em seu assento para fitar Sharpe. — Foi por isso que o convidei a este passeio.

O Triunfo de Sharpe

Preciso de oficiais europeus, Sharpe, e se um homem jovem como você se tornou sargento é porque possui uma habilidade rara. Estou oferecendo patente e riquezas, Sharpe. Olhe para mim! Há dez anos eu era um sargento como você, e agora vou à guerra montado num elefante, preciso de mais dois para carregar meu ouro e tenho três dúzias de mulheres competindo para afiar a minha espada. Já ouviu falar de George Thomas?

— Não, senhor.

— Um irlandês, Sharpe, e que nem mesmo era soldado! George era um marinheiro analfabeto saído das sarjetas de Dublin, e antes de beber até a morte, pobre coitado, ele se tornou general de Begum Somroo. Acho que ele também era amante dela, mas isso não é mérito em se tratando dessa dama em particular. Porém, antes de morrer, George precisava de uma manada inteira de elefantes para transportar seu ouro. E por quê? Porque os príncipes indianos precisam de nossas habilidades, sargento. Muna-se de um bom europeu e você ganhará guerras. Capturei setenta e dois canhões na batalha de Malpura e como recompensa exigi o peso de um desses canhões em ouro. Dentro de dez anos você poderá ser tão rico quanto quiser. Rico como Benoit de Boigne. Já ouviu falar dele?

— Não, senhor.

— Era savoiano, sargento, e em apenas quatro anos ganhou cem mil libras, saiu de casa e casou com uma garota de dezessete anos que tinha acabado de deixar o castelo do pai dela. Em apenas quatro anos! De capitão no exército de Savoia a governador de metade do território de Scindia. Qualquer soldado, vindo de qualquer classe social, pode fazer uma fortuna aqui. A única coisa que importa é a habilidade. Nada mais que a habilidade. — Pohlmann fez uma pausa, olhos em Sharpe. — Farei de você um tenente amanhã, sargento, e poderá lutar no meu *compoo*, e se for realmente bom, será capitão até o fim do mês. — Sharpe fitou o hanoveriano, mas não disse nada. Pohlmann sorriu. — Quais são suas chances de se tornar um oficial no exército britânico?

— Nenhuma, senhor.

— E então? Eu lhe ofereço patente, riquezas e quantas *bibbis* puder dar conta.

— Foi por causa disso que o sr. Dodd desertou, senhor?

Pohlmann sorriu.

— Sharpe, o major Dodd desertou para não ser executado por assassinato, porque ele é um homem sensato, e porque quer o meu trabalho. Não que ele irá admitir qualquer uma dessas coisas. — O hanoveriano contorceu-se no *howdah*. — Major Dodd! — gritou.

O major tocou seu cavalo desajeitado até o flanco do elefante e olhou para o *howdah*.

— Senhor?

— O sargento Sharpe quer saber por que você se juntou a nós.

Dodd lançou a Sharpe um olhar desconfiado, mas então deu de ombros.

— Fugi porque não havia futuro na Companhia. Sargento, fui tenente durante vinte e dois anos. Vinte e dois anos! Na Companhia, seja um bom soldado ou não, você precisa esperar sua vez de ser promovido. Durante todo esse tempo vi jovens imbecis comprarem patentes nas fileiras do Rei. E eu tinha de me curvar e bater continência para esses bastardos inúteis! Sim, senhor, não, senhor, três bolsas cheias, senhor, e eu posso carregar suas bolsas, senhor, e limpar sua bunda, senhor. — Dodd estava ficando mais enfurecido à medida que falava e agora precisou fazer um esforço para se controlar. — Eu não podia me alistar no exército do rei, sargento, porque meu pai trabalhava uma moenda em Suffolk e não tinha dinheiro para comprar uma patente do rei. Isso significou que eu só podia me enquadrar na Companhia, e os oficiais do rei tratavam os soldados da Companhia como esterco. Eu posso lutar sozinho com vinte daqueles bastardos, mas habilidade não conta na Companhia. Não cometa erros, espere sua vez, e então morra pelos acionistas quando a Corte de Diretores mandar. — Ele estava ficando zangado de novo. — Foi por isso, sargento — finalizou, sucinto.

— E você, sargento? — indagou Pohlmann. — Que oportunidades o exército oferecerá a você?

— Não sei, senhor.

— Você sabe — disse Pohlmann. — Você sabe.

O TRIUNFO DE SHARPE

O elefante tinha parado e o hanoveriano apontou para a frente. Sharpe viu que haviam chegado à beira de um bosque, e a oitocentos metros dali havia uma grande cidade com muralhas como aquelas que os escoceses haviam escalado em Ahmednuggur. As muralhas da cidade estavam coloridas com bandeiras, enquanto suas seteiras reluziam com os reflexos do sol em canos de canhão.

— Essa é Aurungabad — disse Pohlmann. — Cada pessoa dentro daquela cidade está se mijando de medo de que eu esteja prestes a iniciar um cerco.

— Mas não está?

— Estou procurando por Wellesley — respondeu Pohlmann. — E sabe por quê? Porque nunca perdi uma batalha, e vou acrescentar uma espada de general de divisão britânico aos meus troféus. Depois vou construir um palácio para mim. Um grande palácio de mármore, e decorarei os salões com canhões britânicos, usarei bandeiras britânicas como cortinas em minhas janelas e pularei com minhas *bibbis* num colchão estofado com crinas de cavalos britânicos. — Pohlmann desfrutou mais um pouco desse sonho e então, com um último olhar para a cidade, ordenou ao *mahout* que virasse o elefante. — Quando McCandless partirá? — indagou a Sharpe.

— Esta noite, senhor.

— Depois que escurecer?

— Por volta da meia-noite, senhor, creio.

— Com isso você terá tempo suficiente para pensar, sargento. Para pensar em seu futuro. Para contemplar o que a casaca vermelha lhe oferece e o que eu lhe ofereço. E depois que tiver pensado no assunto, venha me ver.

— Estou pensando, senhor — disse Sharpe.

E ele estava.

# CAPÍTULO VI

O coronel McCandless pediu licença para não comparecer ao jantar de Pohlmann, mas não proibiu que Sharpe fosse.

— Mas não se embebede, e esteja em minha tenda à meia-noite — alertou ao sargento. — Estarei de volta ao rio Godavery ao amanhecer.

5.     — Sim, senhor — disse Sharpe.

Na tenda de Pohlmann, quase todos os oficiais do *compoo* estavam reunidos. Dodd estava presente, assim como meia dúzia de esposas dos oficiais europeus de Pohlmann, entre elas Simone Joubert, embora não houvesse qualquer sinal de seu marido.

10.     — Ele está encarregado dos piquetes do exército esta noite — explicou Simone quando Sharpe perguntou. — O coronel Pohlmann convidou-me ao jantar.

— Ele me convidou para me juntar ao seu exército — revelou Sharpe.

15.     — Ele convidou? — perguntou Simone, olhos arregalados em surpresa. — E você vai aceitar?

— Se aceitar, estarei perto da senhora, madame — disse Sharpe. — E isso é tentador.

Simone sorriu com o galanteio.

20.     — Creio que um bom soldado não mudaria de lealdade por uma mulher, sargento.

— Ele diz que me fará um oficial — disse Sharpe.

O Triunfo de Sharpe

— E é isso que você deseja?

Sharpe acocorou-se nos calcanhares para poder ficar mais perto dela. As outras esposas europeias viram-no acocorar-se e premiram suas bocas com uma desaprovação nascida da inveja. Mas Sharpe não ligou para elas.

— Sim, acho que gostaria de ser um oficial. E consigo pensar em um motivo muito bom para ser um oficial neste exército.

Simone enrubesceu.

— Sou uma mulher casada, sargento. Você sabe disso.

— Mesmo uma mulher casada precisa de amigos — retrucou Sharpe e, nesse exato instante, uma mão grande agarrou seus cabelos e o puxou, obrigando-o a se levantar.

Sharpe virou-se de modo beligerante para ver quem o havia puxado, e então viu que era um sorridente major Dodd.

— Não posso permitir que fique de joelhos para uma mulher, Sharpe — disse Dodd antes de oferecer uma mesura a Simone. — Boa noite, madame.

— Major — respondeu friamente Simone.

— A senhora irá me perdoar se eu roubar o sargento Sharpe por um instante? — indagou Dodd. — Quero trocar uma palavra com ele. Venha, Sharpe. — Ele segurou Sharpe pelo braço e o guiou atrás da tenda. O major estava ligeiramente bêbado e evidentemente tencionava ficar ainda mais, porque tomou uma jarra inteira de araca de um criado e então colheu duas canecas de uma mesa. — Gosta de madame Joubert? — perguntou a Sharpe.

— Quero muito bem a ela, senhor.

— Ela está reservada, sargento. Lembre-se disso se for se juntar a nós. Ela está reservada.

— Quer dizer que ela é casada, senhor?

— Casada? — Dodd riu e então serviu-se de araca e deu uma caneca a Sharpe. — Quantos oficiais europeus você vê aqui? E quantas mulheres europeias? E quantas delas são jovens e bonitas como madame Joubert? Pense bem, rapaz. Não vá furar fila. — Dodd sorriu enquanto

**BERNARD CORNWELL**

falava de modo a insinuar que estava brincando. — Mas você vai se juntar a nós, não vai?

— Estou considerando o assunto, senhor.

— Você estará no meu regimento, Sharpe — disse Dodd. — Preciso de oficiais europeus. Tenho apenas Joubert e ele e nada é a mesma coisa. Assim, falei com Pohlmann e ele disse que você pode se juntar aos meus Cobras. Eu lhe darei três companhias para cuidar, e que Deus o ajude se não as mantiver em condições perfeitas. Gosto de cuidar dos homens, porque na batalha eles cuidam da gente, mas não perdôo um oficial que me decepciona. — Ele parou para beber metade de sua araca e servir mais um pouco. — Serei duro com você, Sharpe. Serei muito duro, mas este exército nadará em ouro depois que tivermos derrotado "Menino" Wellesley. A sua recompensa é dinheiro, rapaz. Dinheiro.

— É por causa disso que está aqui, senhor?

— É por causa disso que estamos todos aqui, seu idiota. Todos com exceção de Joubert, que foi postado aqui por seu governo e é tímido demais para se servir do ouro de Scindia. Portanto, apresente-se a mim pela manhã. Marcharemos para norte amanhã à noite, o que significa que terá um dia para aprender o serviço. Depois disso você será sr. Sharpe, o cavalheiro. Venha me ver amanhã de manhã, Sharpe, ao amanhecer, e se livre dessa maldita casaca vermelha. — Ele cutucou com força o peito de Sharpe. — Quando vejo uma casaca vermelha eu começo a matar. — Ele sorriu, exibindo dentes amarelos.

— Foi o que aconteceu em Chasalgaon, senhor? — perguntou Sharpe.

O sorriso de Dodd sumiu.

— Por que diabos perguntou isso? — grunhiu.

Sharpe perguntara porque estivera lembrando do massacre, e especulava se seria capaz de servir ao homem que ordenara uma matança como aquela. Mas ele não disse nada disso, preferindo dar de ombros.

— Ouvi histórias, senhor, mas nenhuma é confiável. Eu apenas gostaria de saber o que realmente aconteceu lá.

Dodd considerou sua resposta por um momento e então deu de ombros.

— Não faço prisioneiros, Sharpe. Foi isso que aconteceu. Matei aqueles bastardos até o último homem.

E até o último menino, pensou Sharpe, lembrando de Davi Lal. Permaneceu impassível, não permitindo que a lembrança ou o ódio transparecessem em suas feições.

— Por que não faz prisioneiros, senhor?

— Porque é guerra! — disse Dodd com veemência. — Quando homens lutam comigo, sargento, quero que tenham medo de mim. Porque dessa forma metade da batalha já está ganha antes mesmo de começar. É desumano, concordo, mas quem disse que a guerra é humana? E nesta guerra, sargento — fez um gesto na direção dos oficiais reunidos em torno do coronel Pohlmann —, é cada um por si. Estamos todos competindo, e você sabe quem vai ganhar? O mais cruel. Então, o que fiz em Chasalgaon? Criei minha reputação, Sharpe. Fiz o meu nome. Essa é a primeira regra da guerra, sargento. Fazer os bastados terem medo de você. E sabe qual é a segunda regra?

— Não fazer perguntas, senhor?

— Não, rapaz — respondeu Dodd com um sorriso. — A segunda regra da guerra é jamais reforçar o fracasso, e a terceira, rapaz, é cuidar dos seus soldados. Sabe por que matei aquele ourives? Você ouviu essa história, não ouviu? Pois bem, não matei aquele ourives porque ele me trapaceou. Matei aquele ourives porque ele matou alguns dos meus homens. Assim, cuidei deles e deixei que dessem uma boa sova no ourives, e o bastardo morreu. E um bastardo gordo e rico como aquele merecia mesmo morrer. — O major virou-se e olhou de cara feia para os criados que estavam trazendo pratos da cozinha de campanha de Pohlmann. — E aqui eles também são maus, Sharpe. Veja toda essa comida! O suficiente para alimentar dois regimentos, e os homens estão com fome. Não há sistema adequado de fornecimento de rações. Por quê? Porque custa dinheiro. Neste exército você não recebe comida, você sai e a rouba. — Dodd claramente desaprovava isso. — Já falei a Pohlmann para fazer um refeitório, mas ele não me deu ouvidos. Porque custa dinheiro. Scindia armazena comida em suas fortalezas, mas não a distribui, a não ser que seja pago. E Pohlmann não abre mão de um pêni de seu lucro. Assim sendo, a comida nunca chega. Ela simplesmente apodrece nos armazéns enquanto temos de continuar nos movendo, porque depois de uma semana acabamos com um campo de plantio e precisamos seguir para o próximo. Isso não é jeito de administrar um exército.

— Talvez um dia o senhor mude o sistema — disse Sharpe.

— E irei mesmo! — disse Dodd vigorosamente. — Juro que irei! E se você tiver algum juízo, rapaz, irá me ajudar. Você aprenderá uma coisa com o filho de um moendeiro, sargento, e não será como moer milho, mas que um idiota e seu dinheiro podem ser separados com facilidade. E Scindia é um idiota. Mas me dê a chance e farei do sodomita imperador da Índia. — Virou-se quando um criado fez soar um gongo. — Hora do banquete.

Foi um jantar estranhamente desanimado, embora Pohlmann tenha se esforçado em alegrar sua companhia. Sharpe tentou ocupar uma cadeira ao lado de Simone, mas Dodd e um capitão sueco chegaram na frente dele e Sharpe se descobriu ao lado de um doutor suíço baixinho que passou o jantar inteiro perguntando a Sharpe sobre os procedimentos religiosos nos regimentos britânicos.

— Os seus capelães são homens tementes a Deus?

— São uns bastardos bêbados, senhor. Todos eles.

— Com certeza não!

— Tive de chutar dois deles de um prostíbulo não faz um mês, senhor. Eles não queriam pagar.

— Você não está me dizendo a verdade!

— Palavra de honra, senhor. O reverendo Cooper era um deles, e é raro um domingo em que ele esteja sóbrio. Para o senhor ter uma ideia, estava tão bêbado na Páscoa que fez um sermão de Natal.

A maioria dos convidados saiu cedo. Dodd entre eles, embora alguns mais boêmios tenham permanecido para um jogo de cartas com o coronel. Pohlmann sorriu para Sharpe e perguntou:

— Joga, Sharpe?

— Não sou rico o bastante, senhor.

Pohlmann balançou a cabeça, fingindo tristeza com a resposta.

— Farei de você um homem rico, Sharpe. Acredita em mim?

— Acredito, senhor.

— Então já se decidiu? Vai se juntar ao meu exército?

— Quero pensar mais um pouco, senhor.

Pohlmann deu de ombros.

— Você não tem nada em que pensar, Sharpe. Ou fica rico ou morre pelo rei Jorge.

Sharpe deixou os oficiais remanescentes com suas cartas e saiu para o acampamento. Estava realmente pensando no assunto, ou tentando pensar, e para isso procurou um lugar silencioso, mas um grupo de soldados estava apostando em lutas de cães e seus gritos, assim como os latidos e rosnados dos cães, soavam alto através da escuridão. Sharpe acomodou-se num trecho vazio de terreno perto do lugar onde estavam amarrados a estacas os camelos que conduziam o suprimento de foguetes de Pohlmann. Ali deitou-se no chão e ficou olhando para as estrelas através da névoa de fumaça. Um milhão de estrelas. Desde criança Sharpe acreditava haver uma resposta para todos os mistérios da vida nas estrelas, porém por mais que as fitasse, a resposta escapulia dele. No orfanato, Sharpe fora chicoteado por ficar olhando para um céu estrelado através da claraboia da oficina.

— Você está aqui para trabalhar! — O chicote golpeara seus ombros e Sharpe humildemente baixara os olhos para a pilha de cordas de cânhamo que devia ser desemaranhada e desfiada. Muito velhas, as cordas estavam enroladas, apertadas e emaranhadas em nós enormes, maiores que o próprio Sharpe. Tinham sido usadas como defensas nas docas de Londres. Depois que o impacto e o roçar dos navios grandes quase haviam gastado as velhas cordas, eles tinham sido mandados para o orfanato para serem desfiadas. Os barbantes poderiam ser vendidos como mobília, estofamento ou misturados com argamassa de parede.

— Vá aprender um ofício, garoto — dissera-lhe o mestre repetidas vezes.

E assim Sharpe aprendera um ofício, mas não o de desfiar cordas de cânhamo. Aprendera o ofício de matar. Carregar o mosquete, socar a munição do mosquete, disparar o mosquete. E embora não tivesse exercido muito seu ofício, não até agora, gostava dele. Recordou a batalha em Mallavaly quando a infantaria disparara a salva contra o inimigo em aproximação; recordou sua exultação quando toda sua infelicidade e raiva concentrara-se no cano do mosquete para ser exorcizada numa explosão de chama, fumaça e chumbo.

Sharpe não se via como um homem infeliz. Não agora. O exército fora bom com ele nos últimos anos. Contudo ainda havia alguma coisa errada em sua alma. Não sabia o que era, porque não se considerava bom em pensar. Era bom em agir, porque sempre que havia um problema a ser solucionado o sargento Sharpe podia encontrar a solução, mas não havia muito motivo em simplesmente pensar. Mas precisava pensar agora, e fitava as estrelas anuviadas pela fumaça na esperança de que elas o ajudassem, mas tudo que faziam era brilhar. Tenente Sharpe, pensou ele, e ficou surpreso em compreender que não havia nada errado nessa ideia. Era ridículo, claro. Richard Sharpe, um oficial? Mas de algum modo não conseguia tirar essa imagem da cabeça. Tentou convencer a si mesmo de que era uma imagem ridícula. Bem, pelo menos era ridícula no exército britânico, mas não aqui. Não no exército de Pohlmann, e Pohlmann já tinha sido sargento.

— Mas que inferno! — praguejou em voz alta e um camelo arrotou em resposta.

Os gritos dos espectadores comemoraram a morte de um cão; mais perto dali um soldado tocava um daqueles estranhos instrumentos indianos, dedilhando suas cordas compridas para entoar uma música triste, melancólica. Sharpe lembrou que no acampamento britânico os soldados estariam cantando, mas ninguém cantava ali. Estes soldados estavam famintos demais, embora a fome não impedisse um homem de lutar. Ela nunca impedira Sharpe. Portanto, esses homens famintos podiam lutar e precisavam de oficiais, e tudo que o sargento Sharpe precisava fazer era se levantar, bater a poeira, caminhar até a tenda de Pohlmann e tornar-se o tenente Sharpe. Sr. Sharpe. E ele faria um bom trabalho. Sabia disso.

O TRIUNFO DE SHARPE

Era um bom sargento, bom mesmo, e gostava de ser sargento. Era tratado com respeito, não apenas devido às divisas em suas mangas, e não apenas por ser o homem que detonara a mina em Seringapatam, mas porque era duro e justo. Não tinha medo de tomar uma decisão, e esse era o segredo de sua competência. Além disso, gostava de tomar decisões, e gostava do respeito que sua determinação proporcionava. Desde que se entendia por gente Sharpe desejara respeito. Deus, pensou Sharpe, como seria maravilhoso voltar para o orfanato com divisas na casaca, ouro nos ombros e espada na cintura! Esse era o respeito que Sharpe desejava das pessoas em Brewhouse Lane que disseram que ele não servia para nada e o chicotearam por ser um menino de rua, um bastardo. Meu Deus, disse Sharpe com seus botões, como eu ficaria realizado se voltasse para lá! Brewhouse Lane, ele numa casaca ornamentada, de braço dado com Simone e as joias de um rei morto no pescoço, e todos eles tocando seus chapéus e babando como vacas. Perfeito, pensou, simplesmente pensou. E enquanto desfrutava desse sonho, um grito furioso soou das tendas nas proximidades do toldo de Pohlmann e um instante depois, uma arma foi disparada.

Houve um momento de pausa depois do disparo, como se sua violência tivesse contido uma luta entre bêbados, e então Sharpe ouviu homens rindo e tropel de cascos. Sharpe agora estava de pé, olhando para o toldo grande. Os cavalos estavam bem próximos dele, e então o ruído de seus cascos recuaram na escuridão.

— Voltem aqui! — gritou um homem em inglês, e Sharpe reconheceu a voz de McCandless.

Sharpe começou a correr.

— Voltem! — gritou McCandless novamente.

Houve mais um tiro e Sharpe escutou o coronel ganir como um cão chicoteado. Agora havia muitos homens gritando. Os oficiais que jogavam cartas correram até a tenda de McCandless e os guarda-costas de Pohlmann os seguiram. Sharpe contornou uma fogueira, saltou por cima de um homem que dormia e viu uma figura fugir da balbúrdia. O homem tinha um mosquete na mão e estava meio agachado para não ser visto. Sem hesitar um segundo, Sharpe desviou de seu caminho e correu até o homem.

Quando ouviu Sharpe aproximar-se, o fugitivo apertou o passo. Então, compreendendo que seria alcançado, parou e se virou para seu perseguidor. O homem desembainhou uma baioneta e encaixou-a no cano de seu mosquete. Sharpe viu o luar refletir na lâmina comprida, os dentes do homem sobressaírem em branco na escuridão e a baioneta investir contra ele. Jogou-se ao chão e deslizou na terra por baixo da lâmina. Abraçou as pernas do homem e ergueu o tronco. O homem caiu de costas no chão. Com a mão esquerda, Sharpe empurrou o mosquete para o lado; com a direita golpeou os dentes enluarados. O homem tentou chutar entre as pernas de Sharpe, mas não conseguiu; tentou enfiar os dedos em seus olhos, mas Sharpe capturou um dos dedos com a boca e mordeu forte. O homem uivou de dor. Sharpe continuou mordendo e batendo, e então cuspiu a ponta de dedo decepada no rosto do homem e desferiu um último soco.

— Desgraçado — praguejou Sharpe, obrigando o homem a levantar.

Dois dos oficiais de Pohlmann tinham acabado de chegar, um ainda com um leque de cartas na mão.

— Peguem a porcaria do mosquete dele — ordenou Sharpe a eles.

O homem estava se debatendo, mas era bem menor que Sharpe e um bom chute entre as pernas bastou para acalmá-lo.

— Vamos, seu bastardo — disse Sharpe.

Um dos oficiais pegou o mosquete caído e Sharpe esticou o braço para tocar a boca do cano. Estava quente, demonstrando que a arma acabara de ser disparada.

— Se matou meu coronel, seu desgraçado, vou matar você — disse Sharpe.

Ele arrastou o homem pelo acampamento até o círculo de oficiais que se haviam reunido em torno da tenda do coronel.

Os dois cavalos de McCandless haviam desaparecido. Tanto a égua quanto o castrado tinham sido roubados, e Sharpe compreendeu que tinham sido seus cascos que ele ouvira. McCandless, acordado pelo ruído do cavalo passando por ele, saíra da tenda e disparara sua pistola contra os homens. Um dos ladrões atirara em resposta e a bala se enterrara na coxa esquerda do coronel. Agora ele estava deitado no chão, parecendo terrivelmente pálido, e Pohlmann gritava por seu médico.

— Quem é esse? — perguntou Pohlmann a Sharpe, apontando com a cabeça para o prisioneiro.

— O bastardo que atirou no coronel McCandless, senhor. O mosquete ainda está quente.

Descobriu-se que o homem era um dos sipaios do major Dodd, um dos homens que haviam desertado da Companhia com Dodd. O sipaio foi colocado sob a guarda dos homens de Pohlmann. Sharpe se ajoelhou ao lado de McCandless, que tentando não gritar enquanto o médico recém-chegado — o suíço que sentara ao lado de Sharpe durante o jantar — examinava sua perna.

— Eu estava dormindo — explicou o coronel. — Ladrões, Sharpe. Ladrões!

— Vamos encontrar os seus cavalos — assegurou Pohlmann ao escocês. — E vamos encontrar os ladrões.

— Você me prometeu segurança! — queixou-se McCandless.

— Os homens serão punidos — prometeu Pohlmann e então ajudou Sharpe e os dois outros homens a levantarem o coronel ferido e o carregarem para a tenda onde o deitaram na cama de cordas. O médico disse que a bala não atingira o osso e que nenhuma artéria fora cortada. Mesmo assim, ele queria pegar suas sondas, fórceps e bisturis e tentar extrair a bala.

— Quer um pouco de conhaque, McCandless? — indagou Pohlmann.

— É claro que não! Diga a ele para acabar logo com isso.

O médico pediu mais lanternas, água e seus instrumentos. Depois passou dez minutos dolorosos procurando pela bala dentro da coxa de McCandless. O escocês não disse uma palavra enquanto a sonda penetrava sua carne lacerada, nem enquanto o fórceps de pescoço comprido era empurrado para tentar capturar a bala. O médico suíço estava suando, mas McCandless simplesmente permaneceu deitado de olhos fechados e dentes cerrados.

— Vai sair agora — disse o médico e começou a puxar, mas a carne fechara no fórceps e ele teve de usar quase toda sua força para retirar a bala do ferimento. Finalmente ela se soltou, liberando um fio de sangue brilhante e fazendo McCandless gemer.

— Terminou, senhor — disse-lhe Sharpe.

— Graças a Deus — sussurrou McCandless. O escocês abriu os olhos. O médico estava cobrindo a coxa com uma atadura e McCandless olhou sobre seu ombro para Pohlmann. — Foi traição, coronel, traição! Eu era seu convidado!

— Seus cavalos serão encontrados, coronel. Eu lhe prometo — disse Pohlmann.

Todavia, os homens de Pohlmann vasculharam o acampamento e continuaram procurando até o amanhecer, mas os dois cavalos não foram achados. Sharpe era o único homem que podia identificá-los, porque o coronel McCandless não estava em condições de caminhar, mas não viu nenhum cavalo que lembrasse o par desaparecido, embora esperasse que um ladrão de cavalos competente conhecesse uma dúzia de truques para disfarçar suas presas. Depois de estar castrado, com pelo escurecido com graxa, e cabisbaixo após receber um enema, o animal poderia ser colocado entre as montarias da cavalaria onde todos os cavalos eram muito parecidos entre si. Os dois cavalos de McCandless eram de procedência europeia, e portanto maiores e de melhor qualidade que a maioria daqueles que estavam no acampamento de Pohlmann; ainda assim, Sharpe não viu qualquer sinal dos dois cavalos.

O coronel Pohlmann visitou McCandless em sua tenda e confessou que os cavalos haviam desaparecido.

— Eu lhe pagarei por seu valor, é claro — acrescentou.

— Não aceitarei! — retorquiu McCandless. O coronel ainda estava pálido e tremendo, apesar do calor. Seu ferimento fora coberto com uma bandagem e o doutor acreditava que estaria sarado bem depressa, mas ainda havia o risco de que a febre recorrente do coronel retornasse. — Não aceitarei ouro do meu inimigo — explicou McCandless e Sharpe calculou que devia ser a dor se manifestando, porque sabia que o coronel pagara muito dinheiro pelos dois cavalos desaparecidos.

— Deixarei o dinheiro com você — insistiu Pohlmann — e esta tarde executaremos o prisioneiro.

— Faça o que preferir — murmurou McCandless.

— Depois levaremos o senhor para norte, porque precisa permanecer sob os cuidados do dr. Vieldler — prometeu o hanoveriano.

McCandless sentou-se na cama.

— Vocês não me levarão para lugar algum! — insistiu, furioso. — Você irá me deixar aqui, Pohlmann. Não dependerei dos seus cuidados, mas da piedade de Deus. — Em seguida, ele se permitiu cair de volta na cama e chiou de dor. — E o sargento Sharpe pode cuidar de mim.

Pohlmann olhou para Sharpe. O hanoveriano parecia prestes a dizer que Sharpe não poderia permanecer com McCandless, mas então apenas meneou a cabeça, aceitando a decisão do escocês.

— Se quer ser abandonado, McCandless, então será.

— Tenho mais fé em Deus do que num mercenário sem religião como você, Pohlmann.

— Como queira, coronel — disse gentilmente Pohlmann, saindo da tenda e convidando com um gesto Sharpe a segui-lo. Lá fora, o hanoveriano virou-se para Sharpe e disse: — Ele é um sujeito teimoso, não é mesmo? E então, sargento? Vem conosco?

— Não, senhor — respondeu Sharpe. Na noite anterior, Sharpe refletiu, ele estivera muito perto de aceitar a oferta do hanoveriano, mas o roubo dos cavalos e o tiro disparado pelo sipaio tinham servido para fazê-lo mudar de ideia. Sharpe não podia abandonar McCandless em seu sofrimento e, para sua surpresa, não estava muito desapontado por ter sido forçado a tomar essa decisão. O dever ditava que ele deveria permanecer, mas o sentimento também, e ele não tinha motivos para lamentar. — Alguém precisa cuidar do coronel McCandless, senhor — explicou Sharpe. — E como ele cuidou de mim no passado, é minha vez agora.

— Sinto muito — disse Pohlmann. — Sinto realmente. A execução será dentro de uma hora. Acho que você deveria assisti-la, para que possa assegurar ao seu coronel de que a justiça foi feita.

— Justiça, senhor? — disse Sharpe com escárnio. — Fuzilar esse sujeito não é justiça. O que ele fez foi por instrução do major Dodd. — Sharpe não tinha qualquer prova, mas suspeitava fortemente disso. Sharpe calculava que Dodd magoara-se com os insultos de McCandless e decidira acrescentar furto de cavalos aos seu catálogo de crimes. — O senhor interrogou o prisioneiro? — indagou Sharpe. — Porque ele deve saber que Dodd está metido até o pescoço neste negócio.

Pohlmann sorriu, melancólico.

— Sargento, o prisioneiro contou tudo, ou pelo menos creio que contou, mas de que adianta isso? O major Dodd nega a história do homem, e vários sipaios juram que o major não estava nem perto da tenda de McCandless quando os tiros foram disparados. E em quem o exército britânico acreditaria? Num homem desesperado ou num oficial? — Pohlmann balançou a cabeça. — Assim sendo, sargento, você deve se contentar com a morte de um homem.

Sharpe esperava que o sipaio capturado fosse fuzilado, mas não havia sinal de um pelotão de fuzilamento quando chegou o momento da morte do homem. Duas companhias de cada um dos oito batalhões de Pohlmann desfilaram, as dezesseis companhias compondo três lados de um quadrado com o toldo listrado de Pohlmann formando o quarto lado. A maioria das outras tendas já tinha sido desfeita como preparativo para a migração para norte. Contudo, o toldo permanecia e uma de suas paredes de lona fora levantada para que os oficiais do *compoo* pudessem testemunhar a execução, sentados em cadeiras dispostas à sombra da tenda. Dodd não estava presente, assim como nenhuma das esposas do regimento, mas diversos oficiais sentaram-se nas cadeiras e foram servidos com bebidas e acepipes pelos criados de Pohlmann.

Quatro guarda-costas de Pohlmann escoltaram o prisioneiro até a praça de execução improvisada. Nenhum dos quatro carregava um mosquete; em vez disso estavam equipados com estacas de tenda, martelos e pedaços de corda. O prisioneiro, vestido apenas com uma faixa de pano em torno do quadril, olhava de um lado para o outro como se tentasse encontrar uma rota de fuga. A um aceno de Pohlmann, os guarda-costas chutaram os pés do prisioneiro, pondo-o ao chão e obrigando-o a ficar deitado de costas. Em seguida, os guarda-costas ajoelharam-se ao lado de seu corpo esparramado e o pregaram ao solo, atando as cordas aos seus pulsos e tornozelos, e em seguida prendendo as amarras às estacas de tendas. O condenado ficou deitado, olhando o céu sem nuvens, enquanto os martelos golpeavam os pregos.

Sharpe manteve-se de pé a um lado. Ninguém falou com ele. Ninguém nem mesmo olhou para ele. E Sharpe não se admirou com isso, porque sabia que esta execução era uma farsa. Todos os oficiais sabiam que o culpado era Dodd, mas mesmo assim o sipaio devia morrer. Os soldados pareciam concordar com Sharpe, porque um silêncio macabro pairava nas fileiras. O *compoo* de Pohlmann podia ser bem armado e soberbamente treinado, mas não era feliz.

Os quatro guarda-costas acabaram de amarrar o prisioneiro e então se afastaram, deixando-o sozinho na praça de execução. Um oficial indiano, resplandecente em mantos de seda com uma *tulwar* pendendo do cinto, fez um discurso. Sharpe não entendeu uma palavra sequer, mas deduziu que os soldados estavam ouvindo um sermão sobre o destino que cabia aos ladrões. O oficial terminou, olhou uma vez para o prisioneiro e voltou para a tenda. Assim que foi abrigado por sua sombra, o grande elefante de Pohlmann, com suas presas encapadas em prata em casaco cascateante de metal, foi trazido de trás do toldo. O *mahout* guiou o paquiderme puxando-o por uma das orelhas, mas assim que viu o prisioneiro, o elefante deixou de precisar de orientação. Ele simplesmente caminhou em direção ao homem esparramado no chão. A vítima gritou por piedade, mas Pohlmann não deu ouvidos aos seus apelos.

O coronel se virou para Sharpe e perguntou:

— Está prestando atenção, sargento?

— O senhor pegou o homem errado. Era Dodd quem devia estar ali.

— Justiça deve ser feita — disse o coronel e virou-se novamente para o elefante que estava parado silenciosamente ao lado da vítima que se contorcia em suas amarras. O sipaio aprisionado chegou mesmo a conseguir soltar uma das mãos, mas em vez de usar a mão livre para soltar as outras três cordas que o prendiam, ele golpeou inutilmente a tromba do elefante. Um murmúrio correu pelas dezesseis companhias que assistiam à execução, mas os *jemadars* e *havildars* ralharam e o murmúrio fatal cessou. Pohlmann observou o prisioneiro debater-se por mais alguns segundos, e então respirou fundo.

— *Haddah!* — gritou o coronel. — *Haddah!*

O prisioneiro gritou em antecipação enquanto — muito lentamente — o elefante levantava uma pata pesadíssima e movia seu corpo levemente para a frente. O pé imenso desceu sobre o peito do prisioneiro e pareceu repousar ali. O homem tentou empurrar o pé, mas foi o mesmo que tentar mover uma montanha. Pohlmann inclinou-se à frente, boca aberta enquanto, muito lentamente, o elefante transferia seu peso para o peito do homem. Houve outro grito, e então o homem não tinha mais fôlego para gritar de novo, porém ainda se contorcia e o peso ainda o pressionava. Sharpe viu as pernas da vítima se contraírem contra as amarras nos tornozelos e a cabeça se levantar; escutou o estalido de costelas e viu sangue espirrar e borbulhar na boca da vítima. Contorceu-se, tentando imaginar a dor enquanto o elefante continuava forçando a pata, esmagando ossos, pulmão, espinha. A vítima se contorceu pela última vez, agitando ferozmente os cabelos. De repente, a cabeça tombou e torrente de sangue escorreu da boca aberta, empoçando ao lado do cadáver.

Após um último ruído nauseante, o elefante caminhou para trás e um suspiro de alívio coletivo se levantou das fileiras. Pohlmann aplaudiu, e os oficiais se juntaram ele. Sharpe deu as costas para a praça de execução.

Bastardos, pensou Sharpe. Bastardos.

E naquela noite Pohlmann marchou para norte.

O sargento Obadiah Hakeswill não era um homem instruído, nem inteligente, a não ser que argúcia contasse como intelecto, mas uma coisa compreendia muito bem: a impressão que causava em outros homens. Eles o temiam. Não importava se o outro homem era soldado raso, recém-cooptado pelo sargento de recrutamento, ou um general cuja casaca reluzia com laços dourados e medalhas. Todos o temiam. Todos menos dois, e esses dois aterrorizavam o sargento Obadiah Hakeswill. Um era o sargento Richard Sharpe, em quem Hakeswill percebia uma violência equivalente à sua própria; o outro era o general de divisão *sir* Arthur Wellesley que, em seus tempos como coronel do 33º Regimento do Rei, sempre fora serenamente imperturbável às ameaças do sargento.

Portanto, o sargento Hakeswill teria preferido evitar qualquer confronto direto com o general Wellesley. Mas, quando seu comboio alcançara Ahmednuggur, o sargento descobrira que o coronel McCandless cavalgara para norte e levara Sharpe consigo. Ciente de que não poderia fazer mais nada sem a permissão de Wellesley, o sargento fora à tenda do general e anunciara-se a um ordenança; este instruíra o sargento a aguardar à sombra de uma figueira-brava.

Ele esperou durante quase a manhã inteira enquanto o exército preparava-se para deixar Ahmednuggur. Canhões estavam sendo anexados a carretas, bois atrelados a carroças, e tendas desmontadas por lascares. A fortaleza de Ahmednuggur, temendo o mesmo destino da cidade, rendera-se humildemente depois de alguns tiros de canhão e, com a cidade e o forte seguros em suas mãos, Wellesley agora planejava marchar para norte, atravessar o Godavery e procurar pelo exército inimigo. O sargento Hakeswill não tinha a menor vontade de participar dessa aventura, mas como não via outra forma de alcançar Sharpe, estava resignado com a sorte.

— Sargento Hakeswill? — perguntou um auxiliar vindo da tenda grande do general.

— Senhor! — Hakeswill levantou-se abruptamente numa rija posição de sentido.

— *Sir* Arthur irá recebê-lo agora, sargento.

Hakeswill marchou até a tenda, tirou a barretina da cabeça, virou abruptamente para a esquerda, marchou três passos curtos, e então assumiu posição de sentido diante da mesa de acampamento na qual o general cuidava de sua papelada. Embora Hakeswill mantivesse o corpo absolutamente imóvel, seu rosto não parava de tremer.

— À vontade, sargento. — Wellesley, cabeça descoberta, mal levantara os olhos dos documentos quando o sargento entrara.

— Senhor! — Hakeswill permitiu que seus músculos relaxassem levemente. — Documentos para o senhor! — Tirou de sua algibeira o mandado para a prisão de Sharpe e ofereceu-o ao general.

Wellesley não fez qualquer menção de aceitar o mandado. Em vez disso, recostou-se na cadeira e examinou Hakeswill como se jamais tivesse visto o sargento. Hakeswill permaneceu rígido, olhos fitando a parede marrom da tenda acima da cabeça do general. Wellesley suspirou e mais uma vez se inclinou à frente, ignorando o mandado.

— Apenas me diga do que se trata, sargento — ordenou Wellesley, a atenção novamente dirigida para os documentos em sua mesa. Um auxiliar estava recebendo os documentos que o general assinava, polvilhando areia nas assinaturas, e então colocando mais papéis na mesa.

— Estou aqui por ordens do tenente-coronel Gore, senhor. Ordens de prender o sargento Sharpe, senhor.

Wellesley desviou a atenção de seu trabalho para o sargento e Hakeswill sentiu um frio na barriga ao se deparar com aqueles olhos frios. Tinha a impressão de que Wellesley podia ver através dele, e a sensação fez seu rosto estremecer numa série de contorções incontroláveis. Wellesley aguardou que os espasmos parassem.

— Por conta própria, sargento? — indagou casualmente o general.

— Um destacamento de seis homens, senhor.

— Sete homens para prender um!

— Um homem perigoso, senhor. Recebi ordens de levá-lo de volta para Hurryhur para que ele possa...

— Poupe-me dos detalhes — disse Wellesley, olhando para o papel seguinte que precisava de sua assinatura. Ele somou uma lista de algarismos. — Desde quando vinte vezes quatro mais dezoito dá sessenta e oito? — perguntou a ninguém em particular e corrigiu o cálculo antes de assinar o papel. — E desde quando o capitão Lampert comanda o comboio de artilharia?

O auxiliar que estava borrifando as assinaturas com areia enrubesceu.

— O coronel Eldredge está indisposto, senhor. — Na verdade, bêbado, mas não era de bom-tom dizer, na frente de um sargento, que um coronel estava bêbado.

— Então convide o capitão Lampert para jantar. É preciso que ele receba uma lição de aritmética, além de uma dose de bom senso — disse *sir* Arthur. Ele assinou outro documento e então alojou sua pena num suporte de prata antes de se recostar e olhar para Hakeswill. A presença do sargento o incomodava, não porque ele não gostasse do sargento Hakeswill, embora realmente não gostasse, mas porque há muito tempo Wellesley deixara suas atribuições como comandante do 33º Regimento e não queria ser lembrado desses deveres agora. Também não queria estar numa posição de aprovar ou desaprovar as ordens de seu sucessor, porque isso seria impertinência. — O sargento Sharpe não está aqui — disse com frieza.

— Fiquei sabendo, senhor. Mas onde ele está, senhor?

— Não sou a pessoa que você deveria estar importunando com esta questão, sargento — prosseguiu Wellesley, ignorando a pergunta de Hakeswill. Pegou novamente a pena, mergulhou-a em tinta, e riscou um nome da lista antes de acrescentar sua assinatura. — Dentro de alguns dias o coronel McCandless retornará ao exército e você poderá apresentar a ele o seu mandado. Não tenho dúvida de que ele dará a devida atenção ao caso. Até que isso aconteça, usarei você para algo útil. Não vou deixar sete homens de barriga para o ar enquanto o resto do exército sua a camisa. — Wellesley virou-se para o adido. — Onde estamos carecendo de soldados, Barclay?

O auxiliar pensou por um momento antes de responder:

— Certamente o capitão Mackay apreciaria um pouco de assistência, senhor.

— Muito bem. — Wellesley apontou a biqueira de aço da pena para Hakeswill. — Você ficará sob o comando do capitão Mackay. O capitão Mackay comanda nosso comboio de gado e você deverá atender a todas as suas ordens até que o coronel McCandless o libere desse dever. Dispensado.

— Senhor! — disse Hakeswill, obedientemente. Mas por dentro estava furioso com o fato do general não compartilhar de sua indignação sobre

Sharpe. Girou nos calcanhares, marchou para fora da tenda e foi encontrar seus subordinados. — Não se tem mais respeito — disse amargamente.

— Sargento? — perguntou Flaherty.

— Respeito. Já se foi o tempo em que um general respeitava os sargentos. Agora vamos ser guardas de vacas. Recolham suas porcarias de mosquetes!

— Sharpe não está aqui, sargento?

— Claro que não está aqui! E se estivesse aqui não receberia a ordem de limpar bundas de vacas, receberia? Mas ele vai voltar. Nisso temos a palavra de um general. Só mais alguns dias, rapazes. Só mais alguns dias e ele voltará com todas as suas pedrinhas brilhantes escondidas. — A fúria de Hakeswill estava arrefecendo. Pelo menos não fora ordenado a se juntar a um batalhão de combate, e estava começando a perceber que qualquer dever associado a animais de transporte ofereceria uma boa chance de roubar armazéns do exército, visto que a bagagem sempre viajava com a cauda de esposas do exército, e isso significava mais oportunidade. Poderia ser pior, pensou Hakeswill. Contanto, é claro, que esse tal capitão Mackay não fosse muito exigente. — Sabe qual é o problema com este exército? — inquiriu Hakeswill.

— Qual? — perguntou Lowry.

— Está cheio de escoceses. — Hakeswill fechou a carranca. — Odeio escoceses. Não são ingleses, nem em sonho. Malditos caipiras escoceses. Criaturas do inferno, é isso que são. Devíamos ter matado todos eles quando tivemos oportunidade, mas não, ficamos com peninha deles. São escorpiões andando na nossa bunda, como diz na bíblia. Mas o que vocês estão esperando? Mexam esses seus ossos preguiçosos!

Apenas alguns dias, consolou-se o sargento, apenas alguns dias, e ele daria cabo de Sharpe de uma vez por todas.


A guarda pessoal do coronel Pohlmann conduziu McCandless até uma casinha na orla do acampamento. Uma viúva e três crianças moravam ali, e a mulher se encolheu toda ao ver os maratas que a haviam estuprado, roubado sua comida e emporcalhado seu poço com excrementos. O médico suíço deixou Sharpe com instruções estritas de que a atadura da perna do coronel deveria ser mantida úmida.

— Gostaria de dar algum remédio para a febre dele, mas não tenho nenhum — disse o médico a Sharpe. — Se a febre piorar, apenas mantenha-o aquecido e faça-o suar. — O doutor deu de ombros. — Deve ajudar.

Pohlmann deixou comida e uma bolsa de lona cheia de moedas de prata.

— Diga a McCandless que é por seus cavalos — disse a Sharpe.

— Sim, senhor.

— A viúva cuidará de vocês. Quando o coronel estiver melhor, poderá levá-lo para Aurungabad. E se você mudar de ideia, Sharpe, saiba que irei recebê-lo de braços abertos. — O coronel apertou a mão de Sharpe e em seguida subiu os degraus de prata até seu *howdah*. Um cavaleiro desfraldou sua bandeira com o cavalo branco de Hanover. — Espalharei a ordem de que vocês não devem ser molestados — disse Pohlmann e então seu *mahout* tocou o crânio do elefante e o imenso animal começou a seguir para norte.

Simone Joubert foi a última a se despedir.

— Queria muito que você ficasse conosco — disse, infeliz.

— Não posso.

— Eu sei, e talvez seja para melhor. — Ela olhou para a esquerda e para a direita para ter certeza de que ninguém estava olhando, e então inclinou-se rápida à frente e beijou a face de Sharpe. — *Au revoir*, Richard.

Sharpe observou o cavalo de Simone se afastar e então retornou para o barraco com telhado de sapé e paredes de tapete de juncos apodrecidos. O interior do barraco estava enegrecido por anos de fumaça e sua única mobília era a cama de cordas na qual McCandless estava deitado.

— Ela é uma pária — explicou o coronel a Sharpe, apontando a mulher. — Como se recusou a pular sobre a pira funerária de seu marido, foi deserdada pela família. — O coronel estremeceu quando uma pontada de dor varou sua coxa. — Dê a comida a ela, sargento. E algum dinheiro dessa bolsa. Quanto Pohlmann nos deixou?

As moedas na bolsa de Pohlmann eram de prata e cobre, e Sharpe separou e contou cada denominação diferente. Em seguida, McCandless traduziu seu valor total em libras.

— Sessenta! — anunciou amargamente. — Com isso se compra um pangaré de cavalaria, e precisamos de um cavalo que possa aguentar o campo por dias a fio.

— Quanto custou seu castrado, senhor? — indagou Sharpe.

— Quinhentos e vinte guinéus — respondeu amargurado McCandless. — Eu o comprei há quatro anos, quando fomos libertados de Seringapatam. Rezei para que fosse o último cavalo que eu iria comprar em minha vida. Exceto pela égua, é claro, mas ela era apenas uma reserva. Mesmo assim, ela me custou cento e quarenta guinéus. Uma pechincha, também! Quando a comprei em Madras ela havia acabado de desembarcar e estava em pele e ossos, mas dois meses de pastagem colocaram alguns músculos nela.

Os algarismos eram praticamente incompreensíveis para Sharpe. Quinhentos e vinte guinéus por um cavalo? Um homem podia viver sua vida inteira com quinhentas e quarenta e seis libras, e viver bem. Cerveja todos os dias.

— A Companhia não lhe dará novas montarias, senhor?

McCandless sorriu triste.

— Deveria, Sharpe. Mas duvido. Duvido muito.

— Por que não, senhor?

— Sou um velho e o meu salário é uma taxa alta na coluna de débitos da Companhia — disse o escocês. — Eu lhe disse que eles querem que eu me aposente, Sharpe. Se eu cobrar à Companhia o valor de dois cavalos, eles provavelmente insistirão em minha aposentadoria. — Ele suspirou. — Eu sabia que esta perseguição a Dodd estava amaldiçoada. Sentia em meus ossos.

— Conseguiremos outro cavalo, senhor — disse Sharpe,

— Como? Rezando? — disse McCandless com um muxoxo.

— Não podemos permitir que o senhor caminhe. Não um coronel. Além disso, tudo isto é minha culpa.

— Sua culpa? Não diga absurdos, Sharpe.

— Eu deveria estar com o senhor, mas não estava. Estava caminhando, pensando.

O coronel fitou Sharpe pelo que pareceu um longo tempo.

— Eu deveria ter imaginado que você tinha muito em que pensar, sargento — disse McCandless finalmente. — Como foi seu passeio de elefante com o coronel Pohlmann?

— Ele me mostrou Aurungabad, senhor.

— Acho que ele o levou até o topo da montanha e lhe mostrou os reinos deste mundo — disse o coronel. — O que ele lhe ofereceu? Uma tenência?

— Sim, senhor. — Sharpe corou ao admitir isso, mas estava escuro dentro do barraco da viúva e o coronel não viu.

— Ele lhe contou sobre Benoit de Boigne e sobre aquele biltre do George Thomas? — perguntou McCandless. — E disse que poderia ser um homem rico em dois ou três anos, estou certo?

— Alguma coisa assim, senhor.

McCandless encolheu os ombros.

— Não vou enganá-lo, Sharpe. Ele estava certo. Tudo que ele lhe disse é verdade. — McCandless gesticulou para o sol poente que reluzia através das frestas nas paredes de juncos. — Lá fora existe uma sociedade sem lei que durante anos recompensou o soldado com ouro. Entenda bem, o soldado. Não o fazendeiro labutador ou o comerciante honesto. Os príncipes engordaram e o povo emagreceu, mas nada impede um soldado de servir a esses príncipes. Nada. Apenas o juramento que você faz ao servir seu rei.

— Ainda estou aqui, senhor. Não estou? — disse Sharpe, indignado.

— Sim, Sharpe, você está — disse McCandless e então fechou os olhos e gemeu. — Temo que a febre esteja piorando.

— O que faremos então, senhor?

— Ora, nada. Nada pode ser feito contra a febre, exceto aguentar uma semana tremendo no calor.

— Eu me referi a levá-lo de volta para o exército, senhor. Posso ir até Aurungabad e ver se consigo encontrar alguém para levar uma mensagem.

— Não, você não vai. A não ser que saiba falar a língua deles — disse McCandless. O velho coronel ficou calado durante alguns instantes. — Nesta região as notícias chegam longe, Sharpe — finalmente prosseguiu. — Sevajee vai sentir o nosso cheiro e nos achar. — Mais uma vez o coronel se calou, e Sharpe julgou que ele havia adormecido, mas então viu o coronel balançar a cabeça. — Amaldiçoado — disse o coronel. — O coronel Dodd será o meu fim.

— Nós vamos capturar Dodd, senhor. Eu prometo.

— Rezo por isso. Realmente rezo. — O coronel apontou para suas mochilas num canto do barraco. — Pode encontrar minha bíblia, Sharpe? E talvez possa ler para mim enquanto ainda há um pouco de luz? Alguma coisa do Livro de Jó, creio.

McCandless sofreu dias de febre e Sharpe dias de isolamento. Até onde sabia, a guerra podia ter sido vencida ou perdida, porque ele não viu ninguém nem qualquer notícia chegou ao barraco de sapé debaixo da árvores de galhos desnudos. Para manter-se ocupado, Sharpe capinou uma antiga vala de irrigação que corria para norte através da terra da mulher, cortou arbustos, matou cobras e cavou terra até ser recompensado com um filete de água. Feito isso, consertou o telhado do barraco, colocando novas folhas de palmeira sobre as velhas e grudando-as no lugar com tranças de fronde. Ficou com fome, porque a mulher tinha pouca comida além dos grãos que Pohlmann deixara e alguns feijões secos. Sharpe trabalhava sem camisa e sua pele ficou tão acastanhada quanto a coronha de seu mosquete. À noite ele brincava com as três crianças da mulher, construindo fortes com terra vermelha que eles bombardeavam com pedras. E durante um crepúsculo maravilhoso, quando a muralha de brinquedo se revelou invulnerável a seixos arremessados, Sharpe acendeu um estopim de pólvora e com três dos cartuchos de seu mosquete abriu uma brecha na muralha.

O TRIUNFO DE SHARPE

Fez tudo ao seu alcance para cuidar de McCandless, lavando o rosto do coronel, lendo a bíblia para ele e alimentando-o com colheradas de pólvora amarga diluída em água. Sharpe não tinha certeza se a pólvora ajudava, mas todo soldado jurava que era o melhor remédio para febre, e assim Sharpe forçou colheradas da mistura salina pela goela do coronel. Estava preocupado com o ferimento de bala na coxa de McCandless, porque certo dia, enquanto Sharpe estava umedecendo a bandagem, a viúva empurrara-o para o lado e insistira em desamarrar a atadura e colocar um emplastro de sua própria fabricação na ferida. Ele vira mofo e teias de aranha no emplastro, e Sharpe não sabia se agira certo ao deixá-la aplicar a mistura. Porém, à medida que a primeira semana passou o ferimento não pareceu piorar e, em seus momentos mais lúcidos, o coronel afirmou que a dor estava diminuindo.

Depois de capinar a vala de irrigação, Sharpe cobriu o poço da viúva. Improvisou uma draga com um balde velho e usou-a para retirar punhados de lama fedorenta da base do poço. Enquanto fazia isso, meditou sobre seu futuro. Ele sabia que o major Stokes adoraria tê-lo de volta no arsenal de Seringapatam, mas depois de algum tempo o regimento lembraria de sua existência e exigiria sua volta. Isso significaria juntar-se novamente à Companhia Ligeira com o capitão Morris e o sargento Hakeswill, e esse pensamento provocou um arrepio em Sharpe. Talvez o coronel Gore pudesse transferi-lo. Os rapazes diziam que Gore era um sujeito decente, e nem de perto tão sinistro quanto Wellesley, e isso era animador. Porém, ocasionalmente Sharpe ainda pensava em aceitar a oferta de Pohlmann. Tenente Sharpe, murmurou alto. Tenente Sharpe. Por que não? E nesses momentos ele sonhava com a alegria de voltar para o orfanato em Brewhouse Lane. Usaria uma espada e um chapéu tricorne, com adornos na casaca e esporas nos calcanhares, e cada chibatada que os desgraçados tinham desferido no pequeno Richard Sharpe eles pagariam dez vezes. Ao lembrar desses espancamentos Sharpe sentia uma raiva terrível e se punha a puxar o balde do poço com ainda mais força, como se com o trabalho duro ele pudesse transpirar a mágoa.

BERNARD CORNWELL

Mas em todos esses sonhos Sharpe nunca retornou a Brewhouse numa casaca branca, ou numa casaca púrpura, ou com qualquer outra casaca além de uma casaca vermelha. Ninguém na Grã-Bretanha ouvira falar em Anthony Pohlmann e por que se importariam se uma criança saíra da sarjeta de Wapping para um posto no exército do marajá de Gwalior? Um homem poderia alegar ser coronel da Lua com a mesma eficácia. Com uma casaca de qualquer outra cor que não a vermelha Sharpe seria acusado de traidor e morto. Mas se retornasse a Brewhouse com a farda escarlate da Grã-Bretanha, Sharpe seria respeitado como um homem que se tornara oficial em seu próprio exército.

E assim, certa noite, enquanto a chuva castigava o telhado reparado da viúva, e o coronel, sentado na cama, declarava que a febre estava diminuindo, Sharpe perguntou a McCandless como um homem podia tornar-se oficial no exército britânico.

— Eu sei que pode ser feito, senhor, porque lá na Inglaterra tivemos um sr. Devlin que subiu de patente em patente — disse Sharpe, meio sem jeito. — Ele era filho de pastor, mas quando o conheci já era o tenente Devlin.

E provavelmente morreria como um velho e amargurado tenente Devlin, pensou McCandless, embora tenha preferido não dizê-lo. Em vez disso fez uma pausa antes de dizer qualquer coisa. Estava até mesmo tentado a fugir da pergunta fingindo que sua febre piorara subitamente, porque compreendia o que havia por trás da pergunta de Sharpe. A maioria dos oficiais teria zombado de sua ambição, mas Hector McCandless não era zombeteiro. Mas ele também sabia que um homem que ambicionava ascender ao oficialato corria o risco de duas decepções: as decepções do fracasso e do sucesso. O resultado mais provável era o fracasso, porque essas promoções eram raras como dentes de galinha, mas poucos homens realmente faziam o salto e seu sucesso inevitavelmente conduzia à infelicidade. Eles careciam da instrução dos outros oficiais, careciam de seus modos, e careciam de sua confiança. Geralmente eram desdenhados pelos outros oficiais, e postos para trabalhar como intendentes na crença de que não se podia confiar neles para liderar homens na batalha. E havia de fato alguma verdade nessa crença, porque os próprios soldados não gostavam que seus oficias viessem das fileiras. Finalmente, McCandless decidiu que Sharpe já sabia de tudo isso e decidiu poupá-lo de ouvir tudo novamente.

— Há duas formas, Sharpe — disse McCandless. — A primeira é comprando uma patente. O posto de alferes irá lhe custar quatrocentas libras, mas você precisará de mais cento e cinquenta para se equipar, e mesmo assim terá apenas um cavalo minimamente adequado, uma espada de quatro guinéus, um uniforme simples, e ainda precisará de uma renda extra para cobrir suas despesas gerais. O soldo de um alferes é de aproximadamente noventa e cinco libras por ano, mas o exército confisca parte disso para despesas. Além disso, ainda há o imposto de renda. Já ouviu falar dessa nova taxa, Sharpe?

— Não, senhor.

— Uma coisa perniciosa. Tomar de um homem o que ele ganhou honestamente! É roubo, Sharpe. Roubo disfarçado de governo. — O coronel balançou a cabeça em sinal de desgosto. — Assim, um alferes tem sorte se conseguir ver setenta libras de seu soldo. E mesmo se viver frugalmente não conseguirá pagar todas as suas contas com esse dinheiro. A maioria dos regimentos cobra a um oficial dois xelins diários por suas refeições, um xelim por vinho, embora um homem evidentemente possa passar sem vinho e a água seja gratuita. Mas também é preciso pagar seis *pence* por dia para o servente do refeitório, e mais seis *pence* pelo desjejum e seis *pence* por serviços de lavanderia e costura. Não é possível viver como um oficial com o salário de um oficial, a não ser que você disponha de pelo menos cem libras para gastar por ano. Você tem esse dinheiro?

— Não, senhor — mentiu Sharpe. Na verdade, ele tinha joias suficientes em sua casaca vermelha para comprar uma patente de major, mas não queria que o coronel soubesse disso.

— Bom, porque essa não é a melhor maneira — disse McCandless. — A maioria dos regimentos não quer um homem que comprou sua patente. Por que haveriam de querer? Eles dispõem de muitos jovens que chegam dos condados ingleses com as bolsas cheias de dinheiro dos pais. Assim, a última coisa que eles precisam é de um ascendente de pouca instrução que não consegue pagar suas contas. Não estou dizendo que é impossível. Qualquer regimento postado nas Índias Ocidentais lhe dirá que o posto de alferes é barato, mas isso porque eles não conseguem quase ninguém por causa da febre amarela. Um posto nas Índias Ocidentais é uma sentença de morte. Mas se um homem quiser entrar em qualquer outra coisa que não seja um regimento acantonado nas Índias Ocidentais, ele deve tentar a segunda rota. Ele precisa ser um sargento e precisa ser capaz de ler e escrever. Mas também há um terceiro requisito. O sujeito deve executar um ato de coragem quase impossível. Liderar uma Última Esperança pode ser suficiente, mas qualquer ato, contanto que seja suicida, servirá. Agora, é claro que se ele não tiver um general como testemunha, esse ato de coragem não adiantará nada.

Sharpe ficou sentado em silêncio durante algum tempo, atordoado pelos obstáculos que ele teria de vencer para concretizar seu sonho acordado.

— Eles passam um teste para o candidato, senhor? Um teste de leitura? — Esse pensamento preocupou Sharpe porque, embora sua leitura melhorasse a cada noite, ele ainda se enrolava com palavras muito simples. Sharpe alegara que as letras da bíblia eram pequenas, e McCandless fingira acreditar na desculpa.

— Um teste de leitura? Bom Deus, não! Para um oficial! — McCandless delineou um sorriso cansado. — Eles aceitarão a palavra do candidato, é claro. — O coronel se calou por um segundo antes de prosseguir: — Mas, Sharpe, eu sempre me perguntei: por que um soldado das fileiras haveria de querer tornar-se oficial?

Para que pudesse voltar a Brewhouse Lane, pensou Sharpe, e quebrar os dentes de algumas pessoas.

— Eu estava apenas pensando no assunto, senhor — justificou Sharpe. — Apenas pensando, senhor.

— Porque, sob muitos aspectos, os sargentos exercem mais influência sobre os homens — disse McCandless. — Detêm menos prestígio formal, talvez, mas decerto mais influência do que qualquer oficial júnior. Alferes e tenentes são criaturas muito insignificantes, Sharpe. Na maior parte do tempo, eles têm pouquíssima utilidade. Um oficial só começa realmente a ser valioso quando obtém a capitania.

— Tenho certeza de que o senhor tem razão, senhor — disse Sharpe, desanimado. — Só estava pensando.

Naquela noite o coronel sofreu uma recaída, e Sharpe ficou sentado na porta do barraco ouvindo a chuva tamborilar a terra. Não conseguia expulsar o sonho de sua cabeça, não conseguia livrar-se da imagem dele próprio passando pelo portão de Brewhouse Lane e vendo os rostos que odiava. Sharpe queria aquilo. Queria intensamente, e assim, incapaz de conter o sonho, continuou sonhando, sonhando com o impossível. Sharpe não sabia como, mas encontraria uma forma de dar o salto. Ou morreria tentando.

# CAPÍTULO VII

Dodd chamou seu novo cavalo castrado de Peter.

— Porque ele não tem colhões, "monssiê" — informou a Pierre Joubert. Dodd repetiria a piada de mau gosto uma dúzia de vezes nos dois dias seguintes apenas para ter certeza de que o insulto fora
5. compreendido. Quando Joubert sorriu e não disse nada, Dodd lançou-se num panegírico dos méritos de Peter. Seu cavalo antigo tinha pouco fôlego, enquanto este podia cavalgar o dia inteiro e ainda manter o pescoço empinado. — Um puro-sangue, capitão — disse a Joubert. — Um puro-sangue inglês. Não um pangaré francês, mas um cavalo de verdade.

10.      Os homens no Cobras de Dodd gostavam de ver o major em seu cavalo grande e garboso. Era verdade que um homem morrera durante a aquisição do animal, mas mesmo assim o roubo fora um belo ato de bandidagem, e os homens tinham rido ao ver o sargento inglês vasculhar o acampamento enquanto Gopal, o *jemadar* do major Dodd, ocultava o cavalo bem longe dali, a norte.

15.      O coronel Pohlmann achara menos graça.

— Prometi salvo-conduto a McCandless, major — grunhiu na primeira vez em que viu o inglês em seu novo castrado.

— É verdade, senhor.

— E você somou roubo de cavalos ao seu catálogo de crimes?

20.      — Não sei do que o senhor está falando — protestou Dodd com inocência fingida. — Comprei o cavalo de um cigano de Korpalgaon. Ele me custou minhas últimas economias.

O TRIUNFO DE SHARPE

— E o novo cavalo do seu *jemadar*? — indagou Pohlmann, apontando para Gopal, que estava cavalgando a égua do coronel McCandless.

— Ele comprou a égua com o mesmo cigano — respondeu Dodd.

— Claro que comprou, major — disse Pohlmann, irritado.

O coronel sabia que de nada adiantava repreender um homem por furto num exército que era encorajado a roubar para manter sua própria existência. Mesmo assim, estava ofendido com o abuso de Dodd da hospitalidade que fora estendida a McCandless. O escocês tinha razão, pensou Pohlmann. Dodd era um homem sem honra. Mesmo assim, o hanoveriano sabia que se Scindia empregasse apenas santos, não teria um só oficial europeu para contar história.

O roubo dos cavalos de McCandless apenas somara mais motivos para Pohlmann não gostar de William Dodd. Considerava o inglês amargo, ciumento e rabugento, mas mesmo assim, embora não gostasse dele, reconhecia que o major era um bom soldado. A retirada de seu regimento de Ahmednuggur fora uma operação inglória executada soberbamente. Pohlmann reconhecia o valor dessa façanha, assim como apreciava o fato de que os homens de Dodd gostavam de seu oficial-comandante. O hanoveriano não tinha certeza do motivo para Dodd ser popular, porque ele não era um homem afável; não gostava de conversa fiada, sorria raramente e era rigoroso com detalhes que os outros oficiais deixariam passar, mas apesar de tudo isso os homens gostavam dele. Talvez sentissem que Dodd estava do seu lado, inteiramente do seu lado, reconhecendo que na guerra nada se conquista se os oficiais não tiverem soldados ou se os soldados não tiverem oficiais. Por esse motivo, e talvez por mais nenhum, eles eram gratos por ter Dodd como oficial-comandante. E soldados que gostam de seus oficiais-comandantes são mais propensos a lutar bem que aqueles que não gostam. Assim, Pohlmann estava feliz por ter William Dodd como comandante de regimento, mesmo não gostando dele e considerando-o um ladrão barato.

O *compoo* de Pohlmann acabara de se juntar ao restante do exército de Scindia, que já fora engordado por soldados do rajá de Berar, de modo que mais de cem mil homens e todos os seus animais agora vagavam pela planície Deccan em busca de pasto, forragem e grãos. O vasto exército superava em número seu inimigo, mas Scindia não fez qualquer tentativa de chamar Wellesley à batalha. Em vez disso, estava conduzindo sua horda aparentemente sem destino. Seguiram para sul em direção ao inimigo, recuaram para norte, fizeram uma investida claudicante para leste e então seguiram seus próprios passos de volta para oeste. E onde estiveram saquearam fazendas, pelaram colheitas, arrombaram celeiros, abateram animais e invadiram casas humildes em busca de arroz, trigo ou lentilhas. Todos os dias uma série de patrulhas de cavalaria era enviada para sul para encontrar os exércitos inimigos, mas os cavaleiros maratas raramente aproximavam-se dos casacas vermelhas porque a cavalaria britânica contrapatrulhava agressivamente e todos os dias eles deixavam cavalos mortos na planície enquanto a grande horda de Scindia continuava vagando sem destino.

— Agora que você tem um cavalo tão bonito, talvez possa conduzir uma patrulha de cavalaria — disse Pohlmann a Dodd uma semana depois do roubo.

— Com prazer, senhor.

— Alguém precisa descobrir o que os britânicos estão fazendo — resmungou Pohlmann.

Dodd cavalgou para sul com alguns dos soldados de cavalaria de Pohlmann. Sua patrulha foi vitoriosa onde muitas outras haviam fracassado, mas apenas porque o major vestiu sua velha casaca vermelha para que parecesse que seus cavaleiros estavam sob o comando de um oficial britânico. O estratagema funcionou. Dodd se deparou com uma força bem menor da cavalaria misoriana, que, sem suspeitar de nada, cavalgou rumo à armadilha. Seis inimigos escaparam, oito morreram, e seu líder ofereceu uma grande quantidade de informações antes que Dodd o matasse com um tiro na cabeça.

— Você devia tê-lo trazido para nós — repreendeu gentilmente Pohlmann quando Dodd retornou. — Eu mesmo poderia ter conversado com ele — acrescentou o coronel, olhando para baixo dentre as cortinas verdes de seu *howdah*. O elefante caminhava lentamente atrás de um cavaleiro de casaca púrpura que carregava a bandeira vermelha de Pohlmann com a insígnia do cavalo branco de Hanover. Havia uma garota com Pohlmann, mas dela tudo que Dodd conseguia ver era a mão lânguida e morena, adornada com joias, segurando na beira do *howdah*. — Então, major, diga-me o que descobriu.

— Os britânicos estão novamente nos arredores de Godavery, senhor. Mesmo assim estão divididos em duas forças e nenhuma delas possui mais do que seis mil soldados de infantaria. A força de Wellesley é a que está mais perto de nós, enquanto a de Stevenson está rumando para oeste. Fiz um mapa com os posicionamentos deles — disse Dodd, estendendo o papel na direção do *howdah*.

— Então eles estão querendo nos espremer, hein? — disse Pohlmann, esticando o braço para pegar o mapa. — Agora não, *Liebchen* — acrescentou Pohlmann, embora não para Dodd.

— Imagino que eles estão se mantendo separados devido às estradas, senhor — disse Dodd.

— É claro — disse Pohlmann, perguntando-se por que Dodd estava ensinando padre a rezar missa. Os britânicos precisavam de estradas bem maiores que os maratas, porque carregavam todos seus alimentos em carros de bois, e esses veículos desajeitados só andavam bem em terrenos planos e gramados. O que significava que os dois exércitos inimigos podiam apenas avançar onde o chão era liso ou as estradas adequadas. Com uma movimentação tão canhestra, era duplamente mais difícil para eles espremerem o exército de Scindia. Contudo, refletiu Pohlmann, a esta altura o comandante britânico devia estar muito confuso com as intenções de Scindia. O próprio Scindia estava confuso, porque o marajá preferia acatar o aconselhamento tático de astrólogos do que de seus oficiais europeus. Conseqüentemente, a grande horda era impelida à sua perambulação por coisas como o brilho de estrelas, significado de sonhos e entranhas de bodes.

— Se marcharmos para sul agora, poderemos encurralar os homens de Wellesley a sul de Aurungabad — disse Dodd a Pohlmann. — Stevenson está longe demais para apoiá-lo.

BERNARD CORNWELL

— Parece uma ideia muito sensata — concordou Pohlmann, enfiando o mapa no bolso.

— Deve haver algum plano — sugeriu Dodd, irritado.

— Deve haver? — retrucou Pohlmann, distraído. — Mais alto, *Liebchen*, aí mesmo! Isso! — A mão ornada com joias desaparecera dentro do *howdah*. Pohlmann fechou os olhos por um instante, depois abriu-os e sorriu para Dodd. — O plano é esperar e ver se Holkar irá se juntar a nós. — Holkar era o mais poderoso de todos os líderes maratas, mas estava marcando passo, indeciso se deveria juntar-se a Scindia e ao rajá de Berar ou ficar de fora da guerra com suas imensas forças intactas. — E a parte seguinte do plano é realizar um *durbar*. Já esteve num *durbar*, Dodd?

— Não, senhor.

— É um concílio, um comitê de velhos e sábios, ou melhor, de senis e tagarelas. A guerra será debatida, assim como a posição das estrelas, o humor dos deuses e a não chegada da monção. Depois que o *durbar* tiver acabado, se acabar, vamos começar nossa perambulação novamente. Ou talvez algum tipo de decisão seja tomado, embora eu não possa prever se essa decisão será recuar para Nagpoor, avançar contra Haiderabad, escolher um campo de batalha e deixar os britânicos nos atacarem, ou simplesmente marchar até o Dia do Juízo Final. É claro que vou oferecer conselhos a Scindia, mas se ele sonhar com macacos uma noite antes do *durbar*, então nem Alexandre, o Grande conseguiria persuadi-lo a lutar.

— Mas Scindia não sabe que não é bom deixar as duas forças britânicas se unirem, senhor? — perguntou Dodd.

— Ele sabe, claro que sabe. Nosso mestre e senhor não é nenhum idiota. Mas é imprevisível. Tudo que podemos fazer é torcer para que os presságios sejam propícios.

— Eles são propícios agora! — protestou Dodd.

— Essa decisão não cabe a você ou a mim. Nós europeus somos confiáveis para lutar, mas não para ler mensagens das estrelas ou entender o significado dos sonhos. Mas quando chegar a hora da batalha, pode ter certeza de que as estrelas e os sonhos serão ignorados e que Scindia deixará todas as decisões por minha conta.

Pohlmann sorriu benignamente para Dodd e levantou os olhos para a horda de cavaleiros que cobria a planície. Devia haver mais de cinqüenta mil cavaleiros em seu campo de visão, mas Pohlmann já teria ficado satisfeito em marchar com apenas mil. A maioria dos maratas estava ali apenas por causa dos despojos que esperavam roubar depois da vitória, e embora fossem todos cavaleiros habilidosos e guerreiros de grande coragem, não tinham qualquer noção de como se fazia um piquete, e nenhum deles estava disposto a investir contra uma unidade de infantaria. Eles não compreendiam que uma tropa de cavalaria precisava sofrer baixas horrendas para desequilibrar uma infantaria. Em vez disso confiavam que os grandes canhões de Scindia e sua infantaria de mercenários iriam estraçalhar a infantaria, deixando para eles a tarefa de perseguir os soldados como vespas. Até esse momento feliz eles seriam apenas bocas inúteis para alimentar. Se todos eles fossem embora amanhã isso não faria qualquer diferença para o resultado da guerra, porque a vitória ainda seria conquistada pela artilharia e pela infantaria. Pohlmann sabia disso e imaginava alinhar suas carretas de canhão roda com roda em baterias, com sua infantaria formada logo atrás, e então assistir aos casacas vermelhas caminharem para um tumulto de fogo, ferro e morte. Uma chuva de metal caindo sobre os ingleses até reduzi-los a carne moída!

— Você está me machucando — disse a garota.

— *Liebchen*, sinto muito — disse Pohlmann, soltando a jovem. — Eu estava pensando.

— Senhor? — perguntou Dodd, julgando que o hanoveriano estava falando com ele.

— Eu estava pensando, Dodd. Sabe, não é tão ruim que estejamos vagando sem destino.

— Não é? — retorquiu Dodd, estarrecido.

— Porque se não soubermos para onde estamos indo, os britânicos também não saberão. Então um dia eles marcharão alguns quilômetros a mais do que deveriam e cairemos sobre eles. Alguém vai cometer um erro, Dodd, porque na guerra sempre há alguém que comete um erro. Essa é a regra imutável da guerra: alguém vai errar. Tudo que precisamos é ter

BERNARD CORNWELL
206

paciência. — Na verdade, Pohlmann estava tão impaciente quanto Dodd, mas o coronel sabia que não serviria a nenhum propósito trair essa impaciência. Ele havia aprendido que na Índia a vida caminhava em sua própria velocidade, tão imponderável e irrefreável quanto um elefante. Mas logo, calculou Pohlmann. Uma das forças britânicas avançaria demais e ficaria tão próxima do vasto exército mahratta que nem mesmo Scindia poderia se recusar a batalhar. E mesmo se os dois exércitos inimigos se juntassem, que diferença faria? Suas forças combinadas eram pequenas, a horda mahratta era vasta, e o resultado de seu encontro tão certo quanto qualquer coisa podia ser numa guerra. E Pohlmann tinha confiança de que Scindia acabaria por lhe dar o comando do exército, e Pohlmann então avançaria contra o inimigo como o gigante da lenda hindu. E com esse pensamento feliz Pohlmann deu-se por satisfeito.

Dodd olhou para cima para dizer mais alguma coisa, mas as cortinas verdes do *howdah* já haviam sido fechadas. A garota soltou uma risadinha, enquanto o *mahout*, sentado bem na frente do *howdah* fechado, olhava impassível à frente. Os maratas estavam em marcha, cobrindo a terra como um enxame de insetos, esperando que o inimigo cometesse um erro.


Cansado de passar fome, Sharpe colocou o mosquete no ombro e saiu em busca de caça. Ficaria satisfeito com qualquer coisa, até com um tigre, mas estava louco por um bom bife. A Índia parecia cheia de vacas, mas naquele dia Sharpe não viu nenhuma, embora depois de seis quilômetros tenha achado um rebanho de bodes pastando num arvoredo. Sharpe desembainhou sua baioneta, decidindo que seria mais fácil cortar a garganta de um daqueles bichos do que atirar nele e assim atrair a atenção do proprietário do rebanho. Mas quando Sharpe estava bem perto dos animais, um cachorro emergiu das árvores e o atacou.

Sharpe desferiu uma coronhada de mosquete no cão e a breve balbúrdia fez os bodes saírem correndo. Sharpe levou quase uma hora para encontrar os animais de novo, e como a essa altura não teria se importado se atraísse metade da população da Índia, apontou e disparou. Tudo que conseguiu foi ferir um animal mirrado que se pôs a balir em desespero. Sharpe correu até o bicho, cortou sua garganta, que era mais dura do que ele havia imaginado, e então jogou a carcaça sobre o ombro.

A viúva cozinhou a carne fedorenta que tinha um gosto horrível, mas pelo menos era carne, e Sharpe engoliu-a como se não comesse há meses. O aroma de carne acordou o coronel McCandless, que se sentou na cama e olhou de cara feia para a panela.

— Eu quase poderia comer isso — disse ele.

— Está servido, senhor?

— Não como carne há dezoito anos, Sharpe. Não vou começar agora. — Ele correu uma das mãos por seus cabelos brancos lisos. — Declaro que estou me sentindo melhor. Deus seja louvado.

O coronel pousou os pés no chão e tentou se levantar.

— Mas estou fraco como um filhote de gato — disse ele.

— Um prato de carne iria fortalecê-lo, senhor.

— *Vade retro*, Satanás — disse o coronel e então segurou um dos pilares que mantinham o teto e usou seu apoio para se levantar. — Acho que amanhã já estarei caminhando.

— Como está a perna, senhor?

— Curando, Sharpe. Curando. — O coronel colocou um pouco de peso na perna esquerda e pareceu agradavelmente surpreso quando viu que ela não entortou. — O Senhor me salvou mais uma vez.

— Graças a Deus por isso, senhor.

— Sim, Sharpe. Graças a Deus.

Na manhã seguinte, o coronel estava se sentindo ainda melhor. Ele se curvou para passar pela porta e piscou contra a luz forte do sol.

— Viu algum soldado nas últimas duas semanas?

— Nenhum, senhor. Apenas fazendeiros.

O coronel coçou os fios brancos em seu queixo.

— Creio que preciso me barbear. Você pode me fazer a gentileza de pegar minha caixa de lâminas? E se puder aquecer um pouco de água...

Obedientemente, Sharpe colocou uma panela de água na fogueira, e em seguida amolou uma das lâminas do coronel. Estava aperfeiçoando o fio quando McCandless chamou-o de fora da casa.

— Sharpe!

Alguma coisa na voz de McCandless fez Sharpe pegar seu mosquete. Enquanto se agachava para passar sob o pórtico baixo, Sharpe escutou um tropel de cascos e engatilhou a arma. Sharpe esperava ver inimigos, mas McCandless gesticulou para que ele baixasse a arma.

— Eu disse que Sevajee iria nos achar! — disse alegremente o coronel. — Nada fica em segredo neste campo, Sharpe.

Sharpe abaixou o mosquete enquanto observava Sevajee conduzir seus homens até a casa da viúva. O jovem indiano sorriu ao ver a aparência desmazelada de McCandless.

— Ouvi dizer que havia um diabo branco aqui, e logo soube que era você.

— Queria que tivessem chegado antes — resmungou McCandless.

— Por quê? Você estava doente. As pessoas com quem falei disseram que ia morrer — disse Sevajee enquanto apeava de sua sela e conduzia o cavalo até o poço. — Além disso, estávamos ocupados demais.

— Seguindo Scindia, espero — disse o coronel.

— Aqui, ali, em todo lugar. — Sevajee colheu água num odre e derramou-a sob o nariz de seu cavalo. — Eles estiveram a sul, leste, e a norte novamente. Mas agora eles vão realizar um *durbar*, coronel.

— Um *durbar*! — admirou-se McCandless e Sharpe se perguntou que diabos era um *durbar*.

— Eles partiram para Borkardan — anunciou alegremente Sevajee. — Todos eles! Scindia, o rajá de Berar, todos eles! Um mar de inimigos!

— Borkardan — disse McCandless, invocando um mapa mental em sua cabeça. — Onde é isso? Dois dias de marcha para norte?

— Um dia a cavalo, dois dias a pé — concordou Sevajee.

McCandless, que agora já havia esquecido completamente que precisava se barbear, olhou para norte.

— Mas quanto tempo eles ficarão lá?

— Por tempo suficiente — concordou alegremente Sevajee. — Mas primeiro eles precisam aprontar o lugar para o *durbar* de um príncipe. Isso levará dois ou três dias. Depois ficarão conversando por mais dois ou três dias. E eles precisam descansar seus animais, e em Borkardan há forragem de sobra.

— Como você sabe? — indagou McCandless.

— Porque encontramos alguns *brindarries* — disse Sevajee com um sorriso e se virou ao mesmo tempo para indicar os quatro cavalos pequenos, magros e com as selas vazias que eram os troféus desse encontro. — Tivemos uma conversinha com eles — disse Sevajee com leveza, e Sharpe se perguntou o quanto essa conversinha fora violenta. — Quarenta mil soldados de infantaria, sessenta mil soldados de cavalaria, e mais de cem canhões — disse Sevajee.

McCandless cambaleou de volta para dentro da casa para pegar papel e tinta em seu alforje. E então, de volta à luz do sol, escreveu um despacho e Sevajee destacou seis de seus cavaleiros para levarem a notícia preciosa para sul o mais rápido que pudessem. Eles precisariam procurar pelo exército de Wellesley, e Sevajee mandou-os chicotear seus cavalos o quanto fosse necessário porque, se os britânicos agissem depressa, haveria uma chance de alcançar os maratas enquanto estivessem acampando para seu *durbar* e então atacá-los antes que pudessem assumir formação de batalha.

— Isso iria nivelar a situação — anunciou alegremente McCandless. — Um ataque de surpresa!

— Eles não são idiotas — alertou Sevajee. — Eles montarão um sem-número de piquetes.

— Mas leva tempo para organizar cem mil homens, Sevajee, muito tempo! Eles estarão dispersos como ovelhas enquanto estaremos marchando para a batalha!

Os seis cavaleiros partiram com o precioso despacho e McCandless, cansado novamente, deixou que Sharpe fizesse sua barba.

— Tudo que podemos fazer agora é esperar — disse o coronel.

— Esperar? — perguntou indignado Sharpe, julgando que McCandless queria dizer que eles não fariam nada enquanto a batalha estivesse sendo travada.

— Se Scindia está em Borkardan, os nossos exércitos terão de marchar nesta direção para alcançá-lo — disse o coronel. — Então podemos ficar aqui, esperando que eles venham até nós. E então poderemos nos juntar a eles novamente.

Era hora de parar de sonhar. Era hora de lutar.


O exército de Wellesley atravessou o rio Godavery e marchou para Aurungabad, mas então recebeu notícias de que as forças de Scindia haviam seguido para leste antes de investir para sul rumo ao coração de Haiderabad. Esse relatório fazia sentido, porque o velho nizam acabara de morrer, deixando um filho jovem no trono, e o estado de um jovem governante costumava render saques gloriosos. Assim, Wellesley fizera seu pequeno exército dar meia-volta e retornar para o rio Godavery. O exército recruzou laboriosamente o rio, obrigando cavalos, bois e elefantes a nadar até a margem sul, e conduzindo carretas e carroças em jangadas. Os homens usaram barcos feitos com boias infladas. Foram necessários dois dias inteiros para terminar a travessia e então, depois de um dia de marcha para sul rumo à ameaçada Haiderabad, mais notícias chegaram de que o inimigo dera meia-volta e retornara para norte.

— Esses malditos não sabem o que estão fazendo — declarou Hakeswill.

— O capitão Mackay diz que estamos procurando pelo inimigo — sugeriu prestativo o recruta Lowry.

— Maldito Wellesley — praguejou Hakeswill. O sargento estava sentado ao lado do rio, observando os bois serem tocados para a água para cruzarem novamente o rio até a margem norte. — Dentro d'água, fora d'água, estrada acima, estrada abaixo, caminhando em círculos até sair de volta neste maldito rio. — Seus olhos azuis se arregalaram indignados e seu rosto se contorceu. — Arthur Wellesley jamais deveria ter sido promovido a general.

O TRIUNFO DE SHARPE

— Por que não, sargento? — indagou o recruta Kendrick, sabendo que Hakeswill queria a oportunidade de explicar.

— Por que não faz sentido, rapaz, não faz sentido. — Hakeswill parou para acender um cachimbo de barro. — Ele não tem nenhuma experiência. Lembra daquele bosque nos arrabaldes de Seringapatam? Um caos infernal. Infernal! E sabem quem foi o culpado? Ele. — Gesticulou em direção a Wellesley que, montado num cavalo branco alto, chegara à ribanceira sobre o rio. — Ele é general porque o pai é conde e o irmão mais velho é governador-geral. É por causa disso. Se o meu pai fosse conde eu seria general, está na bíblia. Lorde Obadiah Hakeswill, eu seria, e vocês não me veriam correndo atrás do próprio rabo como um cachorro pulguento. Eu faria meu trabalho direito. De pé, rapazes, e em sentido!

O general, não tendo nada mais a fazer exceto aguardar que seu exército cruzasse o rio, virara o cavalo em direção à margem e seu caminho aproximara-o do lugar onde Hakeswill estava sentado. Wellesley reconheceu o sargento e fez menção de dar-lhe as costas, mas uma cortesia inata superou sua aversão por falar com subalternos.

— Ainda aqui, sargento? — indagou sem jeito.

— Ainda aqui, senhor — respondeu Hakeswill. Ele estava tremendo em posição de sentido, cachimbo enfiado num bolso e mosquete paralelo ao tronco. — Cumprindo meu dever, senhor, como um soldado.

— Seu dever? — perguntou Wellesley. — Veio prender o sargento Sharpe, não é isso?

— Senhor! — afirmou o sargento.

O general sorriu melancólico.

— Informe-me se o vir. Ele está com o coronel McCandless, e ambos parecem desaparecidos. Provavelmente mortos. — E com esse comentário desanimador o general esporeou seu cavalo.

Hakeswill observou o general se afastar, depois tirou o cachimbo do bolso e atiçou o fogo do tabaco. Então cuspiu na margem do rio.

— Sharpezinho não está morto — disse, a voz pingando maldade. — Quem vai matar o Sharpezinho sou eu. Está na bíblia.

Em seguida o capitão Mackay chegou e insistiu para que Hakeswill e seus seis homens ajudassem a organizar a transferência dos bois através do rio. Os animais carregavam fardos cheios com munição sobressalente para a artilharia, e o capitão recebera duas jangadas para transportar essa carga preciosa.

— Eles vão transferir a munição para as jangadas, entendeu? Depois vão obrigar os animais a nadar. Eu não quero caos, sargento. Faça com que os animais fiquem numa fila decente. E não permita que joguem munição no rio para se poupar trabalho ao recarregar nos animais.

— Isso não é trabalho de soldado — queixou-se Hakeswill depois que o capitão se retirara. — Tocar bois? O que ele está pensando que sou? Um escocês? Os escoceses fazem isso o tempo todo. Tocam bois pela estrada até Londres, mas isso não é trabalho para um inglês.

Não obstante, Hakeswill trabalhou com eficácia, usando sua baioneta para incitar homens e animais a formar uma fila que desceu lenta e serpeante até a água. Ao fim do dia, o exército inteiro atravessara o rio. Na manhã seguinte, bem antes da alvorada, o exército marchou novamente para norte. Os soldados acamparam antes do meio-dia para evitar a maior parte do calor. Por volta do meio-dia as primeiras patrulhas de cavalaria inimigas despontaram ao longe e o exército britânico enviou seus próprios cavaleiros para espantar os inimigos.

Durante os dois dias seguintes o exército não se moveu. Batedores da cavalaria tentaram descobrir as intenções do inimigo, enquanto espiões da companhia espalharam ouro pelo campo norte em busca de notícias, mas o ouro foi desperdiçado porque cada fiapo de informação privilegiada era contradito por outro. Segundo uma fonte, Holkar juntara-se a Scindia; segundo outra, Holkar declarara guerra a Scindia. Depois chegou a notícia de que os maratas estavam marchando para oeste, ou leste, ou talvez norte, até que Wellesley começou a ter a impressão de que estava brincando de cabra-cega.

E então, finalmente, chegou uma informação confiável. Seis cavaleiros maratas a serviço de Syud Sevajee chegaram ao acampamento de Wellesley com um despacho escrito apressadamente pelo coronel Mc-Candless. O coronel lamentava sua ausência e explicava que recebera um ferimento que estava sarando lentamente, mas podia assegurar a *sir* Arthur que não abandonara seu dever e que portanto podia reportar, com bom nível de certeza, que as forças de Dowlut Rao Scindia e do rajá de Berar finalmente haviam parado de perambular e acantonado em Borkardan. Eles planejavam permanecer lá, escreveu McCandless, para realizar um *durbar* e permitir que os animais recuperassem suas energias. McCandless estimava que essas intenções implicavam uma estada de cinco ou seis dias em Borkardan. O inimigo contava pelo menos com oitenta mil homens e possuía aproximadamente cem peças de artilharia de campo, muitas de calibre inferior, mas um número considerável que lançava balas bem mais pesadas. A partir de suas próprias observações do acampamento de Pohlmann, McCandless considerava que apenas quinze mil soldados de infantaria do inimigo eram treinados no padrão da Companhia, enquanto o restante estava ali apenas para fazer número. Mas os canhões, acrescentou pesaroso McCandless, eram bem abastecidos e bem mantidos. O despacho fora escrito às pressas, e numa caligrafia trêmula, mas era conciso, confiante e abrangente.

O despacho do coronel fez o general abrir seus mapas e em seguida emitir uma série de ordens. O exército estava preparado para marchar naquela noite, e um mensageiro a cavalo foi enviado até a força do coronel Stevenson, a oeste da força de Wellesley, com ordens para marchar para norte num curso paralelo. Os dois pequenos exércitos deveriam unir-se em Borkardan dentro de quatro dias.

— E isso vai nos deixar com o quê? — pensou Wellesley por um ou dois segundos. — Onze mil soldados de infantaria e 48 canhões. — Ele rabiscou os números no mapa e então bateu nos números com um lápis. — Onze mil contra oitenta — disse desconfiado e então sorriu. — É bom, é muito bom — concluiu.

— Onze contra oitenta é bom, senhor? — perguntou o capitão Campbell, estarrecido.

Campbell era o jovem oficial escocês que escalara três vezes a escada para ser o primeiro homem em Ahmednuggur e fora recompensado com uma promoção e um cargo como auxiliar de Wellesley. Campbell fitou o general, um dos homens mais sensatos que ele conhecia, mas cujo otimismo neste momento parecia beirar a insanidade.

— Gostaria de ter mais homens — admitiu Wellesley. — Mas creio que poderemos fazer o serviço com onze mil. Campbell, você pode desconsiderar a cavalaria de Scindia, porque ela não fará a menor diferença no campo de batalha. Além disso, a infantaria do rajá de Berar simplesmente ficará no caminho de todos, o que significa que iremos lutar contra quinze mil bons soldados e o mesmo número de canhões bem abastecidos. O resto não importa. Se derrotarmos os canhões e infantaria, o resto deles irá fugir. Acredite em mim, eles fugirão.

— Suponha que eles adotem uma posição defensiva, senhor — disse Campbell, sentindo-se impelido a inserir uma nota de cautela nas esperanças do general. — Suponha que eles estejam atrás de um rio. Ou atrás de muralhas.

— Podemos supor o que quisermos, Campbell. Mas uma suposição é apenas uma fantasia, e se tivermos medo de fantasias é melhor abandonarmos a carreira das armas. Vamos decidir como lidar com o inimigo depois que o encontrarmos, mas a primeira coisa a fazer é encontrá-lo. — Wellesley enrolou o mapa. — Não posso matar uma raposa antes de caçá-la. Portanto comecemos a trabalhar.

O exército marchou naquela noite, seis mil soldados de cavalaria, quase todos indianos, foram na frente. Atrás deles estavam 22 peças de artilharia, quatro mil sipaios da Companhia das Índias Orientais e dois batalhões de escoceses, enquanto a cauda desajeitada de bois, esposas, crianças, carroças e mercadores compunha a retaguarda. Marcharam duro, e se algum homem estava assustado com o tamanho do exército inimigo não demonstrou. Todos eram tão bem treinados quanto qualquer homem que já envergara a casaca vermelha na Índia. Eles tinham recebido de seu general a promessa da vitória, e agora estavam indo fazer seu serviço. E

O TRIUNFO DE SHARPE

quaisquer que fossem as probabilidades, eles acreditavam que iriam vencer. Contanto que ninguém cometesse nenhum erro.

Como Borkardan era uma aldeia humilde, sem nenhuma casa adequada a um príncipe, o grande *durbar* dos chefes maratas foi realizado numa tenda imensa, montada às pressas costurando-se um grande número de barracas menores umas às outras, e em seguida forrando a lona com faixas de seda fortemente colorida; teria composto uma estrutura imponente caso os céus não tivessem se aberto quando o *durbar* começou, abafando o som das vozes dos homens com um tamborilar de chuva na lona esticada. Além disso, as costuras feitas às pressas se romperam, permitindo que água vertesse para dentro em jorros.

— É tudo uma perda de tempo, mas precisamos comparecer — resmungou Pohlmann a Dodd. O coronel estava prendendo um broche de diamante em seu colarinho. — E não é momento para a opinião de nenhum europeu, exceto a minha, entendeu?

— A sua? — retrucou Dodd, que gostaria de defender que o momento pedia ousadia.

— Minha — asseverou Pohlmann. — Quero convencê-los de meu ponto de vista, e para isso preciso que, sempre que eu abrir a boca, cada oficial europeu balance a cabeça como um macaco demente, concordando comigo.

Cem homens haviam se reunido debaixo da seda gotejante. Scindia, o marajá de Gwalior, e Bhonsla, o rajá de Berar, sentados em *musnuds*, tronos-plataformas elegantemente envoltos em brocados e protegidos da chuva intrusiva por sombrinhas de seda. Suas Altezas eram refrescadas por homens brandindo leques de cabos compridos enquanto o restante do *durbar* derretia-se num calor úmido. Os brâmanes de alta classe, todos em calças folgadas feitas com bordados de fios de ouro, túnicas brancas e turbantes alvos e altos, sentavam-se bem perto dos dois tronos, enquanto atrás deles posavam os oficiais militares, indianos e europeus, que transpiravam em seus uniformes de gala. Criados ziguezagueavam pela multidão oferecendo bandejas de prata cheias de amêndoas, frutas cristalizadas ou tigelas de arroz embebido em araca. Os três oficiais europeus de alta paten-te mantiveram-se juntos. Pohlmann, numa casaca púrpura decorada com ornamentos e correntes de ouro, avultava-se sobre o coronel Dupont, um holandês magricela que comandava o segundo *compoo* de Scindia, e sobre o coronel Saleur, um francês que liderava a infantaria de Begum Somroo. Parado bem atrás desse trio, Dodd ouviu com atenção seu *durbar* particular. Os três homens concordaram que seus soldados teriam de suportar a maior parte dos ataques britânicos e que um deles deveria exercer o comando geral. Não poderia ser Saleur porque Begum Somroo era vice-governadora de Scindia, de modo que seu comandante não poderia ter precedência sobre os oficiais de seu senhor da guerra feudal. Portanto o comandante geral deveria ser Dupont ou Pohlmann, mas o holandês generosamente cedeu a honra ao hanoveriano.

— Scindia escolheria você de qualquer forma — disse Dupont.

— Concordo com você — disse Pohlmann, animado. — Está sa-tisfeito, Saleur?

— Satisfeitíssimo — disse o francês. Ele era um homem alto e amargo, com um rosto coberto por cicatrizes e uma reputação de dis-ciplinador formidável. Também era tido como amante de Begum Somroo, posto que evidentemente acompanhava o comando da infantaria dessa dama. — Sobre o que os bastardos estão falando agora? — indagou em inglês.

Pohlmann ouviu durante alguns segundos.

— Estão discutindo se devem recuar para Gawilghur — disse ele. Gawilghur era um forte numa colina a norte e leste de Borkardan, e um grupo de brâmanes estava urgindo o exército a recuar para lá e deixar que os britânicos batessem seus crânios contra seus penhascos e muros altos. — Malditos brahmins — praguejou Pohlmann. — Não sabem porcaria nenhuma sobre guerra. Sabem falar, mas não sabem lutar.

Mas então um brâmane mais velho, barba branca descendo até a altura da cintura, se levantou e declarou que os presságios eram propícios à batalha.

— Vossa Majestade reuniu um grande exército e pretende trancá-lo numa cidadela? — disse o velho brâmane a Scindia.

— Esse velho caiu do céu — murmurou Pohlmann. — Enfim um brâmane que fala coisa com coisa!

Scindia estava preferindo deixar o diálogo por conta de Surjee Rao, seu primeiro-ministro, enquanto mantinha-se calado e sentado em seu trono. Usava uma túnica de seda amarela com esmeraldas e pérolas costuradas em padrões florais, enquanto um grande diamante amarelo reluzia em seu turbante azul-claro.

Outro brâmane rogou que o exército marchasse para sul contra Seringapatam, mas foi ignorado. O rajá de Berar, mais moreno que o pálido Scindia, franzia a testa numa tentativa de parecer belicoso, mas falava muito pouco.

— Ele vai fugir ao soar do primeiro tiro de canhão — resmungou o coronel Saleur. — Ele sempre faz isso.

Beny Singh, o senhor da guerra do rajá, argumentou em defesa da batalha:

— Tenho quinhentos camelos carregados com foguetes. Tenho canhões recém-chegados de Agra. Tenho soldados de infantaria sedentos de sangue inimigo. Permitam-me soltá-los!

— Deus nos ajude se fizermos isso — sussurrou Dupont. — Esses cretinos não têm a menor disciplina.

— É sempre assim? — perguntou Dodd a Pohlmann.

— Bom Deus, não! — disse o hanoveriano. — Este *durbar* é positivamente decisivo! Geralmente são três dias de conversa fiada e uma decisão final de postergar qualquer decisão até o próximo encontro.

— Acha que eles vão chegar a uma decisão hoje? — perguntou cinicamente Saleur.

— Eles terão de fazer isso — disse Pohlmann. — Não podem manter este exército unido por muito tempo. Estamos ficando sem forragem! Estamos pelando todas as terras da região.

Os soldados ainda recebiam apenas o suficiente para comer, e os soldados de cavalaria cuidavam para que seus cavalos fossem alimentados, mas os seguidores do acampamento estavam quase mortos de fome e em alguns dias o sofrimento das mulheres e crianças derrubaria o moral do exército. Naquela mesma manhã, Pohlmann vira uma mulher cortando o que a princípio achou que fosse uma broa de pão de centeio, mas então compreendeu que nenhum indiano assaria uma broa européia e que a mulher estava desfazendo um pedaço de bosta de elefante em busca de grãos não digeridos. Eles precisavam lutar imediatamente.

— Então, se lutarmos, como vocês irão vencer? — perguntou Saleur. Pohlmann sorriu.

— Creio que podemos causar uma boa dor de cabeça a "Menino" Wellesley — disse animado. — Colocaremos os soldados do rajá atrás de algumas muralhas fortes onde não possam causar danos, e nós três alinharemos nossas carretas de canhão roda com roda. Faremos chover balas sobre eles durante toda sua aproximação, e então daremos cabo deles com algumas salvas velozes. Depois disso permitiremos que os soldados de cavalaria ataquem os sobreviventes.

— Mas quando? — perguntou Dupont.

— Em breve — respondeu Pohlmann. — Precisa ser em breve. Os pobres-coitados já estão comendo bosta no café da manhã. — Houve um silêncio repentino na tenda e Pohlmann compreendeu que uma pergunta fora-lhe dirigida. Surjee Rao, um homem sinistro cuja reputação por cruel-dade era tão disseminada quanto conhecida, levantou uma sobrancelha para o hanoveriano. — A chuva, Vossa Serena Excelência — explicou Pohlmann. — A chuva me ensurdeceu tanto que não consegui ouvir sua pergunta.

— O que meu senhor deseja saber é se podemos destruir os bri-tânicos — disse o ministro.

— Ora, completamente — disse Pohlmann como se a questão em si fosse risível.

— Eles lutam com bravura — comentou Beny Singh.

— E morrem como qualquer homem quando enfrenta um inimigo igualmente bravo — disse Pohlmann com desprezo.

Scindia inclinou-se à frente e sussurrou alguma coisa no ouvido de Surjee Rao.

— O que o senhor de nossa terra e conquistador das terras de nosso inimigo deseja saber é como você derrotará o inimigo — comunicou o ministro.

— Da forma como Sua Real Alteza sugeriu ontem, ao me oferecer seus conselhos sábios — disse Pohlmann

Era verdade que Pohlmann realizara uma reunião particular com Scindia no dia anterior. Contudo o conselho fora oferecido por Pohlmann, mas se quisesse influenciar este *durbar* deveria permitir que todos pensassem que estava meramente repetindo as sugestões de Scindia.

— Conte-nos esse conselho, por favor — pediu Surjee Rao, que sabia perfeitamente bem que seu mestre não era capaz de ter idéias, a não ser de aumentar impostos.

— Como nós todos sabemos, os britânicos dividiram suas forças em dois pequenos exércitos. A esta altura ambos os exércitos sabem que estamos aqui em Borkardan e, como são imbecis ansiosos por morrer, virão marchar contra nós. Ambos os exércitos estão ao sul, mas separados por alguns quilômetros. Mesmo assim eles planejam se reunir para em seguida nos atacar. Contudo, ontem, em sua sabedoria sem paralelo, Sua Real Alteza sugeriu que se nos movêssemos para leste atrairíamos em nossa direção a coluna inimiga que estiver mais a leste, fazendo-a marchar para longe de seus aliados. Assim, poderemos lutar contra os dois exércitos um de cada vez, derrotá-los um de cada vez, e deixar nossos cães comerem a carne de suas carcaças. E quando o último britânico estiver morto, levarei o general acorrentado até a tenda de nosso regente e lhe darei as mulheres do inimigo como escravas.

Mais importante do que isso seria capturar os suprimentos de alimentos de Wellesley, mas Pohlmann não ousou dizer isso por temer que Scindia tomasse as palavras como críticas. Mas a bravata de Pohlmann foi recompensada com uma salva de palmas que infelizmente arruinou-se quando uma seção inteira do teto da tenda ruiu num dilúvio de chuva.

Quando a comoção acabou, Surjee Rao perguntou a Pohlmann:

— Se os britânicos estão condenados, por que avançarão contra nós?

Era uma boa pergunta, uma pergunta que preocupava levemente Pohlmann, embora ele acreditasse ter encontrado uma resposta.

— Porque, Excelência, eles têm a confiança dos idiotas. Porque acreditam que seus exércitos combinados terão força suficiente. Porque não acreditam que nosso exército conta com o mesmo nível de treinamento que o deles e porque seu general é jovem e inexperiente, e ansioso demais por criar uma reputação.

— E você acredita, coronel, que podemos manter seus dois exércitos separados?

— Se marcharmos amanhã, sim.

— Qual é o tamanho do exército do general britânico?

Pohlmann sorriu.

— Wellesley tem cinco mil soldados de infantaria e seis mil soldados de cavalaria. Podemos perder esse número de homens e nem sentir falta deles! Cinco mil! — Ele fez uma pausa para garantir que cada pessoa na tenda tivesse ouvido o número. — E temos oitenta mil homens. Cinco contra oitenta!

— Wellesley tem canhões — observou o ministro, amargo.

— Temos cinco canhões para cada um deles. Cinco contra um. E nossos canhões são maiores e tão bem abastecidos quanto os deles.

Scindia sussurrou alguma coisa a Surjee Rao, que em seguida exigiu que os outros oficiais britânicos dessem seus conselhos, mas todos tinham sido instruídos por Pohlmann a concordar com ele. Marchar para leste, disseram. Atrair um exército britânico para a batalha, e então investir contra o outro. O ministro agradeceu aos oficiais estrangeiros por seu conselho, e então virou-se para os brâmanes e requisitou seus comentários. Alguns aconselharam enviar um emissário para Holkar, implorando por seu auxílio. Mas a confiança de Pohlmann fizera sua mágica e outro homem exigiu, indignado, saber por que eles deveriam oferecer a Holkar uma partilha na glória da vitória. A maré do *durbar*

O TRIUNFO DE SHARPE

estava virando em benefício de Pohlmann, que, não precisando dizer mais nada, manteve-se calado.

O *durbar* prosseguiu durante o dia inteiro e não se chegou a um consenso formal sobre nenhum curso de ação, mas ao escurecer Scindia e o rajá de Berar travaram uma breve conferência. Em seguida Scindia retirou-se entre fileiras de brâmanes que se curvaram à medida que seu regente passava. Ele parou na entrada de sua tenda imensa enquanto os criados traziam o palanquim que iria protegê-lo da chuva. Apenas quando o palanquim estava preparado, Scindia virou-se e falou alto o bastante para que todo o *durbar* o ouvisse.

— Marcharemos para leste amanhã e então ponderaremos sobre outra decisão. O coronel Pohlmann cuidará dos preparativos. — Ele parou por um segundo, olhando para a chuva, e então se abaixou sob o toldo do palanquim.

— Louvado seja Deus — disse Pohlmann, porque considerava que a decisão de marchar para leste era suficiente para garantir a batalha. O inimigo estava se aproximando o tempo todo, e enquanto os maratas não se voltassem para norte, os dois lados acabariam por se encontrar. E se os homens de Scindia fossem para leste eles iriam se encontrar nos termos de Pohlmann. O coronel colocou seu chapéu tricorne e saiu da tenda, seguido por todos os oficiais europeus. — Marcharemos para leste ao longo do Kaitna! — anunciou empolgado. — É para onde marcharemos amanhã, e a margem do rio será nosso campo de extermínio. — Ele soltou um grito de alegria, como uma criança empolgada. — Uma marcha curta, cavalheiros, e todos estaremos próximos dos homens de Wellesley, e em dois ou três dias lutaremos, queiram nossos senhores e mestres ou não.

Na manhã seguinte, o exército marchou para leste. Ele cobria a terra como um enxame escuro que fluía sob nuvens que se abriam ao longo do enlameado rio Kaitna, que lentamente aprofundava e alargava à medida que o exército seguia-o para leste. Como Pohlmann fez com que realizassem uma marcha curta, apenas seis quilômetros, o último líder de cavalaria alcançou o acampamento escolhido muito antes do alvorecer.

BERNARD CORNWELL

Quando a noite caiu, o mais lento soldado de infantaria mahratta havia chegado a uma aldeia pequena e protegida por uma muralha de barro que ficava três quilômetros a norte de Kaitna. Scindia e o rajá de Berar colocaram suas tendas luxuosas bem perto da saída da cidade, enquanto a infantaria do rajá recebeu ordens de abrir trincheiras nas ruas e fazer seteiras nas paredes grossas das casas mais externas da cidade.

A aldeia ficava à margem sul do rio Juah, um afluente do Kaitna, e a sul da vila estendiam-se três quilômetros de terra de cultivo que acabavam na margem escarpada do rio Kaitna. Pohlmann colocou sua melhor infantaria — seus três *compoos* de matadores altamente treinados — a sul da vila e na ribanceira elevada da margem norte do Kaitna. Diante deles dispôs seus oitenta melhores canhões. Wellesley, se quisesse atingir Borkardan, deveria chegar ao Kaitna e deveria encontrar sua trilha bloqueada por um rio, por uma linha temível de canhões pesados, por uma fileira de soldados de infantaria e, atrás deles, como uma fortaleza, uma aldeia entupida com os soldados do rajá de Berar. A armadilha estava preparada.

Nos campos de uma aldeia chamada Assaye.


Os dois exércitos britânicos estavam próximos um ao outro agora, próximos o bastante para que o general Wellesley cavalgasse pelo campo para visitar o coronel Stevenson, comandante do segundo exército. O general fez o trajeto em companhia de seus auxiliares e uma escolta de soldados de cavalaria indianos, mas o grupo não viu qualquer inimigo em sua rota para oeste através de uma planície longa e plana, esverdeada pela chuva do dia anterior. O coronel Stevenson, que tinha idade para ser pai de Wellesley, ficou alarmado com o otimismo do general. Stevenson já vira oficiais jovens exaltados dessa forma, e vira esse entusiasmo ser esmagado por derrotas humilhantes causadas por excesso de confiança.

— O senhor não está apressado demais? — perguntou Stevenson.

— Precisamos de pressa, Stevenson — respondeu Wellesley desenrolando um mapa na mesa do coronel. Apontou Borkardan. — Há grande possibilidade de que estejam neste local, mas não permanecerão aqui para sempre. O inimigo vai escapar se não nos aproximarmos dele agora.

— Se os bastardos estão tão próximos, não é melhor unirmos nossas forças agora? — perguntou Stevenson, olhando para o mapa.

— Se fizermos isso levaremos o dobro do tempo para alcançarmos Borkardan — disse o general.

As duas estradas pelas quais os exércitos avançavam eram estreitas; além disso, a alguns quilômetros ao sul do rio Kaitna, essas estradas davam em trilhas que percorriam uma pequena mas escarpada cordilheira de colinas. Cada veículo com rodas de ambos os exércitos teria de ser conduzido através dos desfiladeiros nas colinas, e caso os dois pequenos exércitos se combinassem, essa travessia desajeitada demandaria um dia inteiro, um dia durante o qual os maratas poderiam escapar para o norte.

Em vez disso, os dois exércitos avançariam separadamente e se encontrariam em Borkardan.

— Amanhã à noite vocês acamparão aqui — ordenou Wellesley, fazendo uma cruz no mapa numa aldeia chamada Hussainabad. — E nós estaremos aqui. — O lápis fez outra cruz na aldeia Naulniah que se estendia por quatro quilômetros ao sul do rio Kaitna. As aldeias eram separadas por 16 quilômetros, e ambas ficavam à mesma distância ao sul de Borkardan. — No dia 24 marcharemos e nos encontraremos aqui. — Circulou a aldeia de Borkardan. — Aqui! — acrescentou, batendo o lápis com tanta força no mapa que quebrou sua ponta.

Stevenson hesitou. Ele era um bom soldado com ampla experiência na Índia, mas era cauteloso por natureza e tinha a impressão de que Wellesley estava sendo precipitado e teimoso. O exército da Confederação Mahratta era vasto e os exércitos britânicos pequenos, mas Wellesley estava afoito por guerrear. Considerando perigosa esta empolgação de Wellesley, que geralmente era um indivíduo frio e calculista, Stevenson tentou refreá-la.

— Poderíamos nos encontrar em Naulniah — sugeriu, pensando que era melhor que os exércitos se combinassem um dia antes da batalha em vez de realizar a junção sob fogo cerrado.

BERNARD CORNWELL

— Não temos tempo — declarou Wellesley. — Nenhum tempo! — Empurrou os pesos que seguravam as bordas do mapa, o que fez a folha grande enrolar num estalo. — Se a Providência colocou o exército inimigo a uma distância adequada para um ataque, então vamos atacá-lo! — Wellesley entregou o mapa a seu adido, Campbell, e se curvou para sair da tenda para o sol do fim do dia. Lá fora deparou-se com o coronel McCandless montado num cavalo pequeno e ossudo. — Você! — exclamou Wellesley, surpreso. — Achei que estava ferido, McCandless!

— Sim, senhor, mas estou melhor — respondeu o escocês acariciando a coxa esquerda.

— Então o que está fazendo aqui?

— Procurando pelo senhor — respondeu McCandless, embora na verdade houvesse chegado ao exército de Stevenson por engano. Um dos batedores de Sevajee, vasculhando a área, vira casacas vermelhas e McCandless deduzira que eram soldados de Wellesley.

— E o que é isso que você está cavalgando? — perguntou Wellesley, subindo na sela de Diomedes. — Parece um pangaré cigano. Já vi pôneis maiores.

McCandless acariciou o cavalo mahratta capturado.

— Esta égua foi a melhor montaria que consegui achar, senhor. Perdi meu castrado.

— Por quatrocentos guinéus você pode ficar com o meu sobressalente. Dê-me uma nota promissória e ele é seu, McCandless. Seu nome é Éolo. É um castrado de seis anos proveniente de County Meath. Bons pulmões. Tem um jarrete defeituoso, mas isso não o atrapalha. Então, coronel, eu o verei dentro de dois dias. — Wellesley virou-se para Stevenson. — Dois dias! Vamos testar os nossos maratas. Veremos se a infantaria de que eles se gabam tanto consegue resistir a umas boas salvas. Tenha um bom dia, Stevenson! Vem comigo, McCandless?

— Sim, senhor.

Sharpe apeou de seu cavalo e se dirigiu a Daniel Fletcher, o ordenança do general.

— Nunca vi o general tão feliz — disse a Fletcher.

O TRIUNFO DE SHARPE

— Acha que está com a faca e o queijo na mão — disse Fletcher. — Espera surpreender o inimigo.

— Ele não está preocupado? São milhares de pagãos.

— Se está assustado, não demonstra — disse Fletcher. — Está disposto a bater à porta deles e comprar briga.

— Então que Deus nos ajude — disse Sharpe.

O general conversou com McCandless durante o percurso de volta. Nada que o coronel dissesse arrefecia o ânimo do general, nem mesmo quando McCandless alertou-o sobre o quanto a artilharia mahratta era bem equipada, e o quanto sua infantaria estava treinada.

— Sabíamos de tudo isso quando declaramos guerra, e isso não nos deteve — argumentou Wellesley. — Então, por que isso haveria de nos deter agora?

— Não os subestime, senhor — alertou McCandless.

— Espero que eles subestimem a mim! — exclamou Wellesley. — E então, quer aquele meu castrado?

— Não tenho dinheiro para isso, senhor.

— Conversa fiada, McCandless! Você recebe o salário de um coronel da Companhia! Deve ter uma fortuna guardada.

— Tenho algumas economias, senhor. Mas são para a minha aposentadoria, que não está muito distante.

— Faço por trezentos e oitenta guinéus, só porque é para você. Daqui a alguns anos você poderá revendê-lo por quatrocentos. Não pode ir para a batalha montado nessa coisa! — gesticulou para o cavalo mahratta.

— Pensarei sobre isso, senhor. Prometo que pensarei — disse McCandless, desanimado.

O coronel rezava para Deus devolver-lhe seu cavalo, juntamente com o tenente Dodd, mas se isso não acontecesse, teria muito em breve de comprar um cavalo decente, e não estava nem um pouco animado com a perspectiva de gastar tanto dinheiro.

— Jantará comigo esta noite, McCandless? — convidou Wellesley. — O prato será pernil de carneiro. Uma raridade!

— Não como carne, senhor — respondeu o escocês.

— Não come carne? — Decidindo que isso era engraçado, o general assustou seu cavalo com uma gargalhada estridente. — Essa é boa! Um soldado que não come carne! Não se preocupe, McCandless, encontraremos alguns arbustos para você mastigar!

Naquela noite, McCandless mastigou seus vegetais. Depois do jantar pediu licença e foi para a tenda que Wellesley lhe emprestara. Estava cansado e com a perna latejando, mas grato porque o dia inteiro havia se passado sem que se sentisse febril. Leu sua bíblia, ajoelhou-se para rezar ao lado do colchão e soprou o lampião para dormir. Uma hora depois, foi acordado por um tropel de cascos de cavalo, vozes contidas, uma risadinha, e então o roçar de um corpo pela lona de sua tenda: alguém caíra contra ela.

— Quem está aí? — inquiriu McCandless, zangado.

— Coronel? — respondeu a voz de Sharpe. — Sou eu, senhor. Desculpe, senhor. Tropecei, senhor.

— Eu estava dormindo, homem.

— Desculpe, senhor. Fique parado, seu sodomita! Não o senhor, senhor. Desculpe, senhor.

McCandless, em mangas de camisa, abriu a tenda.

— Você está bêbado? — disse, e então caiu em silêncio ao ver o cavalo que Sharpe estava segurando. O cavalo era um castrado, um esplêndido cavalo baio castrado com orelhas eriçadas e cheio de energia.

— Ele tem seis anos, senhor — disse Sharpe. — Desculpe pelo barulho, senhor. — Daniel Fletcher estava tentando martelar a estaca e fazendo um trabalho bem ruim, porque estava caindo de bêbado. — Ele tem um jarrete defeituoso, seja lá o que for um jarrete, mas quando corre não para por nada no mundo. Veio da Irlanda, veio sim. Toda aquela grama verde produz um bom cavalo, senhor. Seu nome é Éolo.

— Éolo — disse McCandless. — O deus dos ventos.

— É um daqueles ídolos indianos, senhor? Um daqueles cheios de braços e cabeças de serpente?

— Não, Sharpe. Éolo é grego. — McCandless pegou as rédeas do cavalo e acariciou seu focinho. — Wellesley me emprestou ele?

— Não, senhor. Não. — Sharpe tomou o martelo das mãos de Fletcher e fincou fortemente a estaca no solo. — Ele é seu, senhor. Todinho seu.

— Mas... — disse McCandless e então se calou, incapaz de entender a situação.

— Ele foi pago, senhor — informou Sharpe.

— Pago por quem? — inquiriu McCandless.

— Apenas pago, senhor.

— Você está embriagado, Sharpe!

— Perdão, senhor.

— Explique-se! — exigiu o coronel.

O general Wellesley dissera a mesma coisa quando, apenas quarenta minutos antes, um auxiliar dissera-lhe que o sargento Sharpe estava pedindo para vê-lo e o general, que estava naquele momento despedindo-se de seus convidados para o jantar, concordara relutantemente em recebê-lo.

— Fale rápido, sargento — dissera Wellesley, seu bom humor disfarçado pela frieza habitual.

— Venho da parte do coronel McCandless, senhor — disse Sharpe. — Ele decidiu comprar seu cavalo, senhor, e me mandou com o dinheiro. — Sharpe deu um passo à frente e largou uma bolsa de ouro sobre a mesa de mapas do general. O ouro era indiano, de cada estado e principado, mas era ouro de verdade e reluzia como manteiga em chamas de velas.

Wellesley fitou atônito o tesouro.

— Ele disse que não tinha o dinheiro!

— O coronel é escocês, senhor — disse Sharpe, como se isso explicasse tudo. — E lamenta por não pagá-lo com dinheiro de verdade, guinéus. Mas é o valor completo, senhor. Quatrocentos.

— Trezentos e oitenta — disse Wellesley. — Diga ao coronel que darei o troco a ele. Mas uma nota promissória serviria igualmente bem! Imagine, eu carregando ouro!

— Desculpe, senhor — dissera Sharpe. Como jamais teria conseguido uma nota promissória para pagar ao general, Sharpe procurara um dos *bhinjarries* que seguiam o exército, e esse mercador trocara esmeraldas por ouro. Sharpe suspeitara que o *bhinjarrie* oferecera muito pouco, mas como queria dar ao coronel o prazer de possuir um cavalo, aceitara o preço. — Está tudo certo, senhor? — perguntara ansiosamente a Wellesley.

— Uma maneira extraordinária de fazer negócios — dissera Wellesley, mas concordara com a cabeça. — Uma venda justa, sargento — dissera e quase estendera a mão para cumprimentar Sharpe, como um homem sempre fazia ao negociar um cavalo, mas então lembrou que Sharpe era apenas um sargento e rapidamente converteu seu gesto num aceno vago. E depois que Sharpe havia se retirado, o general também lembrara do sargento Hakeswill enquanto contava as moedas. Mas como aquilo não era da sua conta, provavelmente fora sensato da sua parte não mencionar a presença do sargento a Sharpe.

McCandless agora estava admirando o cavalo.

— Quem pagou por ele?

— Um cavalo muito bonito, não é, senhor? — disse Sharpe. — Tão bom quanto o seu antigo, eu diria.

— Sharpe, não fuja do assunto! Quem pagou por ele?

Sharpe hesitou, mas sabia que não seria poupado do interrogatório.

— De certo modo foi o sultão Tipu, senhor.

— O sultão Tipu? Está louco?

Sharpe enrubesceu.

— O sujeito que matou o sultão Tipu pegou algumas joias que ele estava usando.

McCandless fitou Sharpe.

— Foi você.

— Fui eu o quê, senhor?

— Você matou Tipu. — Era quase uma acusação.

— Eu, senhor? — perguntou Sharpe inocentemente. — Não, senhor.

McCandless fitou o castrado.

— Não posso aceitar este animal, sargento.

— Ele não teria nenhuma utilidade para mim, senhor. Um sargento não pode possuir um cavalo. Não um cavalo decente da Irlanda, senhor.

E se eu não estivesse sonhando acordado no acampamento de Pohlmann, poderia ter detido aqueles ladrões. Portanto, é justo que o senhor me permita dar-lhe outro.

— Você não pode fazer isso, Sharpe! — protestou McCandless, embaraçado com a generosidade do presente. — Além disso, dentro de um ou dois dias pretendo recuperar meu cavalo junto com o sr. Dodd.

Sharpe não havia pensado nisso, e por um segundo amaldiçoou-se por ter jogado fora seu dinheiro. Então deu de ombros.

— Em todo caso está feito, senhor. O general recebeu o dinheiro e o senhor recebeu o cavalo. Além disso, o senhor sempre foi justo comigo, e eu queria fazer alguma coisa pelo senhor.

— É intolerável! — protestou McCandless. — Não pedi este cavalo. Pagarei a você por ele.

— Quatrocentos guinéus? — perguntou Sharpe. — Esse é o preço de uma patente de alferes, senhor.

— E daí? — perguntou McCandless com um olhar feroz para Sharpe.

— Daí que vamos para a batalha, senhor. O senhor naquele cavalo e eu num pônei mahratta. É uma chance em mil, senhor, uma chance em mil, mas se eu me sair bem, realmente bem, precisarei que o senhor interceda por mim com o general. — Sharpe enrubesceu enquanto falava, surpreso com sua própria audácia. — É assim que o senhor irá me pagar, mas não foi por causa disso que comprei o cavalo. Queria apenas que o senhor tivesse um cavalo adequado. Um coronel como o senhor não deve ser visto montado num pangaré nativo, senhor.

McCandless, abismado com a ambição de Sharpe, não soube o que dizer. Ele acariciou o cavalo, sentiu lágrimas nos olhos e não soube se eram pelos sonhos impossíveis de Sharpe ou porque ficara tocado pelo presente do sargento.

— Sharpe, se você lutar com competência, falarei com o coronel Wallace — prometeu McCandless. — Ele é um bom amigo. É possível que ele tenha um posto de alferes vago, mas não tenha grandes esperanças! — Fez uma pausa, perguntando-se se a emoção o levara a prometer demais.

BERNARD CORNWELL

— Como o sultão Tipu morreu, Sharpe? — perguntou depois de algum tempo. — E não minta para mim, Sharpe. Foi você quem o matou.

— Como um homem, senhor. Bravamente. Enfrentando-me de frente. Não recuou em nenhum instante.

— Ele era um bom soldado — disse McCandless, refletindo que Tipu fora derrotado por um soldado ainda melhor. — Creio que ainda tenha algumas das jóias dele.

— Jóias, senhor? — perguntou Sharpe. — Nada sei sobre joias, senhor.

— Claro que não — disse McCandless. Se a Companhia soubesse que Sharpe estava carregando as gemas de Tipu os agentes do tesouro cairiam sobre Sharpe como gafanhotos. — Obrigado, Sharpe — forçou-se a dizer McCandless. — Muito obrigado. Irei pagá-lo, é claro, mas você me comoveu.

McCandless insistiu em apertar a mão de Sharpe e então observou o sargento afastar-se com o ordenança do general. Tanto pecado ali, e ao mesmo tempo tanta bondade, pensou o general. Mas por que Pohlmann colocara a ideia de uma patente na cabeça de Sharpe? Era um sonho impossível, fadado à decepção.

Outro homem também observou Sharpe afastar-se. Era o recruta Lowry, do 33º Regimento do Rei, que correu de volta até o acampamento de bagagem.

— Era ele, sargento — disse a Hakeswill.

— Tem certeza?

— Grande como a vida.

— Deus o abençoe, Lowry. Deus o abençoe.

E Deus, pensou Hakeswill, certamente abençoara-o também. Hakeswill temera ser obrigado a lutar na batalha, mas agora Sharpe chegara e o sargento poderia apresentar seu precioso mandado de busca e partir para o sul. Deixar o exército lutar sua batalha, para vencer ou perder. O resultado não importava ao sargento Hakeswill, que finalmente teria sua vingança e ficaria rico.

# CAPÍTULO VIII

O general Wellesley era como um jogador que esvaziara sua bolsa numa mesa e agora precisava esperar que saíssem as cartas certas. Ainda havia tempo para recolher a aposta e sair do jogo, mas se em algum momento sentiu-se tentado a isso, jamais deixou que seus auxiliares, ou os oficiais de alta patente do exército, percebessem. Todos os coronéis em seu exército eram mais velhos que ele, alguns bem mais velhos, e Wellesley prestou-lhes a cortesia de consultá-los, ainda que tenha feito ouvido de mercador para suas sugestões. Orrock, um coronel da Companhia e comandante do 8º Regimento de Infantaria de Madras, recomendou uma marcha pomposa para leste, embora na opinião de Wellesley a única ambição de tal manobra era afastar o máximo possível o exército da horda inimiga. O general foi forçado a prestar mais atenção aos seus dois Williams, Wallace e Harness, os oficiais-comandantes de seus dois batalhões escoceses que também eram seus líderes de brigada.

— Se nos juntarmos a Stevenson talvez consigamos atingir nosso objetivo, senhor — opinou Wallace, seu tom deixando claro que, mesmo combinados, os dois exércitos britânicos estariam em arriscada inferioridade numérica. — Não tenho dúvida de que Harness concordará comigo, senhor — acrescentou Wallace, embora William Harness, o comandante do 78º Regimento do Rei, tenha parecido surpreso em ver que sua opinião era importante. — A decisão de como lutar com eles cabe apenas a você, Wellesley. Dê a ordem e garanto que meus homens lutarão. Eles sabem que

O Triunfo de Sharpe

é melhor para eles lutar, porque se não o fizerem, vou açoitar suas costas até que fiquem em carne viva.

Wellesley absteve-se de comentar que se o 78º Regimento do Rei se recusasse a lutar não restaria ninguém para açoitá-los, porque não haveria mais exército. Em todo caso, Harness não teria ouvido, porque aproveitou a oportunidade para fazer uma preleção sobre os efeitos benéficos de um açoitamento.

— Meu primeiro coronel gostava de ver costas bem marcadas uma vez por semana, Wellesley — disse ele. — Para ele, um bom açoitamento era a melhor forma de lembrar aos homens de seu dever. Lembro que certa vez ele açoitou a esposa de um sargento. Queria saber se uma mulher conseguiria suportar a dor. Descobriu que não. A garota ficava se esquivando da chibata. — Harness suspirou, lembrando-se de dias mais felizes. — Você sonha, Wellesley?

— Se eu sonho, Harness?

— Quando dorme.

— Às vezes.

— Se assistir a um açoitamento, você não vai sonhar. Não há nada melhor para uma noite de sono profundo do que um bom açoitamento. — Harness, um homem alto, de semblante marcado, que parecia paralisado numa expressão de desaprovação, balançou a cabeça com tristeza. — Um sono sem sonhos, é com isso que sonho! Também solta o intestino, sabia?

— Sono?

— Um açoitamento! — corrigiu irritado. — Estimula o sangue.

Wellesley não gostava de fazer perguntas sobre oficiais de alta patente, mas tomara o cuidado de levar consigo seu novo auxiliar, Colin Campbell.

— Haviam muitos açoitamentos no 78º? — perguntou ao auxiliar, que servira a Harness durante o cerco de Ahmednuggur.

— Fala-se muito nisso recentemente, senhor, mas pratica-se pouco.

— O seu coronel parece enamorado dessa prática.

— Seu entusiasmo vem e vai — disse calmamente Campbell. — Até algumas semanas atrás não era um homem entusiasmado. Agora, subitamente, ele é. Em julho nos encorajou a comer cobras, embora não tenha insistido nisso. Soube que ele experimentou cobra fervida em leite, mas a receita não lhe caiu bem.

— Ah! — disse o general, compreendendo a mensagem formulada com cuidado. Então Harness estava perdendo o juízo? Wellesley culpou a si mesmo por não ter deduzido isso a partir do olhar fixo do coronel. — O batalhão tem um médico?

— Pode-se dar a oportunidade, senhor — disse Campbell com cuidado.

— Compreendo.

Não que o general pudesse fazer muita coisa a respeito da loucura incipiente de Harness neste momento, inclusive porque o coronel não fizera nada que merecesse uma exoneração. De fato, louco ou não, o coronel liderava um bom batalhão e Wellesley precisaria dos escoceses quando chegasse a Borkardan.

Wellesley pensava constantemente em Borkardan, embora não soubesse realmente o que era esse lugar, além de uma marca no mapa. Conseguia visualizar apenas uma vastidão assolada por redemoinhos de areia e uivos de vento, um lugar onde cavalos galopavam, disparos de canhões esquentavam o ar e o céu era rasgado por saraivadas de metal assassino. Seria a primeira batalha de campo que Wellesley travaria de verdade. Ele participara de algumas escaramuças e liderara um ataque de cavalaria que aniquilara um exército de bandoleiros, porém jamais comandara canhões, cavalos e soldados de infantaria em conjunto, e jamais tentara impor sua vontade a um general inimigo. Wellesley não duvidava de sua habilidade, nem duvidava que permaneceria calmo em meio ao caos de poeira, fumaça, fogo e sangue, mas temia que alguma bala perdida o matasse ou o aleijasse, deixando o exército nas mãos de um homem sem uma visão de vitória. Stevenson ou Wallace saberiam agir com competência, embora Wellesley tivesse para si que ambos eram cautelosos demais. Mas que Deus ajudasse um exército guiado pelo entusiasmo de Harness.

Os outros coronéis, todos soldados da Companhia, ecoaram o conselho de Wallace de garantir que a junção com Stevenson fosse realizada antes da batalha. Wellesley reconheceu a sabedoria dessa opinião, mas recusou conter o avanço de seu exército para se juntar a Stevenson antes que ambos alcançassem Borkardan. Não havia tempo para esse tipo de gentilezas, de modo que o exército que alcançasse primeiro o inimigo deveria combatê-lo primeiro, e o outro deveria juntar-se à batalha. Wellesley sabia que deveria manter seu flanco esquerdo aberto para que os soldados de Stevenson se juntassem ao dele. O general calculou que deveria colocar a maior parte de sua cavalaria na esquerda e a primeira estação de seus dois regimentos de Highlanders para servir como anteparo nesse flanco. Fora isso, não conseguia imaginar outra coisa para fazer depois de alcançar Borkardan que não fosse atacar, atacar e atacar novamente. Acreditava que quando um pequeno exército enfrentava uma grande horda, o pequeno exército devia manter-se em movimento e destruir o inimigo peça por peça. Permanecendo parado, o pequeno exército correria o risco de ser cercado e pulverizado até a rendição.

Borkardan no dia 24 de setembro: esse era o objetivo, e Wellesley colocou seus homens em marcha árdua. A vanguarda de cavalaria e os piquetes de infantaria estavam sendo incitados a permanecer plenamente alertas, porque caberia a esses homens iniciar a marcha para norte. Às duas horas o exército inteiro estava em movimento. Cães latiam enquanto a vanguarda da cavalaria atravessava as aldeias, e depois dos cavaleiros vieram os canhões pesados puxados por bois, os Highlanders em marcha e as longas fileiras de sipaios portando bandeiras coloridas. Dezesseis quilômetros a oeste o exército de Stevenson marchava em paralelo ao de Wellesley, mas dezesseis quilômetros representavam meio dia de marcha, e se qualquer uma das duas forças fosse confrontada pelo inimigo, a outra não poderia fazer nada para ajudar. Tudo dependia de seu encontro em Borkardan.

A maioria dos homens não fazia a menor ideia do que os esperava. Sentiam a tensão repentina e deduziam que ela pressagiava uma batalha, mas embora os rumores falassem do inimigo como uma horda inumerável, os soldados marchavam com confiança. Eles resmungavam, é claro; todos os soldados resmungam. Reclamavam que estavam com fome, praguejavam por serem obrigados a caminhar sobre o estrume deixado pela cavalaria e amaldiçoavam o calor opressivo que mal era aliviado pelo fato da marcha ser parcialmente noturna. Cada marcha terminou ao meio-dia quando os homens armaram suas tendas e se espalharam à sombra enquanto os piquetes montavam guarda, a cavalaria dava de beber aos cavalos e os cozinheiros abatiam bois para prover carne racionada.

Os soldados de cavalaria eram os mais atarefados. Sua missão era cavalgar na frente e até os flancos do exército para atrair os batedores inimigos para longe; com isso não permitiriam que o inimigo soubesse que os dois exércitos de casacas vermelhas marchavam para encurralá-lo. Mas toda manhã, enquanto o horizonte leste acinzentava, em seguida ficava cor-de-rosa, e finalmente dourado e vermelho antes de explodir em luz, as patrulhas procuravam em vão por inimigos. A cavalaria da Confederação Mahratta parecia estar permanecendo em casa, e alguns dos oficiais de cavalaria temiam que seu inimigo pudesse ter escapulido de novo.

Enquanto eles se aproximavam de Naulniah, que seria o último local de repouso de Wellesley antes que ele marchasse através da noite até Borkardan, o general convocou seus patrulheiros para mais perto do exército e ordenou a eles que cavalgassem apenas dois ou três quilômetros na frente de sua coluna. Se o inimigo estava adormecido, explicou aos seus auxiliares, então o melhor a fazer era não acordá-lo. Era domingo, e se o inimigo ainda estava realizando seu *durbar*, então o dia seguinte traria a batalha. Um dia para deixar os temores perturbarem a esperança, embora os auxiliares de Wellesley parecessem muito imprudentes enquanto marchavam os últimos quilômetros para Naulniah. O major John Blackiston, um engenheiro da comitiva do general Wellesley, estava provocando o capitão Campbell ao ridicularizar a agricultura escocesa.

— Lá na Escócia vocês só cultivam aveia, capitão?

— Você não conhece cevada antes de conhecer a Escócia, major — declarou Campbell. — Nós poderíamos esconder um regimento num campo de cevada escocesa.

— Não consigo imaginar por que vocês fariam uma coisa dessas, mas devem ter seus motivos. Mas me diga, Campbell, vocês pagãos escoceses têm alguma cerimônia de agradecimento a Deus por uma colheita?

— Já ouviu falar do *kirn*, major? A festa do mel?

— *Kirn?*

— O equivalente à sua festa da colheita, quando vocês colhem as ervazinhas do solo inglês e então imploram a nós, escoceses generosos, que lhes mandem comida. O que nós fazemos, afinal somos um bom povo cristão que se apieda pelos menos afortunados. E por falar em menos afortunados, major, aqui está a lista de doentes.

Campbell deu a Blackiston um pedaço de papel no qual estavam listados os homens de cada regimento que se encontravam doentes demais para marchar. Esses homens agora estavam sendo colocados nos carros de boi do comboio de bagagem. Normalmente, aqueles com menores chances de se recuperar logo seriam mandados para sul nos comboios de retorno, mas Blackiston sabia que o general não queria destacar nenhuma cavalaria para proteger um comboio às vésperas de uma batalha.

— Diga a Sears que os doentes podem esperar em Naulniah — ordenou Blackiston. — E mande o capitão Mackay ter pelo menos um grupo de carroças vazias preparadas.

Blackiston não especificou por que Mackay deveria preparar carroças vazias, mas também não precisava fazer isso. As carroças levariam os homens feridos na batalha, e Blackiston torcia fervorosamente para que não fossem necessários mais do que um grupo de carroças de boi.

O capitão Mackay antecipara a necessidade por carroças vazias e já colocara marcações de giz naquelas cujos fardos eram leves e poderiam ser transferidos para outras carroças. Uma vez em Naulniah ele reorganizaria as cargas, e pediu a Obadiah Hakeswill que supervisionasse a atividade, mas o sargento tinha outros planos.

— Meu criminoso está de volta ao exército, senhor.

— E você ainda não o prendeu? — perguntou Mackay, surpreso.

— Não posso fazer um homem marchar a ferros, senhor, não neste lugar. Mas se o senhor estabelecer um acampamento em Naulniah, poderei colocar meu prisioneiro sob guarda como mandam minhas ordens.

— Então perderei seus serviços, sargento?

— Não era isso que eu queria, senhor — mentiu Hakeswill —, mas tenho minhas responsabilidades. Se deixarmos bagagem em Naulniah, poderei ficar lá com meu prisioneiro. São as ordens do coronel Gore, senhor. Naulniah é aquela aldeia ali adiante, senhor?

— Parece ser — disse Mackay, porque a aldeia distante estava cheia de homens deitando linhas para as tendas dos regimentos.

— Então, se o senhor me perdoar, preciso cuidar dos meus deveres.

Hakeswill esperara deliberadamente por este momento, calculando que seria incômodo demais continuar marchando para norte com Sharpe sob escolta. Seria melhor esperar até que o exército tivesse estabelecido o acampamento de bagagem onde Hakeswill poderia manter Sharpe enquanto a batalha estivesse sendo travada. E se mais um casaca vermelha morresse nesse dia, quem daria por falta dele? E assim, livre da guarda de bagagem de Mackay, o sargento conduziu seus seis homens coluna acima para encontrar o coronel McCandless.

McCandless ainda estava com a perna latejando e enfraquecido depois do período prolongado de febre, mas recuperara o ânimo, porque cavalgar Éolo convencera-o de que nunca um cavalo melhor pisara na terra. O castrado era incansável, e mais bem treinado que qualquer cavalo que ele montara antes. Sevajee achou graça do entusiasmo do coronel.

— Você parece um homem com uma nova mulher, McCandless.

— Se você diz isso, Sevajee, se você diz isso — retrucou McCandless, que não estava disposto a morder a isca do indiano. — Mas ele é ou não é uma beleza?

— Magnífico.

— County Meath — explicou o coronel. — Cruzam bons caçadores em County Meath. Eles têm cercas bem altas lá. Os cavalos aprendem a saltar como coelhos.

— County Meach fica na Irlanda? — indagou Sevajee.

— Fica sim.

— Outro país sob o calcanhar da Grã-Bretanha?

— Para um homem sob o meu calcanhar, Sevajee, você é bem abusado — disse o coronel. — Podemos conversar sobre isso amanhã? Sharpe! Quero que você escute.

Sharpe tocou seu pequeno cavalo mahratta para que ele emparelhasse com o grande castrado do coronel. Como Wellesley, o coronel McCandless estava planejando o que faria em Borkardan e, embora a missão do coronel fosse muito menor que a do general, não era menos importante para ele.

— Cavalheiros, vamos considerar que ganharemos esta batalha em Borkardan amanhã — disse o coronel e esperou pelo comentário invariavelmente sarcástico de Sevajee, mas o indiano alto não disse nada. — Portanto, nossa tarefa será caçar Dodd entre os fugitivos. Caçá-lo e capturá-lo.

— Se ele ainda estiver vivo — comentou Sevajee.

— Rogo a Deus para que esteja. Ele precisa ser levado à justiça britânica antes de comparecer ao tribunal do Senhor. Portanto, cavalheiros, depois que os nossos exércitos se juntarem, nossa tarefa será não nos envolvermos com a luta, mas procurar pelos soldados de Dodd. Isso não será difícil. Até onde sei, eles são o único regimento de casacas brancas, e depois que os encontrarmos, deveremos permanecer perto deles. Devemos aguardar até que o regimento se dissolva, e então perseguir Dodd.

— E se o regimento não se dissolver? — indagou Sevajee.

— Então devemos marchar novamente e lutar novamente — respondeu lacônico o coronel. — Mas com a graça de Deus, Sevajee, encontraremos esse homem mesmo se tivermos de persegui-lo até os desertos da Pérsia. A Grã-Bretanha tem mais que um calcanhar pesado, Sevajee. Ela tem um braço longo.

— Braços longos podem ser cortados com facilidade — comentou Sevajee.

Sharpe parara de ouvir a conversa. Escutara uma comoção por trás de um grupo de esposas de soldados que foram empurradas para fora da estrada e virara-se para ver quem havia agredido as mulheres. Então reconheceu os ornamentos vermelhos nas casacas e se perguntou que diabos homens do 33º Regimento do Rei estariam fazendo ali. E então ele reconheceu o sargento Hakeswill.

BERNARD CORNWELL

Obadiah Hakeswill! De todas as pessoas no mundo, Hakeswill! Sharpe fitou horrorizado seu antigo inimigo. Obadiah Hakeswill captou seu olhar e abriu um sorriso tão maligno que Sharpe soube que sua aparição não era bom sinal. Hakeswill pôs-se a correr a toda velocidade, fazendo seu farnel, algibeiras, baioneta e mosquete baterem ritmicamente contra seu corpo.

— Senhor! — gritou ele para o coronel McCandless. — Coronel McCandless, senhor!

McCandless virou-se, irritado com a interrupção. E então, como Sharpe, fitou o sargento como se não acreditasse em seus olhos. Hakeswill fora prisioneiro nas masmorras do sultão Tipu ao mesmo tempo que Sharpe e o coronel, e McCandless conhecia Hakeswill o suficiente para não gostar dele.

— Sargento Hakeswill? — perguntou mal-humorado o escocês. — Você está longe de casa.

— Todos estamos, senhor. Longe de casa, cumprindo nossos deveres para com o rei e o país numa terra pagã, senhor — disse Hakeswill enquanto diminuía o passo para uma marcha, de modo a se manter emparelhado com o cavalo do escocês. — Recebi ordens de procurá-lo, senhor. Ordens do general em pessoa, *sir* Arthur Wellesley, que Deus o abençoe.

— Sei quem o general é, sargento — disse friamente McCandless.

— Fico satisfeito em ouvir isso, senhor. Tenho um documento para o senhor. Um documento urgente, senhor, um documento que requer sua atenção urgente, senhor. — Hakeswill lançou um olhar venenoso para Sharpe e estendeu o mandado para McCandless. — Este documento, senhor, que tenho carregado em minha algibeira, são ordens do coronel Gore, senhor.

McCandless desdobrou o mandado. Sevajee seguira em frente para encontrar algum alojamento para seus homens na aldeia e, enquanto McCandless lia as ordens para a prisão de Sharpe, Hakeswill recuou para se manter ao lado do sargento.

— Vamos tirar você desse cavalo num minuto, Sharpezinho — disse ele.

— Vá se danar, Obadiah.

— Você sempre tentou botar a mão onde não alcançava, Sharpezinho. Mas não se faz isso. Não neste exército. Não somos os franceses. Não usamos botas vermelhas e compridas como as suas, porque não temos ares e graças neste exército. Está na bíblia.

Sharpe puxou sua rédea, fazendo seu cavalo pequeno desviar para o lado de Hakeswill. O sargento pulou para o lado.

— Está preso, Sharpezinho! — exclamou Hakeswill, contente. — Preso! Será levado à corte marcial. E fuzilado, com certeza. — Hakeswill sorriu, mostrando seus dentes amarelos. — É isso, você está morto. Esperei muito tempo, Sharpezinho, mas finalmente vou acertar minhas contas com você, como manda a bíblia.

— A bíblia não diz nada disso, sargento! — exclamou McCandless, virando-se em sua sela para lançar um olhar furioso para o sargento. — Já tive oportunidade de falar com você a respeito da bíblia, e se o ouvir citá-la mais uma vez sem autoridade, partirei todos os ossos do seu corpo, sargento Hakeswill. Juro que o farei!

— Sinto muito, senhor! — desculpou-se Hakeswill. Ele duvidava que McCandless, um oficial da Companhia, pudesse aplicar qualquer punição a um sargento do exército do rei, pelo menos não sem muito esforço, mas não deixou seu ceticismo transparecer, porque Obadiah Hakeswill acreditava em demonstrar subserviência cabal a todos os oficiais. — Não foi minha intenção irritá-lo, senhor. Não pretendi ofendê-lo, senhor.

McCandless leu o mandado uma terceira vez. Alguma coisa na escolha das palavras parecia fora de esquadro, mas ele não conseguiu entender realmente o quê.

— Sharpe, diz aqui que você atacou um oficial no dia cinco de agosto deste ano.

— Eu fiz o quê, senhor? — perguntou Sharpe, horrorizado.

— Agrediu o capitão Morris. Aqui. — E McCandless empurrou o mandado para Sharpe. — Pegue, homem. Leia.

Sharpe aceitou o papel e enquanto lia, o sargento Hakeswill ofereceu detalhes ao coronel McCandless.

— Uma agressão, senhor, com um jarro de excrementos, senhor. Um jarro cheio, senhor. Líquidos e sólidos, senhor. Ambos. Bem na cabeça do capitão, senhor.

— E você foi a única testemunha? — resmungou McCandless.

— Eu e o capitão Morris, senhor.

— Não acredito numa palavra disso — questionou McCandless.

— Com o devido respeito, senhor, essa decisão caberá à corte marcial. O seu trabalho, senhor, é confiar o prisioneiro à minha guarda.

— Não me instrua sobre meus deveres, sargento! — disse McCandless, furioso.

— Sei apenas que o senhor cumprirá o seu dever, senhor, como todos nós fazemos. Exceto por alguns que eu poderia mencionar. — Hakeswill sorriu para Sharpe. — As palavras longas são muito difíceis para você, Sharpezinho?

McCandless estendeu a mão e tomou o mandado de Sharpe, que realmente estava tendo alguma dificuldade com as palavras mais extensas. O coronel expressara sua descrença na acusação, porém isso fora mais por lealdade a Sharpe que por convicção, embora ainda parecesse haver alguma coisa estranha no mandado.

— Isso é verdade, Sharpe? — indagou McCandless.

— Não, senhor! — exclamou Sharpe, indignado.

— Ele sempre foi um bom mentiroso, senhor — opinou Hakeswill. — Mente descaradamente, senhor. É famoso por isso. — O sargento estava começando a perder o fôlego enquanto tentava manter o ritmo do cavalo do escocês.

— E o que pretende fazer com o sargento Sharpe? — perguntou McCandless.

— Fazer, senhor? O meu dever, é claro. Escoltar o prisioneiro de volta até o batalhão, de acordo com minhas ordens. — Hakeswill gesticulou na direção de seis homens, que marchavam alguns passos atrás. — Vamos guardá-lo como manda o figurino, senhor. Vamos escoltá-lo de volta para casa, onde ele será julgado por seu crime imundo.

O Triunfo de Sharpe

McCandless mordeu seu dedão direito e balançou a cabeça. Ele cavalgou em silêncio durante alguns passos e, quando Sharpe protestou, o coronel ignorou as palavras indignadas. Colocou o mandado em sua mão direita novamente e pareceu lê-lo ainda mais uma vez. Ao longe, a leste, pelo menos a um quilômetro e meio dali, houve uma agitação repentina de poeira e brilhos de espadas refletindo o sol. Alguns cavaleiros inimigos haviam estado à espreita num bosquete, de onde observavam a marcha britânica, mas agora foram espantados por uma tropa de cavaleiros misorianos que os perseguiu para norte. McCandless observou a ação distante.

— Então eles agora vão saber que estamos aqui, o que é uma pena. Como se escreve seu nome, Sharpe? Com ou sem "e"?

— Com "e", senhor.

— Então me corrija se eu estiver errado, mas tenho a impressão de que este não é o seu nome — disse McCandless, estendendo o mandado de busca de volta para Sharpe, que viu que o "e" no final de seu nome estava manchado. Havia um borrão de tinta preta ali, e por baixo a impressão do "e" feita pela ponta de metal no papel, mas a tinta fora diluída e quase apagada.

Sharpe escondeu sua admiração por McCandless, um paladino da honestidade e da retidão, ter recorrido a essa espécie de subterfúgio.

— Não é meu nome, senhor — disse Sharpe de cara lavada.

Hakeswill desviou o olhar de Sharpe para McCandless, e então de volta para Sharpe e finalmente para McCandless de novo.

— Senhor! — a palavra explodiu dele.

— Você está sem fôlego, sargento — disse McCandless, tomando o mandado de busca das mãos de Sharpe. — Mas você pode ver aqui que recebeu ordens expressas de prender um sargento chamado Richard Sharp. Não há "e", sargento. Este sargento Sharpe usa um "e" em seu nome, de modo que não pode ser o homem que você quer, e certamente não irei liberá-lo para sua custódia tendo por autoridade este pedaço de papel. Tome. — McCandless estendeu o mandado, deixando-o cair um segundo antes que Hakeswill pudesse pegá-lo.

O papel caiu flutuando até o chão poeirento. Hakeswill pegou o mandado de busca e forçou a vista no texto.

— A tinta escorreu, senhor! — protestou. — Senhor? — Ele correu atrás do cavalo de McCandless, tropeçando na estrada acidentada. — Veja, senhor! A tinta escorreu, senhor!

McCandless ignorou o mandado oferecido.

— Está evidente, sargento Hakeswill, que a grafia do nome foi alterada. Em sã consciência, não posso agir sob esse mandado. O que deve fazer agora, sargento, é enviar uma mensagem para o tenente-coronel Gore e pedir que ele esclareça a confusão. O ideal, creio, seria um novo mandado de busca. Sem receber um mandado de busca escrito de forma legível, não poderei liberar o sargento Sharpe de seus deveres atuais. Bom dia, Hakeswill.

— Não pode fazer isso, senhor! — protestou Hakeswill.

McCandless sorriu.

— Você fundamentalmente não compreende a hierarquia do exército, sargento. Sou eu, um coronel, quem define os seus deveres, não você, um sargento, quem define os meus. "Tenho soldados sob minhas ordens. E digo a um: Vá, e ele vai". *Isso* está na bíblia, sargento. Desejo-lhe um bom dia. — E com essas palavras o escocês tocou com as esporas os flancos do cavalo castrado.

O rosto de Hakeswill contorcia-se furiosamente quando se virou para Sharpe.

— Ainda te pego, Sharpezinho. Ainda te pego. Não esqueci nada.

— Você também não aprendeu nada — disse Sharpe e, imitando o coronel, esporeou seu cavalo.

Enquanto passava por Hakeswill, levantou dois dedos para o sargento e deixou-o para trás na poeira.

Richard Sharpe estava momentaneamente livre.

Simone Joubert colocou os oito diamantes no peitoril da janela da casinha onde as esposas dos oficiais europeus de Scindia haviam sido acantonadas. Ela estava sozinha no momento, porque as outras mulheres tinham ido visitar os três *compoos* posicionados na margem norte do rio Kaitna, mas Simone não desejava sua companhia e assim alegara um desconforto estomacal, embora supusesse que era sua responsabilidade visitar Pierre antes da batalha, se é que realmente iria haver uma batalha. Que eles batalhem, pensou ela. No fim, quando o rio estivesse tinto de sangue inglês, a vida de Simone não estaria melhor. Olhou novamente para os diamantes e pensou no homem que os dera de presente. Pierre ficaria furioso se descobrisse que Simone estava escondendo tamanha fortuna, mas depois que sua raiva passasse venderia as pedras e mandaria o dinheiro para sua família gananciosa na França.

— Madame Joubert!

A voz que chamou por Simone vinha do outro lado da janela. Sentindo-se culpada, escondeu os diamantes em sua bolsinha, embora estivesse no andar superior, onde ninguém poderia ver as joias. Olhou pela janela e viu um animado coronel Pohlmann em mangas de camisa, olhando para cima, de pé sobre a palha do pátio da casa vizinha.

— Coronel — respondeu subserviente.

— Estou escondendo meus elefantes — disse o coronel, apontando para os três animais que estavam sendo conduzidos para o pátio. O mais alto carregava o *howdah* de Pohlmann, enquanto os outros dois levavam os baús de madeira nos quais se dizia que o coronel mantinha seu ouro. — Posso pedir-lhe para proteger meus animais? — perguntou o coronel.

— Do quê? — perguntou Simone.

— De ladrões — respondeu alegremente.

— Não dos britânicos?

— Eles jamais chegarão até aqui, madame, exceto como prisioneiros — disse Pohlmann. E Simone teve uma outra visão repentina do sargento Richard Sharpe. Ela fora levada a acreditar que os britânicos eram uma raça de piratas, uma nação sem consciência que continha a disseminação do iluminismo francês. Mas talvez, pensou Simone, ela gostasse de piratas.

— Tomarei conta dos seus elefantes, coronel — gritou lá para baixo.

— E jantará comigo? — indagou Pohlmann. — Tenho um pouco de frango frio e vinho quente.

— Prometi juntar-me a Pierre — disse Simone, tremendo só de pensar no percurso de três quilômetros através do campo até onde os Cobras de Dodd aguardavam ao lado do rio Kaitna.

— Em seguida irei escoltá-la até o lado dele, madame — disse Pohlmann com cortesia. Depois que a batalha tivesse sido resolvida, Pohlmann planejava desferir um ataque contra a virtude de madame Joubert. Seria uma diversão agradável, ainda que não uma campanha especialmente difícil. Mulheres infelizes cediam à paciência e à simpatia, e haveria muito tempo para ambos depois que Wellesley e Stevenson tivessem sido destruídos. E também haveria prazer em derrotar o major Dodd no prêmio da virtude de Simone.

Pohlmann destacou vinte de seus guarda-costas para proteger os três elefantes. Ele jamais andava numa dessas feras durante uma batalha, porque um elefante tornava-se o alvo de cada canhoneiro inimigo, mas estava ansioso por montar o *howdah* para um grande desfile de vitória que o deixaria rico, rico o bastante para começar a construir o grande palácio de mármore no qual planejava pendurar as bandeiras capturadas do inimigo. De sargento a príncipe em dez anos, e a chave para o principado era o ouro que ele estava armazenando em Assaye. Ele ordenou aos seus guarda-costas que ninguém, nem mesmo o rajá de Berar, cujos soldados patrulhavam a aldeia, deveria entrar no pátio, e em seguida instruiu seus criados a destacar os painéis de ouro do *howdah* e em seguida acrescentá-los às caixas do tesouro.

— Caso aconteça o pior, eu me juntarei a você aqui — disse ao *sudabar* encarregado dos guardas do tesouro. — Não que vá acontecer — acrescentou alegremente.

Um tropel de cascos no beco diante do pátio anunciou a chegada de uma patrulha de cavaleiros retornando de um ataque ao sul do rio Kaitna. Durante três dias Pohlmann mantivera sua cavalaria sob rédeas curtas, sem querer alarmar Wellesley enquanto o general britânico marchava para norte em direção à armadilha. Contudo, naquela manhã Pohlmann liberara algumas patrulhas para sul e uma delas agora retornava com as notícias, muito bem-vindas, de que o inimigo estava apenas a seis quilômetros e meio ao sul do rio Kaitna. Pohlmann já sabia que o segundo exército britânico, aquele do coronel Stevenson, estava ainda 16 quilômetros a oeste, e isso significava que os britânicos haviam cometido um erro. Wellesley, em sua ansiedade por alcançar Borkardan, trouxera seus homens aos braços do exército mahratta inteiro.

O coronel considerou esperar por madame Joubert, e então decidiu que não dispunha de tempo. Montou no cavalo que cavalgava em batalha e, com os cavalos de seus guarda-costas não incumbidos de guardar seu ouro, e com um cordão de auxiliares ao seu redor, galopou para sul do Assaye até a margem do rio Kaitna, onde sua armadilha estava armada. Passou as notícias para Dupont e Saleur, e em seguida cavalgou para preparar seus próprios soldados. Falou com seus oficiais, terminando com o major William Dodd.

— Soube que os britânicos estão acampando em Naulniah — disse Pohlmann. — Assim, o que devemos fazer é marchar para sul e atacá-los. Ter Wellesley tão perto é uma coisa; atraí-lo para a batalha é outra bem diferente.

— Então por que não marchamos? — perguntou Dodd.

— Porque Scindia não vai permitir. Scindia insiste em que devemos lutar na defensiva. Ele está nervoso. — Pohlmann cuspiu, mas não fez qualquer outro comentário sobre a timidez de seu empregador. — Portanto, corremos o risco de Wellesley não nos atacar, e sim recuar em direção a Stevenson.

— Então atacaremos ambos os exércitos ao mesmo tempo — disse Dodd com confiança.

— Assim faremos, se for preciso — concordou secamente Pohlmann. — Mas eu preferiria lutar separadamente contra eles. — Estava confiante na vitória, nenhum soldado poderia estar mais confiante, mas ele não era um idiota e, tendo a oportunidade de enfrentar dois pequenos exércitos consecutivamente em vez de uma força de tamanho médio, ele preferiria a primeira. — Se você tem um Deus, major, reze para que Wellesley esteja superconfiante. Reze para que ele nos ataque.

BERNARD CORNWELL

Teria de ser uma oração fervorosa, porque, se atacasse, Wellesley seria forçado a enviar seus homens através do rio Kaitna, que possuía cerca de sessenta ou setenta passos de largura e águas turvas entre margens altas. Se a monção tivesse vindo, o leito do rio estaria completamente cheio e com três a cinco metros de profundidade, enquanto agora contava apenas com dois ou dois metros e meio. Isso já era fundo o bastante para impedir a travessia de um exército, mas bem em frente da posição de Pohlmann havia uma série de vaus, e ele rezava para que os britânicos tentassem cruzar os vaus e seguir direto pela estrada até Assaye. Pohlmann sabia que Wellesley não teria outra escolha — não se quisesse uma batalha —, porque convocara fazendeiros de todas as aldeias na vizinhança, de Assaye, Waroor, Kodully, Tauklee e Peepulgaon, e perguntara-lhes por onde um homem poderia conduzir uma manada através do rio. Usara isso para exemplificar que apenas bois de grande porte podiam puxar canhões. Cada homem concordara que nesta estação os únicos locais de travessia eram os vaus entre Kodully e Taunklee. Um homem poderia conduzir cabeças de gado rio acima até Borkardan, disseram os aldeões ao intérprete de Pohlmann, e cruzar nesse ponto, mas isso ficava a meio dia de caminhada, e por que esse homem cometeria tamanha estupidez quando o rio provinha oito vaus seguros entre as duas aldeias?

— Existem locais de travessia correnteza abaixo? — indagara Pohlmann.

Uma profusão de cabeças bronzeadas acenou negativamente.

— Não, *sahib*, não na estação chuvosa.

— A estação ainda não está chuvosa.

— Ainda não há vaus, *sahib*. — Eles tinham certeza do que diziam, pois eram nativos que passaram a vida cercados pela mesma água e pelas mesmas árvores, e pisando no mesmo solo.

Pohlmann demorara a se convencer.

— E se um homem não quiser conduzir uma manada? E se ele quiser apenas cruzar sozinho? Por onde ele passaria?

Os aldeões forneceram a mesma resposta:

— Entre Kodully e Taunklee, *sahib*.

— Mais nenhum lugar?

Mais nenhum lugar, asseguraram-no, e isso significava que Wellesley seria forçado a atravessar o rio bem de cara com o exército de Pohlmann, que estaria à espera. A infantaria e os canhões britânicos teriam de escorregar pela escarpada margem sul do rio Kaitna, atravessar um amplo trecho enlameado, chafurdar através do rio, e subir a margem norte, que era igualmente escarpada. Durante todo esse tempo estariam sob o fogo dos canhões maratas, e quando finalmente alcançassem os campos verdes da margem norte, teriam de reformar suas fileiras e marchar para uma tempestade dupla de balas de mosquetes e de canhões. Por qualquer local que os britânicos atravessassem o Kaitna, por qualquer lugar entre Kodully e Taunklee, encontrariam a mesma recepção assassina à espera, porque os três *compoos* principais de Pohlmann estavam dispostos numa linha comprida que dava para a extensão inteira do rio. Havia oitenta canhões nessa linha, e embora alguns cuspissem nada além de balas de cinco ou seis libras, ao menos metade deles possuía artilharia pesada e todos eram manejados por canhoneiros goanos que conheciam seu ofício. Os canhões foram agrupados em oitenta baterias, uma para cada vau, e não havia um centímetro de terreno entre as baterias que não pudesse ser polvilhado com balas ou granadas. A muitíssimo bem treinada infantaria de Pohlmann aguardaria para despejar uma salva devastadora de balas de mosquete nos regimentos de casacas vermelhas já ensurdecidos e desmoralizados pelos disparos de canhão que teriam dilacerado suas fileiras enquanto avançavam pelos vaus, tingindo-as com sangue. A infindável cavalaria da Confederação Mahratta estava a oeste, posicionada ao longo da margem do rio voltada para Borkardan, e ali teria de aguardar até que os britânicos estivessem derrotados, quando Pohlmann liberaria os cavaleiros para as alegrias da perseguição e da chacina.

O hanoveriano calculava que a linha de batalha aguardando nos vaus dizimaria o inimigo e que os cavaleiros fariam da derrota britânica um caos infernal, mas sempre havia uma pequena chance de que o inimigo sobrevivesse à travessia do rio e alcançasse a margem norte do rio Kaitna em bom estado. Pohlmann duvidava que os britânicos conseguissem forçar seus três *compoos* para trás, mas caso fizessem isso, planejava recuar três quilômetros até a aldeia de Assaye e convidar os britânicos a gastar mais homens num assalto contra o que era agora uma fortaleza em miniatura. Assaye, como qualquer outra aldeia na planície, vivia com medo de ataques de bandoleiros. Consequentemente, as casas de sua periferia eram altas, com paredes de barro sem janelas, e as casas eram coladas umas às outras de modo que suas paredes constituíam um baluarte contínuo, tão alto quanto a muralha de Ahmednuggur. Pohlmann bloqueara as ruas da aldeia com carros de bois, ordenara que seteiras fossem abertas na parede externa, posicionara todos seus canhões menores — uma série de canhões de duas e três libras — no sopé da muralha e guarnecera as casas com os vinte mil soldados de infantaria do rajá de Berar. Pohlmann duvidava que qualquer um desses vinte mil homens precisaria lutar, mas era um conforto saber que tinham-nos de reserva caso alguma coisa desse errado no rio Kaitna.

Ele tinha apenas mais um problema; para solucioná-lo, pediu a Dodd que o acompanhasse para leste ao longo da margem do rio.

— Se você fosse Wellesley, como atacaria? — perguntou Pohlmann a Dodd.

Dodd meditou sobre a pergunta e então deu de ombros como se para sugerir que a resposta era óbvia.

— Concentraria todos meus melhores soldados numa extremidade da linha e abriria meu caminho à força.

— Que extremidade?

Dodd pensou durante alguns segundos. Sentira-se tentado a sugerir que Wellesley atacaria no oeste, nos vaus nas proximidades de Kodully, porque isso o manteria mais perto do exército de Stevenson, mas Stevenson estava muito longe e Pohlmann cavalgava deliberadamente para leste.

— A extremidade leste? — sugeriu Dodd sem muita convicção.

Pohlmann concordou com a cabeça.

— Porque se ele empurrar nosso flanco esquerdo para trás poderá posicionar seu exército entre nós e Assaye. Assim ele nos dividirá.

— E nós o cercaremos — observou Dodd.

O TRIUNFO DE SHARPE

— E preferiria que não ficássemos divididos — admitiu Pohlmann, porque se Wellesley conseguisse fazer recuar o flanco esquerdo, conseguiria capturar Assaye, e embora isso ainda fosse deixar os *compoos* de Pohlmann no campo, significaria que o coronel perderia seu ouro. Portanto, o coronel precisava de uma boa âncora na extremidade leste de sua fileira para impedir que seu flanco esquerdo fosse virado, e de todos os regimentos sob seu comando ele considerava os Cobras de Dodd os melhores. O flanco esquerdo agora estava sendo mantido por um dos regimentos de Dupont, um bom regimento, mas não tão bom quanto o de Dodd.

Pohlmann gesticulou para os soldados de casacas marrons do holandês, que estavam olhando sobre o rio para a aldeiazinha de Taunklee.

— Bons soldados, mas não tão bons quanto os seus — disse ele.

— Poucos soldados são tão bons quanto os meus.

— Mas é melhor rezarmos para que esses camaradas consigam resistir, porque se eu fosse Wellesley seria ali que colocaria meu ataque mais direcionado — predisse Pohlmann. — Seguiria direto, empurraria nosso flanco e separaria o nosso exército de Assaye. Isso me preocupa. Isso realmente me preocupa.

Dodd não conseguia ver nisso tanto motivo para preocupação, porque duvidava que os melhores soldados do mundo conseguissem resistir à travessia do rio sob o fogo cerrado das baterias de Pohlmann, mas compreendia a importância do flanco.

— Então reforce Dupont — sugeriu sem pensar.

Pohlmann pareceu surpreso, como se a ideia ainda não lhe tivesse ocorrido.

— Reforçar Dupont? Por que não? Você se importaria de proteger o flanco esquerdo, major?

— O esquerdo? — perguntou Dodd, desconfiado.

Tradicionalmente, a direita da linha era a posição de honra num campo de batalha e embora a maioria dos soldados de Pohlmann não se importasse com essas cortesias, ou mesmo tivesse ciência delas, William Dodd certamente as conhecia; esse fora o motivo pelo qual Pohlmann deixara o major sugerir que a esquerda deveria ser reforçada em vez de simplesmente ordenar a Dodd, que era cheio de frescuras, que movesse seus preciosos Cobras.

— Você não estaria sob as ordens de Dupont, claro que não — assegurou Pohlmann. — Você será seu próprio mestre, major. Responderá a mim, apenas a mim. — Pohlmann fez uma pausa. — Claro, se não quiser assumir o posto à esquerda entenderei perfeitamente e outra pessoa terá a honra de efetivamente derrotar os britânicos.

— Meus soldados podem fazer isso! — exclamou Dodd, beligerante.

— É um posto de muita responsabilidade — disse Pohlmann.

— Podemos fazer isso, senhor! — insistiu Dodd.

Pohlmann expressou sua gratidão com um sorriso.

— Estava torcendo para você dizer isso. Todos os outros regimentos são comandados por um francês ou um holandês, e preciso que um inglês trave a batalha mais difícil.

— E o senhor encontrou o inglês certo — disse Dodd.

Eu encontrei um idiota, pensou Pohlmann enquanto cavalgava de volta para o centro da fileira, mas Dodd era um idiota confiável e um homem bem treinado para a batalha. Pohlmann observou os homens de Dodd deixarem a fileira, e a fileira se fechar para encher a lacuna; então os Cobras assumiram sua posição no flanco esquerdo. A fileira agora estava completa, mortal, ancorada com firmeza, e pronta. Pohlmann precisava apenas que o inimigo coroasse seu erro tentando um ataque, para que ele próprio coroasse sua carreira enchendo o rio Kaitna com sangue inglês. Deixe que eles ataquem, rezou Pohlmann. E então a vitória seria sua.

O acampamento britânico estendia-se em torno de Naulniah. Linhas de tendas abrigavam a infantaria. Os intendentes procuraram o chefe da aldeia e providenciaram para que as mulheres da localidade assassem pão em troca de rupias. A cavalaria levou seus cavalos para beber no rio Purna, que fluía logo ao norte da aldeia. Um esquadrão da 19ª Cavalaria Ligeira recebeu ordens de atravessar o rio e seguir alguns quilômetros para norte

O TRIUNFO DE SHARPE

em busca de patrulhas inimigas, e esses soldados largaram suas bolsas de forragem na aldeia, deram de beber aos cavalos, lavaram a poeira de seus rostos e remontaram e cavalgaram para fora de vista.

O coronel McCandless escolheu uma árvore larga como tenda. Ele, que não tinha um criado nem queria um, escovou Éolo com punhados de palha enquanto Sharpe trazia um balde de água do rio. O coronel, em mangas de camisa, empertigou-se enquanto Sharpe voltava.

— Sargento, você compreende que sou culpado de certa desonestidade na questão do mandado?

— Eu gostaria de agradecer-lhe, senhor.

— Duvido que mereça agradecimentos, embora meu logro possa ter impedido um mal maior. — O coronel caminhou até seus alforjes e pegou sua bíblia, que deu a Sharpe. — Sargento, ponha sua mão direita na bíblia e jure a mim que é inocente da acusação.

Sharpe colocou a mão direita na capa puída da Bíblia. Sentiu-se ridículo, mas ao ver a severidade no rosto de McCandless, tentou assumir uma expressão solene.

— Eu juro, senhor. Não toquei no homem naquela noite. Na verdade, nem o vi. — Sua voz proclamou tanto sua inocência quanto sua indignação, mas esse era um conforto pequeno. O mandado de busca poderia ter sido rechaçado momentaneamente, mas Sharpe sabia que problemas como esse não evaporavam simplesmente no ar. — O que acontecerá agora, senhor?

— Precisamos apenas garantir que a verdade prevalecerá — disse vagamente McCandless. Ele ainda estava tentando decidir o que acontecera de errado com o mandado, mas não podia identificar o que o havia atormentado. Ele pegou a bíblia, guardou-a, e então colocou as mãos na base da coluna e arqueou a espinha. — O quanto avançamos hoje? Vinte e dois quilômetros? Vinte e cinco?

— Por aí, senhor.

— Estou sentindo a minha idade, Sharpe. Estou realmente. A perna está sarando, mas agora as minhas costas doem. Não é bom. Graças a Deus, a marcha de amanhã será curta. Não serão mais de dezesseis quilômetros, e então a batalha. — Ele tirou um relógio do bolso e abriu a tampa. — Temos quinze minutos, sargento. Então é sensato prepararmos nossas armas.

— Quinze minutos, senhor?

— É domingo, Sharpe! O Dia do Senhor. O capelão do coronel Wallace rezará a missa dentro de uma hora, e espero que você venha comigo. Ele prega um bom sermão. Mas ainda há tempo para você limpar seu mosquete primeiro.

O mosquete foi limpo com água fervida que Sharpe derramou pelo barril, e depois borrifado para que os últimos restos de resíduo de pólvora fossem liberados. Sharpe duvidava que o mosquete precisasse de limpeza, mas obedeceu ao coronel. Em seguida, passou óleo no ferrolho e colocou uma pederneira nova no cão da arma. Tomou emprestada uma pedra de amolar com um dos homens de Sevajee e afiou a ponta da baioneta de modo que a ponta ficasse afiada e mortal. Por fim, passou um pouco de óleo na lâmina antes de deixá-la deslizar para dentro da bainha. Então não havia nada mais a fazer além de ouvir o sermão, dormir e fazer as tarefas mundanas. Haveria uma refeição para cozinhar e ele teria de dar de beber aos cavalos novamente, mas essas tarefas rotineiras seriam ofuscadas pelo conhecimento de que tudo que o separava do inimigo era uma pequena marcha até Borkardan. Sharpe sentiu um arrepio. Como seria a batalha? Ele resistiria a ela? Ou voltaria como aquele cabo em Boxtel que começara a tagarelar sobre anjos e então pusera-se a correr como uma lebre sob a chuva de Flandres?

Oitocentos metros atrás de Sharpe, o comboio de bagagem começou a percorrer penosamente um campo amplo onde havia bois e cavalos amarrados a estacas e elefantes acorrentados a árvores. Cortadores de grama espalharam-se pelo campo para encontrar forragem para os animais que teriam de beber de um canal de irrigação enlameado. Os elefantes foram alimentados com pilhas de folhas de palmeira e baldes de arroz amanteigado, enquanto o capitão Mackay corria pelo caos em seu pequeno cavalo baio, certificando-se de que a munição estava estocada apropriadamente e que os animais tinham sido alimentados. De repente, ele viu um desconsolado sargento Hakeswill e seus seis homens.

— Sargento! Você ainda está aqui? Pensei que a esta altura estaria escoltando o bandido de volta ao seu regimento.

— Problemas, senhor — disse Hakeswill, assumindo posição de sentido.

— À vontade, sargento. À vontade. Nada de bandido?

— Ainda não, senhor.

— Então você está de volta ao meu comando? Isso é esplêndido, simplesmente esplêndido. — Mackay era um animado jovem oficial que se esforçava ao máximo para ver o lado bom de toda pessoa, e embora considerasse o sargento do 33º Regimento do Rei um tanto abusado, tentou contaminá-lo com seu entusiasmo. — *Puckalees*, sargento, *puckalees*.

— *Puckalees*, senhor?

— Carregadores de água, sargento.

— Senhor, sei o que é um *puckalee*, por conta de já ter vivido nesta terra pagã há mais anos do que consigo contar. Mas, com todo respeito, o que um *puckalee* tem a ver comigo, senhor?

— Precisamos estabelecer um ponto de coleta para eles — explicou Mackay. Os *puckalees* estavam todos nos efetivos dos regimentos individuais e durante a batalha seu trabalho era manter os soldados supridos com água. — Preciso de um homem para vigiá-los — explicou Mackay. — São boas pessoas, cada um deles, mas como têm medo de balas! Eles precisam de estímulo constante. Como estarei ocupado com as carroças de munição amanhã, posso contar com você para garantir que os *puckalees* façam seu serviço como os sujeitos robustos que são? — Esses "sujeitos robustos" eram meninos, avôs, aleijados, quase cegos ou retardados. — Excelente! Excelente! — exclamou o jovem capitão. — Um problema resolvido! Descanse bastante, sargento. Amanhã vamos precisar de toda nossa energia. E se sentir necessidade de um pouco de alívio espiritual, a missa do 74º Regimento deve começar a qualquer momento. — Mackay sorriu para Hakeswill e então saiu em perseguição a um grupo errante de carroças de bois. — Você! Você! Você com as tendas! Aí não! Venha para cá!

— *Puckalees* — disse Hakeswill com uma cusparada. — *Puckalees*.

— Nenhum de seus homens respondeu porque sabiam que era bom deixar o sargento Hakeswill em paz quando ele estava com um humor pior que o usual. — Mas podia ser pior.

— Pior? — arriscou-se o recruta Flaherty.

O rosto de Hakeswill se contorceu.

— Temos um problema, rapazes, e o problema é um coronel escocês que está tentando sodomizar a boa ordem de nosso regimento. Não vou permitir isso. Não vou. A honra regimental está em jogo. Ele andou tirando vantagens do exército e achou que ia nos enganar, né? Mas eu vi através dele, vi sim; vi através de sua alma escocesa, e ela está podre como um ovo velho. Sharpe tem o coronel no bolso. Faz todo sentido! Corrupção, rapazes, a boa e velha corrupção. — Hakeswill piscou, mente acelerada. — Rapazes, se amanhã vamos chicotear *puckalees* através da Índia, então teremos nossa oportunidade. E o regimento gostaria que aproveitássemos essa oportunidade.

— Oportunidade? — perguntou Lowry.

— De matar o sodomita, seu cabeça de bagre!

— Matar Sharpe?

— Que Deus me ajude, porque lidero débeis mentais — queixou-se Hakeswill. — Sharpe não! Queremos ficar sozinhos com Sharpe, num lugar onde poderemos dar ao pilantra o que ele merece. Vamos matar o escocês! Depois que o maldito sr. McCandless tiver morrido, Sharpe será nosso!

— Você não pode matar um coronel! — disse, Kendrick, espantado.

— Recruta Kendrick, você aponta o seu mosquete — disse Hakeswill, cutucando o diafragma de Kendrick com o cano do seu próprio mosquete. — Recruta Kendrick, você engatilha seu mosquete — Hakeswill puxou o cão da arma e o ferrolho pesado produziu um clique sonoro ao se encaixar em seu lugar — e então dá um tiro no sodomita. — Hakeswill apertou o gatilho. A pólvora no fuzil explodiu com um pequeno estalido e uma faísca, e Kendrick pulou para trás enquanto a fumaça escapava do ferrolho, mas o mosquete não estava carregado. Hakeswill soltou uma gargalhada. — Te peguei, hein? Pensou que eu ia meter chumbo na sua

O TRIUNFO DE SHARPE

barriga! Mas isso é o que você vai fazer com McCandless. Meter chumbo na barriga dele, ou nos miolos, ou em qualquer outra parte que o mate. E você vai fazer isso amanhã. — Os homens pareciam inseguros, e Hakeswill sorriu. — Soldos extras para todos vocês se isso acontecer, rapazes. Soldos extras. Quando chegarem em casa vocês vão poder pagar prostitutas de oficiais, e para isso só vão precisar de uma bala de chumbo. — Abriu um sorriso de lobo. — Amanhã, rapazes, amanhã.

Entretanto, do outro lado do rio, onde a patrulha de casacas vermelhas da 19ª Cavalaria Ligeira explorava o campo ao sul do rio Kaitna, tudo estava mudando.


Tendo desmontado de seu cavalo e despido a jaqueta, Wellesley estava lavando o rosto numa bacia de água mantida num tripé. O tenente-coronel Orrock, o oficial da Companhia, estava se queixando de duas carretas de canhão que supostamente estavam sob seu comando.

— Eles não conseguem nos acompanhar, senhor. Retardatários, senhor. Quando me dei conta, estava 350 metros à frente deles, 350 metros!

— Pedi que você mantivesse um ritmo acelerado, Orrock — disse o general, torcendo para que o imbecil o deixasse em paz. Ele pegou uma toalha e enxugou vigorosamente o rosto.

— Mas se tivéssemos sido atacados! — protestou.

— Carretas de canhão podem se mover depressa quando precisam — disse o general e então suspirou, ao perceber que o irritadiço Orrock precisava ser acalmado. — Quem comanda os canhões?

— Barlow, senhor.

— Falarei com ele — prometeu o general e então se virou, quando a patrulha da 19ª Cavalaria Ligeira que atravessara o rio Purna para reconhecer o terreno na margem oposta apareceu no acampamento, contornando as tendas em direção a ele. Wellesley, que não esperara a patrulha de volta tão cedo, ficou intrigado com seu retorno. O general viu que os cavaleiros estavam escoltando um grupo de *bhinjarries*, os mercadores de mantos negros que cruzavam a Índia comprando e vendendo comida. — Com sua licença, Orrock — disse o general, pegando seu casaco numa banqueta.

— O senhor falará com Barlow? — perguntou Orrock.

— Foi o que eu disse, não foi? — disse Wellesley enquanto caminhava até seus cavaleiros.

O líder da patrulha, um capitão, apeou do cavalo e fez um gesto para o líder dos *bhinjarries*.

— Encontramos esses camaradas a oitocentos metros a norte do rio, senhor. Eles têm 18 bois carregados com grãos e acreditam que o inimigo não se encontra em Borkardan. Seu plano é vender os grãos em Assaye.

— Assaye? — perguntou, franzindo o cenho ao ouvir o nome desconhecido.

— Uma aldeia a seis ou sete quilômetros ao norte daqui, senhor. Ele diz que o lugar está entupido com o exército inimigo.

— Seis ou sete quilômetros? — perguntou Wellesley, atônito. — Seis ou sete?

O capitão de cavalaria deu de ombros.

— Foi o que eles disseram, senhor. — Gesticulou na direção dos mercadores de grãos que estavam de pé, impassíveis, entre os patrulheiros montados.

Deus do Céu, pensou Wellesley, seis ou sete quilômetros? Ele tinha sido ludibriado! O inimigo fizera-o marchar e a qualquer momento esse inimigo poderia aparecer ao norte e desferir um ataque contra o acampamento britânico e não haveria chance de Stevenson vir em seu socorro. O 74º Regimento estava entoando hinos religiosos e o inimigo estava a seis quilômetros dali, talvez menos. O general girou nos calcanhares.

— Barclay! Campbell! Cavalos! Acelerado!

A atividade repentina na tenda do general espalhou um rumor pelo acampamento, e o rumor inflamou-se em alarme quando toda a 19ª Cavalaria Ligeira e a 4ª Cavalaria Nativa trotaram através do rio nos calcanhares do general e seus dois auxiliares. Caminhando com Sharpe até as fileiras da 19ª Cavalaria Ligeira, o coronel McCandless viu a agitação repentina, virou-se e correu de volta até seu cavalo.

— Vamos, Sharpe!

— Para onde, senhor?

— Vamos descobrir. Sevajee?

— Estamos preparados.

O grupo de McCandless deixou o acampamento cinco minutos depois do general. Eles viram a poeira levantada pela cavalaria adiante e McCandless correu para alcançá-la. Cavalgaram através de uma região de campinhos cortados por desfiladeiros profundos e secos e sebes de espinhos de cactos. Durante algum tempo Wellesley seguiu a estrada de terra para norte, mas então o general desviou para oeste em direção a um terreno acidentado. McCandless não o seguiu, preferindo continuar reto pela estrada.

— Não há motivo para cansar os cavalos desnecessariamente — explicou o coronel, embora Sharpe tenha suspeitado de que o coronel estava apenas impaciente de ir para o norte e ver o que causara a agitação.

Os dois regimentos de cavalaria britânica podiam ser vistos a leste, mas não havia nenhum inimigo visível.

Sevajee e seus homens haviam cavalgado na frente, mas ao alcançar o cume de um outeiro a cerca de 180 metros à frente de McCandless, puxaram subitamente as rédeas e recuaram. Sharpe esperou ver uma horda de cavaleiros maratas despontarem do outro lado do outeiro, mas o horizonte permaneceu vazio enquanto Sevajee e seus homens pararam alguns metros antes do cume e desmontaram de seus cavalos.

— Não vai querer que eles o vejam, coronel — disse Sevajee secamente quando McCandless o alcançou.

— Eles?

Sevajee gesticulou para o desfiladeiro.

— Venha dar uma olhada. Mas é melhor desmontar antes.

McCandless e Sharpe escorregaram das selas e caminharam até o cume do outeiro, onde uma sebe de cactos oferecia uma boa cobertura. Dali puderam olhar para o campo ao norte e Sharpe, que jamais vira nada parecido em toda sua vida, ficou de queixo caído, absolutamente pasmo.

Não era um exército. Era uma horda, um povo inteiro, uma nação. Milhares e milhares de inimigos, todos em linha, quilômetros e quilômetros deles. Homens, mulheres, crianças, canhões, camelos, bois, baterias de foguetes, cavalos, tendas e ainda mais soldados até onde a vista alcançava.

— Merda! — exclamou Sharpe, incapaz de segurar a língua.

— Sharpe!

— Desculpe, senhor.

Mas não era de admirar que tivesse xingado, porque Sharpe não imaginava que um exército podia ser tão vasto. Os soldados mais próximos estavam a menos de oitocentos metros de distância, do outro lado de um rio que fluía entre margens escarpadas e lodosas. Havia uma aldeia na margem mais próxima, mas no lado norte, logo depois da ribanceira lodosa, havia uma linha de canhões. Canhões grandes, as mesmas peças de artilharia pintadas e esculpidas que Sharpe vira no acampamento de Pohlmann. Atrás dos canhões estava a infantaria. Atrás da infantaria, espalhando-se para leste, uma massa de soldados de cavalaria, e depois deles, a miríade de seguidores de acampamento. Mais soldados de infantaria estavam posicionados nos arrabaldes de uma aldeia distante onde Sharpe podia divisar um amontoado de bandeiras de cores berrantes.

— Quantos são? — perguntou Sharpe.

— Pelo menos cem mil homens? — palpitou McCandless.

— Pelo menos — concordou Sevajee. — Mas a maior parte deles é de aventureiros que vieram saquear. — O indiano estava espiando através de um telescópio longo e revestido em mármore. — E a cavalaria não vai ajudar numa batalha.

— Então estarão reduzidos àqueles sujeitos — disse McCandless, apontando para a infantaria logo atrás da linha dos canhões. — Quinze mil?

— Quatorze ou quinze — respondeu Sevajee. — Soldados demais.

— Canhões demais — avaliou McCandless com desânimo. — O ideal seria uma retirada.

— Achei que tínhamos vindo aqui para lutar! — exclamou Sharpe, beligerante.

— Estávamos esperando descansar, e marchar amanhã até Borkardan — disse McCandless. — Não viemos aqui para enfrentar todo o exército inimigo com apenas cinco mil soldados de infantaria. Eles sabem que estamos vindo. Estão preparados para nós e torcendo que entremos no seu alcance de fogo. Wellesley não é idiota. Ele vai nos fazer marchar de volta, juntar-nos com Stevenson, e então procurar pelo inimigo de novo.

Sharpe sentiu uma pontada de alívio porque não iria descobrir as realidades da batalha, mas o alívio foi temperado por uma gota de decepção. A decepção o surpreendeu, e o alívio deixou-o preocupado com a possibilidade de ser um covarde.

— Se recuarmos, aqueles soldados de cavalaria irão nos perseguir durante todo o percurso — alertou Sevajee.

— Tudo que teremos de fazer será espantá-los — disse McCandless com confiança e então exalou um longo suspiro de satisfação.

— Achei ele! Ali, no flanco esquerdo! Ele apontou e Sharpe viu, muito, muito longe, no fundo da linha de canhões inimiga, um punhado de uniformes brancos. — Não que isso vá nos ajudar, mas pelo menos estamos no encalço dele — disse McCandless.

— Ou ele está no nosso — retrucou Sevajee e então ofereceu seu telescópio a Sharpe. — Veja com seus próprios olhos, sargento.

Sharpe repousou o cano longo do telescópio num cacto. Moveu a lente devagar ao longo da linha de infantaria. Homens dormiam à sombra, alguns em suas tendinhas, e outros sentados em grupos, provavelmente jogando. Oficiais, indianos e europeus, caminhavam atrás de seus soldados, enquanto na frente deles a imensa fileira de canhões esperava com suas caixas de munição. Sharpe moveu o telescópio para a esquerda da linha inimiga e viu as jaquetas brancas dos homens de Dodd, e mais uma coisa. Dois canhões imensos, bem maiores do que qualquer coisa que ele tinha visto em toda sua vida.

— Eles estão com seus canhões de sítio na linha, senhor — informou a McCandless, que apontou seu próprio telescópio.

— Dezoito libras, talvez mais? — avaliou McCandless. O coronel abaixou o telescópio. — Por que eles não estão patrulhando este lado do rio?

— Porque não querem nos assustar — disse Sevajee. — Eles querem que caminhemos até seus canhões para morrermos no rio. Mesmo assim eles devem ter alguns cavaleiros escondidos nesta margem, esperando para informar seus superiores quando batermos em retirada.

O tropel de cascos fez Sharpe virar-se, esperando se deparar com os tais soldados da cavalaria inimiga, mas eram apenas o general Wellesley e seus dois auxiliares que vinham cavalgando pelo terreno mais baixo.

— Eles estão todos lá, McCandless — gritou alegremente o general.

— É o que parece, senhor.

O general sofreou seu cavalo e esperou que McCandless descesse até ele.

— Eles parecem presumir que faremos um ataque frontal — disse Wellesley com ironia, como se achasse a ideia divertida.

— Decerto estão formados para isso, senhor.

— Devem achar que somos imbecis. Que horas são?

Um dos auxiliares de Wellesley consultou um relógio.

— Dez para o meio-dia, senhor.

— Tempo de sobra — murmurou o general. — Avante, cavaleiros. Permaneçam abaixo do horizonte do outeiro. Não queremos que eles fujam!

— Não queremos que eles fujam? — perguntou Sevajee com um sorriso.

Wellesley ignorou o comentário enquanto esporeava o cavalo para leste, em paralelo com o rio. Alguns soldados da cavalaria da Companhia estavam vasculhando os campos e a princípio Sharpe pensou que estavam procurando por piquetes inimigos ocultos. Então ele viu que os soldados estavam caçando fazendeiros locais e os obrigando a seguir o general.

Wellesley cavalgou três quilômetros para leste com uma fileira de soldados de cavalaria atrás dele. Os fazendeiros estavam sem fôlego quando alcançaram o lugar onde o cavalo de Wellesley estava amarrado a uma estaca à sombra de uma colina baixa. O general estava ajoelhado no cume da colina, olhando por um telescópio.

— Pergunte a esses sujeitos se há algum vau a leste daqui! — gritou lá de cima para seus auxiliares.

O TRIUNFO DE SHARPE

Seguiu-se uma consulta apressada, mas os fazendeiros tinham certeza absoluta de que não havia nenhum vau. Os únicos locais de travessia, insistiram eles, ficavam diretamente na frente do exército de Scindia.

— Encontre um fazendeiro inteligente e traga-o aqui para cima — ordenou Wellesley. — Coronel? Talvez você possa traduzir.

McCandless escolheu um dos fazendeiros e o conduziu colina acima. Sharpe, sem ter sido convidado, seguiu o coronel. Wellesley não mandou que ele voltasse, mas murmurou uma instrução para que todos ficassem de cabeças baixas.

— Ali. — O general apontou para leste uma aldeia na margem sul do rio Kaitna. — Aquela aldeia. Como se chama?

— Peepulgaon — disse o fazendeiro e acrescentou que sua mãe e suas duas irmãs viviam naquele amontoado de casas de paredes de lama e telhados de sapê.

Peepulgaon jazia apenas a oitocentos metros da colina baixa, mas a três quilômetros a leste de Taunklee, a aldeia que ficava do outro lado da extremidade leste da linha dos maratas. As duas aldeias ficavam na margem sul enquanto o inimigo aguardava no lado norte do rio Kaitna. Sharpe não compreendeu o interesse de Wellesley.

— Pergunte a ele se tem parentes a norte do rio — ordenou o general McCandless.

— Ele tem um irmão e vários primos, senhor — traduziu McCandless.

— Então como a mãe dele visita seu filho a norte do rio? — perguntou Wellesley.

O fazendeiro iniciou uma longa explicação. Na estação seca, sua mãe caminhava pelo leito do rio, mas na estação de chuvas, quando as águas subiam, ela era forçada a caminhar pela margem do rio, contra a correnteza e cruzar em Tauklee. Wellesley ouviu e então resmungou em aparente descrença. Estava muito concentrado, olhando pelo telescópio.

— Campbell? — chamou, mas seu auxiliar fora até outra colina baixa noventa metros a oeste que oferecia uma visão melhor das fileiras inimigas. — Campbell? — chamou novamente Wellesley. Sem receber resposta, virou-se e disse: — Sharpe, você vai servir. Venha aqui.

— Senhor?

— Você tem olhos jovens. Venha aqui e fique abaixado.

Sharpe juntou-se ao general no cume da colina onde, para sua surpresa, recebeu o telescópio.

— Olhe para a aldeia — ordenou Wellesley. — Em seguida olhe para a margem oposta e me diga o que vê.

Sharpe levou um momento para encontrar Peepulgaon, mas de repente suas muralhas de barro encheram a lente. Sharpe moveu o telescópio lentamente, correndo a vista por bois, bodes e galinhas, passando por roupas postas para secar em arbustos na margem do rio. Então, as lentes deslizaram sobre a água marrom do rio Kaitna e, em sua margem oposta, Sharpe viu uma ribanceira lodosa encimada por árvores e, logo atrás das árvores, uma elevação de terreno. E nessa elevação havia telhados, telhados de palha.

— Há outra aldeia ali, senhor — informou Sharpe.

— Tem certeza? — perguntou Wellesley, afoito.

— Absoluta, senhor. Devem ser barracos de gado.

— Não se mantém barracos de gado longe de uma aldeia — disse o general. — Não numa terra infestada por bandoleiros. — Wellesley se virou para trás. — McCandless? Pergunte ao seu amigo aí se há uma aldeia do outro lado do rio, de frente para Peepulgaon.

O fazendeiro ouviu a pergunta e fez que sim com a cabeça.

— Waroor — disse ele e informou ao general que seu primo era o chefe da aldeia, o *naique*.

— Que distância separa essas aldeias, Sharpe? — perguntou Wellesley.

Sharpe avaliou a distância durante alguns segundos.

— Talvez uns 300 metros, senhor.

Wellesley tomou o telescópio de volta e desceu do cume da colina.

— Nunca em minha vida vi duas aldeias em lados opostos de um rio que não fossem ligadas por um vau — disse Wellesley.

— Ele insiste que não, senhor — disse McCandless, indicando o fazendeiro.

— Então ele é um patife, um mentiroso ou um retardado — disse Wellesley animadamente. — Talvez a última coisa. Franziu a testa ao pensar nisso, mão direita tamborilando um ritmo no cano do telescópio. — Garanto que há um vau — disse a si mesmo.

— Senhor? — O capitão Campbell voltara correndo da colina oeste. — O inimigo está levantando acampamento, senhor.

— Eles estão? Por Deus! — Wellesley retornou ao cume e olhou novamente pelo telescópio. A infantaria imediatamente na margem norte do Kaitna não estava se movendo, mas ao longe, perto da aldeia fortifica-da, tendas estavam sendo desarmadas. — Estão se preparando para fugir, arrisco dizer.

— Ou se preparando para atravessar o rio e nos atacar — disse McCandless.

— E eles estão enviando a cavalaria através do rio — acrescentou Campbell.

— Não temos nada com que nos preocupar — disse Wellesley e então se virou de volta para olhar para as aldeias opostas de Peepulgaon e Waroor. — Tem de haver um vau — disse novamente aos seus botões, tão baixo que apenas Sharpe pôde ouvi-lo. — Faz todo o sentido — disse ele e então se calou por um longo tempo.

— Aquela cavalaria inimiga, senhor — alertou Campbell.

Wellesley pareceu assustado.

— O quê?

— Ali, senhor. — Campbell apontou a oeste para um grande gru-po de cavaleiros inimigos que emergira de um bosquete, mas que parecia satisfeito em observar o grupo de Wellesley a oitocentos metros.

— Hora de irmos embora — disse Wellesley. — Dê uma rupia para esse retardado mentiroso, McCandless, e então vamos partir.

— Planeja recuar, senhor?

Wellesley, que até agora vinha descendo rapidamente a ladeira, parou de repente e olhou surpreso para o escocês.

— Recuar?

McCandless piscou, atônito.

— O senhor certamente não planeja lutar, planeja?

— Como mais poderíamos fazer o serviço de Sua Majestade? É claro que vamos lutar! Há um vau ali. — Wellesley apontou para oeste, em direção a Peepulgaon. — O maldito fazendeiro pode ter negado, mas ele é um imbecil! Tem de haver um vau. Nós vamos cruzá-lo, avançar contra o flanco esquerdo deles e reduzi-los a farrapos! Mas o tempo urge! Já é meio-dia. Três horas, cavaleiros. Três horas para iniciarmos a batalha. Três horas para avançarmos contra o flanco deles.

Wellesley continuou descendo a colina até onde o aguardava Diomedes, seu cavalo árabe branco.

— Deus Todo-poderoso — disse McCandless. — Deus Todo-poderoso. — Cinco mil soldados de infantaria estavam para cruzar o rio Kaitna por um local que os nativos diziam ser impossível passar, e então lutar contra uma horda inimiga pelo menos dez vezes maior. — Deus Todo-poderoso — repetiu o coronel e então apressou-se para seguir Wellesley para sul.

O inimigo fizera-os marchar em vão, os casacas vermelhas haviam viajado durante toda a noite e estavam cansados, mas Wellesley teria sua batalha.

# CAPÍTULO IX

— Ali! — disse Dodd, apontando.

— Não posso ver — queixou-se Simone Joubert.

— Largue o telescópio, use seu próprio olho, madame. Ali! Está piscando.

5.  — Onde?

— Ali! — Dodd apontou novamente. — Do outro lado do rio. Três árvores, colina baixa.

— Ah! — Simone finalmente viu o lampejo do reflexo do sol nas lentes de um telescópio que estava sendo usado na outra margem do rio

10. e correnteza abaixo de onde os Cobras de Dodd protegiam a esquerda da linha de Pohlmann.

Simone e seu marido haviam jantado com o major, que estava animadíssimo com a iminência de um ataque britânico que, afirmava ele, inevitavelmente seria esmagado por seus Cobras.

15.  — Será um massacre, madame — dissera Dodd, quase babando. — Um verdadeiro massacre!

Dodd e o capitão Joubert haviam acompanhado Simone até a beira da ribanceira sobre o rio Kaitna e lhe mostrado os vaus, demonstrando como qualquer exército que cruzasse os vaus seria pego num fogo cruzado

20. dos canhões maratas. Em seguida, Dodd afirmara que os britânicos não tinham opção além de caminhar para a frente, em direção à chuva de granadas e balas de canhão e de mosquete.

O Triunfo de Sharpe

— Madame, se quiser ficar aqui e assistir, posso encontrar-lhe um lugar seguro — oferecera Dodd, mostrando com um gesto um pequeno outeiro logo atrás do regimento. — A senhora pode observar de lá. Garanto que nenhum soldado britânico irá se aproximar da senhora.

— Eu não conseguiria assistir a um massacre, major — dissera Simone com sinceridade.

— Não a culpo por seu estômago fraco, madame — respondera Dodd. — A guerra é um trabalho de homem.

Fora nesse momento que Dodd avistara os soldados britânicos na margem oposta e apontara seu telescópio para os homens longínquos. Simone, sabendo agora para onde olhar, apoiara o telescópio no ombro de seu marido e apontara as lentes para a colina distante. Vira dois homens, um de chapéu tricorne e o outro de barretina. Ambos agachados.

— Eles estão procurando por um caminho que contorne nosso flanco — disse Dodd.

— Existe algum?

— Não. Eles precisam cruzar aqui, madame. Se não cruzarem aqui, não cruzarão por parte alguma. — Dodd gesticulou para os vaus na frente do *compoo*. Um bando de cavaleiros estava galopando pela água rasa, os cascos de seus cavalos espalhando reluzentes gotas d'água enquanto cruzavam até a margem sul do Kaitna. — E aqueles cavaleiros estão indo ver se é possível atravessar.

— Eles não vão atacar?

— Não, eles não vão atacar — respondeu o marido de Simone em inglês, para que Dodd entendesse. — Eles têm juízo.

— "Menino" Wellesley não tem juízo — retrucou Dodd. — Viu como ele atacou em Ahmednuggur? Direto contra a muralha! Cem rupias como vai atacar.

— Não sou homem de apostas, major — respondeu, meio irritado, o capitão Joubert.

— Um soldado deve gostar de riscos — retrucou Dodd.

— E se ele não cruzar o rio, não haverá batalha? — perguntou Simone.

— Haverá uma batalha, madame — respondeu Dodd. — Pohlmann foi buscar a permissão de Scindia para cruzarmos o rio. Se eles não vierem até nós, iremos até ele.

Pohlmann realmente fora procurar por Scindia. O hanoveriano tinha vestido para a batalha o seu melhor uniforme: uma casaca de seda azul com adornos escarlates, laços dourados e agulhetas pretas. Por cima pusera uma faixa de seda branca que ostentava uma estrela de diamantes e da qual pendia uma espada com cabo de ouro. Contudo, Dupont, o holandês, que acompanhara Pohlmann ao encontro com Scindia, notara que as calças e botas do coronel eram velhas e gastas.

— Eu as uso para dar sorte — explicou Pohlmann, notando a forma como Dupont olhava intrigado para suas calças. — Elas são do meu velho uniforme da Companhia das Índias Orientais.

O hanoveriano estava de excelente humor. Sua marcha curta para leste obtivera todos os resultados desejados, porque trouxera um dos dois pequenos exércitos britânicos para as suas mãos enquanto o outro ainda permanecia distante. Tudo que precisava fazer agora era esmagá-lo como um verme, e em seguida marchar contra a força de Stevenson, mas Scindia insistira que nenhum soldado de infantaria deveria cruzar os vaus do rio Kaitna sem sua permissão e Pohlmann agora precisava dessa permissão. O hanoveriano não planejava atravessar o rio imediatamente, porque primeiro queria ter certeza de que os britânicos estavam batendo em retirada. Porém não queria correr o risco de receber a permissão muito depois de ter notícias da retirada do inimigo.

— Nosso mestre e senhor estará morrendo de medo de ser atacado — disse Pohlmann a Dupont. — Portanto, vamos bajular o desgraçado. Diremos a Scindia que ele será o senhor de toda a Índia se nos liberar para a batalha.

— Diga a Scindia que haverá uma centena de mulheres brancas no acampamento de Wellesley e ele liderará o ataque pessoalmente — ironizou Dupont.

— Então é isso que diremos — concluiu Pohlmann, acrescentando em seguida: — E prometeremos a ele que cada belezinha branca será sua concubina.

Exceto que quando Pohlmann e Dupont alcançaram o trecho sombreado por árvores sobre o rio Juah, onde o marajá de Gwalior estivera esperando a vitória de seu exército, não encontraram sinal de suas tendas luxuosas. Todas elas haviam sido retiradas juntamente com a tenda listrada do rajá de Berar, e tudo que restava era a tenda da cozinha de campanha, que agora estava sendo desfeita, dobrada e colocada nas carrocerias de uma dúzia de carros de bois. Todos os elefantes tinham sumido, com exceção de um. Os cavalos dos guarda-costas reais tinham sumido. As concubinas tinham sumido. E os dois príncipes tinham sumido.

O único elefante que restava pertencia a Surjee Rao e esse ministro, aboletado em seu *howdah* onde era abanado por um criado, sorriu benevolente para os dois europeus suados e corados.

— Sua Serena Majestade considerou mais seguro retirar-se para oeste, e o rajá de Berar concordou com ele — explicou Surjee Rao.

— Eles fizeram o quê? — vociferou Pohlmann.

— Os presságios — disse vagamente Surjee Rao, meneando a mão cheia de joias para indicar que as sutilezas dessas mensagens sobrenaturais estavam além da compreensão de Pohlmann.

— Os malditos presságios são propícios! — insistiu Pohlmann. — Nós pegamos os sodomitas pelos bagos! Quais outros presságios você pode querer?

Surjee Rao sorriu.

— Sua Majestade tem confiança sublime em sua habilidade, coronel.

— De fazer o quê? — inquiriu o hanoveriano.

— O que for necessário — disse Surjee Rao e sorriu. — Esperaremos em Borkardan por notícias de seu triunfo, coronel. Estamos ansiosos por ver as bandeiras de nossos inimigos serem jogadas em triunfo aos pés de Sua Serena Majestade.

E tendo expressado essa esperança, o ministro estalou os dedos e o *mahout* tocou o elefante para leste.

— Safados — disse Pohlmann a Dupont, alto o bastante para que o ministro ainda pudesse ouvi-lo. — Safados covardes!

Não que Pohlmann se importasse se Scindia e o rajá de Berar estariam presentes na batalha; na verdade, podendo escolher, preferiria lutar sem eles, mas o mesmo não valia para seus homens que, como quaisquer soldados, lutavam melhor quando seus governantes estavam assistindo. E portanto Pohlmann estava furioso por causa de seus soldados. Ainda assim, consolou-se enquanto retornava para sul, ainda assim eles lutariam bem. O orgulho providenciaria isso. Orgulho, confiança e a promessa de despojos.

E as palavras finais de Surjee Rao, decidiu Pohlmann, tinham sido mais do que suficientes para dar-lhe permissão de cruzar o rio Kaitna. Pohlmann recebera instruções de fazer tudo que fosse necessário, e ele calculava que isso lhe dava carta branca. Portanto, daria uma vitória a Scindia, embora o bastardo covarde não a merecesse.

Pohlmann e Dupont trotaram de volta até a esquerda da linha, onde viram que o major Dodd retirara seus homens da sombra das árvores para se posicionarem em fileiras. A visão sugeria que o inimigo estava se aproximando do rio, e Pohlmann esporeou seu cavalo para um galope, segurando com uma das mãos seu extravagante chapéu emplumado para impedir que ele caísse. Pohlmann fez o cavalo parar perto do regimento de Dodd e olhou sobre suas cabeças para o rio.

O inimigo tinha vindo, exceto que este inimigo era apenas uma linha comprida de soldados de cavalaria com duas pequenas carretas de canhão puxadas por cavalos. Obviamente era uma barreira. Uma barreira de cavaleiros britânicos e indianos que tinha como propósito obstruir a visão do exército de Pohlmann.

— Algum sinal de sua infantaria? — perguntou a Dodd.

— Nenhum, senhor.

— Os sodomitas estão fugindo! — exultou Pohlmann. — Foi por isso que eles formaram uma barreira. — Ele subitamente notou a presença de Simone Joubert e se apressou em tirar seu chapéu emplumado. — Mil perdões por minha linguagem, madame. — Recolocou o chapéu e fez seu cavalo se virar. — Armem os canhões! — gritou.

— O que está acontecendo? — perguntou Simone, ansiosa.

O TRIUNFO DE SHARPE

— Vamos atravessar o rio — respondeu seu marido em voz baixa. — E você deve voltar a Assaye.

Simone sabia que precisava dizer alguma coisa amorosa a ele, afinal não era isso que se esperava de uma esposa num momento como aquele?

— Rezarei por você — disse, envergonhada.

— Volte para Assaye — repetiu o marido, notando que Simone não lhe dissera que o amava. — Permaneça lá até que tudo tenha acabado.

Não demoraria muito. Os canhões precisavam ser preparados, mas a infantaria estava pronta para marchar e a cavalaria estava ansiosa por iniciar a perseguição. A existência da barreira da cavalaria britânica sugeria que Wellesley estava recuando, de modo que tudo que Pohlmann precisava era atravessar o rio e esmagar o inimigo. Dodd desembainhou sua espada com cabo de marfim, sentiu sua lâmina recém-afiada e esperou pelas ordens para começar a chacina.


A cavalaria mahratta começou a perseguir o grupo de Wellesley no momento em que viram que o general estava se retirando de seu posto de observação sobre o rio.

— Cada um por si, cavalheiros! — gritara Wellesley, afundando os calcanhares nos flancos de Diomedes para fazer o cavalo pular para a frente.

Os outros cavaleiros acompanhavam o ritmo do general, mas Sharpe, montado em seu pequeno cavalo mahratta capturado, não estava conseguindo. Montara com tanta pressa que não encaixara a bota direita no estribo, e os solavancos do cavalo dificultavam corrigir a situação. Mas não ousava sofrear o animal porque podia ouvir os gritos do inimigo e o tropel de seus cascos não muito atrás. Durante alguns momentos sentiu-se tomado por pânico. O tropel dos cavalos perseguidores aumentava, seus companheiros ganhavam mais terreno e seu cavalo estava ofegante e tentando resistir ao chutes frenéticos que ele lhe desferia. Como cada chute ameaçava derrubá-lo da sela, Sharpe precisava segurar-se com força ao cabeçote, porque seu pé ainda não encontrara o estribo. Sevajee, correndo livre no flanco direito, viu que Sharpe estava em apuros e se curvou para trás em sua direção.

— Você não é um cavaleiro, sargento.

— Não sou nem nunca fui, senhor — respondeu Sharpe. — Odeio estes bichos.

— Sargento, um guerreiro e seu cavalo são como um homem e uma mulher — disse Sevajee.

O mahratta inclinou-se para empurrar o estribo de ferro até a bota de Sharpe. Conseguindo fazer isso sem reduzir a velocidade furiosa de seu cavalo, Sevajee estalou uma palmada na égua, que decolou como um dos foguetes inimigos, quase arremessando para trás seu desajeitado cavaleiro.

Sharpe agarrou-se ao cabeçote da sela, enquanto seu mosquete, que pendia pela correia de seu cotovelo esquerdo, espancava sua coxa. A barretina foi soprada de sua cabeça e ele não teve tempo para tentar agarrá-la no ar. Uma trombeta soou à sua direita e Sharpe viu uma torrente de cavaleiros britânicos avançar para enfrentar os perseguidores. Um número ainda maior de soldados de cavalaria vinha de Naulniah. Wellesley, ao passar por eles, ordenou-os a seguir em direção ao rio Kaitna.

— Obrigado, senhor — disse Sharpe a Sevajee.

— Você devia aprender equitação.

— Continuarei um soldado de infantaria, senhor. É mais seguro. Não gosto de ficar sentado em coisas com cascos e dentes.

Sevajee soltou uma gargalhada. Wellesley havia diminuído a velocidade e estava acariciando o pescoço de seu cavalo, mas a breve perseguição havia apenas aumentado seu ânimo. Ele virou Diomedes para ver a cavalaria mahratta ser afugentada.

— Um bom presságio! — disse alegremente.

— Para o quê, senhor? — perguntou Sevajee.

Wellesley percebeu o tom cético do indiano.

— Você acha que devemos desistir da batalha?

Sevajee deu de ombros enquanto tentava encontrar alguma forma delicada de expressar seu desacordo com a decisão de Wellesley.

— Uma batalha nem sempre é vencida pelo maior exército.

— Sempre não, mas normalmente sim — retorquiu Wellesley. — Você acha que estou sendo impetuoso?

Procurando não ser atraído para uma discussão, Sevajee simplesmente deu de ombros em resposta mais uma vez.

— Veremos, veremos — disse o general. — O exército deles parece bom, admito, mas depois que tivermos derrotado os *compoos* regulares, os outros fugirão.

— Espero que sim, senhor.

— Depende — disse Wellesley, esporeando o cavalo.

Sharpe olhou para Sevajee.

— Lutar é loucura, senhor?

— É sim, Sharpe — disse Sevajee. — Completa loucura. Mas talvez não haja escolha.

— Nenhuma escolha?

— Cometemos um erro, sargento. Marchamos até longe demais e nos aproximamos demais do inimigo. Assim, ou o atacamos ou fugimos dele, e de qualquer forma teremos de lutar. Atacando, tudo que conseguiremos fazer será encurtar a luta. — Contorceu-se em sua sela e apontou na direção do rio Kaitna, que agora estava escondido.

— Sabe o que tem depois do rio?

— Não, senhor.

— Outro rio, Sharpe. E eles se encontram a apenas alguns quilômetros daqui, correnteza abaixo. — Sevajee apontou para leste em direção ao local onde as águas se encontravam. — Se cruzarmos aquele vau vamos nos ver numa língua de terra e a única saída será em frente, através de cem mil maratas. Morte num lado e água no outro. — Sevajee riu. — Wellesley meteu os pés pelas mãos, sargento. Ele cometeu um grande erro!

Wellesley podia ter cometido um erro, mas ainda estava animado. De volta a Naulniah, o general ordenou que Diomedes fosse desencilhado e escovado, e em seguida pôs-se a emitir comandos. A bagagem do exército deveria permanecer em Naulniah e ser conduzida para os becos da aldeia que deveriam ser barricados e guardados pelo menor batalhão de sipaios,

BERNARD CORNWELL

para que a cavalaria mahratta não saqueasse as carroças. McCandless ouviu a ordem ser emitida, compreendeu sua necessidade, mas resmungou algo quando compreendeu que quase quinhentos soldados de infantaria estavam fugindo do exército atacante.

A cavalaria que permaneceu em Naulniah recebeu ordens de selar seus cavalos e cavalgar até o rio Kaitna, para ali formar uma barreira na margem sul, enquanto os soldados de infantaria, exaustos depois de marchar a manhã inteira, foram ordenados a sair de suas tendas e formar fileiras.

— Sem mochilas! — gritaram os sargentos. — Apenas mosquetes e caixas de munição. Sem mochilas! Estamos indo para uma batalha dominical, rapazes! Parem de rezar e se apressem! Vamos, Johnny, calce suas botas, rapaz! Há uma horda de pagãos esperando para ser morta. Ânimo! Acordem! De pé!

Os piquetes do dia, compostos por meia-companhia de cada um dos sete batalhões do exército, foram os primeiros a marchar. Eles chapinharam pelo riozinho a norte de Naulniah e foram recebidos na margem oposta por um dos auxiliares do general, que os guiou até a estrada de fazenda que conduzia a Peepulgaon. Os piquetes foram seguidos pelo 74º Regimento do Rei acompanhados por sua artilharia, enquanto atrás deles vinha o segundo batalhão do 12º Regimento de Madras, o primeiro batalhão do 4º de Madras, o primeiro do 8º de Madras e o primeiro do 10º de Madras, e, por fim, os Highlanders vestidos com *kilts* do 78º Regimento do Rei. Seis batalhões cruzaram o rio e seguiram a estrada de terra batida entre os campos de painço debaixo do abrasador sol indiano. Os soldados não viram nenhum inimigo durante a marcha, embora ouvissem rumores de que todo o exército mahratta estava bem perto dali.

Por volta de uma da tarde, dois canhões foram disparados. O som foi surdo e alto, ecoando pela paisagem castigada pelo calor, mas a infantaria não viu nada. Como o som chegara da esquerda, os oficiais argumentaram que ele viera da cavalaria distante, o que indubitavelmente significava que as carretas de canhão da cavalaria ligeira haviam enfrentado o inimigo, ou que o inimigo trouxera canhões para combater a cavalaria britânica. Contudo, o combate não parecia ser violento porque depois dos dois disparos houve silêncio. McCandless, nervos abalados pelo desastre que ele temia ser iminente, galopou Éolo alguns metros para oeste como se quisesse encontrar uma explicação para os dois disparos, mas acabou mudando de ideia e tocando seu cavalo de volta para a estrada.

Novos disparos de canhões soaram alguns momentos depois, mas os disparos, surdos e esporádicos, não causaram muita preocupação. Se o combate houvesse começado os disparos teriam sido altos e rápidos, mas esses tiros eram quase inofensivos, como se os canhoneiros estivessem praticando em Aldershot Heath ou num dia calmo de verão.

— São os canhões deles ou os nossos, senhor? — perguntou Sharpe a McCandless.

— Os nossos, suspeito — disse o escocês. — As carretas de canhões da cavalaria estão mantendo os cavalos inimigos afastados.

McCandless puxou a rédea de Éolo, tirando o cavalo castrado do caminho de sessenta sapadores sipaios que marchavam pela lateral esquerda da estrada com pás e picaretas aos ombros. A tarefa dos sapadores era alcançar o rio Kaitna e certificar-se de que suas margens não eram escarpadas demais para a artilharia puxada por bois. Wellesley cavalgou a meio galope até os sapadores, seguindo até a testa da coluna e levando consigo uma sucessão de auxiliares. McCandless juntou-se ao grupo do general e Sharpe pôs-se a cavalgar lado a lado com Daniel Fletcher que estava montado numa égua ruana e puxando por uma rédea comprida um desencilhado Diomedes.

— Ele vai querer o Diomedes depois que o baio se cansar — disse Fletcher a Sharpe, apontando com a cabeça Wellesley, que agora estava cavalgando um garanhão baio. — E esta égua, caso ambos os cavalos sejam abatidos — acrescentou, dando uma palmada no animal que estava cavalgando.

— E então, qual é o seu trabalho? — perguntou Sharpe ao ordenança.

— Apenas ficar por perto até o general querer mudar de cavalo, e impedir que ele fique com sede — disse Fletcher. Ele carregava não menos que cinco cantis de água no cinto, do qual também pendia um sabre pesado numa bainha metálica. Era a primeira vez que Sharpe via um ordenança armado. — Coisa viciante, isso — comentou Fletcher ao perceber a forma como Sharpe olhou para a arma. — Uma lâmina larga e muito boa, perfeita para retalhar.

— Você já usou? — perguntou Sharpe ao soldado da cavalaria ligeira.

— Contra Dhoondiah — respondeu Fletcher.

Dhoondiah fora o chefe dos bandoleiros cujas depredações em Misore tinham finalmente convencido Wellesley a persegui-lo com a cavalaria. A batalha resultante tinha sido um pequeno embate de cavaleiros, vencido pelos britânicos numa questão de instantes.

— E semana passada eu a usei para matar um bode para o jantar do general — prosseguiu Fletcher, desembainhando a lâmina pesada e curva. — Acho que o pobre bicho morreu de medo quando viu a lâmina descendo. Arrancou sua cabeça inteira. Veja só, sargento. — Ele passou a lâmina para Sharpe. — Vê o que está escrito nela? Logo acima do cabo?

Sharpe virou o sabre para o sol.

— Garantida contra falhas — leu em voz alta. Sharpe fez uma careta, porque a vanglória parecia inadequada para um objeto projetado para matar ou mutilar.

— Foi fabricada em Sheffield — disse Fletcher, pegando a lâmina de volta. — E garantida contra falhas! É uma bela cortadora. Dá para partir um homem ao meio de uma vez, se você desferir o golpe direito.

— Prefiro um mosquete — disse Sharpe com um muxoxo.

— Se estiver montado num cavalo vai preferir uma destas, sargento — garantiu Fletcher. — Um mosquete não serve para nada se você estiver montado num cavalo. Você vai querer uma espada.

— Nunca aprendi a usar uma.

— Não é difícil — disse Fletcher com o desdém de um homem que dominara uma arte complexa. — Mantenha o braço reto e use a ponta quando estiver lutando contra cavaleiros, porque se dobrar o cotovelo os bastardos cortarão o seu punho com a facilidade de quem fatia um ovo. Contra soldados de infantaria desfira golpes largos, como se estivesse arremessando feno para trás. Não que você possa usar qualquer tipo de espada do lombo desse animal. — Apontou com a cabeça para o animal nativo de Sharpe. — Isso aí está mais para um cachorro grande. Experimente atirar um graveto para ver se ela pega.

A estrada alcançou o ponto alto entre os dois rios e Fletcher, montado na égua do general, teve o primeiro vislumbre do exército inimigo na distante margem norte do rio Kaitna. Ele assobiou baixo.

— Milhões de desgraçados!

— Nós vamos investir contra seu flanco — disse Sharpe, repetindo o que ouvira o general dizer.

Até onde Sharpe entendia, a idéia era cruzar o rio no vau que ninguém, exceto Wellesley, acreditava existir, e então fazer um ataque contra o flanco esquerdo da infantaria inimiga. Sharpe considerou que a ideia fazia sentido, porque a linha inimiga estava voltada para sul e, investindo contra ela do leste, os britânicos poderiam causar um caos tremendo nos *compoos*.

— Milhões de desgraçados! — repetiu Fletcher, estarrecido. Mas então a estrada desceu e o inimigo sumiu de sua vista. O ordenança da cavalaria ligeira embainhou seu sabre. — Mas ele está confiante — acrescentou, apontando com a cabeça para Wellesley, que vestira sua velha casaca do 33º Regimento do Rei. O general estava armado com uma espada fina e reta, mas não tinha consigo nenhuma outra arma, nem mesmo uma pistola.

— Ele sempre foi confiante — disse Sharpe. — Frio, se preferir.

— Ele é um bom homem — disse Fletcher com lealdade. — Um oficial decente. Não é amistoso, claro, mas é sempre justo.

Sharpe esporeou os flancos de sua montaria porque Wellesley e seus auxiliares tinham corrido na frente até a aldeia de Peepulgaon, onde os aldeões olhavam boquiabertos para os estrangeiros em suas casacas vermelhas e chapéus tricornes pretos. Wellesley espantou galinhas de seu caminho enquanto andava a meio galope pela rua poeirenta da aldeia até alcançar o ponto onde a estrada descia para uma ribanceira escarpada até o leito quase seco do Kaitna. Os sapadores chegaram um instante depois e começaram a trabalhar na ribanceira para facilitar a descida por ela. Sharpe podia ver, na outra margem do rio, a estrada colear entre as árvores que obscureciam a aldeia de Waroor. O general tinha razão: devia haver um vau, pensou Sharpe. Por que outro motivo a estrada apareceria em ambas as margens? Mas se o vau era raso o bastante para permitir a passagem de um exército era uma pergunta a ser respondida.

Wellesley parou seu cavalo no topo da ribanceira e tamborilou os dedos da mão direita na coxa. Foi sua única demonstração de nervosismo. Estava olhando para o rio, pensando. Não havia qualquer inimigo à vista, mas na verdade isso era esperado porque a linha mahratta estava agora três quilômetros a oeste, o que significava que o exército de Scindia encontrava-se entre ele e Stevenson. Wellesley fez uma careta, compreendendo que já havia abandonado seu primeiro princípio para travar esta batalha, que fora proteger seu flanco esquerdo para que Stevenson pudesse juntar-se a ele. Sem dúvida nenhuma, no momento em que os canhões iniciassem seu trabalho concentrado, o som dos disparos traria Stevenson correndo pelo campo. Mas agora o homem mais velho poderia apenas juntar-se à luta da melhor forma que conseguisse. Mas Wellesley não sentia qualquer arrependimento de impor essas dificuldades a Stevenson, porque a chance de atacar o flanco do inimigo caíra do céu. Isso tudo, é claro, considerando que fosse possível atravessar pelo vau.

O capitão dos sapadores conduziu uma dúzia de sipaios pela ribanceira até o rio lá embaixo.

— Vou explorar apenas até aquela margem distante, senhor — gritou o capitão para cima até o general, despertando Wellesley de seus pensamentos.

— Volte! — gritou Wellesley, furioso. — Volte!

O capitão já havia praticamente alcançado a água, mas virou-se e olhou estarrecido para Wellesley.

— Preciso aplainar aquela ribanceira, senhor — gritou ele, apontando para onde a estrada subia escarpada até o bosquete na margem norte do rio Kaitna. — É escarpada demais para canhões, senhor.

— Volte! — gritou Wellesley mais uma vez, e então aguardou enquanto a dúzia de homens subia penosamente de volta até a margem sul.

— O inimigo pode ver o rio, capitão — explicou o general. — Não tenho qualquer vontade de permitir que ele nos veja ainda. Como não quero que o inimigo conheça nossas intenções, vocês terão de esperar até que a primeira infantaria tenha feito a travessia, e só então agir.

Mas o inimigo já havia visto os sapadores. A dúzia de homens ficara visível no leito aberto do rio durante apenas alguns segundos, mas alguém na linha de artilharia mahratta estava bem atento. De repente, uma coluna de água se levantou do rio e, quase simultaneamente, o chão estremeceu com o estrondo de um canhão pesado.

— Bom disparo — disse McCandless baixinho depois que a fonte de cinco metros extinguira-se para deixar apenas uma leve agitação na água marrom do rio. O alcance de tiro devia ter sido de quase três quilômetros, e mesmo assim os maratas haviam virado, apontado e disparado um canhão em segundos, e sua mira fora quase perfeita. Um segundo canhão disparou e sua bala pesada cavou um sulco na lama seca ao lado do rio e quicou para cima, arrancando quilos de terra seca da ribanceira. — Balas de dezoito libras — avaliou McCandless em voz alta, pensando nos dois canhões de sítio pesados que ele vira na frente dos homens de Dodd.

— Maldição — praguejou Wellesley baixinho. — Mas não causou danos reais, suponho.

Os primeiros soldados de infantaria estavam descendo a ladeira da rua de Peepulgaon. O tenente-coronel Orrock liderava os piquetes do dia, enquanto atrás dele Sharpe podia ver a companhia de granadeiros do 74º Regimento. Os tambores escoceses estavam entoando um ritmo de marcha e o som acelerou a pulsação de Sharpe. O som pressagiava uma batalha. Aquilo tudo parecia um sonho, mas realmente aconteceria uma batalha na tarde daquele domingo. Uma batalha bem sangrenta.

— À tarde, Orrock — disse Wellesley, esporeando seu cavalo até a vanguarda da infantaria. — Reto pelo rio, creio.

— O vau foi sondado? — perguntou tenso o coronel Orrock, um homem de aparência taciturna e preocupada.

— Será nossa tarefa, creio — disse Wellesley animadamente. — Cavalheiros? — Este último convite foi para seus auxiliares e o ordenança. — Devemos iniciar os procedimentos?

— Venha, Sharpe — convidou McCandless.

— Você pode cruzar depois da gente, capitão! — gritou Wellesley para o ansioso capitão dos sapadores, e então fez seu grande garanhão baio descer a ladeira da ribanceira e trotar em direção ao rio.

Daniel Fletcher seguiu seu mestre de perto, puxando a rédea de Diomedes. Logo atrás foram os auxiliares do general, mais McCandless, Sevajee e Sharpe. Quarenta cavaleiros seriam os primeiros homens a cruzar o rio Kaitna e o general o primeiro de todos. Sharpe observou o garanhão de Wellesley trotar para o rio. Estava curioso para saber se havia um vau e resolvido a observar o general durante todo o percurso, mas quando o disparo de uma bala de dezoito libras ecoou pelo céu, Sharpe virou-se correnteza acima para deparar com uma nuvem de fumaça no horizonte. Ao ouvir o relincho de um cavalo, tornou a olhar à frente e viu que a montaria de Daniel Fletcher estava empinando à beira da água. Fletcher ainda estava na sela, mas o ordenança não possuía mais cabeça, apenas um jorro de sangue fluindo em abundância do pescoço dilacerado. A rédea de Diomedes ainda estava na mão do morto, mas de algum modo o corpo não caíra da sela da égua, que relinchava de medo ao ver o sangue do cavaleiro escorrer por seu focinho.

Um segundo canhão disparou, porém alto demais, e a bala foi bater contra as árvores na margem sul. Uma terceira bala golpeou a água, encharcando McCandless. A égua de Fletcher disparou correnteza acima, mas foi detida por uma árvore caída; ficou parada ali, tremendo, ainda com o cadáver decapitado do ordenança na sela, segurando a rédea de Diomedes em sua mão morta. A costela esquerda do cavalo cinza estava avermelhada pelo sangue de Fletcher. O soldado finalmente tombou, seu tronco sem cabeça inclinando-se grotescamente para derramar sangue no rio.

Para Sharpe foi como se o tempo tivesse parado. Estava ciente de alguém gritando, ciente do sangue fluindo do pescoço do ordenança, ciente de que sua montaria tremia, mas a violência repentina deixara-o imobilizado. Mais outro canhão disparou, este de calibre bem menor, e a bala acertou a água noventa metros correnteza acima, ricocheteou uma vez e desapareceu, deixando uma pluma de fumaça branca.

— Sharpe! — gritou uma voz. Cavaleiros trotavam para o rio para tomar a rédea da mão do morto. — Sharpe! — Era Wellesley quem gritava. O general estava no meio do rio, onde a água nem mesmo alcançava seus estribos. Afinal de contas, havia um vau e o rio podia ser atravessado, mas agora o inimigo dificilmente seria pego de surpresa. — Assuma como ordenança, Sharpe! — berrou Wellesley. — Rápido, homem!

Não havia mais ninguém para substituir Fletcher, a não ser que um dos auxiliares de Wellesley assumisse seus deveres, e Sharpe era o homem mais próximo.

— Vá, Sharpe! — ordenou McCandless. — Depressa, homem!

O capitão Campbell contivera a égua de Fletcher.

— Monte-a, Sharpe! — mandou o capitão. — Essa sua eguinha não vai conseguir acompanhar a gente. Deixe-a ir.

Sharpe desmontou e correu até a égua do general. Campbell estava tentando desalojar o cadáver empapado em sangue, mas os pés do ordenança estavam presos nos estribos. Sharpe soltou a bota esquerda de Fletcher e puxou sua perna para que o cadáver escorregasse para ele. Pulou para trás enquanto os restos ensangüentados do pescoço, tendões expostos e pele reduzida a tiras, esbofetearam seu rosto. O cadáver caiu na beira do rio e Sharpe passou por cima dele para subir na égua do general.

— Fique com os cantis do general — ordenou-lhe Campbell e, um instante depois, outra bala de dezoito libras zuniu baixo sobre sua cabeça com um som de trovão. — Os cantis, homem, depressa! — urgiu Campbell.

Mas Sharpe estava tendo problemas em desatar as garrafas de água do cinto de Fletcher, e assim precisou levantar o corpo, o que fez um jorro de sangue esguichar do pescoço para diluir-se instantaneamente na água rasa. Puxou o cinto do soldado e o desafivelou. Soltou o cinto junto com suas algibeiras, cantis e o sabre pesado. Colocou o cinto por cima do seu e o afivelou tão rápido quanto pôde. Escalou para a sela da égua e enfiou o pé direito no estribo. Campbell estava segurando a rédea de Diomedes. Sharpe pegou a rédea.

— Sinto muito, senhor — desculpou-se Sharpe por ter feito o auxiliar esperar.

— Fique perto do general — ordenou-lhe Campbell e então se inclinou para dar um tapinha no braço de Sharpe. — Fique perto, fique alerta, e aprecie o dia, sargento — disse com um sorriso. — Parece que vamos ter uma tarde bem agitada!

— Obrigado, senhor — disse Sharpe.

Os primeiros soldados de infantaria estavam agora no vau e Sharpe virou a égua, esporeou-a e puxou Diomedes para a água. Campbell estava seguindo na frente para alcançar Wellesley. Sharpe desajeitadamente esporeou sua montaria para um meio galope e quase caiu da sela quando a égua tropeçou no leito do rio. Por sorte, Sharpe conseguiu agarrar-se à crina enquanto ela se recuperava. Uma bala agitou a água numa espuma branca à sua esquerda, encharcando-o dos pés à cabeça. O mosquete caíra de seu ombro e agora estava dependurado desajeitadamente do seu cotovelo. Vendo que não podia lidar ao mesmo tempo com a arma e com a rédea de Diomedes, largou o mosquete no rio, e então puxou a espada e os cantis pesados para uma posição mais confortável. Mas que maldição, pensou. Perdi um chapéu, um cavalo e uma arma em menos de uma hora!

Os sapadores escavavam a ribanceira da margem norte para deixar a ladeira menos escarpada, mas as primeiras carretas de canhão, aquelas que acompanhavam os piquetes do dia, já estavam no rio Kaitna. Carretas de canhão eram puxadas por cavalos, e os canhoneiros gritaram para os sapadores saírem do caminho. Os sapadores espalharam-se enquanto cavalos emergiam do rio, puxando uma carreta. Um chicote estalou sobre a cabeça do cavalo líder e a equipe da artilharia subiu a ribanceira com o canhão e a carreta balançando pelo terreno acidentado. Um canhoneiro caiu da frente da carreta, mas, conseguindo levantar-se, correu atrás do canhão. Depois que o segundo canhão havia passado em segurança, Sharpe fez seu cavalo subir a ribanceira e repentinamente estava em terreno baixo, protegido da canhonada inimiga pela elevação de terreno à sua esquerda.

Mas onde diabos estava Wellesley? Ele não podia ver ninguém na elevação de terreno que conduzia até o inimigo, e os únicos homens na estrada diretamente à frente eram os das companhias de piquetes do dia que continuavam marchando para norte. Um estalo soou do rio e Sharpe contorceu-se na sela para ver que uma bala atravessara uma fileira de infantaria. Um corpo passou correnteza abaixo flutuando num turbilhão de sangue, e então os sargentos ordenaram aos soldados que cerrassem as fileiras e continuassem avançando. Mas para onde Sharpe deveria ir? À sua direita ficava a aldeia de Waroor, meio escondida por trás de suas árvores, e por um segundo Sharpe pensou que o general teria ido para lá. Mas ao ver o tenente-coronel Orrock dirigir-se até o terreno mais elevado, presumiu que ele estivesse seguindo Wellesley e tocou a égua nessa direção.

O terreno ascendia até uma cumeeira baixa através de um capinzal pontilhado com algumas árvores. O coronel Orrock, o único homem à vista, galopava ladeira acima. Sharpe imitou-o. Escutava o som dos canhões inimigos, presumivelmente ainda bombardeando o vau que não deveria existir, mas enquanto esporeava a égua para subir pelo capinzal, a artilharia subitamente cessou fogo. Agora tudo que Sharpe ouvia eram as pisadas dos cascos de sua égua, a bainha metálica do sabre batendo contra sua bota, e o som tedioso dos tambores escoceses às suas costas.

Orrock virara para norte ao longo da linha do horizonte; Sharpe, seguindo-o, viu que o general e seus auxiliares estavam aglomerados debaixo de um grupo de árvores de onde olhavam para oeste por seus telescópios. Sharpe juntou-se a eles à sombra e sentiu-se constrangido de estar em companhia tão digna sem McCandless, mas Campbell virou-se em sua sela e sorriu.

— Muito bem, sargento. Ainda conosco, hein?

— Estou me virando como posso, senhor — disse Sharpe, ajeitando os cantis que haviam se embolado a um lado de sua cintura.

— Deus do Céu! — exclamou o coronel Orrock um momento depois. Ele estava olhando por seu telescópio, e o que viu fez com que balançasse a cabeça antes de olhar pela lente de novo. — Valha-me, Senhor — disse ele, e Sharpe levantou-se em seus estribos para ver o que perturbara tanto o coronel da Companhia das Índias Orientais.

O inimigo estava alterando a formação de suas tropas. Wellesley cruzara o vau para trazer seu pequeno exército até o flanco esquerdo do inimigo, mas o comandante mahratta vira seu propósito e agora estava negando-lhe a vantagem. A linha inimiga marchava para o vau do Peepulgaon, e então virando para a esquerda para formar uma nova linha de defesa que se estendia pela terra entre os dois rios; uma linha que agora tomava rumo para o exército de Wellesley. Em vez de atacar um flanco vulnerável, Wellesley agora seria forçado a empreender um assalto frontal. Além disso, os maratas não estavam fazendo essa manobra com afobação ou pânico, mas marchando com calma, em fileiras disciplinadas. Os canhões estavam se movendo com eles, puxados por bois ou elefantes. O inimigo estava agora a menos de um quilômetro e meio de distância e o motivo de seu rearranjo era óbvio para os oficiais britânicos.

— Eles anteciparam nosso movimento, senhor! — informou Orrock a Wellesley, como se o general não tivesse entendido o propósito da manobra do inimigo.

— Sim, eles anteciparam — confirmou o general, baixando o telescópio para acariciar o pescoço de seu cavalo. — E eles manobram muito bem! — acrescentou com admiração, como se estivesse simplesmente assistindo a uma brigada fazer movimentos inofensivos em Hyde Park. — Seus homens atravessaram o vau? — perguntou a Orrock.

— Atravessaram, senhor — respondeu Orrock. O coronel tinha o tique nervoso de mover a cabeça para a frente de vez em quando, como se o colarinho estivesse apertando seu pescoço. — E eles podem atravessar de volta — acrescentou significativamente.

Wellesley ignorou o sentimento derrotista.

— Conduza seus homens oitocentos metros estrada acima, e em seguida disponha os soldados na elevação de terreno deste lado da estrada — ordenou a Orrock. — Conversarei com você antes de nosso avanço.

Orrock fitou o general de olhos arregalados.

— Dispor os soldados?

— Deste lado da estrada, se for possível, coronel. Você formará a direita da nossa linha, e terá a brigada de Wallace à esquerda. Faremos isso agora, coronel, se você me permitir.

— Se eu lhe permitir... — disse Orrock, movendo a cabeça para a frente como uma tartaruga. — É claro — acrescentou nervoso e então virou seu cavalo e o esporeou de volta para a estrada.

— Barclay? — dirigiu-se o general a um de seus auxiliares. — Minha palavra ao coronel Maxwell e ele trará toda a cavalaria da Companhia e do Rei para assumir posição à direita de Orrock. Os cavalos nativos ficarão ao sul do rio. — Ainda havia soldados de cavalaria inimigos ao sul do Kaitna e os cavaleiros dos aliados da Índia britânica ficariam nessa margem para conter os inimigos. — Depois permaneça no vau — continuou Wellesley para Barclay. — Mande o restante da infantaria fazer forma nos piquetes de Orrock. Duas linhas, Barclay, e o 78º Regimento formará o flanco esquerdo aqui. — O general, que estivera observando a manobra calma do inimigo, agora virou-se para Barclay, que estava escrevendo a lápis num pedaço de papel. — Primeira fileira, da esquerda. O 78º Regimento, o 10º de Dallas, o 8º de Corben, os piquetes de Orrock. Segunda fileira, da esquerda. O 4º de Hill, o 12º de Macleod, e então o 74º. Eles vão formar suas fileiras e aguardar minhas ordens. Ouviu bem? Eles devem aguardar.

Barclay fez que sim com a cabeça, puxou as rédeas e esporeou o cavalo de volta ao vau enquanto o general virava-se novamente para observar a manobra do inimigo.

— Excelente trabalho — disse em tom de aprovação. — Duvido que pudéssemos manobrar com mais competência. Você acha que eles estão se preparando para atravessar o rio e nos atacar?

Major Blackiston, seu auxiliar engenheiro, fez que sim com a cabeça.

— Isso explicaria por que eles estão preparados para se mover, senhor.

— Devemos descobrir se eles lutam tão bem quanto manobram — disse Wellesley, baixando seu telescópio. Em seguida, enviou Blackiston para norte para explorar o terreno acima do rio Juah. — Vamos, Campbell — disse Wellesley depois que Blackiston havia se retirado.

Para surpresa de Sharpe, em vez de cavalgar de volta até onde o exército estava atravessando o vau, o general tocou seu cavalo para ainda mais a oeste, em direção ao inimigo. Campbell seguiu-o e Sharpe decidiu que era melhor fazer o mesmo.

Os três homens cavalgaram até um vale de laterais escarpadas que era rico em vegetação e subiram um de seus aclives até outra extensão de terreno aberto. Cruzaram a meio galope um campo de painço não colhido e depois um terreno de pasto, desviando-se gradativamente para norte rumo a outra colina baixa.

— Aceitarei um cantil agora, sargento — disse Wellesley quando eles se aproximaram do topo.

Sharpe afundou os calcanhares nos flancos da égua para alcançar Wellesley, soltou atabalhoadamente um cantil e o estendeu para o general, mas isso significou tirar a mão esquerda das rédeas enquanto a direita ainda segurava a correia de Diomedes. Livre da rédea, a égua de Sharpe afastou-se do general. Wellesley alcançou Sharpe e pegou o cantil.

— Você deveria amarrar a rédea de Diomedes ao seu cinto, sargento — disse ele. — Assim ficaria com outra mão livre.

Seria preciso três mãos para fazer o trabalho de Sharpe, mas depois que alcançaram a colina baixa o general parou mais uma vez, dando assim a Sharpe tempo para amarrar em seu cinto a rédea do cavalo árabe. O general olhava para o inimigo que agora estava apenas a quatrocentos metros, ao alcance dos canhões. Porém, ou os canhões inimigos não estavam prontos para disparar ou então sob ordens de não gastar pólvora num mero trio de cavaleiros. Sharpe aproveitou a oportunidade para explorar o que havia na algibeira de Fletcher. Um pedaço de pão mofado que ficara encharcado quando o corpo do ordenança caíra no rio, um pedaço de carne-seca que Sharpe suspeitava ser de bode, e uma pedra de amolar. Isso o fez desembainhar o sabre até a metade para sentir sua ponta. Era afiada.

— Que cidadezinha asquerosa! — exclamou Wellesley animadamente.

— É verdade, senhor — concordou Campbell.

— Deve ser Assaye — comentou Wellesley. — Acha que estamos prestes a torná-la famosa?

— É o que acredito, senhor — disse Campbell.

O TRIUNFO DE SHARPE

— Não infame, espero — comentou Wellesley com sua gargalhada curta e aguda.

Sharpe viu que ambos estavam olhando para uma aldeia que jazia ao norte da nova linha do inimigo. Como todas as outras aldeias nesta parte da Índia, ela possuía uma muralha composta pelas paredes de tijolos das casas externas. Essas paredes podiam ter um metro a um metro e meio de espessura, e embora pudessem desmoronar ao toque de um bombardeio de artilharia, ainda imporiam um obstáculo formidável à infantaria. Havia soldados inimigos posicionados em cada telhado, enquanto fora do muro, numa disposição densa como a proteção de um porco-espinho, um sortimento de canhões.

— Um lugarzinho asqueroso! — disse o general. — Devemos evitar essa cidade. Vejo que seus amigos estão lá, Sharpe!

— Meus amigos, senhor? — perguntou Sharpe, pasmo.

— Casacas brancas, senhor.

Então o regimento de Dodd assumira sua posição logo ao sul de Assaye. Ainda estava à esquerda da linha de Pohlmann, mas agora essa linha estendia-se para sul desde as defesas encrespadas cercando a aldeia até a margem do rio Kaitna. A infantaria estava preparada e o último dos canhões sendo puxado para sua posição em frente à linha inimiga. Sharpe lembrou das palavras amargas de Syud Sevajee sobre a confluência dos rios. Ele sabia que a única saída desse estreitamento de terra era ou através dos vaus ou direto em frente através do exército inimigo.

— Vejo que teremos de fazer por merecer nosso pagamento hoje — disse o general. — O quanto a linha de canhões inimiga está adiante da infantaria, Campbell?

— Uns noventa metros, senhor? — o jovem escocês presumiu depois de olhar durante algum tempo por sua luneta.

— Uns 140, creio — disse Wellesley.

Sharpe estava observando a aldeia. Uma alameda partia de sua muralha oriental, e uma fileira de cavalaria estava saindo da aldeia em direção a um bosquete.

— Eles estão pensando em nos permitir pegar os canhões, calculando que ficaremos tão soterrados por granadas e balas de canhões que sua infantaria poderá administrar o *coup de grâce* — presumiu Wellesley. — Eles querem nos tratar com uma dose dupla! Canhões e mosquetes!

As árvores onde a cavalaria desaparecera desciam para uma ravina escarpada que se contorcia em direção à elevação de terreno onde Wellesley observava o inimigo. Sharpe, perscrutando a ravina preenchida com árvores, viu pássaros alçarem voo dos galhos enquanto a cavalaria avançava sob as folhas espessas.

— Cavaleiros, senhor — alertou Sharpe.

— Onde, homem, onde? — indagou Wellesley.

Sharpe apontou para a ravina.

— Está cheia de bastardos, senhor. Eles saíram da aldeia há alguns minutos. Não dá para vê-los, mas creio que haja uns cem homens escondidos ali.

Wellesley não discutiu com Sharpe.

— Eles querem nos capturar — disse o general, aparentemente se divertindo. — Fique de olho neles, Sharpe. Não estou com nenhuma vontade de assistir à batalha da tenda de Scindia.

Wellesley olhou de volta para a linha inimiga, onde os últimos canhões pesados estavam sendo posicionados. Esses dois últimos canhões de sítio eram aqueles de dezoito libras que tinham causado danos enquanto o exército britânico atravessava o vau. Nesse momento, as imensas peças de artilharia estavam sendo posicionadas diante do regimento de Dodd. Elefantes puxavam os canhões para suas posições e em seguida eram conduzidos até o sítio de bagagem atrás da aldeia.

— Quantos canhões você calcula que sejam, Campbell? — indagou o general.

— Oitenta e dois, senhor. Sem contar os de Assaye.

— Lá são cerca de vinte, creio. Faremos por merecer nosso pagamento! E sua fileira é mais comprida do que eu imaginava. É bem possível que tenhamos de estender. — Wellesley estava falando menos para Campbell do que para si mesmo, mas agora olhou para o jovem oficial escocês.

— Você contou a infantaria deles?

— Cinqüenta mil na linha, senhor — palpitou Campbell.

— E mais uma vez, pelo menos esse mesmo número na aldeia — disse Wellesley, fechando seu telescópio. — Para não mencionar uma horda de cavaleiros atrás deles. Mas eles só contarão se nos deparamos com um desastre. Devemos nos preocupar com os quinze mil à nossa frente. Derrotando-os, derrotaremos a todos eles. — Fez uma anotação a lápis em seu livrinho preto e então olhou novamente para a linha inimiga debaixo de suas bandeiras reluzentes. — Eles manobraram bem! Um desempenho louvável. Mas será que também sabem lutar?

— Senhor! — chamou Sharpe com urgência porque, a menos de cem passos dali, os primeiros cavaleiros inimigos haviam emergido da ravina, com suas *tulwars* e lanças reluzindo ao sol da tarde, e agora esporeavam suas montarias em direção a Wellesley.

— De volta por onde viemos — disse o general. — E acho que é bom sermos rápidos.

Era a segunda vez no mesmo dia em que Sharpe se via perseguido pela cavalaria mahratta, mas na primeira vez ele montara um pequeno cavalo nativo e agora estava sobre um dos animais do próprio general, e a diferença era gritante. Os maratas estavam a todo galope, mas Wellesley e seus dois companheiros jamais passaram de meio galope e seus cavalos grandes deixaram seus perseguidores comendo poeira. Sharpe, agarrado ao cabeçote da sela como se dele dependesse sua vida, olhou para trás dois minutos depois e viu os cavaleiros inimigos sofrearem as montarias. Então era para isso, pensou Sharpe, que oficiais pagavam pequenas fortunas por cavalos britânicos e irlandeses.

Os três homens desceram para o vale, subiram uma de suas laterais e Sharpe viu que a infantaria britânica agora avançara da estrada para formar sua linha de ataque ao longo da cumeeira baixa que jazia paralela à estrada, e a formação de casacas vermelhas parecia ridiculamente pequena em comparação com o grande anfitrião inimigo a cerca de um quilômetro a oeste. Ao invés de uma fileira de canhões pesados, havia apenas um punhado de canhões leves de seis libras e uma única bateria de 14 canhões maiores, e para enfrentar os três *compoos* de quinze mil homens havia menos de cinco mil casacas vermelhas, mas Wellesley não parecia preocupado com o fato de as chances estarem contra ele. Sharpe não conseguia imaginar como a batalha poderia ser vencida. Na verdade Sharpe nem compreendia bem por que ela deveria ser travada, mas sempre que seus temores aumentavam tudo que precisava fazer era olhar para Wellesley e confortar-se com a confiança serena do general.

Wellesley cavalgou até a esquerda da sua linha onde os Highlanders vestidos em *kilts* do 78º Regimento aguardavam, enfileirados.

— Você avançará dentro de alguns instantes, Harness — disse ao seu coronel. — Direto em frente! Acredito que vai achar suas baionetas de grande utilidade. Diga aos seus escaramuçadores que o inimigo dispõe de uma cavalaria, mas duvido que vocês irão encontrá-la neste lado da linha.

Harness pareceu não ouvir o general. Estava sentado em seu cavalo grande, negro como seu altíssimo chapéu de pele de urso, e portava uma imensa espada *claymore* que parecia matar os inimigos da Escócia há um século ou mais.

— É o sabá, Wellesley — finalmente falou Harness, ainda que sem olhar para o general. — "Lembrai-vos do dia do sabá, de mantê-lo santificado. Por seis dias trabalharás e cumprirás todas vossas obrigações, mas o sétimo dia é o sabá do Senhor teu Deus. Nele não trabalharás." — O coronel fitou Wellesley. — Tem certeza, homem, de que deseja lutar hoje?

— Certeza absoluta, coronel — respondeu Wellesley com convicção.

Harness fez uma careta e disse:

— Bem, não será o primeiro mandamento que quebrarei. Então que se dane. — Ele fez um floreio com sua *claymore*. — Não precisa se preocupar com meus homens, Wellesley. Eles são ótimos matadores, mesmo aos domingos.

— Nunca duvidei disso.

— Direto em frente, hein? Baixarei o chicote em qualquer cão que hesitar. Vocês ouviram, seus bastardos? Deixarei suas costas em carne viva!

— Desejo que se divirta esta tarde, coronel — disse o general a Harness.

Então Wellesley cavalgou para norte para falar com os comandantes de seus outros cinco batalhões. Deu-lhes as mesmas instruções que dera ao coronel Harness, embora, como os sipaios de Madras não haviam posicionado escaramuçadores, ele simplesmente alertou-os de que tinham uma única chance de vitória e que essa era marchar direto para o fogo inimigo e, suportando-o, levar suas baionetas até as fileiras maratas. Ele disse aos oficiais comandantes dos dois batalhões sipaios na segunda linha que agora eles precisariam juntar-se à linha de frente.

— Vocês deverão pender para a direita, formando entre o 8º de Corben e os piquetes do coronel Orrock.

Wellesley esperara atacar as duas linhas, para que assim os homens de trás pudessem reforçar os da frente, mas como a formação inimiga era ampla demais, ele precisaria empurrar cada soldado de infantaria para a frente numa única linha. Não haveria reservas. O general cavalgou para encontrar-se com o coronel Wallace, que naquele dia comandaria uma brigada de seus próprios Highlanders do 74º Regimento e dois batalhões de sipaios que, com os piquetes de Orrock, formariam a lateral direita da força atacante. Ele alertou Wallace quanto à extensão da linha.

— Farei Orrock pender para a direita para dar espaço aos seus sipaios — prometeu a Wallace. — Colocarei o seu próprio regimento no flanco direito de Orrock.

Como não iria comandar a brigada, Wallace não lideraria seus próprios Highlanders, que estariam sob o comando de seu substituto, o major Swinton. O coronel McCandless juntara-se ao seu amigo Wallace, e Wellesley saudou-o.

— Vi seu homem protegendo o flanco esquerdo, McCandless.

— Também vi, senhor.

— Mas não quero enfrentá-lo logo no começo. Ele está muito perto da aldeia, e ela foi transformada numa fortaleza. Assim, atacaremos a direita de sua linha, e depois viraremos para norte e empurraremos o resto contra o rio Juah. Você terá sua chance, McCandless. Terá sim.

— Conto com isso, senhor — respondeu McCandless. O coronel dirigiu um aceno em cumprimento silencioso a Sharpe, que em seguida teve de acompanhar Wellesley até as fileiras do 74º Regimento.

— Swinton, você conduzirá seus camaradas para a direita e assumirá posição atrás dos piquetes do coronel Orrock. Você formará o novo flanco direito. Instruí o coronel Orrock para se mover um pouco para a direita, de modo que você terá espaço para assumir sua nova posição. Compreendeu?

— Perfeitamente, senhor — disse Swinton. — Orrock penderá para a direita, nós iremos nos posicionar atrás dele para formar o novo flanco, e os sipaios irão nos substituir lá.

— Bom homem! — disse Wellesley, e em seguida cavalgou até o coronel Orrock.

Sharpe presumiu que o general ordenara que o 74º Regimento do Rei se moveria por fora de Orrock porque não confiava no nervoso coronel para conter o flanco direito. O contingente de Orrock de meias-companhias era uma força pequena mas poderosa, porém carecia da coesão dos batalhões originais.

— Você deverá conduzi-los para a direita — disse Wellesley ao coronel de rosto corado. — Mas não para longe demais. Ouviu bem? Não vá demais para a direita! Porque encontrará uma aldeia à direita, e essa aldeia é uma bela fortaleza. Não quero nenhum dos nossos homens perto dela antes de termos derrotado a maior parte da infantaria inimiga.

— Vou para a direita? — perguntou Orrock.

— Você deve pender para a direita, e depois se endireitar. Duzentos passos bastarão. Penda para a direita, Orrock, aumente a largura da linha em duzentos passos, e então endireite-se e marche reto contra o inimigo. Swinton trará os homens dele para o seu flanco direito. Não espere por ele, deixe que ele alcance você. E não hesite quando atacarmos. Simplesmente siga reto com suas baionetas.

Orrock esticou a cabeça à frente, coçou o queixo, piscou.

— Sigo para a direita?

— E depois direto em frente — repetiu Wellesley, paciente.

— Sim, senhor — respondeu Orrock e então estremeceu de nervoso quando um dos seus canhões pequenos de seis libras, que fora posicionado 45 metros à frente de sua linha, disparou.

— Mas que diabos foi isso? — perguntou Wellesley, virando-se para olhar o canhãozinho que saltara seis metros para trás.

Não conseguiu ver no que o canhão atirara, porque a fumaça da descarga formava uma nuvem densa diante da boca do cano. Contudo, um segundo depois, uma bala de canhão inimiga atravessou uivando a fumaça para quicar entre as duas meias-companhias de Orrock. Wellesley seguiu a meio galope para a esquerda para ver que os canhões inimigos haviam aberto fogo. Por enquanto os canhões estavam apenas enviando tiros de teste, mas em breve estariam despejando seu metal nas fileiras vermelhas.

O general galopou de volta para sul. Estava bem perto do meio da tarde e o sol queimava o chão. O ar estava úmido, difícil de respirar, e cada homem na linha britânica transpirava muito. As balas de canhão inimigas saltitavam no solo diante deles e um tiro ricocheteou para cima para reduzir uma fileira de sipaios a sangue e ossos. O som dos canhões inimigos era retumbante, ecoando sobre o solo quente em golpes sucessivos que se aproximavam ao passo que mais canhões juntavam-se à canhonada. Os canhões britânicos responderam, a fumaça de suas descargas traindo suas posições, e os canhoneiros inimigos apontaram os canos para os canhões britânicos que, em número bem menor, começaram a perder o duelo. Sharpe viu a terra em torno de um canhão de seis libras ser atingida sucessivas vezes por balas inimigas, cada golpe levantando um jorro de terra do solo. O canhãozinho pareceu desintegrar-se quando uma bola pesada atingiu perpendicularmente sua carreta e o tubo de metal pesado tombou lentamente sobre um homem ferido. Outro canhoneiro recuou, arfante, enquanto um terceiro homem jazia no solo como se estivesse dormindo.

Uma gaita de foles começou a tocar enquanto o general aproximava-se dos soldados de *kilt* do 78º Regimento.

— Pensei que tinha ordenado que todos os músicos deveriam deixar seus instrumentos para trás, com exceção dos tambores — disse Wellesley, furioso.

— É muito difícil ir para a batalha sem gaitas de foles, senhor — disse Campbell, em tom reprovador.

— É difícil salvar feridos sem ordenanças — queixou-se Wellesley.

Na batalha, o trabalho dos gaiteiros era salvar os feridos, mas Harness desobedecera à ordem e trouxera seus tocadores de gaitas de foles. Entretanto, era tarde para se preocupar com essa desobediência. Outra bala de canhão encontrou seu alvo num batalhão sipaio, jogando homens para os lados como bonecas quebradas, enquanto uma bala alta acertou uma árvore alta, estremecendo suas folhas superiores e fazendo um papagaio verde grasnar e alçar voo de seus galhos.

Wellesley sofreou seu cavalo perto do 78º Regimento. Olhou para a direita, depois olhou novamente para os setecentos ou oitocentos metros de terreno que separava sua pequena força do inimigo. Os sons dos canhões eram constantes agora, seus estampidos ensurdecedores, e a fumaça de sua canhonada estava ocultando a infantaria mahratta que aguardava seu ataque. Se estava nervoso, o general não demonstrava, a não ser que os dedos que tamborilavam levemente contra sua coxa traíssem alguma preocupação. Esta era sua primeira batalha decente no campo, canhão contra canhão e infantaria contra infantaria, mas mesmo assim ele parecia completamente frio.

Sharpe lambeu os lábios secos. Sua égua tremia e Diomedes eriçava as orelhas a cada tiro de canhão. Outro canhão britânico foi atingido, desta vez perdendo uma roda para a bala de canhão inimiga. Os canhoneiros rolaram uma roda nova para a frente, enquanto o oficial que comandava a pequena bateria correu adiante com uma alavanca. A infantaria aguardou debaixo de suas bandeiras de seda, sua fila comprida de duas linhas refletindo o sol com as baionetas em riste.

Os tambores britânicos começaram a rufar. Sargentos gritaram. Oficiais desembainharam espadas. Os homens começaram a marchar.

E a batalha havia começado.

# CAPÍTULO X

Os casacas vermelhas avançaram em uma linha de duas fileiras. Soldados espalhavam-se enquanto caminhavam e sargentos gritavam para que as fileiras se mantivessem unidas. A infantaria primeiro precisava passar pela linha britânica de canhões que estava perdendo num duelo de artilharia desigual com os canhoneiros goanos. O inimigo disparava tanto granadas quanto balas de canhão, e Sharpe estremeceu quando uma granada explodiu em meio a um bando de bois amarrado a estacas, cem metros atrás de seu canhão. Os animais feridos mugiram de dor, e um se soltou de sua estaca para capengar com uma perna ensanguentada em direção à 10ª Infantaria de Madras. Um oficial britânico correu até o animal, libertou-o de seu sofrimento com um tiro e os sipaios pularam delicadamente sobre a carcaça. O coronel Harness, vendo que seus dois pequenos canhões de batalhão seriam inevitavelmente destruídos se permanecessem em ação, ordenou aos seus canhoneiros a atrelar seus bois às carretas e acompanhar o avanço do regimento.

— Depressa, seus moleirões! Quero vocês logo atrás de mim!

Os canhoneiros inimigos, vendo que haviam vencido o combate entre as baterias, voltaram suas armas para a infantaria. Disparavam agora a 650 metros, longe demais para granadas, mas uma bala sólida podia reduzir uma fileira a farrapos ensangüentados num piscar de olhos. O som dos canhões era incessante, cada disparo juntando-se ao próximo e o todo compondo uma trovejada de violência ensurdecedora. A linha inimiga estava envolta numa mortalha de fumaça branca meio cinzenta que era iluminada constantemente por lampejos de disparos. Vez por outra uma bateria mahratta fazia uma pausa para permitir que a fumaça se dispersasse, e Sharpe — cavalgando vinte passos atrás do general que avançava à direita do 78º Regimento — testemunhava os canhoneiros inimigos levantarem suas peças de artilharia e recuarem enquanto o capitão-artilheiro conduzia a tocha acesa ao estopim. O canhão tornava a desaparecer numa nuvem de fumaça de pólvora e, um instante depois, uma bala precipitava-se diante da infantaria britânica. Ocasionalmente a bala passava sobre as cabeças dos homens sem causar qualquer estrago, mas na maioria das vezes as balas pesadíssimas arremetiam contra as fileiras britânicas e soldados eram dilacerados em estouros de sangue. Sharpe viu a metade da frente de um mosquete partido ser ejetada das fileiras de Highlanders, virar no ar, acompanhada pelo sangue de seu dono, e descer para fincar sua baioneta na turfa. Uma brisa norte soprou uma neblina de fumaça de pólvora do centro da linha inimiga, que era tão compacta que as rodas dos canhões quase roçavam umas nas outras. Sharpe presenciou canhoneiros socarem os canos e recuarem apressados, para em seguida ver a fumaça desabrochar de novo e escutar uma bala redonda e sólida passar uivando por cima de sua cabeça. De vez em quando Sharpe via a nuvem de fumaça mostrar uma língua de fogo vermelho-escuro diretamente para ele; então uma bala arqueava no céu e declinava em sua direção. Numa dessas vezes Sharpe viu a espiral enlouquecida de fumaça desenhada no céu pelo estopim aceso de uma granada, mas sempre os projéteis acabavam passando longe ou, se caíam perto, levantavam do solo um turbilhão de terra.

— Cerrem as fileiras! — gritaram sargentos. — Cerrem as fileiras!

Os tamborileiros soaram o ritmo de avanço. Adiante o terreno era baixo, e assim que estivesse naquele vale a linha atacante estaria fora da mira dos canhoneiros. Wellesley olhou para a direita e viu que Orrock interrompera seu avanço e que o 74º Regimento, que deveria estar formando à direita dos soldados de Orrock, também parara.

— Mande Orrock continuar! Mande ele continuar! — gritou o general para Campbell.

O capitão Campbell esporeou seu cavalo através da linha atacante. O cavalo penetrou uma nuvem de fumaça causada por granadas e saltou um fragmento de carreta; depois disso Sharpe perdeu o auxiliar de vista. Wellesley aproximou seu cavalo do 78º Regimento, que agora estava à frente dos sipaios. Como os Highlanders eram mais altos que os soldados dos batalhões de Madras, suas passadas cobriam mais terreno enquanto apressavam-se para alcançar o ponto cego onde o bombardeio não poderia atingi-los. Uma granada quicou pelo chão até parar perto da companhia de granadeiros à direita da linha do 78º. Os soldados de *kilt* pularam para os lados. Todos menos um homem, que saiu da fileira frontal enquanto o míssil rodopiava enlouquecido no solo, com seu estopim cuspindo um emaranhado de fumaça; ele pisou com sua bota direita na granada para travá-la, e então golpeou-a com a coronha de bonze do mosquete para desprender o pavio.

— Agora vou ser poupado da punição, sargento? — gritou o granadeiro.

— Volte para a fileira, John — respondeu o sargento. — Volte para a fileira.

Wellesley sorriu e então estremeceu quando uma bala passou perigosamente próxima ao seu chapéu. Olhou em torno, procurando por seus auxiliares, e viu Barclay.

— A calmaria que precede a tempestade — comentou o general.

— E que calmaria, senhor.

— E que tempestade — retorquiu um indiano.

Esse era um dos chefes maratas aliados aos britânicos, cujos cavaleiros estavam mantendo a cavalaria inimiga ocupada ao sul do rio. Três desses cavaleiros cavalgavam com Wellesley e um deles montava um cavalo maltreinado que andava de lado sempre que uma granada explodia.

O major Blackiston, o engenheiro na comitiva de Wellesley que fora enviado para explorar o terreno norte do exército, galopou de volta por trás da linha atacante.

— Terreno acidentado adiante, ao lado da aldeia, cortado por ravinas, senhor — reportou o capitão. — Não temos para onde avançar.

Wellesley grunhiu. Como ainda não pretendia enviar soldados de infantaria para perto da aldeia, o relatório de Blackiston não era imediatamente útil.

— Viu Orrock?

— Estava preocupado com seus dois canhões, senhor. Não consegue avançar com eles porque todos os membros de suas equipes de artilharia foram mortos. Mas Campbell está empurrando Orrock à frente.

Wellesley levantou-se nos estribos a fim de olhar para norte e viu o piquete de Orrock finalmente se mover à frente. Estavam marchando obliquamente, sem seus dois canhões pequenos, abrindo espaço para os dois batalhões de sipaios se enfileirarem. O 74º Regimento vinha atrás deles, desaparecendo numa dobra de terreno.

— Não vá longe demais, Orrock — murmurou Wellesley e então perdeu de vista os homens de Orrock enquanto seu cavalo seguia o 78º Regimento para o terreno mais baixo. O general se virou para Blackiston. — Depois que os tivermos encurralado contra o rio, eles conseguirão sair? — perguntou, gesticulando para mostrar que se referia ao rio Juah ao norte.

— Temo que haja muitos vaus nesse rio, senhor — respondeu Blackiston. — Duvido que o inimigo consiga mais do que um punhado de canhões ribanceira abaixo, mas um soldado poderá escapar com facilidade.

Wellesley resmungou em concordância e esporeou seu cavalo, deixando o engenheiro para trás.

— Ele nem perguntou se fui perseguido! — reclamou Blackiston a Barclay, fingindo indignação.

— E você foi perseguido, John?

— E como fui! Duas dúzias de bastardos naqueles poneizinhos magricelas! Parecem crianças cavalgando cães!

— Mas nenhum buraco de bala? — indagou Barclay.

— Nem unzinho só — lamentou Blackiston, para a surpresa de Sharpe. Vendo a expressão chocada de Sharpe, Blackiston explicou: — É uma aposta, sargento. Ganha quem, da família do general, acabar com mais buracos de balas.

— Eu conto, senhor?

— Você substituiu Fletcher, e ele não pagou para entrar porque alegou que estava sem um tostão. Nós o aceitamos pela bondade de nossos corações. Mas nada de trapaças, viu? Não queremos saber de ninguém furando suas casacas com as espadas para ganhar pontos.

— Quantos pontos Fletcher ganhou, senhor? — perguntou Sharpe. — Por ter tido a cabeça arrancada?

— Ele foi desclassificado, é claro, devido à falta de cuidado extrema.

Sharpe riu. As palavras de Blackiston não foram engraçadas, claro, mas a risada explodiu dele, fazendo Wellesley virar-se em sua sela para lançar-lhe um olhar repressivo. Na verdade, Sharpe estava lutando contra um medo crescente. Por enquanto estava seguro, porque o flanco esquerdo do ataque encontrava-se num ponto cego e o bombardeio inimigo concentrava-se nos batalhões sipaios que ainda não haviam alcançado o vale. Mas Sharpe podia ouvir o zumbido das balas sólidas rasgando o ar, podia ouvir os disparos dos canhões, e a intervalos de segundos uma granada caía no vale e explodia numa baforada de fumaça flamejante. Até agora os obuses não haviam conseguido causar danos, mas Sharpe podia ver arbustos inclinando-se sob a força de rajadas de vento e ouvir estilhaços metálicos trespassando folhas. Em alguns lugares os arbustos secos haviam pegado fogo.

Sharpe tentou concentrar-se em coisas pequenas. Amarrou um nó na correia partida de um dos cantis. Observando que as orelhas de sua égua se eriçavam a cada explosão, perguntou-se se os cavalos sentiam medo. Eles compreendiam este tipo de perigo? Observou os escoceses avançarem resolutos através de arbustos e árvores, magníficos em seus chapéus de pele de urso e *kilts* com estampas axadrezadas. Enquanto pensava no quanto aqueles escoceses estavam longe de seu país, Sharpe descobriu que ele próprio não sentia saudades de casa. Talvez o problema fosse que ele não soubesse exatamente onde ficava sua casa. Decerto não era Londres, embora houvesse crescido lá. Inglaterra? Talvez, mas o que a Inglaterra significava para ele? Não o que significava para o major Blackiston. Mais uma vez, Sharpe pensou na oferta de Pohlmann e imaginou como seria estar de pé, de faixa e espada, por trás daquela linha de canhões mahrattas. Completamente seguro, olhando através da fumaça para uma fileira tênue de inimigos em casacas vermelhas marchando para o horror. Mas ele não aceitara o convite. Por quê? Sharpe compreendeu que o verdadeiro motivo não era o pequeno amor que nutria por seu país, nem a aversão que sentia por Dodd. O verdadeiro motivo era que ele queria uma cinta e uma espada com as quais pudesse voltar para a Inglaterra e cuspir nos homens que arruinaram sua vida. Mas agora não haveria cinta nem espada. Sargentos raramente chegavam ao oficialato, e Sharpe sentiu uma vergonha repentina de ter questionado McCandless sobre o assunto. Mas pelo menos o coronel não rira dele.

Wellesley virara-se para falar com o coronel Harness.

— Harness, atire nos canhões com uma salva de mosquetes. Com isso ganharemos tempo para recarregar. Mas poupe a segunda salva para a infantaria deles.

— Eu mesmo já tinha pensado nisso — retrucou Harness com uma carranca. — E não vou usar escaramuçadores, não num domingo.

Em geral, a companhia ligeira seguia na frente do resto do batalhão e se espalhava numa linha livre que se punha a disparar contra o inimigo até que o ataque principal chegasse. Contudo, Harness decidira que preferia reservar o fogo da companhia ligeira para uma salva que planejava descarregar nos canhoneiros.

— Vai acabar logo — disse Wellesley, sem contestar a decisão de Harness de manter sua companhia ligeira em linha.

Sharpe concluiu que o general estava nervoso, porque essas últimas três palavras tinham sido anormalmente loquazes. O próprio Wellesley deve ter concluído que traíra seus sentimentos, porque agora parecia mais taciturno que nunca. Seu bom humor desaparecera desde que a artilharia inimiga começara a disparar.

Agora os escoceses escalavam a pequena colina e a qualquer momento estariam novamente na mira dos canhoneiros. As flâmulas do regimento seriam a primeira coisa que os canhoneiros veriam, seguidas pela fila de chapéus de pele de urso, e depois disso a formação vermelha, branca e negra de um batalhão enfileirado com suas baionetas brilhando ao sol. E que Deus os ajudasse então, porque cada maldito canhão à frente estaria recarregado e esperando por seu alvo. Súbito, a primeira bala atingiu a cumeeira poucos metros adiante e ricocheteou para cima sem causar danos.

— Aquele homem disparou antes da hora — disse Barclay. — Anote seu nome.

Sharpe olhou para sua direita. Os quatro batalhões seguintes, todos sipaios, estavam agora a salvo no ponto cego, enquanto os piquetes de Orrock e o 74º Regimento haviam desaparecido entre as árvores ao norte do vale. Os escoceses de Harness escalariam até ficarem à vista e, por um momento ou dois, teriam a atenção absoluta dos canhoneiros. Alguns dos Highlanders estavam subindo depressa, como se estivessem ansiosos para que seu tormento acabasse logo.

— Não se afobem! — berrou Harness para eles. — Isto não é uma corrida para a taverna, seus malditos!

Elsie. Sharpe lembrou de repente o nome de uma garota que trabalhara numa taverna nos arrabaldes de Wetherby, onde ele se refugiara depois de escapar de Brewhouse Lane. Sharpe não fazia a menor ideia de por que pensara nela, mas de repente teve uma visão do bar numa noite de inverno, com Elsie e as outras garotas carregando canecas de cerveja em bandejas enquanto o fogo crepitava na lareira, o pastor cego embebedava-se e os cães dormiam debaixo das mesas. Sharpe começou a imaginar como seria entrar novamente naquela sala enegrecida pela fumaça, vergando sua cinta e sua espada de oficial, mas esqueceu tudo sobre Yorkshire quando o 78º Regimento, com a comitiva de Wellesley à sua direita, emergiu para o terreno plano diante dos canhões inimigos.

A primeira reação de Sharpe foi de surpresa, ao ver o quanto eles estavam próximos, porque o terreno baixo levara-os a 150 passos dos canhões inimigos. A segunda reação de Sharpe foi de admiração, ao ver o quanto o inimigo parecia esplêndido, pois seus canhões estavam alinhados como se à espera de uma inspeção, enquanto atrás deles os batalhões maratas posicionavam-se em quatro linhas de soldados bem-vestidos debaixo de suas bandeiras. Sharpe pensou então que era essa a aparência da morte, e no exato instante em que pensou isso, a formação elegante de soldados inimigos desapareceu debaixo de uma vasta nuvem de fumaça. Era uma nuvem coleante, na qual a fumaça se contorcia como se estivesse sendo torturada, e a cada intervalo de poucos metros despontava da brancura uma língua de fogo, enquanto os arbustos na frente era achatados por uma rajada da pólvora explosiva e balas pesadas atravessavam as fileiras de Highlanders.

Parecia haver sangue por toda parte, e homens dilacerados caindo ou escorregando na carnificina. Em algum lugar um homem arfava, mas ninguém estava gritando. Um tocador de gaita de foles largou seu instrumento e correu até um homem caído cuja perna fora arrancada. De poucos em poucos metros havia um emaranhado de homens mortos e moribundos, marcando onde a bala colhera fileiras do regimento. Um jovem oficial tentou acalmar seu cavalo, que assustado, estava andando de lado, mostrando os brancos dos olhos e balançando a cabeça. O coronel Harness guiou seu cavalo em torno de um homem estripado sem olhar sequer uma vez para o morto. Sargentos ordenaram aos berros o cerramento das fileiras, como se fosse culpa dos Highlanders o fato de haver lacunas na linha. Em seguida, tudo pareceu estranhamente silencioso. Wellesley virou-se e falou com Barclay, mas Sharpe não ouviu nada, e então compreendeu que seus ouvidos estavam zunindo devido ao som terrível da descarga de canhões. Diomedes tentou escapar, e Sharpe puxou o cavalo cinzento de volta. O sangue de Fletcher ressecara numa crosta sobre o flanco de Diomedes. Moscas caminhavam sobre o sangue. Um Highlander estava vociferando imprecações terríveis enquanto seus camaradas marchavam para longe dele. Estava de gatinhas no chão, sem nenhum ferimento visível, mas então olhou para Sharpe, proferiu uma última obscenidade e tombou para a frente. Mais moscas congregaram-se no líquido que escorria das entranhas do homem estripado. Outro homem se arrastava pela grama, puxando seu mosquete pela correia esbranquiçada.

— Calma agora! — berrou Harness. — Contenham sua pressa! Isto não é uma corrida! Pensem em suas mães!

— Mães? — perguntou Blackiston.

— Cerrar coluna! — gritou um sargento. — Cerrar coluna!

Naquele momento os canhoneiros maratas estavam recarregando freneticamente, mas com granadas. A fumaça de pólvora estava se dissipando, coleando à medida que era soprada pela brisa, e Sharpe viu silhuetas enevoadas de homens socando canos e colocando cargas em bocas de armas. Outros homens empurravam canhões que haviam recuado para alinhá-los e apontá-los contra os escoceses. Wellesley continha seu garanhão para que ele não se adiantasse demais aos Highlanders. Nada se via à direita. Os sipaios permaneciam num ponto cego e o flanco direito estava perdido em meio ao emaranhado de árvores e terreno acidentado ao norte, de modo que por enquanto parecia que os Highlanders de Harness travavam a batalha sozinhos, seiscentos homens contra cem mil, mas os escoceses não vacilaram. Simplesmente deixaram seus mortos e feridos para trás e atravessaram o terreno aberto em direção aos canhões que estavam carregados com suas mortes. O gaiteiro recomeçou a tocar, e a música exótica pareceu insuflar ânimo nos Highlanders, que aceleraram o passo. Estavam caminhando para a morte, mas iam em ordem perfeita e em aparente calma. Não era de admirar que os trovadores fizessem canções sobre os escoceses, pensou Sharpe, e então se virou quando cascos soaram às suas costas. Era o capitão Campbell, retornando de sua missão. O capitão sorriu para Sharpe.

— Achei que estava atrasado.

— O senhor chegou bem a tempo, senhor — disse Sharpe. — Bem a tempo.

— Mas a tempo de quê? — perguntou-se o sargento.

Campbell cavalgou até Wellesley para apresentar seu relatório. O general escutou, fez que sim com a cabeça, e então os canhões diretamente à frente recomeçaram a atirar. Desta vez o ruído da canhonada era desigual, porque cada arma disparava assim que era recarregada. O som de cada canhão era um estrondo terrível, tão ensurdecedor quanto um soco no ouvido, e as granadas salpicavam o campo adiante dos escoceses com uma miríade de baforadas de terra antes de quicar para cima e empurrar os homens para trás. Cada granada era um cartucho metálico, socado com balas de mosquetes ou sucata e pedregulhos. Ao ser expelido do cano, o cartucho estilhaçava-se para espalhar seus mísseis em leque sobre o alvo.

Outro canhão disparou, e mais outro, cada rajada estremecendo a terra e levando um bando de escoceses para a eternidade, ou mais um aleijado para a paróquia ou um sofredor para o cirurgião. Os tamborileiros ainda estavam tocando, embora um estivesse capengando e outro pingando sangue no couro de seu instrumento. O gaiteiro começou a tocar uma melodia mais animada, e alguns dos Highlanders apertaram o passo.

— Estão andando rápido demais! — gritou Harness. — Contenham seus ânimos!

O coronel, que brandia furiosamente sua espada *claymore*, estava tão perto das duas linhas de soldados que parecia prestes a esporear seu cavalo contra as fileiras inimigas para retalhar os canhoneiros que castigavam seu regimento. Um chapéu de pele de urso foi dilacerado pela rajada de uma granada, deixando o homem debaixo dele ileso.

— Firmes agora! — gritou um major.

— Cerrem as fileiras! Cerrem as fileiras! — berraram os sargentos. — Cerrem as fileiras!

Os cabos, incumbidos de manter as fileiras compactas, corriam atrás delas e arrastavam homens para a esquerda e para a direita para selar as lacunas abertas pelos canhões. As lacunas agora estavam maiores, porque uma granada bem mirada podia derrubar quatro ou cinco fileiras, enquanto uma bala de canhão eliminava apenas uma fileira de cada vez.

Quatro canhões dispararam, depois um quinto, e então toda uma sucessão de canhões explodiu quase ao mesmo tempo e o ar em torno de Sharpe pareceu preenchido por um vento uivante. A linha dos Highlanders pareceu curvar-se diante dessa rajada violenta, mas embora tivesse deixado homens para trás — homens que estavam sangrando, vomitando, chorando e gritando por seus camaradas ou suas mães — os outros cerraram suas colunas e marcharam estoicos em frente. Mais canhões foram disparados, envolvendo o inimigo em fumaça, e Sharpe escutou a granada atingir o regimento. Cada rajada trazia um som tamborilante de balas atingindo mosquetes, enquanto os Highlanders, como os soldados de infantaria por toda parte, cobriam as virilhas com as coronhas de seus mosquetes.

— Septuagésimo oitavo! — gritou Harness numa voz imensa. — Alto!

Wellesley sofreou seu cavalo. Sharpe olhou para a direita e viu que os sipaios estavam saindo do vale numa única linha comprida, uma linha quebrada, porque os batalhões tinham sofrido muitas baixas e a passagem pela vegetação densa do vale perturbara suas formações. Súbito, os canhões no norte da linha mahratta abriram fogo e a linha de sipaios ficou ainda mais quebrada. Mesmo assim, como os escoceses à sua esquerda, eles continuaram avançando para o fogo inimigo.

— Apontar armas! — berrou Harness, um tom de antecipação na voz.

Os escoceses levaram seus mosquetes aos ombros. Estavam a meros 55 metros dos canhões e a essa distância até mesmo um mosquete de alma lisa era suficientemente preciso.

— Não atirem alto, seus cães! — alertou-os Harness. — Açoitarei todo homem que atirar alto. Fogo!

A salva soou patética em comparação com a trovejada dos canhões grandes, mas ainda assim foi um conforto e Sharpe quase soltou um brado de alegria quando os Highlanders atiraram e suas balas zuniram sobre o mato. Os canhoneiros estavam desaparecendo. Alguns deviam ter sido mortos, mas outros simplesmente abrigavam-se atrás de seus canhões.

— Recarregar! — gritou Harness. — Sem demora! Recarregar!

Era aqui que o treinamento dos Highlanders era pago com juros, porque um mosquete era uma arma dificílima de recarregar, e ainda mais complicada quando estava com uma baioneta de 43 centímetros fixada no cano. A baioneta dificultava socar a munição, e alguns dos Highlanders desenroscaram a lâmina para facilitar o serviço, mas todos recarregaram com rapidez, exatamente como tinham sido treinados a fazer em árduas semanas em sua terra natal. Carregaram, socaram, escorvaram, e então encaixaram as varetas de volta nos ganchos. Aqueles que haviam removido as baionetas tornaram a fixá-las, e em seguida deixaram as armas de novo em prontidão.

O TRIUNFO DE SHARPE

— Guardem aquela salva para a infantaria! — alertou-os Harness.
— Agora, rapazes, avancem, e deem a esses bastardos pagãos uma boa matança do dia do sabá!

Era vingança. Era raiva liberada. Os canhões inimigos ainda não estavam carregados, suas equipes haviam sido atingidas duramente pela salva, e a maioria dos canhões não teria tempo de descarregar sua munição antes que fossem alcançados pelos escoceses. Alguns dos canhoneiros fugiram. Sharpe viu um oficial mahratta a cavalo cercá-los e usar a parte cega de sua espada para tocá-los de volta até as peças de artilharia. Mas Sharpe também viu um canhão — um monstro pintado em cores berrantes à sua frente — cuja munição foi socada por dois homens que em seguida acenderam o pavio e então correram para o lado.

— Pelo que estamos para receber... — murmurou Blackiston. O engenheiro também vira os canhoneiros carregarem o cano.

O canhão disparou, e seus jatos de fumaça quase engolfaram a comitiva do general. Por um instante, Sharpe viu a silhueta alta de Wellesley delineada contra a fumaça pálida e em seguida não enxergou nada além de sangue e o general caindo. O calor e a descarga dos gases do canhão passaram por Sharpe apenas um átimo antes dos estilhaços do cartucho encherem o ar ao seu redor, mas ele havia estado diretamente atrás do general e à sua sombra, e fora Wellesley quem recebera a rajada da arma.

Ou melhor, o cavalo de Wellesley. O garanhão fora atingido uma dúzia de vezes, enquanto Wellesley, que parecia ter o corpo fechado, não recebera um único arranhão. O cavalo grande tombou, morto antes de atingir o chão, e Sharpe viu o general puxar os pés dos estribos e usar as mãos para pular da sela. O pé direito de Wellesley tocou o chão primeiro e, antes que o peso do garanhão pudesse rolar sobre sua perna, pulou para longe, capengando um pouco. Campbell virou-se para ele, mas o general fez um gesto para dispensar sua atenção. Sharpe esporeou a égua para a frente e desamarrou a rédea de Diomedes de seu cinto. Seria sua obrigação resgatar a sela do cavalo morto? Concluindo que sim, Sharpe escorregou de sua própria sela. Mas que diabos ele faria com a égua e com Diomedes

BERNARD CORNWELL
310

enquanto estivesse desemaranhando a sela do garanhão morto? Então pensou em amarrar ambos ao bridão do cavalo morto.

— Quatrocentos guinéus perdidos para uma bala de um pêni — disse Wellesley com sarcasmo enquanto observava Sharpe desafivelar a correia da sela do garanhão morto.

Ou quase morto, porque o animal ainda se contorcia e chutava enquanto moscas banqueteavam-se com seu sangue fresco.

— Ficarei com Diomedes — disse Wellesley a Sharpe e então se inclinou para ajudar o sargento, puxando do cavalo moribundo a sela com suas bolsas e coldres anexados. Mas então um grito bestial fez Wellesley virar-se para ver os homens de Harness investirem para a linha dos canhões. O grito foi o barulho que eles fizeram ao chegar ao seu objetivo, um grito que era a liberação de todos seus medos e um ruído terrível pressagiando a morte de seus inimigos. E o presságio se concretizou. Encontrando acocorados debaixo das carretas os canhoneiros que haviam permanecido em seus postos, os escoceses puxaram os inimigos para fora e os abateram com repetidas estocadas de baioneta.

— Desgraçado! — gritou um dos soldados escoceses, trespassando repetidas vezes a barriga de um canhoneiro morto. — Desgraçado escuro pagão! — Ele chutou a cabeça do homem e depois acertou-o novamente com sua baioneta.

O coronel Harness brandiu sua espada para matar um homem e depois, como se fosse a coisa mais natural do mundo, limpou o sangue da lâmina na crina negra de seu cavalo.

— Formar em linha! — gritou. — Formar em linha! Depressa, seus vagabundos!

Um punhado de canhoneiros fugira dos escoceses para a segurança da infantaria mahratta que estava agora a pouco mais de cem passos de distância. Eles deveriam ter atacado, pensou Sharpe. Enquanto os escoceses trucidavam cegamente os canhoneiros, a infantaria deveria ter avançado, mas em vez disso os soldados ficaram parados esperando o estágio seguinte do ataque escocês. À direita de Sharpe havia ainda canhões disparando nos sipaios, mas essa era uma batalha isolada, sem relação com o massacre em que sargentos arrastavam Highlanders para longe dos mortos e moribundos e empurravam-nos para suas fileiras.

— Ainda há canhoneiros vivos, senhor! — gritou um tenente para Harness.

— Formar! — gritou Harness, ignorando o tenente, e sargentos e cabos empurraram homens para uma linha. — Avante! — berrou Harness.

— Depressa, homem — disse Wellesley a Sharpe, mas sem raiva. Sharpe havia colocado a sela sobre o lombo de Diomedes e agora curvava--se para baixo da barriga do cavalo cinza para fechar a correia. — Ele não gosta muito apertado — disse o general.

Sharpe empertigou-se, passou as rédeas de Diomedes para Wellesley e subiu na sela sem dizer mais nada. O casaco do general estava manchado de sangue, mas era sangue de cavalo, não o seu.

— Bom trabalho, Harness! — gritou Wellesley para o escocês adiante, enquanto esporeava seu cavalo.

Enquanto o general se afastava, Sharpe desatrelou a égua do bridão do cavalo morto, montou nela e seguiu seu general.

Três gaiteiros estavam tocando para o 78º Regimento. Estavam bem longe de casa, debaixo de um sol abrasador num céu ofuscante, e trouxeram a música louca das guerras escocesas para a Índia. E isso era loucura. O 78º sofrera muito com o ataque da artilharia inimiga, e a linha de seu avanço estava cheia de homens mortos, agonizantes e mutilados; ainda assim, os sobreviventes refizeram sua formação para atacar a linha de batalha principal da Confederação Mahratta. Novamente formados em duas fileiras, segurando as baionetas ensanguentadas à frente dos corpos, avançaram contra o *compoo* de Pohlmann à direita da linha inimiga. Os Highlanders pareciam imensos, agigantados por seus chapéus altos de pele de urso adornados com plumas, e pareciam terríveis, porque eram terríveis. Eram guerreiros de um país sofrido e violento, e nenhum deles deu um pio enquanto avançavam. Para os maratas que os aguardavam, os escoceses deviam parecer criaturas saídas de um pesadelo, terríveis como os deuses que se contorciam nas paredes de seus templos. Ainda assim, a infantaria mahratta, em suas casacas azuis e amarelas, sentia-se igualmente orgulhosa. Eram guerreiros recrutados das tribos marciais no norte da Índia e agora apontaram seus mosquetes para as duas fileiras de soldados escoceses que se aproximavam.

Os escoceses estavam em forte desvantagem numérica, e Sharpe teve a impressão de que todos iriam morrer na próxima salva de tiros inimiga. O próprio Sharpe estava meio abobalhado, atordoado com o barulho, mas ciente de que seu humor variava entre exultação pela bravura escocesa e o horror puro da batalha. Ele ouviu gritos vitoriosos e olhou à direita para ver os sipaios investirem contra os canhões. Ele viu canhoneiros correrem e a seguir os sipaios perfurarem os mais lentos com suas baionetas.

— Agora veremos como a infantaria deles luta — disse Wellesley a Campbell num tom ansioso.

Sharpe compreendeu que esta era a prova de fogo, porque num exército, a infantaria era tudo. A infantaria era desprezada porque carecia da elegância da cavalaria ou da capacidade assassina da artilharia, mas era a infantaria que vencia as batalhas. Derrote a infantaria do inimigo e os soldados da cavalaria e da artilharia não terão onde se esconder.

Os maratas aguardaram com mosquetes apontados. Os Highlanders, mais uma vez silenciosos, marcharam. Faltavam noventa passos, oitenta, e então a espada de um oficial desceu nas linhas maratas e a salva chegou. A salva pareceu irregular para Sharpe, talvez porque a maioria dos homens não atirou ao ouvir o comando, mas sim ao escutar seu vizinho atirar. Sharpe nem percebeu quando uma bala passou zunindo por sua cabeça porque estava observando os escoceses, torcendo por eles, mas teve a impressão de que nenhum homem caiu. Alguns homens podiam ter sido atingidos, porque viu ondulações nos locais onde as fileiras se abriram para passar sobre os caídos, mas o 78º, ou o que restava do 78º, ainda estava intacto. Como Harness ainda não ordenara que os soldados disparassem, eles simplesmente continuavam marchando contra o inimigo.

— Eles atiraram alto! — exultou Campbell.

— Desfilam bem, mas atiram mal — observou alegremente Barclay.

Faltavam setenta passos, e então sessenta. Um Highlander saiu cambaleante da linha e tombou. Dois homens que haviam sido feridos pelas granadas saíram da retaguarda e assumiram posições nas linhas.

— Alto! — gritou subitamente Harness. — Apresentar armas!

As armas, com as pontas de suas lâminas manchadas de sangue, subiram aos ombros dos Highlanders. A fumaça de pólvora levantada pelos maratas estava se dissipando e os soldados inimigos puderam ver os mosquetes pesados dos escoceses, e as expressões de ódio por trás deles. Os Highlanders esperaram um instante para que o inimigo também pudesse ver sua morte nos mosquetes apontados.

— É melhor atirarem baixo, seus bastardos, se não vou querer saber por quê! — resmungou Harness e então respirou fundo. — Fogo! — gritou, e seus Highlanders não atiraram alto. Atiraram baixo e suas balas pesadas atingiram barrigas, coxas, virilhas.

— E agora, a eles! — berrou Harness. — Vão pegar esses desgraçados!

E os Highlanders, libertos de suas coleiras, correram brandindo baionetas e soltando seus gritos de guerra estridentes, tão dissonantes quanto a música das gaitas de foles que os incitava a lutar. Eram assassinos com licença para desfrutar do prazer da chacina. Resolvidos a não esperar que eles chegassem, os soldados inimigos deram-lhes as costas e fugiram.

Os inimigos nas linhas de retaguarda do *compoo* tinham espaço para fugir, mas os que estavam na frente foram obstruídos pelos de trás e não puderam escapar. Um horrível uivo de desespero soou quando o 78º atingiu seu objetivo e desatou a levantar e baixar suas baionetas numa orgia de assassinatos. Um oficial liderou um ataque a um nó de porta-estandartes que tentaram desesperadamente salvar suas bandeiras, mas os escoceses não estavam dispostos a ser contrariados. Sharpe observou dois homens de *kilt* pisotearem os mortos para enfiar suas espadas nos vivos. As bandeiras caíram e foram levantadas de novo por mãos escocesas. Os escoceses ainda estavam gritando de alegria quando Sharpe ouviu novos gritos e viu os sipaios investindo contra a seção seguinte da linha inimiga. Exatamente como os primeiros soldados maratas tinham fugido dos escoceses, agora seus batalhões vizinhos fugiam dos sipaios. A louvada infantaria do inimigo desmoronara ao primeiro toque. Ao ver a linha fina da infantaria britânica aproximando-se, os soldados inimigos provavelmente haviam deduzido que os casacas vermelhas ficariam ainda mais vermelhos com o fogo pesado da artilharia. Mas a linha recebera a punição dos canhões e mesmo assim continuara avançando, ferida e ensanguentada. Aos olhos dos maratas, aqueles escoceses deviam parecer homens invencíveis. Os escoceses gigantescos em seus *kilts* estranhos tinham começado a carnificina, mas os batalhões sipaios de Madras agora espalhavam a destruição pelo centro e pela direita do inimigo. Apenas o flanco esquerdo ainda resistia.

Os sipaios mataram, e em seguida perseguiram os fugitivos que seguiram para oeste.

— Contenham os homens! — gritou Wellesley para os comandantes dos batalhões mais próximos. — Não deixem que se dispersem!

Mas os sipaios fizeram ouvido de mercador para as ordens. Eles queriam perseguir um inimigo derrotado e fizeram isso matando o que aparecia em seu caminho. Wellesley sofreou Diomedes.

— Coronel Harness!

— O senhor quer que eu forme um posto aqui? — perguntou o escocês, sangue pingando de sua espada.

— Aqui — concordou Wellesley. A infantaria inimiga podia ter fugido, mas havia um grupo de soldados de cavalaria a pouco menos de um quilômetro de distância e esses cavaleiros avançavam a meio galope para atacar os perseguidores britânicos desordenados. — Disponha seus canhões, Harness.

— Já dei a ordem — disse Harness, mostrando com um gesto suas duas pequenas equipes de artilharia que estavam empurrando canhões de seis libras para suas posições. — Coluna de companhias completas! — gritou. — Distância de quarto!

Os escoceses, havia um minuto tão selvagens, corriam de volta às suas fileiras. O batalhão não tinha nenhum inimigo imediato em vista, porque não havia nenhuma infantaria ou cavalaria ao alcance de tiro. Mas como a cavalaria distante era uma ameaça, Harness dispôs os escoceses em dez companhias bem próximas, de modo que elas compuseram algo que se aproximava de um quadrado. A formação cerrada podia defender-se contra qualquer ataque de cavalaria, e com a mesma facilidade tornar-se uma linha ou coluna de assalto. Os canhões gêmeos de seis libras de Harness já estavam preparados para lançamento e começaram a atirar contra os cavaleiros inimigos que, aterrorizados com a derrota de sua infantaria, ficaram parados ao invés de atacar os casacas vermelhas. Oficiais britânicos e indianos estavam galopando entre os sipaios perseguidores, ordenando que retornassem às suas posições, enquanto o 78º Regimento de Harness mantinha-se imóvel, compondo-se como uma fortaleza para a qual os sipaios poderiam recuar.

— Então a sanidade não é um requisito para o ofício de soldado — disse Wellesley para si mesmo.

— Senhor? — Sendo o único homem perto o bastante de Wellesley para ouvi-lo, Sharpe pensou que o general falara com ele.

— Não é da sua conta, Sharpe; não é da sua conta — disse Wellesley, alarmado por ter sido ouvido. — Um cantil, por gentileza.

O general decidiu que aquele havia sido um início promissor, porque a direita do exército de Pohlmann fora devastada e essa destruição levara poucos minutos. Observou os sipaios correrem de volta para suas linhas e os primeiros *puckalees* chegarem do rio Kaitna carregados com cantis e bolsas de água. O general deixaria que os homem bebessem sua água, e depois viraria a linha para o norte, de modo a finalizar o trabalho atacando Assaye. Esporeou Diomedes para examinar o terreno sobre o qual sua infantaria deveria avançar e, no instante em que se virou, a aldeia explodiu num verdadeiro inferno.

Wellesley franziu a testa, intrigado com a nuvem densa de fumaça de pólvora que aparecera subitamente perto das muralhas de barro. Ouviu uma salva de tiros e pôde ver que os disparos tinham sido efetuados pela ala esquerda remanescente dos maratas, e não por seus casacas vermelhas. Mais preocupante ainda, um grande número de soldados da cavalaria mahratta conseguira romper o cerco no flanco norte e agora corria livre no campo atrás do pequeno exército de Wellesley.

Alguém havia cometido um erro.

O flanco esquerdo do regimento de William Dodd estava a meros cem passos das muralhas de barro de Assaye quando os canhões de vinte libras que defendiam a aldeia proporcionaram ao flanco uma medida adicional de segurança. Em frente aos Cobras havia mais seis canhões, entre eles as duas peças de dezoito libras com canos compridos que haviam bombardeado o vau, enquanto a pequena bateria de canhões de quatro libras do próprio Dodd estava agrupada na pequena lacuna entre o flanco direito de seus homens e o regimento vizinho. Pohlmann quisera dispor seus canhões em frente à infantaria, mas Dodd previa que os britânicos atacassem em linha, e um canhão atirando na face de uma linha em aproximação causaria menos danos que um canhão disparando obliquamente pela extensão da linha; assim, Dodd posicionara seus canhões ao largo do flanco, onde poderiam gerar mais destruição.

Não era uma posição ruim, avaliou Dodd. Em frente à sua linha havia 182 metros de campo aberto depois do qual o terreno descia para uma ravina escarpada que angulava para leste. Um inimigo podia aproximar-se pela ravina, mas para alcançar os soldados de Dodd teria de escalar até o terreno plano, onde seria facilmente chacinado. Uma sebe de cactos espinhentos que atravessava o campo de combate forneceria alguma cobertura ao inimigo, mas também havia intervalos amplos na sebe. Se dispusesse de tempo, Dodd enviaria homens para podar a sebe inteira, mas os machados necessários para a tarefa tinham ficado no acampamento de bagagem, a um quilômetro e meio dali. Dodd, naturalmente, culpou Joubert pela falta das ferramentas.

— Por que os machados não estão aqui, "monssiê"?

— Não achei que seriam necessários. Sinto muito.

— Sente muito? Sentimentos não vencem batalhas, "monssiê".

— Mandarei buscar os machados — ofereceu Joubert.

— Agora não — disse Dodd.

Não queria enviar homens de volta para o acampamento de bagagem porque a falta deles enfraqueceria momentaneamente seu regimento, e esperava ser atacado a qualquer instante. Ansioso por esse momento, porque o inimigo precisaria expor-se a um fogo inclemente, Dodd mantinha-se de pé em seus estribos à procura de qualquer indício de aproximação. Havia algumas cavalarias britânicas e da Companhia muito ao leste, mas esses cavaleiros estavam fora do alcance dos canhões maratas. Outros inimigos deviam estar ao alcance dos canhões de Pohlmann; Dodd podia ouvi-los disparar e ver as nuvens coleantes de fumaça branca acinzentada expelida por cada tiro, mas essa canhonada estava muito ao sul e não se espalhou linha abaixo em direção a ele. Pouco a pouco, Dodd compreendeu que Wellesley estava deliberadamente evitando Assaye.

— Filho de uma égua! — gritou Dodd.

— *Monsieur?* — perguntou o capitão Joubert resignado, esperando outra reprimenda.

— Vamos ser deixados de fora! — queixou-se Dodd.

O capitão Joubert pensou que isso provavelmente era uma bênção. O capitão estava economizando seu parco soldo na esperança de se aposentar em Lyon, e se o general Wellesley decidisse ignorar o capitão Joubert, então este ficaria feliz com isso. Quanto mais permanecia na Índia, mais saudades sentia de Lyon. Além disso, seria melhor que Simone ficasse na França, porque o calor da Índia não lhe fazia bem. Deixava-a inquieta, a inatividade dava-lhe tempo para pensar, e nada de bom podia resultar dos pensamentos de uma mulher. Na França Simone seria mantida ocupada. Teria de fazer comida, remendar roupas, cuidar do jardim e até criar filhos. Na opinião de Joubert, eram essas as tarefas de uma mulher, e quanto mais cedo afastasse Simone das tentações lânguidas da Índia, melhor.

Dodd se levantou novamente nos estribos para olhar para o sul por sua luneta barata.

— O 78º — grunhiu.

— Senhor? — Joubert foi despertado de seu devaneio feliz sobre uma casa perto de Lyon onde sua mãe poderia ajudar Simone a criar um pequeno rebanho de crianças.

— O 78º Regimento — repetiu Dodd.

Joubert ergueu-se em seus estribos para contemplar uma visão distante do regimento escocês emergindo do terreno baixo para avançar contra a linha mahratta.

— E nenhum apoio para eles? — perguntou Dodd, intrigado, e começou a pensar que "Menino" Wellesley cometera um erro muito grave, mas então viu os sipaios saírem do vale. A linha atacante parecia fina e frágil, e Dodd viu soldados sendo empurrados para trás pelo fogo de artilharia. — Por que eles não vêm para cá? — indagou Dodd com petulância.

— Eles estão vindo, *monsieur* — respondeu Joubert e apontou para leste.

Dodd virou-se e olhou.

— Louvado seja o Senhor — disse baixo. — Que idiotas!

Porque o inimigo não apenas estava vindo para a posição de Dodd, como também aproximando-se numa coluna de meias-companhias. A infantaria inimiga aparecera subitamente na borda superior da ravina, mas no lado de Dodd desse obstáculo, e estava claro que os casacas vermelhas deviam ter perambulado para longe de sua posição porque estavam bem distantes do resto da infantaria britânica atacante. Melhor ainda, eles não haviam se posicionado. Seu comandante devia ter decidido que fariam progresso melhor se avançassem em coluna e indubitavelmente planejava dispor-se em linha quando desferisse o ataque, mas os soldados ainda não estavam fazendo nenhum preparativo de formação.

Dodd apontou seu telescópio e ficou momentaneamente intrigado. A meia-companhia líder era composta por soldados do rei em jaquetas vermelhas, barretinas pretas e calças brancas, enquanto os quarenta ou cinquenta homens das meias-companhias atrás deles estavam usando *kilts*, mas as outras cinco meias-companhias eram todas de sipaios da Companhia das Índias Orientais.

— São os piquetes do dia — disse ele, subitamente entendendo a estranha formação.

Ouviu um grito quando um capitão de artilharia ordenou que seu canhão fosse apontado para os soldados em aproximação, e imediatamente ordenou aos seus canhoneiros que contivessem seu fogo.

— Ninguém deve disparar ainda, Joubert — ordenou Dodd e então esporeou seu cavalo para norte, rumo à aldeia.

A infantaria e os canhoneiros defendendo a aldeia de Assaye não estavam sob o comando de Dodd, mas mesmo assim ele lhes deu ordens.

— Vocês devem conter seu fogo! — gritou para eles. — Não atirem. Esperem! Esperem! — Alguns dos canhoneiros goanos que falavam um pouco de inglês compreenderam Dodd e passaram a ordem adiante. A infantaria do rajá, na muralha de barro acima dos canhões, não foi tão rápida e alguns deles abriram fogo contra os casacas vermelhas distantes, mas o alcance era grande demais para seus mosquetes, e Dodd decidiu ignorá-los. — Atirem quando eu atirar, entenderam? — gritou para os canhoneiros, e alguns deles compreenderam o que ele estava fazendo, e sorriram em aprovação à sua astúcia.

Dodd esporeou seu cavalo de volta até os Cobras. Uma segunda formação britânica aparecera a uma centena de passos atrás dos piquetes. A segunda unidade era um batalhão completo de casacas vermelhas avançando em linha e — como marchar numa linha estendida através do campo era inevitavelmente um processo mais lento que avançar numa coluna de meias-companhias — ela ficara atrás dos piquetes que, em sublime desprezo pelos defensores de Assaye, continuou seu progresso rumo à sebe de cactos. Parecia ser um ataque isolado, longe da algazarra no sul que Dodd então ignorava. Deus dera a Dodd uma chance de vitória e ele sentiu a empolgação inflar seu peito. Era uma bênção! Ele não podia perder. Sacou a espada com cabo de marfim e, como se para dar graças, beijou a lâmina.

A meia-companhia de piquetes que vinha na frente alcançou a sebe de cactos e ali ficou parada, finalmente decidindo não dar continuidade a seu progresso suicida contra os maratas. Alguma artilharia longínqua, sobre a qual Dodd não tinha controle, abriu fogo contra a colina, mas as forças de maratas de casacas brancas imediatamente à frente da coluna ficaram silenciosas e o oficial-comandante dos piquetes do dia pareceu encorajado por isso e ordenou que seus homens seguissem em frente.

— Por que ele não posiciona as tropas? — perguntou Dodd, e rezou para que ele não as posicionasse.

Mas assim que a meia-companhia de Highlanders de *kilt* havia passado em fila por uma lacuna na sebe de cactos, seus soldados começaram a se espalhar. Dodd deduziu que o momento que aguardava estava próximo. Mas espere, disse a si mesmo, espere por mais vítimas. E, confirmando sua previsão, os sipaios passaram pelas lacunas na sebe até que todos os piquetes estavam na frente dos cactos, e só então seus oficiais e sargentos começaram a tocá-los até o pasto aberto onde teriam mais espaço para dispor as meias-companhias em linha.

O capitão Joubert estava preocupado com a atitude de Dodd, que postergava demais o comando de abrir fogo. E se o fizesse apenas quando fosse tarde demais? A segunda formação britânica estava perto da sebe, e depois que passasse pelas lacunas ela acrescentaria um vasto peso de mosquetes ao ataque. Mas Dodd sabia que o regimento levaria muito tempo para manobrar através da sebe e estava preocupado apenas com os trezentos ou quatrocentos homens dos piquetes que agora se encontravam apenas a cerca de setenta metros de sua linha de artilharia, e ainda não dispostos apropriadamente. Seus próprios homens estavam uma centena de passos atrás dos canhões, mas agora ele os conduziu à frente.

— O regimento deve avançar agora, acelerado! — ordenou Dodd.

O intérprete gritou a ordem e Dodd observou orgulhoso seus homens avançarem com perícia e rapidez. Mantiveram suas posições e reportaram prontamente quando alcançaram a artilharia.

— Obrigado, Senhor — rezou Dodd. Os piquetes, subitamente cônscios do horror à sua espera, começaram a demonstrar tensão enquanto se enfileiravam, mas Dodd ainda não abriu fogo. Em vez disso, tocou seu cavalo por trás das fileiras de soldados, instruindo seus Cobras: — Atirem baixo! Mirem nas coxas deles! — A maioria dos soldados tinha o costume de atirar alto, mas um homem que mirava nos joelhos do inimigo teria mais chances de atingi-lo no peito. Dodd parou para observar os piquetes que agora avançavam numa coluna comprida de duas linhas. Dodd respirou fundo. — Fogo!

Quarenta canhões e mais de oitocentos mosquetes foram mirados nos piquetes e quase nenhum canhão ou mosquete errou seu alvo. Num momento, o terreno diante da sebe estava vivo com soldados; no momento seguinte, era um cemitério, varrido por metal e esfolado com fogo, e embora não pudesse ver através da fumaça de pólvora, Dodd soube que havia aniquilado virtualmente a formação dos casacas vermelhas. A salva fora intensa; dois dos canhões tinham sido as peças de dezoito libras, e o único arrependimento de Dodd era tê-los carregado com balas sólidas em vez de granadas. Entretanto, agora eles poderiam ser recarregados com granadas e assim devastar o batalhão britânico que quase havia alcançado a sebe de cactos.

— Recarregar! — gritou Dodd aos seus homens.

A fumaça se dissipava, permitindo que ele visse os corpos dos inimigos no chão. Homens contorciam-se, arrastavam-se, morriam. A maioria simplesmente não se movia, embora miraculosamente seu oficial-comandante, ou pelo menos o único homem que estivera montado num cavalo, ainda vivesse. Estava chicoteando seu cavalo de volta através da sebe.

— Fogo! — gritou Dodd, e uma segunda salva atravessou o campo de batalha para trespassar a sebe e atingir o batalhão atrás dela. Esse batalhão estava sendo punido ainda mais severamente pela artilharia, que agora disparava granadas, os estilhaços metálicos dilacerando a sebe, destruindo a tênue proteção dos casacas vermelhas. Os pequenos canhões de quatro libras, que disparavam pequenas balas sólidas, agora serviam como espingardas gigantes para polvilhar os casacas vermelhas com as granadas improvisadas por Dodd. Os sipaios carregaram e escorvaram seus mosquetes. A grama seca diante deles ardeu com centenas de chamas pálidas.

— Fogo! — tornou a gritar Dodd.

Um instante antes da nuvem de fumaça cobrir a paisagem, Dodd viu o inimigo caminhar para trás. A salva encheu o ar com um fedor de ovos podres.

BERNARD CORNWELL

— Recarregar! — gritou Dodd e admirou a eficiência de seus homens. Nenhum deles entrara em pânico, nenhum deles disparara seu mosquete por engano.

Eles trabalham como relógios, pensou Dodd, exatamente como soldados devem trabalhar. Quanto ao inimigo, seu fogo de resposta foi patético. Um ou dois soldados de Dodd foram mortos, alguns ficaram feridos, mas em resposta eles destruíram a unidade britânica frontal e estavam afugentando a seguinte.

— O regimento avançará! — gritou Dodd e ouviu seu intérprete repetir a ordem.

Marcharam enfileirados através de sua própria fumaça de pólvora e então pisotearam a legião de inimigos mortos e agonizantes. Soldados pararam para se curvar sobre os corpos e saquear seus pertences, mas Dodd gritou para que continuassem. Os despojos de guerra poderiam esperar. Alcançaram a ruína da sebe de cactos e ali Dodd ordenou que parassem. O batalhão britânico ainda estava caminhando para trás, evidentemente buscando a segurança da ravina.

— Fogo! — gritou Dodd, e a salva de tiros de seus soldados pareceu empurrar os casacas vermelhas ainda mais para trás. — Recarregar!

Varetas foram enfiadas em canos, e cães de armas puxados completamente para trás. A linha britânica agora recuava depressa, mas do norte, do terreno ao lado do rio, uma massa de soldados de cavalaria mahratta cavalgava para sul para juntar-se ao ataque. Dodd queria deixar a cavalaria de fora do ataque, porque acreditava em sua capacidade de perseguir o batalhão britânico sozinho pela língua de terra até a confluência dos rios, e ali fazer com que os últimos soldados inimigos morressem nas águas rasas e lamacentas do Kaitna, mas não podia disparar outra salva para não correr o risco de atingir a cavalaria de seu próprio exército.

— O regimento avançará! — disse ao seu intérprete. Dodd deixaria que a cavalaria tivesse seu momento e em seguida ele próprio daria prosseguimento à chacina.

O comandante do batalhão britânico viu a cavalaria e soube que deveria interromper seu recuo. Seus homens ainda estavam formados em coluna, uma coluna de apenas duas linhas, e os soldados de cavalaria torciam por encontrar a infantaria inimiga em linha.

— Formar quadrado! — gritou seu oficial-comandante.

As duas alas da coluna britânica recuaram obedientemente para o centro. As duas linhas tornaram-se quatro, e continuaram se dividindo até que a cavalaria mahratta viu-se de frente para uma fortaleza de casacas vermelhas, mosquetes e baionetas. A linha frontal do quadrado ajoelhou--se e apoiou seus mosquetes no chão enquanto as outras três miravam nos cavaleiros em aproximação.

Os soldados da cavalaria deviam fugir ao se deparar com o quadrado, mas como tinham presenciado a chacina anterior, acharam que repetiriam o feito. Assim, baixaram as lanças decoradas com flâmulas, levantaram suas *tulwars* e bradaram gritos de guerra enquanto galopavam direto até os casacas vermelhas. E os casacas vermelhas permitiram que viessem, permitiram que se aproximassem perigosamente antes que fosse emitida a ordem e a face do quadrado mais próxima à cavalaria explodisse em chamas e fumaça. Os cavalos maratas relincharam de pânico e dor enquanto eram atingidos e morriam. Os cavaleiros sobreviventes desviaram sua rota e receberam mais uma salva assassina enquanto passavam correndo pelos lados do quadrado. Mais cavalos tropeçaram, levantando poeira ao bater com as costelas no chão. Uma *tulwar* rolou pelo solo, deixando para trás seu dono, que gritava de dor, preso debaixo do cavalo moribundo.

— Recarregar! — gritou a voz de um escocês de dentro do quadrado, e os casacas vermelhas recarregaram os mosquetes.

A cavalaria investiu para campo aberto e ali deu meia-volta. Alguns dos cavalos tinham suas selas vazias, outros estavam ensanguentados, mas todos voltaram em direção ao quadrado.

— Deixem que se aproximem! — gritou um oficial britânico de dentro do quadrado. — Deixem que se aproximem! Esperem por eles! Fogo!

Mais cavalos tombaram, pernas se quebrando sob o peso de seus corpos. Desta vez a cavalaria não mudou de direção para seguir ao longo dos flancos mortais do quadrado; em vez disso, afastou-se a todo galope para tentar se colocar fora do alcance das armas britânicas. Duas lições bastaram para ensinar-lhes cautela, mas eles não foram muito longe, apenas suficiente para sair da linha de tiro dos mosquetes dos casacas vermelhas. Os líderes da cavalaria tinham visto o regimento de Dodd passar através da sebe de cactos e sabiam que sua própria infantaria, atacando em linha, sobrecarregaria o quadrado com tiros de mosquetes e, quando o quadrado se desmanchasse, como deveria fazer sob o ataque da infantaria, os cavaleiros poderiam investir de novo para abater os sobreviventes e pegar as bandeiras coloridas como troféus para jogar aos pés de Scindia.

Dodd mal podia acreditar em sua sorte. A princípio não gostara da intromissão da cavalaria, acreditando que ela roubaria sua vitória, mas seus dois ataques impotentes tinham forçado o batalhão inimigo a formar um quadrado, e a matemática ditava que um batalhão em forma de quadrado podia usar apenas um quarto de seus mosquetes contra um ataque de qualquer lado. E o batalhão britânico, que Dodd agora reconhecia por seus adornos brancos como o 74º, era bem menor que os Cobras de Dodd, provavelmente contando com apenas metade do número de seus soldados. E, além dos homens de Dodd, um regimento da infantaria do rajá de Berar chegara de Assaye para juntar-se à chacina enquanto um batalhão do *compoo* de Dupont, postado imediatamente à direita do de Dodd, também viera participar da matança. Dodd não gostava da presença desses homens porque temia que isso diluísse a glória de sua vitória, mas não podia mandá-los embora. O mais importante era chacinar os Highlanders.

— Vamos matar os bastardos com salvas de tiros — disse Dodd aos seus homens e então esperou a interpretação de seu tradutor. — Depois daremos cabo dos sobreviventes com nossas baionetas. E quero aquelas duas bandeiras! Quero vê-las penduradas na tenda de Scindia ainda esta noite!

Os escoceses não estavam aguardando o ataque de braços cruzados. Dodd viu grupinhos de homens saírem do quadrado e a princípio pensou que estavam saqueando cavaleiros mortos. Mas então viu que os escoceses arrastavam cadáveres de soldados e cavalos para empilhá-los, compondo uma pequena muralha. Os poucos sobreviventes do piquete estavam entre os escoceses, que agora viam-se em meio a um dilema terrível. Permanecendo no quadrado estariam a salvo de qualquer ataque da cavalaria que ainda pairasse ao sul, embora o quadrado fizesse deles um alvo fácil para os mosquetes do inimigo. Porém, caso se dispusessem em linha, para usar todos os seus mosquetes contra a linha de infantaria inimiga, fariam de si mesmos isca para a cavalaria. Seu oficial-comandante decidiu permanecer no quadrado. Dodd calculou que faria o mesmo caso tivesse se deixado encurralar como aqueles idiotas. Eles ainda tinham de ser exterminados, e isso prometia ser um trabalho difícil, porque o 74º era um regimento conhecido por sua bravura. Mas Dodd, que contava com vantagem numérica e geográfica, sabia que a vitória lhe sorriria.

O único problema era que os escoceses não concordavam com ele. Acocorados atrás de sua barricada de cadáveres, os escoceses despejavam uma salva de fogo de mosquete nos Cobras de casacas brancas de Dodd. Um gaiteiro solitário, que desobedecera às ordens de deixar seu instrumento em Naulniah, tocava no centro do quadrado. Dodd podia ouvir o som, mas não podia ver o gaiteiro, nem, na verdade, o quadrado em si, que estava oculto por uma nuvem coleante de fumaça de pólvora. A fumaça era iluminada pelos lampejos de tiros de mosquete, e Dodd escutava as balas pesadas atingindo seus homens. Os Cobras não estavam mais avançando, porque quanto mais perto chegavam da fumaça mortal, maiores eram suas baixas. Assim, haviam parado a 45 metros do quadrado para deixar que seus próprios mosquetes fizessem o trabalho. Estavam recarregando tão rápido quanto seus inimigos, mas muitas de suas balas eram desperdiçadas na barricada de cadáveres. Todas as quatro faces do quadrado disparavam agora, porque o 74º estava cercado. A oeste dispararam contra a linha atacante de Dodd; a norte contra a infantaria do rajá; enquanto a leste e sul mantinham a cavalaria acuada. Os cavaleiros maratas, farejando a morte do regimento escocês, aproximavam-se cada vez mais na esperança de conseguirem invadir e tomar as bandeiras antes da infantaria.

Os Cobras de Dodd, juntamente com o batalhão do *compoo* de Dupont, começaram a enrodilhar o flanco sul do regimento encurralado. Será preciso apenas três ou quatro salvas para dar um fim a este negócio, pensou Dodd. Depois disso, seus homens poderiam atacar com as baionetas. Não que seus homens estivessem ainda disparando salvas. Em vez disso disparavam assim que seus mosquetes eram carregados. Sentindo a empolgação dos soldados, Dodd esforçava-se para contê-la.

— Não desperdicem balas! — berrou. — Atirem baixo!

William Dodd não tinha qualquer desejo de liderar um ataque através da fumaça fedorenta para encontrar uma formação incólume de Highlanders vingativos à sua espera com baionetas. Dodd podia não gostar de escoceses, mas sentia um medo saudável de enfrentá-los com aço frio. Primeiro devemos reduzir o número desses desgraçados, pensou Dodd. Era preciso abatê-los, sangrá-los, e apenas depois massacrá-los. Mas seus homens estavam empolgados demais com a perspectiva de uma vitória iminente e grande parte de suas balas eram disparadas para o alto ou desperdiçadas na barricada de mortos.

— Mirem baixo! — gritou novamente. — Mirem baixo!

— Eles não vão resistir por muito tempo — disse Joubert. A bem da verdade, o francês surpreendia-se com o fato dos escoceses ainda estarem vivos.

— Coisas difíceis de matar, esses escoceses — comentou Dodd. Tomou um gole de seu cantil. — Odeio os bastardos. São todos fanáticos religiosos ou ladrões. Roubam os trabalhos dos ingleses. Mirem baixo! — Um homem foi empurrado para trás perto de Dodd, sangue vermelho reluzindo na casaca branca. — Joubert? — perguntou Dodd ao francês.

— *Monsieur?*

— Traga dois canhões do regimento. Carregados com granadas. — Isso daria cabo dos bastardos. Duas rajadas de granadas dos canhões de quatro libras abririam lacunas imensas no quadrado escocês e então Dodd poderia liderar seus homens até essas lacunas e chacinar o regimento moribundo de dentro para fora. Ele não deixaria, por nada neste mundo, que a cavalaria tomasse as bandeiras. Elas eram dele! Era Dodd quem lutara com esses Highlanders e reduzira-os ao estado atual, e era Dodd quem planejava levar as bandeiras de seda para Scindia e assim receber sua devida recompensa. — Depressa, Joubert! — gritou.

Dodd sacou sua pistola e disparou sobre as fileiras de homens na fumaça que ocultava o quadrado moribundo.

— Mirem baixo! — gritou. — Não desperdicem balas!

Mas agora não demoraria muito mais. Duas rajadas de granadas, seguidas por um ataque com baionetas, e Dodd conquistaria sua vitória.


O major Samuel Swinton estava de pé imediatamente atrás da face oeste do quadrado que dava para a infantaria de casacas brancas. Conseguia ouvir uma voz inglesa bradar ordens e encorajamentos nas linhas inimigas e, embora o próprio Swinton fosse inglês, o sotaque deixou-o furioso. Nenhum bastardo inglês iria destruir o 74º, não enquanto ele fosse comandado pelo major Swinton. Ele disse aos seus homens que havia um traidor inglês nas linhas inimigas, e isso pareceu acrescentar energia aos seus esforços.

— Fiquem abaixados! — disse a eles. — Não parem de atirar!

Ficando abaixados, os escoceses mantinham-se atrás da proteção de sua barricada improvisada, mas também dificultava imensamente recarregar os mosquetes e alguns homens corriam o risco de se levantar depois de cada tiro. Nesses momentos, sua única proteção era a máscara de fumaça que ocultava o regimento de seus inimigos. E graças a Deus, pensou Swinton, o inimigo não avançara com uma artilharia.

O quadrado foi varrido pelos disparos de mosquetes. A maior parte das balas, particularmente as que vinham do norte, passavam alto sobre suas cabeças. Porém, o regimento de casacas brancas era mais bem treinado e sua salva de tiros estava surtindo efeito, tanto que Swinton pegou a fileira interna da face leste e a acrescentou à oeste. Os sargentos e cabos cerravam as colunas quando as balas inimigas empurravam soldados para o interior ensanguentado do quadrado cada vez menor, onde o major caminhava entre os mortos e feridos escoceses. O cavalo de Swinton foi atingido por três balas de mosquete e recebeu um tiro de misericórdia da pistola do próprio major. O coronel Orrock, que inicialmente liderara os piquetes ao desastre, também perdera seu cavalo.

— A culpa não foi minha — Orrock não se cansava de repetir a Swinton, que sentia vontade de bater no cretino cada vez que ele falava: — Obedeci às ordens de Wellesley!

Swinton ignorou o idiota. Desde o começo do avanço, Swinton sentira que os piquetes estavam indo muito para a direita. As ordens de Orrock tinham sido muito claras. Ele devia inclinar-se para a direita de modo a abrir espaço para os batalhões de sipaios entrarem na linha, e depois atacar direto em frente. Porém, o idiota conduzira seus homens cada vez mais para norte e Swinton, que estivera tentando contornar os piquetes para subir até sua direita, não teve nenhuma chance de se posicionar. Ele enviara o ajudante de campo do 74º Regimento para falar com Orrock e implorar ao coronel da Companhia das Índias Orientais que seguisse em frente, mas Orrock dispensara arrogantemente o homem e continuara marchando para Assaye.

Swinton tivera uma escolha então. Poderia ter ignorado Orrock e endireitado seu próprio ataque para formar a direita da linha que Wellesley conduzira para a frente. Porém, a meia-companhia frontal dos piquetes de Orrock era composta por cinquenta homens do próprio regimento de Swinton, e o major não estava disposto a vê-los sacrificados por um idiota. Assim, seguira os piquetes em seu curso errante na esperança de que os disparos de seus homens pudessem resgatar Orrock. Isso não havia funcionado. Apenas quatro dos cinqüenta homens da meia-companhia haviam se reunido ao regimento, os outros estavam mortos e moribundos, e agora todo o 74º parecia amaldiçoado. Estavam envoltos em barulho e fumaça, cercados por inimigos, morrendo em seu quadrado, mas o gaiteiro continuava tocando, os homens ainda lutavam, e o regimento sobrevivia e as duas bandeiras permaneciam içadas, embora os quadrados de seda franjados estivessem rasgados e perfurados por balas.

Um ordenança da equipe de bandeira levou uma bala de mosquete no olho esquerdo e caiu para trás sem esboçar reação. Um sargento pegou o mastro com uma só mão, porque na outra segurava uma alabarda de lâmina serrilhada. O sargento sabia que a qualquer momento teria de lutar com a alabarda. O quadrado acabaria num amontoado de homens ensanguentados em torno das bandeiras. Então o inimigo cairia sobre eles e durante alguns momentos seria apenas aço contra aço. O sargento planejava passar a bandeira para um homem ferido e causar os danos que conseguisse com sua alabarda. Ele não gostava da ideia de morrer, mas era um soldado, e ninguém ainda havia inventado uma forma de fazer um homem viver para sempre, nem mesmo aqueles bastardos em Edimburgo. Ele pensou em sua esposa em Dundee e em sua amante no acampamento em Naulniah, e se arrependeu por seus muitos pecados, porque não era bom para um homem encontrar seu Deus com a consciência pesada. Mas agora era tarde demais e ele agarrou sua alabarda, escondeu seu medo e decidiu que morreria como um homem, e que levaria mais alguns homens com ele.

Os mosquetes batiam contra os ombros dos Highlanders. Eles mordiam as pontas de cera de seus cartuchos e cada mordida deixava suas bocas com tanta pólvora salgada que não tinham mais saliva, apenas gargantas secas com gosto de fumaça suja. E os *puckalees* do regimento estavam muito longe, perdidos em algum lugar atrás deles. Os escoceses estavam disparando; as fagulhas de pólvora dos fuzis queimavam suas faces, e eles recuavam, escorvavam, ajoelhavam-se e disparavam de novo. E em algum lugar depois da fumaça os disparos inimigos chegavam faiscando para estremecer os cadáveres da barricada ou empurrar um soldado para trás num jorro de sangue. Homens feridos lutavam ao lado dos vivos, rostos enegrecidos pela pólvora, bocas ressecadas, ombros contundidos, e os ornamentos e punhos brancos das casacas vermelhas salpicados com o sangue de homens mortos ou agonizantes.

— Cerrar coluna! — gritaram os sargentos, e o quadrado encolheu mais alguns metros enquanto moribundos eram puxados para o centro do quadrado e os vivos fechavam as lacunas. Soldados que tinham começado o dia afastados por cinco ou seis posições agora eram vizinhos.

— A culpa não foi minha! — insistiu Orrock.

Swinton não tinha nada a dizer. Não havia nada a dizer e nada a fazer, exceto morrer. Assim, ele pegou o mosquete de um morto, apoderou-se da caixa de cartuchos da algibeira do cadáver e seguiu para a face oeste do quadrado. O homem ao seu lado estava bêbado, mas Swinton não se importou, porque o homem continuava lutando.

— Veio arregaçar as mangas e trabalhar de verdade, major? — disse o bêbado à maneira de saudação para Swinton, sorrindo com uma boca desdentada.

— Vim trabalhar de verdade, Tam — concordou Swinton. Ele mordeu a ponta de um cartucho, carregou o mosquete, escorvou o ferrolho e disparou contra a fumaça. Recarregou, disparou de novo e rezou para que morresse com bravura.

A 45 metros dali, William Dodd observou a nuvem de fumaça criada pelos mosquetes escoceses e constatou que ela estava diminuindo. Os inimigos sofriam baixas e seu quadrado estava encolhendo, mas ainda assim a nuvem de fumaça cuspia chamas e chumbo. Dodd ouviu um tilintar de correntes e se virou para ver os dois canhões de quatro libras sendo puxados até ele. Dodd deixaria que cada canhão disparasse uma granada e mandaria seus homens calarem baionetas. Então iria liderá-los sobre a muralha de cadáveres para o coração da fumaça.

Foi quando a trombeta soou.

# CAPÍTULO XI

O coronel McCandless permanecera perto de seu amigo coronel Wallace, o comandante da brigada que formava a direita da linha de Wellesley. Wallace vira os piquetes e seu próprio regimento, o 74º, desaparecerem em algum lugar ao norte, mas estivera ocupado demais conduzindo seus dois batalhões de sipaios até a linha atacante para preocupar-se com Orrock ou Swinton. Encarregou um auxiliar de manter vigia sobre os homens de Orrock, esperando vê-los desviando-se de volta para ele a qualquer momento, e esqueceu os piquetes errantes quando seus homens escalaram do terreno baixo para o fogo da linha de canhões maratas. As linhas de Wallace estavam sendo retalhadas por granadas que despejavam chuvas de estilhaços sobre os soldados e pelavam as árvores dos bosques pelos quais marchavam os batalhões de Madras. Porém, exatamente como o 78º, os sipaios não recuaram. Avançaram obstinadamente, como homens lutando contra uma tempestade, e a sessenta passos Wallace mandou-os parar e despejar uma salva vingativa nos canhoneiros. McCandless ouviu balas de mosquete tilintando nos canos pintados dos canhões. Sevajee estava com McCandless e olhou pasmo enquanto os sipaios carregavam suas armas e tornavam a avançar, desta vez levando suas baionetas até os canhoneiros. Durante um momento houve uma chacina caótica enquanto sipaios de Madras caçavam canhoneiros goanos em torno de canhões, mas Wallace já estava olhando à frente e pôde ver que a encurralada infantaria inimiga estava hesitando, evidentemente abalada pela vitória fácil do 78º.

O Triunfo de Sharpe

*333*

Assim, o coronel gritou para seus sipaios, ordenando que ignorassem os canhoneiros, reformassem e prosseguissem o ataque da infantaria. Eles levaram um momento para reformar a linha e então avançaram os canhões. Wallace desferiu uma salva de tiros na infantaria inimiga e então investiu, e ao longo da linha inteira os soldados de infantaria maratas fugiram do ataque dos sipaios.

McCandless permaneceu ocupado durante os instantes seguintes. Sabia que o assalto não ocorrera perto do regimento de Dodd, mas também não esperara que ocorresse, e estava planejando cavalgar para norte com Wallace a fim de encontrar o 74º, o regimento que McCandless sabia estar mais próximo a sua presa. Porém, quando os sipaios perderam o autocontrole e dispersaram as linhas para perseguir e derrotar a infantaria inimiga, McCandless ajudou os outros oficiais a cercá-los e tocá-los de volta. Sevajee e seus cavaleiros ficaram atrás, porque havia uma possibilidade de que os confundissem com a cavalaria inimiga. Durante um ou dois momentos houve um perigo real de que os sipaios espalhados fossem atacados e chacinados pela massa da cavalaria inimiga a oeste, mas sua própria infantaria em fuga estava no caminho da cavalaria, o 78º posicionado como uma fortaleza no flanco esquerdo, e os canhões escoceses espalhando balas ao longo da face da cavalaria. Os cavaleiros maratas, depois de ensaiarem um avanço, mudaram de ideia e recuaram. Os sipaios reassumiram suas posições e, sorrindo devido à vitória, McCandless, sua pequena tarefa terminada, reuniu-se a Sevajee.

— Então é assim que o maratas lutam. — O coronel não resistiu à provocação.

— Mercenários, coronel, mercenários — disse Sevajee. — Não maratas.

Cinco regimentos de casacas vermelhas vitoriosos agora posicionavam-se em linhas na metade sul do campo de batalha. A oeste, a infantaria inimiga ainda estava desordenada, embora oficiais estivessem tentando reorganizá-la, enquanto a leste havia o horror dos cadáveres e do sangue deixados no chão pelo qual os casacas vermelhas avançaram. Os cinco regimentos atravessaram a linha de canhões e afugentaram a infantaria, e agora formavam suas linhas a cerca de duzentos passos a oeste de onde a infantaria mahratta fizera sua linha. Assim podiam olhar para trás e ver a trilha de cadáveres que haviam deixado. Cavalos sem cavaleiros galopavam através da fumaça de pólvora, cães mastigavam os mortos, e pássaros com imensas asas pretas desciam do céu para refestelar-se com os cadáveres. Além dos cadáveres, no terreno distante onde os escoceses e sipaios haviam iniciado seu avanço, havia agora cavaleiros maratas; McCandless, olhando por seu telescópio, viu alguns deles chacinando os soldados da artilharia britânica abandonados quando seus bois foram mortos pelo bombardeio inaugural da batalha.

— Onde está Wellesley? — indagou o coronel Wallace a McCandless.

— Ele foi para norte. — McCandless agora estava olhando para a aldeia, onde uma batalha terrível estava sendo travada, mas não conseguiu ver detalhes porque o número de árvores era apenas suficiente para obscurecer a luta. Embora a massa de fumaça de pólvora que se levantava das folhas fosse tão eloqüente quanto o crepitar incessante dos mosquetes, McCandless sabia que sua tarefa era seguir para aquela batalha, porque Dodd certamente estava perto da luta, se não envolvido nela. Porém, no caminho de McCandless se achava o resto da linha de defesa mahratta, aquela parte da linha que não fora atacada pelos escoceses ou pelos sipaios, e aqueles homens viravam-se para sul. Para alcançar essa batalha a sul, McCandless teria de fazer uma volta ampla para leste, mas essa região estava infestada de bandos de saqueadores da cavalaria inimiga.

— Eu devia ter avançado com Swinton — arrependeu-se McCandless.

— Vamos alcançá-lo muito em breve — previu Wallace, embora sem convicção.

Estava claro para ambos que o regimento de Wallace, o 74º, marchara muito para norte e emaranhara-se nas defesas maratas em torno de Assaye, e seu oficial comandante, afastado deles para liderar a brigada, estava claramente preocupado.

O TRIUNFO DE SHARPE

— É hora de irmos para norte, creio — disse Wallace e gritou para seus dois batalhões de sipaios desviarem para a direita. Ele não tinha autoridade sobre os dois batalhões de sipaios remanescentes, não sobre o 78º, porque esses estavam na brigada de Harness, mas estava preparado para marchar seus dois batalhões remanescentes rumo à aldeia distante na esperança de recrutar o seu próprio regimento.

McCandless observou Wallace organizar os dois batalhões. Esta parte do campo de batalha, que minutos antes fora abalada por granadas e salvas de tiros, agora estava estranhamente silenciosa. O ataque de Wellesley fora surpreendentemente bem-sucedido, e o inimigo estava reagrupando enquanto os atacantes, vitoriosos na margem norte do rio Kaitna, recuperavam seu fôlego e procuravam pelo alvo seguinte. McCandless pensou em usar um punhado de cavaleiros de Sevajee como escolta para levá-lo em segurança até a aldeia, mas um novo grupo de cavaleiros maratas aflorou a todo galope do terreno baixo. Wellesley e seus auxiliares haviam cavalgado para norte e pareciam ter sobrevivido à miríade de cavaleiros inimigos, mas a passagem do general atraíra mais cavaleiros para a área e como McCandless não tinha a menor intenção de servir de saco de pancadas para eles, abandonou a ideia de galopar para norte. Foi nesse instante que notou o sargento Hakeswill acocorado diante de um inimigo morto, segurando numa das mãos as rédeas de um cavalo sem cavaleiro. Estava acompanhado por um grupo de casacas vermelhas, todos pertencentes ao seu próprio regimento, o 33º. E assim como McCandless viu o sargento, Hakeswill olhou para cima e o fitou com uma expressão tão maligna que o coronel quase recuou horrorizado. Mas em vez disso conduziu seu cavalo pelos poucos metros que os separavam.

— O que faz aqui, sargento? — perguntou rudemente.

— Meus deveres, senhor, conforme me foram designados — respondeu Hakeswill. Como sempre fazia quando um oficial lhe dirigia a palavra, Hakeswill assumira uma posição de sentido muito rígida, pé direito enfiado atrás do esquerdo, cotovelos apontados para trás e peito empinado.

— E quais são seus deveres? — inquiriu McCandless.

— *Puckallees*, senhor. Estou a encargo dos *puckalees*, senhor, certificando-me de que esses imbecis estão cumprindo seu dever e nada mais, senhor. E eles estão trabalhando direitinho, senhor, porque têm a mim cuidando deles como se fosse seu pai. — Ele saiu da posição de sentido apenas o bastante para apontar com a cabeça para o 78º Regimento onde, de fato, um grupo de *puckalees* distribuía bolsas pesadas de água que eles haviam trazido do rio.

— Você já escreveu para o coronel Gore? — inquiriu McCandless.

— Se já escrevi para o coronel Gore, senhor? — Hakeswill repetiu a pergunta, seu rosto contorcendo-se horrivelmente debaixo da barretina. Ele esquecera que devia requerer uma segunda via do mandado de busca, porque agora estava contando com a morte de McCandless para limpar o caminho para a prisão de Sharpe. Não que este fosse o lugar ideal para assassinar McCandless, porque havia mil testemunhas nas proximidades. — Eu fiz tudo que devia ser feito, senhor, como é dever de um bom soldado — respondeu evasivamente Hakeswill.

— Eu mesmo deverei escrever ao coronel Gore, porque estive pensando melhor sobre aquele mandado — disse McCandless a Hakeswill. — Ele está com você?

— Sim, senhor.

— Deixe-me vê-lo de novo — exigiu o coronel.

A contragosto, Hakeswill tirou o papel amassado da algibeira e o ofereceu ao coronel. McCandless desdobrou o mandado, correu os olhos pelas linhas e subitamente a falsidade nas palavras pareceu-lhe clara.

— Aqui diz que o capitão Morris foi atacado na noite de 5 de agosto.

— É verdade, senhor. Atacado de forma suja.

— Então o ataque não pode ter sido cometido por Sharpe, sargento, porque na noite do dia cinco ele estava comigo. Foi nesse dia que recrutei o sargento Sharpe do arsenal de Seringapatam. — McCandless contorceu o rosto de nojo ao olhar novamente para o sargento. — Você disse que foi testemunha do ataque? — inquiriu a Hakeswill.

Hakeswill sabia quando estava derrotado.

— Noite escura, senhor — respondeu sem convicção.

O Triunfo de Sharpe

— Você está mentindo, sargento — disse McCandless com frieza.
— E sei que está mentindo, e minha carta ao coronel Gore atestará a sua
mentira. Você não tem nada a fazer aqui e informarei isso ao general de
divisão Wellesley. Se valer a minha opinião você será punido aqui, mas essa
decisão caberá ao general. Dê-me esse cavalo.

— Este cavalo, senhor? Eu o encontrei, senhor. Perambulando.

— Dê-me o cavalo! — vociferou McCandless. Sargentos não podiam
ter cavalos sem permissão. Ele tomou as rédeas de Hakeswill. — E se os
*puckalees* estão sob sua responsabilidade, sargento, sugiro que cuide deles
em vez de saquear os mortos. Quanto a este mandado... — O coronel, diante
da expressão pasma de Hakeswill, rasgou o papel em dois. — Tenha um
bom-dia, sargento — disse McCandless e, tendo completado sua pequena
vitória, cavalgou para longe dali.

Hakeswill observou o coronel se afastar, então abaixou-se e catou
as duas metades do mandado, guardando-as com cuidado no bolso.

— Escocês — cuspiu ele.

O recruta Lowry mexeu-se irrequieto.

— Se ele tem razão, sargento, e Sharpe não estava lá, então não
devíamos estar aqui.

Virando-se furioso para o recruta, Hakeswill gritou:

— E desde quando, recruta Lowry, você decide onde os soldados
devem estar? Por acaso o duque de York o promoveu a oficial? Sua Graça
pôs divisas na sua casaca sem me dizer? O que o Sharpe fez não é da sua
conta, Lowry.

O sargento estava enrascado e sabia disso, mas ainda não estava
derrotado. Ele se virou e olhou na direção de McCandless, que dera o
cavalo a um oficial desmontado e agora estava conversando intensamente
com o coronel Wallace. Quando os dois homens olharam para Hakeswill,
o sargento deduziu que falavam a seu respeito.

— Vamos seguir aquele escocês — disse Hakeswill. Ele tirou uma
moeda de ouro do bolso e mostrou-a aos seis recrutas. — E isto aqui é para
o homem que o despachar desta para melhor.

Os recrutas fitaram solenemente a moeda e então, todos ao mesmo tempo, jogaram-se ao chão quando uma bala de canhão zuniu por cima de suas cabeças. Hakeswill xingou e se jogou de bruços no chão. Mais um canhão trovejou, e desta vez uma chuva de granadas salpicou a grama logo ao sul de Hakeswill.

O coronel Wallace estivera ouvindo McCandless, mas agora virara para leste. Nem todos os canhoneiros na linha mahratta tinham sido mortos, e aqueles que haviam sobrevivido, juntamente com os soldados de cavalaria em busca de algo por fazer, agora estavam manejando novamente seus canhões. Eles haviam virado os canhões para apontá-los para oeste em vez de para leste, e agora disparavam nos cinco regimentos que aguardavam o reinício da batalha. Exceto que os canhoneiros tinham-nos surpreendido, e os canhões britânicos capturados, trazidos do leste, agora juntaram-se à bateria para despejar balas e granadas na infantaria de casacas vermelhas. Eles disparavam a uma distância de trezentos passos, à queima-roupa, e seus projéteis abriam brechas sangrentas nas fileiras.

Porque os maratas, ao que tudo indicava, ainda não estavam derrotados.


William Dodd sentia o cheiro da vitória. Ele quase sentia nas mãos a maciez das bandeiras de seda capturadas. Para concretizar isso precisaria apenas de duas rajadas de granadas e um ataque sangrento com baionetas. E então o 74º Regimento estaria destruído. A Guarda Real Montada de Londres poderia riscar o primeiro batalhão do regimento da lista do exército. Poderia riscá-lo inteiro e anotar que o batalhão fora oferecido em sacrifício ao talento de William Dodd. Gritou para seus canhoneiros carregarem as granadas improvisadas e observou os projéteis sendo socados. Então a trombeta soou.

As cavalarias da Grã-Bretanha e da Companhia das Índias Orientais tinham sido posicionadas na metade norte do campo de batalha para proteger contra os cavaleiros inimigos que atacavam a retaguarda da infantaria, mas agora eles vieram para resgatar o 74º. A 19ª Cavalaria Ligeira emergiu da ravina atrás dos Highlanders e investiu para norte em direção ao 74º e à aldeia. Os soldados eram quase todos recrutas dos condados ingleses, jovens criados para conhecer cavalos e fortalecidos pelo trabalho no campo, e cada um deles estava armado com o novo sabre que tinha garantia de nunca falhar.

Atacaram primeiro os cavaleiros maratas. Os ingleses estavam em menor número, mas montavam cavalos maiores e portavam espadas de melhor qualidade e cortaram através da cavalaria com uma selvageria maníaca. Foi um trabalho brutal, barulhento e rápido. Os maratas tocaram seus cavalos mais leves para longe dos sabres ensanguentados e fugiram para norte, e depois que os cavaleiros inimigos estavam mortos ou fugindo, a cavalaria britânica saiu em perseguição à infantaria mahratta.

Eles atacaram primeiro o *compoo* de Dupont. E como esses homens não estavam preparados para a cavalaria, e ainda por cima estavam alinhados, o que se sucedeu foi mais uma execução que uma luta. A cavalaria estava montada em cavalos altos, e embora cada homem tivesse sido submetido a longas instruções de como cortar, empurrar e aparar com seu sabre, tudo que precisavam fazer agora era desferir cutiladas com suas armas pesadas, de folha larga, que tinham sido projetadas precisamente para esse tipo de abate. Cutilar e picar, gritar e esporear, e então perseguir homens em pânico cujo único pensamento era fugir. Os sabres causavam ferimentos terríveis, o peso da lâmina concedia às armas um corte profundo e a curva do aço puxava as bordas recém-afiadas de volta através de carne, músculos e ossos para alongar o ferimento.

Alguns soldados da cavalaria mahratta tentaram bravamente conter a investida, mas suas *tulwars* leves não eram páreo para o aço de Sheffield. Todo o 74º Regimento se levantou para aplaudir os cavaleiros ingleses trucidarem o inimigo que chegara tão terrivelmente perto, e atrás dos cavaleiros veio a cavalaria da Companhia, indianos em cavalos menores, alguns carregando lanças, que alargaram o ataque para tocar para norte os enfraquecidos cavaleiros maratas.

Dodd não se deixou tomar pelo pânico. Sabia que perdera aquela escaramuça, mas a massa indefesa do batalhão de Dupont estava protegendo seu flanco direito e esses homens condenados deram a Dodd os poucos segundos de que precisava.

— Para trás! — gritou. — Para trás!

E agora Dodd não precisou de intérprete. Os Cobras marcharam para trás até a sebe de cactos. Não correram nem desfizeram sua formação; simplesmente andaram de costas, bem depressa, para dar aos cavalos inimigos espaço para passar diante deles. E quando os cavaleiros britânicos passaram, aqueles dentre os homens de Dodd que ainda estavam com seus mosquetes carregados dispararam. Cavalos tropeçaram e tombaram, cavaleiros caíram das selas, e os Cobras continuaram marchando para trás.

Mas o regimento ainda estava alinhado, e a infantaria de Dupont agora corria desesperada em direção às companhias direitas de Dodd. Foi em meio a esse caos que cavalgaram os soldados da segunda fileira da Cavalaria Ligeira, baixando seus sabres contra os homens de casacas brancas. Dodd gritou para seus homens formarem um quadrado, e eles obedeceram, mas as duas companhias direitas tinham sido arruinadas e seus sobreviventes não conseguiram juntar-se ao quadrado que fora criado com tanta pressa que parecia mais um ajuntamento de pessoas que uma formação militar. Alguns dos fugitivos das duas companhias condenadas tentaram juntar-se aos seus camaradas no quadrado, mas os cavaleiros inimigos estavam misturados com eles, e Dodd ordenou que o quadrado atirasse. A salva de Dodd varou seus próprios soldados junto com os inimigos, mas serviu para afugentar os cavaleiros e lhe dar tempo para enviar seus homens de volta através da sebe e ainda mais para trás, até onde ele havia esperado inicialmente pelo ataque britânico. A infantaria do rajá de Berar, que estivera à esquerda de Dodd, escapara mais rapidamente, mas nenhum dos soldados permanecera para lutar. Em vez disso, correram de volta para as muralhas de barro de Assaye. Os canhoneiros nas proximidades da aldeia viram a cavalaria aproximando-se e dispararam granadas, matando mais de seus próprios fugitivos do que cavaleiros inimigos, mas a breve canhonada ao menos sinalizou para os soldados da cavalaria ligeira que a aldeia estava defendida e era perigosa.

A tempestade da cavalaria seguiu para norte, deixando um rastro de sofrimento. Os dois canhões de quatro libras que Joubert levara para a frente tinham sido abandonados, suas equipes de artilharia mortas pelos cavaleiros, e onde antes estivera o 74º Regimento não havia nada além da barricada circular de homens e cavalos mortos, cujo interior agora se achava vazio. Os sobreviventes do quadrado sitiado haviam recuado para leste, levando seus feridos, e Dodd teve a impressão de que um silêncio repentino envolvera os Cobras. Não era um silêncio autêntico: os canhões haviam recomeçado a atirar na metade sul do campo de batalha, o tropel distante de cascos era infindável, e os feridos próximos gemiam alto. Mas em termos relativos o lugar parecia silencioso.

Dodd esporeou seu cavalo para sul numa tentativa de extrair algum sentido da batalha. O *compoo* de Dupont, ao seu lado, perdera apenas um único regimento para os sabres, mas os três regimentos seguintes estavam intactos e o holandês posicionava essas unidades de frente para o sul. Dodd viu Pohlmann cavalgando por trás desses regimentos e desconfiou que o hanoveriano estava fazendo toda sua linha virar-se para sul. Os britânicos haviam quebrado a extremidade mais distante da linha, mas eles ainda não haviam quebrado o exército.

Ainda assim, a possibilidade de aniquilação existia. Dodd brincou com o punho de marfim de sua espada enquanto contemplava o que, há menos de uma hora, parecera uma impossibilidade: derrota. Maldito seja Wellesley, pensou Dodd. Mas agora não era hora de raiva, e sim de cálculo. Dodd não podia se dar ao luxo de ser capturado e não tinha a menor intenção de morrer por Scindia. Assim, precisava providenciar para que sua fileira pudesse bater em retirada. Dodd decidiu que lutaria até o fim, mas que depois correria como o vento.

— Capitão Joubert?

Joubert, que já estava sofrendo havia muito tempo, trotou seu cavalo até o lado de Dodd.

— *Monsieur?*

Dodd demorou a falar, porque estava observando Pohlmann aproximar-se. Agora estava claro que o hanoveriano formava uma nova linha de batalha. Uma linha de batalha que se estenderia até o oeste de Assaye com suas costas para o rio. Os regimentos à direita de Dodd, que ainda estavam por ser atacados, agora recuavam levando os canhões. A linha inteira estava sendo reposicionada, e Dodd presumiu que os Cobras iriam mover-se do lado leste das muralhas de barro para o oeste, mas isso não importava. O melhor vau através do rio Juah provinha da própria aldeia, e era esse vau que Dodd queria.

— Joubert, pegue duas companhias e marche até a aldeia para guardar este lado do vau — ordenou Dodd.

O capitão franziu a testa, preocupado.

— Os soldados do rajá certamente... — começou a protestar Joubert.

— Os soldados do rajá de Berar são inúteis! — asseverou Dodd. — Se precisarmos usar o vau, vou querer que meus próprios homens me protejam. Você irá proteger o vau. — Ele cutucou o francês com um dedo. — Sua esposa está na aldeia?

— *Oui, monsieur.*

— Então esta é a sua chance de impressioná-la "monssiê". Vá protegê-la. E garanta que o maldito vau não seja capturado ou entupido com fugitivos.

Ainda que gostasse de estar sendo enviado para longe da batalha, Joubert sentiu-se desanimado com o derrotismo evidente de Dodd. Mesmo assim, ele pegou duas companhias, marchou até a aldeia e postou seus homens para guardar o vau para que, mesmo se tudo fosse perdido, ainda houvesse uma rota de fuga.


Wellesley cavalgara para norte a fim de investigar o combate furioso que eclodira nas proximidades da aldeia de Assaye. Cavalgou com meia dúzia de auxiliares e com Sharpe puxando a última das montarias do general, a égua ruana. Foi uma cavalgada furiosa, porque a área a leste da infantaria estava infestada de cavaleiros maratas, mas o general tinha fé no tamanho e na velocidade de seus cavalos ingleses e irlandeses, e o inimigo foi deixado para trás com facilidade. Wellesley surgiu no campo de visão do sitiado 74º Regimento no exato instante em que a cavalaria ligeira atacou os sitiantes pelo sul.

— Bom trabalho, Maxwell! — gritou Wellesley, embora muito longe para ser ouvido pelo líder da cavalaria. Então, sofreou seu cavalo para observar os cavaleiros fazerem seu trabalho.

A massa de cavaleiros maratas, que antes aguardara pela dissolução do quadrado do 74º Regimento, agora fugia para norte, e a cavalaria britânica, tendo reduzido a ruínas a maior parte de um regimento de infantaria inimigo, perseguiu-os. A boa ordem da cavalaria havia desaparecido, porque os soldados de casacas azuis estavam esporeando seus cavalos para perseguir seu inimigo esfacelado através do campo. Homens gritavam frenéticos como caçadores de raposas, aproximavam-se de suas presas, golpeavam com sabres, e então tocavam seus cavalos em direção às próximas vítimas. Os cavaleiros maratas nem pararam diante do rio Juah; simplesmente entraram nele e esporearam seus cavalos através da água, rumo à margem norte. A cavalaria britânica e indiana seguiu-os, de modo que a perseguição desapareceu no norte. O 74º Regimento, que lutara muito para permanecer vivo, agora marchou para fora do alcance dos canhões da aldeia e Wellesley, que há poucos minutos sentira cheiro de desastre, exalou um longo suspiro de alívio.

— Eu mandei que eles ficassem longe da aldeia, não mandei? — perguntou aos seus auxiliares, mas antes que algum pudesse responder, novos tiros de canhão soaram ao sul. — Mas que diabos? — exclamou Wellesley, virando-se para ver o que significavam aqueles tiros.

A infantaria remanescente da linha mahratta estava recuando, levando com ela seus canhões. Porém, os canhões que haviam estado diante da derrotada ala direita do inimigo, os mesmos cujas equipes tinham sido exterminadas pela infantaria de casacas vermelhas, agora estava voltando à vida. As armas haviam sido viradas e estavam cuspindo fumaça de suas bocas, e por trás dos canhões havia uma massa de cavaleiros inimigos preparados para proteger os canhoneiros que estavam esfolando os cinco batalhões que haviam derrotado a infantaria inimiga.

BERNARD CORNWELL

— Barclay? — chamou Wellesley.

— Senhor? — respondeu o auxiliar.

—·Você consegue chegar ao coronel Harness?

O auxilar olhou para o sul do campo de batalha. Um momento antes, o campo estivera apinhado com cavaleiros maratas, mas estes já haviam recuado e revivido os canhões. Havia um espaço diante desses canhões, um espaço horrivelmente estreito, mas era a única área do campo de batalha que no momento estava livre da cavalaria inimiga. Se quisesse alcançar Harness, Barclay teria de correr o risco de percorrer a passagem estreita; com sorte, poderia até sobreviver às granadas. E morto ou vivo, pensou Barclay, ele ganharia a loteria dos buracos de balas em sua casaca. O auxiliar respirou fundo antes de responder:

— Sim, senhor.

— Meus cumprimentos ao coronel Harness. Peça a ele para retomar os canhões com seus Highlanders. O restante de sua brigada deve permanecer onde está para manter a cavalaria acuada. — O general referia-se à massa de soldados de cavalaria que ainda se viam ameaçados pelo oeste e que ainda não haviam entrado na batalha. — E meus cumprimentos ao coronel Wallace — prosseguiu o general. — Seus batalhões de sipaios devem mover-se para norte, mas não devem enfrentar o inimigo antes que eu os alcance. Vá! — Ele dispensou Barclay com um gesto e então se contorceu em sua sela. — Campbell?

— Senhor?

— Quem são aqueles? — O general apontou para leste, onde uma única unidade de cavalaria fora deixada de fora do ataque que resgatara o 74º Regimento, presumivelmente para o caso da cavalaria ligeira galopar para o desastre e necessitar de resgate.

— A 7ª Cavalaria Nativa, senhor.

— Convoque-os. Rápido!

Enquanto Campbell afastava-se a todo galope, o general sacou sua espada.

— Bem, cavalheiros, creio que chegou a hora de fazermos por merecer nosso sustento — disse aos seus auxiliares remanescentes. — Harness

O TRIUNFO DE SHARPE

pode espantar os desgraçados para longe dos canhões mais ao sul, mas teremos de dar conta dos mais próximos.

Durante um momento, Sharpe pensou que o general planejava atacar os canhões apenas com o punhado de homens que restavam com ele, mas então compreendeu que Wellesley estava aguardando a chegada da 7ª Cavalaria Nativa. Durante alguns segundos, Wellesley considerou convocar os sobreviventes do 74º, mas esses homens, que haviam recuado através da ravina, ainda estavam se recuperando de sua provação. Estavam recolhendo seus feridos, fazendo a chamada e reorganizando dez companhias reduzidas a seis. Portanto, caberia à 7ª Cavalaria Nativa derrotar os canhões. Campbell trouxe-os através do campo de batalha, e então conduziu seu oficial-comandante, um major de rosto rubro e bigode eriçado, para o lado de Wellesley.

— Preciso alcançar nossa infantaria, major — explicou o general. — Sua missão é escoltar-me até ela, e encontrar o caminho mais rápido possível através de sua linha de artilharia.

O major olhou boquiaberto para os canhões e a miríade de soldados de cavalaria que os protegiam.

— Sim, senhor — respondeu, tenso.

— Duas linhas — ordenou Wellesley bruscamente ao major. — Você comandará a primeira linha e forçará a cavalaria a recuar. Eu cavalgarei na segunda e matarei os canhoneiros.

— O senhor irá matar os canhoneiros? — perguntou o major, como se achasse aquela ideia inovadora, e então compreendeu que sua pergunta estava perigosamente próxima da insubordinação. — Sim, senhor — apressou-se em dizer. — Claro, senhor.

O major olhou novamente para a linha de artilharia. Ele investiria contra o flanco da linha, de modo que nenhum canhão apontasse para seus homens. O maior perigo era a massa de soldados da cavalaria mahratta que se reunira atrás da linha de artilharia e cujo número superava largamente o de seus soldados. Mas então, sentindo a impaciência de Wellesley, o major cavalgou de volta até seus homens.

— Duas linhas à direita! — comandou o major a 180 homens, e Sharpe notou suas expressões funéreas enquanto desembainhavam os sabres e colocavam os cavalos em formação.

— Já esteve numa investida de cavalaria, sargento? — perguntou Campbell a Sharpe.

— Não, senhor. Nunca quis estar, senhor.

— Nem eu. Deve ser interessante. — Campbell desembainhou a espada *claymore* e desferiu um golpe no ar que quase cortou as orelhas de seu cavalo. Olhando novamente para Sharpe, Campbell disse, prestativo: — Talvez você se divirta mais se sacar seu sabre.

— Claro, senhor — disse Sharpe, sentindo-se idiota. De alguma maneira, ele havia imaginado que sua primeira batalha seria com um batalhão de infantaria, disparando e recarregando como fora treinado para fazer, mas em vez disso parecia que ele ia lutar como um soldado de cavalaria. Sharpe desembainhou a espada pesada. Ela não parecia natural em suas mãos, porém nada naquela batalha inteira parecia natural. Ela alternava momentos de terror absoluto e calma repentina. Também ia e vinha como a maré, subindo numa parte do campo, para em seguida descer enquanto a onda de massacres fluía para outro trecho de terra parda.

— E nossa missão é matar os canhoneiros — explicou Campbell. — Para termos certeza de que não voltarão a atirar na gente. Vamos deixar os especialistas cuidarem da cavalaria inimiga e depois chacinar o que eles deixarem para nós. Simples.

Simples? Tudo que Sharpe conseguia ver era uma massa de cavaleiros inimigos por trás de canhões imensos que explodiam e recuavam enquanto espalhavam fumaça, chamas e morte, e Campbell achava aquilo fácil? Então compreendeu que o jovem oficial escocês estava apenas tentando acalmá-lo e sentiu-se grato a ele. Campbell estava observando o capitão Barclay cavalgar através da barragem de artilharia. Parecia que o capitão seria morto, porque em dado momento passou tão perto dos canhões maratas que seu cavalo desapareceu numa nuvem de fumaça de pólvora. Mas um instante depois ele reapareceu, abaixado em sua sela, seu cavalo

O TRIUNFO DE SHARPE

galopando, e Campbell soltou um grito de alegria ao ver Barclay desviar-se em direção à brigada de Harness.

— Um cantil por gentileza, sargento — pediu o general.

Sharpe, que estivera observando Barclay, atrapalhou-se todo para soltar a correia de um dos cantis. Ele deu a água ao general, em seguida abriu seu próprio cantil e bebeu dele. O suor que escorria de seu rosto estava encharcando sua camisa. Wellesley bebeu metade da água, tampou o cantil e o devolveu a Sharpe. Em seguida, trotou seu cavalo até uma brecha no lado direito da segunda linha da cavalaria. O general desembainhou sua espada fina. Os outros auxiliares também encontraram lugares na linha, mas então pareceu não haver espaço para Sharpe, que se posicionou alguns metros atrás do general.

— Vá! — gritou Wellesley ao major.

— Linha frontal, ao centro! — gritou o major. — Passo lento! Marchem!

Pareceu uma ordem estranha, porque Sharpe esperara que as duas linhas saíssem a galope. Em vez disso, a linha frontal de cavaleiros saiu a passo lento, e a segunda linha ficou esperando. Deixar a lacuna ampla fez sentido para Sharpe, porque se a segunda linha estivesse próxima demais da primeira, acabaria envolvida com qualquer carnificina feita pela linha da frente, enquanto se houvesse uma boa distância entre as duas linhas so braria espaço para a segunda contornar obstáculos. Mesmo assim, conduzir um cavalo a passo lento para a batalha pareceu uma idiotice para Sharpe. Ele lambeu os lábios, que já estavam secos de novo, e então limpou a mão suada nas calças antes de tornar a segurar o cabo do sabre.

— Agora, cavalheiros! — disse Wellesley e a segunda linha começou a avançar ao mesmo passo calmo que a primeira.

Estribos tilintavam e bainhas vazias batiam delicadamente nas cinturas dos cavaleiros. Depois de alguns segundos, o major na primeira linha emitiu uma ordem e as duas linhas começaram a trotar. Poeira levantava-se dos cascos. As plumas escarlates altas nos chapéus pretos dos soldados adejavam elegantemente, enquanto os sabres curvados, empunhados em riste, cintilavam à luz do sol. Wellesley falou com Blackiston ao seu lado e

Sharpe viu o major rir. Então o corneteiro ao lado do major entoou uma chamada e as linhas gêmeas puseram-se a meio galope. Sharpe tentou acompanhá-los, mas como era cavaleiro ruim, a égua insistia em desviar para um lado e balançar a cabeça.

— Continue andando! — gritou Sharpe para a égua.

Os maratas tinham visto a aproximação do ataque. Os canhoneiros tentavam desesperadamente apontar para a linha dos atacantes o seu canhão na posição mais ao norte, enquanto uma massa de cavaleiros avançava para confrontar a investida.

— Agora! — gritou o major e seu corneteiro soou o toque de investida.

Sharpe viu os sabres da linha de frente sendo abaixados, de modo a apontarem para a frente como lanças. Agora sim, isto parece um ataque, pensou Sharpe, porque os cavalos estavam galopando, cascos gerando uma trovejada furiosa enquanto investiam contra o inimigo.

A linha de frente colidiu com a cavalaria inimiga. Sharpe esperou que a linha parasse, porém ela mal reduziu o passo. Em vez disso, houve um lampejo de lâminas, uma sucessão de homens e cavalos caindo, e então a linha do major estava atravessando a cavalaria e se aproximando do primeiro canhão. Sabres subiram e desceram. Os cavaleiros da segunda linha manobravam para evitar os cavalos caídos, e de repente também se viram entre os inimigos e a uma distância bem menor da primeira linha, que finalmente tivera seu avanço contido pela resistência do inimigo.

— Continuem avançando! — gritou Wellesley para os cavaleiros da testa. — Continuem avançando! Levem-me até a infantaria!

A cavalaria investira de um modo que fez seu flanco direito passar pelos canhões, enquanto o resto do ataque arrostou o leste da linha de artilharia. Esses soldados posicionados mais a leste faziam um bom progresso, mas os soldados do flanco direito tinham seu avanço obstruído pelas grandes carroças de munição estacionadas atrás dos canhões. Os soldados indianos desferiram cutiladas contra os canhoneiros goanos que se abrigaram debaixo dos canhões. Brandindo uma bucha, um canhoneiro derrubou um soldado de seu cavalo. Mosquetes colidiram. Um cavalo relinchou de agonia e tombou numa agitação de cascos. Um arqueiro disparou uma flecha contra

Sharpe, errando por um triz. Sabres cortaram e furaram. Sharpe viu um soldado de cavalaria alto levantar-se nos estribos para obter mais espaço para seu golpe. O homem gritou enquanto descia violentamente o sabre; depois desenfurnou a lâmina da vítima e partiu para achar outra. Sharpe agarrou-se em desespero à sela quando a égua mudou de direção para evitar um cavalo ferido, e de repente viu-se entre os canhões. Duas linhas de cavalaria haviam atropelado essas armas, mas ainda assim alguns dos canhoneiros viviam; Sharpe vibrou seu sabre contra um homem, mas no último instante o movimento da égua desequilibrou-o e a lâmina zuniu muito acima da cabeça do inimigo. Agora a situação estava caótica. A cavalaria abria caminho a cutiladas pela linha inimiga, mas alguns dos cavaleiros maratas galopavam em torno do flanco da primeira linha para atacar a segunda linha, e equipes de artilharia contra-atacavam como se fossem soldados de infantaria. Os canhoneiros estavam armados com mosquetes e lanças, e Sharpe, esporeando furiosamente sua montaria atrás de Wellesley, viu um grupo deles emergir da cobertura de uma peça de dezoito libras e correr na direção do general. Sharpe tentou berrar um aviso, mas o som que emergiu dele pareceu mais um grito por ajuda.

Wellesley estava isolado. O major Blackiston arredara-se para a esquerda a fim de atacar um árabe alto que brandia um sabre enorme, enquanto Campbell virara para a direita em perseguição a um cavaleiro fugitivo. Os soldados indianos estavam todos na frente do general, acutilando canhoneiros enquanto cavalgavam em frente. Sharpe estava dez passos atrás. Seis homens atacaram o general, e um deles portava uma lança comprida, a qual arremeteu contra o cavalo de Wellesley. O general puxou as rédeas de Diomedes para desviá-lo do homem, mas o cavalo grande ia rápido demais e correu direto contra a lança nivelada.

Sharpe viu o peso do cavalo empurrar o homem para o lado e arrancar a lança de suas mãos. Viu o garanhão branco cair e escorregar. Viu Wellesley ser jogado para a frente sobre o pescoço do cavalo. Viu a meia dúzia de inimigos cercarem o general para matá-lo e subitamente todo caos e terror do dia esvaneceram. Sharpe sabia o que precisava fazer, e sabia com absoluta clareza, como se tivesse passado toda a vida à espera desse momento.

Incitou a égua contra o inimigo. Não podia alcançar o general, porque Wellesley ainda estava na sela do ferido Diomedes, que se arrastava pelo chão com a lança fincada no peito, e a ameaça do peso do cavalo dispersara os inimigos, três para a esquerda e três para a direita. Um disparou seu mosquete contra Wellesley, mas a bala passou longe. Quando Diomedes começou a se mexer mais devagar, os maratas aproximaram-se do general, e foi nesse momento que Sharpe os alcançou. Usou a égua como um aríete; levou-a para perigosamente perto de onde o general caíra da sela e conduziu-a contra os três canhoneiros à direita, encostando-os; ao mesmo tempo tirou os pés dos estribos e se atirou do cavalo. Pousou bem ao lado do atordoado Wellesley. Sharpe tropeçou ao bater no chão, mas levantou-se rosnando e brandindo o sabre contra os três homens, que no entanto tinham sido empurrados para trás pelo impacto da égua. Sharpe virou-se bem a tempo de ver um canhoneiro de pé sobre o general com uma baioneta erguida, pronta para ser enterrada. Sharpe jogou-se contra o homem, gritando com ele, e sentiu a ponta de seu sabre rasgar os músculos da barriga do inimigo. Empurrou o sabre, derrubando o canhoneiro sobre o flanco ensanguentado de Wellesley.

O sabre ficou entalado no ferimento. Tendo perdido seu mosquete, o canhoneiro debatia-se enquanto um de seus camaradas subia em Diomedes, empunhando uma *tulwar*. Sharpe puxou o sabre, provocando uma dor agonizante no moribundo, mas a sucção da carne do homem não soltou a lâmina. Assim, Sharpe passou por cima de Wellesley — ainda atordoado e deitado de barriga para cima —, apoiou a bota esquerda na virilha do canhoneiro e puxou ainda com mais força. O homem com a *tulwar* desferiu um golpe contra Sharpe. O sargento sentiu um impacto no ombro esquerdo, mas conseguiu desentalar seu próprio sabre, que brandiu canhestramente contra seu novo atacante. Esquivando-se da lâmina, o homem deu um passo para trás e tropeçou numa das patas traseiras de Diomedes. Caiu. Sharpe virou-se, brandindo o sabre às cegas. Salpicou gotas de sangue para todos lados enquanto tentava afugentar qualquer inimigo que estivesse vindo de sua direita. Não veio nenhum. O general murmurou alguma coisa, mas, ainda semiconsciente, mal tinha noção do que estava acontecendo. Sharpe compreendeu que os dois morreriam naquele lugar se ele não encontrasse algum abrigo depressa.

O canhão de dezoito libras, grande e pintado em cores vivas, oferecia alguma segurança. Assim, Sharpe curvou-se, segurou Wellesley pela gola e, sem qualquer cerimônia, arrastou o general para o canhão. O general não estava inconsciente, porque segurou com força sua espada reta e fina. Mas estava meio atordoado e indefeso. Dois homens chegaram correndo para tirar Sharpe do santuário do canhão; o sargento soltou a gola rija do general e atacou a dupla.

— Bastardos! — gritou, enquanto lutava com eles.

Que se danasse o conselho sobre manter o braço reto e aparar golpes; esta era hora de lutar em fúria cega, e foi o que fez com os dois canhoneiros. O sabre era uma arma desajeitada, mas era afiado e pesado, e Sharpe quase decepou o pescoço do primeiro homem e o subsequente golpe para trás abriu o braço do segundo homem até o osso. Sharpe virou--se novamente para Wellesley, que ainda não se recuperara do impacto da queda, e viu um lanceiro árabe cavalgando diretamente para o general caído. Sharpe berrou uma obscenidade para o homem e saltou à frente, enterrando a lâmina pesada através da face do cavalo do lanceiro. O animal cambaleou para o lado. A lança provida de lâmina saltou para o ar enquanto o árabe tentava controlar seu cavalo enlouquecido pela dor. Sharpe curvou-se sobre Wellesley, segurou-o pela gola mais uma vez, e puxou o general para o espaço entre o cano espalhafatoso e uma de suas rodas imensas.

— Fique aí! — gritou Sharpe para Wellesley e então olhou em torno para constatar que o árabe caíra do cavalo mas agora estava liderando uma investida de canhoneiros.

Sharpe foi ao encontro dos canhoneiros. Empurrou a lança para o lado com a lâmina de seu sabre e arremeteu o cabo da arma contra o rosto do árabe. Sentiu o nariz do homem quebrar, chutou-o no meio das pernas, empurrou-o para trás e golpeou-o com seu sabre. Virou-se para a direita e desferiu um golpe que fez a lâmina passar a um centímetro dos olhos de um canhoneiro.

Os atacantes recuaram, deixando Sharpe ofegando. Wellesley finalmente se recobrou. Apoiando uma das mãos na roda do canhão, ele se levantou.

— Sargento Sharpe? — perguntou Wellesley, estarrecido.

— Permaneça aí, senhor — disse Sharpe sem se virar. Ele tinha quatro homens à sua frente agora, quatro homens com dentes à mostra e armas reluzentes. Seus olhos moveram-se de Sharpe para Wellesley e de volta para Sharpe. Os maratas não sabiam que estavam com o general britânico encurralado, mas sabiam que o homem ao lado do canhão devia ser um oficial de alta patente porque sua casaca vermelha era repleta de medalhas e fitas. Assim, queriam capturá-lo, mas para alcançá-lo, primeiro teriam de passar por Sharpe. Dois homens vieram do outro lado do canhão, mas Wellesley aparou a lâmina de uma lança com sua espada e depois se afastou do canhão para ficar de pé ao lado de Sharpe. E os inimigos prontamente avançaram para pegá-lo.

— Volte para lá! — gritou Sharpe para Wellesley e então avançou contra a investida inimiga.

Sharpe segurou a ponta de uma lança que estava sendo estendida até a barriga do general, puxou-a para si e desferiu um golpe de sabre contra a garganta do canhoneiro. Torcendo a lâmina, conseguiu soltar o sabre e conduziu-o direto até outro inimigo, sentindo-o bater contra o crânio do homem. Mas não teve tempo para avaliar o dano, apenas de dar um passo para a esquerda e cortar um terceiro homem. O ombro de Sharpe sangrava, mas ele não sentia dor alguma. Emitia um som estranho enquanto lutava e naquele instante tinha a impressão de que não cometeria nenhum erro. Era como se, num passe de mágica, o inimigo estivesse em câmera lenta e ele, acelerado. Sharpe era muito mais alto que qualquer um dos inimigos, muito mais forte, e agora, surpreendentemente, muito mais rápido. Até que estava gostando da luta. Jamais experimentara nada parecido com aquela sensação, que devia ser a loucura da guerra, a sublime insanidade que ofusca o medo, entorpece a dor e conduz um homem ao êxtase. Gritava palavrões para os inimigos, implorando para que viessem e fossem mortos.

Moveu-se para a direita e desfechou uma cutilada que abriu o rosto de um homem. O inimigo recuara. Porém, quando Wellesley mais uma vez caminhou até o sargento, dessa forma convidando os atacantes a se aproximarem novamente, Sharpe empurrou o general de volta para o espaço entre a roda alta e o imenso cano pintado do canhão de dezoito libras.

— Fique debaixo do cano! — gritou Sharpe. — E tome muito cuidado! — Virou-se para os atacantes. — Venham, seus bastardos! Venham! Eu quero vocês!

Dois homens vieram. Sharpe caminhou até eles e usou ambas as mãos para baixar o sabre pesado num golpe selvagem que cortou chapéu e crânio do inimigo mais próximo. Sharpe gritou uma praga para o moribundo, porque o sabre ficou preso, mas conseguiu soltá-lo com um puxão que jogou longe uma massa cinzenta. Com o sabre livre, Sharpe correu atrás do segundo atacante. O homem levantou as mãos como se estivesse se rendendo, como se sugerisse que, afinal de contas, não queria lutar. Sharpe amaldiçoou-o enquanto trespassava sua goela. Cuspiu no homem cambaleante e, mesmo com a boca seca, cuspiu nos inimigos que o observavam.

— Vamos! Vamos! — provocou-os. — Malditos amarelos! Vamos!

Embora finalmente houvesse cavaleiros voltando para ajudar, mais maratas estavam se juntando à luta. Dois homens tentaram alcançar Wellesley por cima do cano do canhão. O general apunhalou o rosto de um deles e, quando o outro tentou alcançá-lo debaixo do cano, cortou seu braço. Atrás dele, Sharpe estava gritando insultos para o inimigo. Um homem aceitou o desafio e correu até Sharpe, empunhando uma baioneta. Sharpe gritou no que pareceu deleite ao aparar a estocada, e em seguida empurrou o cabo do sabre contra o rosto do homem. Quando viu outro homem vindo da direita, Sharpe chutou as pernas do primeiro atacante debaixo dele e então desferiu uma cutilada no recém-chegado. Só Deus sabia quantos bastardos havia ali, mas Sharpe não se importava. Viera para lutar, e Deus dera-lhe uma beleza de batalha. O árabe aparou o golpe de Sharpe e investiu contra ele; Sharpe esquivou-se e enfiou o cabo do sabre no olho do homem. O árabe gritou e agarrou Sharpe, que se livrou dele

BERNARD CORNWELL

golpeando-o novamente com o cabo do sabre. Os outros atacantes estavam sumindo agora, fugindo dos cavaleiros que enfim tocaram suas montarias de volta até Wellesley.

Mas um oficial mahratta estivera à espreita de Sharpe, e decidiu que sua oportunidade chegara quando viu o sargento britânico engalfinhado com o homem quase cego. O oficial chegou por trás de Sharpe e golpeou sua *tulwar* contra a nuca do casaca vermelha.

O golpe foi aplicado com precisão. Acertou Sharpe bem em cheio na nuca, e a lâmina deveria ter atravessado sua espinha e o deixado morto no terreno ensanguentado, mas havia o rubi de um rei morto escondido na bolsa de couro de Sharpe, e esse grande rubi conteve a lâmina. O impacto empurrou Sharpe para a frente, mas ele não perdeu o equilíbrio e o homem que estivera engalfinhado com ele finalmente o soltou. Assim, Sharpe pôde virar-se. O oficial desferiu mais um golpe, que Sharpe aparou com tanta força que o aço Sheffield varou a lâmina fina da *tulwar* e o golpe seguinte foi através do dono da espada.

— Desgraçado! — gritou Sharpe enquanto puxava a lâmina e girava nos calcanhares para matar o homem seguinte que se aproximou. Mas era o capitão Campbell que estava lá, e atrás dele uma dúzia de soldados que esporearam seus cavalos em direção ao inimigo e os atacaram com seus sabres.

Durante um ou dois segundos, Sharpe mal conseguiu acreditar que estava vivo. Assim como não conseguia acreditar que a luta havia acabado. Ele queria matar de novo. Estava com o sangue quente e o coração cheio de fúria, mas não havia mais nenhum inimigo com quem lutar, e assim ele se contentou golpeando o sabre contra a cabeça do oficial mahratta.

— Bastardo! — gritou e então meteu a bota no rosto do homem para retirar a lâmina. Então, subitamente, ele estava tremendo. Virou-se e viu que Wellesley fitava-o embasbacado e Sharpe teve certeza de que fizera alguma coisa errada. Então se lembrou do que era. — Desculpe, senhor.

— Desculpá-lo? Pelo quê? — perguntou Wellesley, embora mal se sentisse capaz de falar. O rosto do general estava pálido.

O TRIUNFO DE SHARPE

— Por empurrá-lo, senhor — disse Sharpe. — Desculpe, senhor. Não quis machucá-lo, senhor.

— Fico feliz por não ter desejado me machucar — disse Wellesley e Sharpe viu que o general, normalmente muito calmo, também estava tremendo.

Sharpe sentiu que devia dizer mais alguma coisa, porém não conseguiu pensar em nada.

— O senhor perdeu o seu último cavalo, senhor — acabou dizendo, por falta de outra coisa. — Sinto muito, senhor.

Wellesley não conseguia desviar os olhos de Sharpe. Em toda sua vida nunca tinha visto um homem lutar como o sargento Sharpe, embora na verdade o general não conseguisse lembrar tudo que acontecera nos últimos dois minutos. Lembrava-se de Diomedes caindo, de tentar soltar os pés dos estribos, de receber um golpe na cabeça que certamente fora de um dos cascos de Diomedes. E acreditava ter visto uma baioneta brilhar no céu acima dele e saber que seria morto a qualquer momento. Depois disso, tudo estava confuso em sua cabeça. Lembrava-se da voz de Sharpe, usando uma linguagem que chocara até o general, que não era de se ofender com facilidade, e lembrava-se de ter sido empurrado contra o canhão para que o sargento pudesse enfrentar o inimigo sozinho. Wellesley aprovara essa decisão, não porque ela o pouparia da necessidade de lutar, mas porque reconhecera que sua presença atrapalharia o sargento.

Então ele assistira Sharpe matar e ficara atônito com sua ferocidade, entusiasmo e perícia. Wellesley sabia que sua vida fora salva e sabia que devia agradecer a Sharpe, mas por algum motivo não conseguiu encontrar as palavras e simplesmente ficou olhando para o embaraçado sargento, cujo rosto estava salpicado com sangue e cujos cabelos longos tinham se soltado, deixando-o com a aparência de um demônio invocado do inferno. Wellesley tentou encontrar as palavras que expressariam sua gratidão, mas as sílabas ficaram presas em sua garganta. Nesse momento um soldado chegou trotando ao canhão segurando as rédeas de uma égua ruana. A égua sobrevivera ilesa, e agora o soldado ofereceu as rédeas a Wellesley que, como num sonho, saiu do abrigo entre as rodas altas do canhão para pisar nos corpos que Sharpe pusera no chão. O general subitamente parou e se curvou para pegar uma pedra.

— Isto é seu, sargento — disse ele a Sharpe, estendendo o rubi. — Vi cair.

— Obrigado, senhor. Muito obrigado. — Sharpe pegou o rubi.

O general olhou intrigado para o rubi. Parecia-lhe errado que um sargento tivesse uma pedra daquele tamanho, mas no instante em que Sharpe fechara os dedos em torno da pedra, o general decidira que devia ser um pedaço de rocha embebido em sangue. Mas será que não era mesmo um rubi?

— Tudo bem, senhor? — perguntou ansioso o major Blackiston.

— Sim, sim, Blackiston. Obrigado. — O general pareceu despertar de seu torpor e caminhou até Campbell, que desmontara para ajoelhar-se ao lado de Diomedes. O cavalo estava tremendo e relinchando baixinho.

— Pode ser salvo? — perguntou Wellesley.

— Não sei, senhor — disse Campbell. — A ponta da lança perfurou seu pulmão, pobre criatura.

— Traga-o, Campbell. Gentilmente. Talvez ele sobreviva.

Wellesley olhou em torno para ver que a 7ª Cavalaria Nativa eliminara a maioria dos canhoneiros e escorraçara os cavaleiros maratas sobreviventes, enquanto o 78º Regimento de Harness, mais uma vez, marchara contra granadas e balas de canhão para capturar a parte sul da artilharia mahratta. O ajudante de campo de Harness aproximou-se a meio galope através dos corpos espalhados em torno dos canhões.

— Temos pregos e martelos, se o senhor quiser que inutilizemos os canhões — disse ele a Wellesley.

— Não, não. Ensinamos uma boa lição aos canhoneiros inimigos, e agora devemos confiscar algumas dessas peças para o nosso próprio serviço — disse Wellesley, percebendo que ainda empunhava sua espada. Ele a embainhou. — É uma pena inutilizar bons canhões — acrescentou.

Arrancar um prego de indução de um ouvido de canhão podia exigir horas de trabalho duro, e se os canhoneiros inimigos estavam der-

O TRIUNFO DE SHARPE

rotados os canhões não representariam mais perigo. O general virou-se para um soldado indiano que se juntara a Campbell ao lado de Diomedes.

— Pode salvá-lo? — perguntou ansioso.

O indiano puxou muito gentilmente a lança, mas ela não se moveu.

— Com mais força, homem, com mais força — insistiu Campbell e colocou suas próprias mãos no cabo ensanguentado da lança.

Os dois homens puxaram a lança e o cavalo caído gritou de dor.

— Cuidado! — ordenou Wellesley.

— O senhor quer a lança dentro ou fora, senhor? — indagou Campbell.

— Faça o que puder para salvá-lo — disse o general.

Campbell deu de ombros, pegou novamente o cabo da lança, colocou sua bota no peito vermelho de sangue do cavalo, e puxou com rapidez e força. O cavalo gritou de novo enquanto a lâmina saía de seu couro e um novo jorro de sangue empapava seus pelos brancos.

— Não podemos fazer mais nada agora, senhor — disse Campbell.

— Cuide dele — ordenou Wellesley ao soldado indiano.

Wellesley se irritou ao ver que sua última montaria, a égua ruana, ainda estava com sua sela de soldado e que ninguém pensara em tirar sua própria sela de Diomedes. Isso era trabalho de ordenança e Wellesley procurou em torno por Sharpe, mas então lembrou-se de que precisava expressar seus agradecimentos ao sargento, e que novamente as palavras lhe faltariam. Wellesley pediu a Campbell que trocasse as selas e, assim que isso foi feito, o general montou no lombo da égua. O capitão Barclay, que sobrevivera à sua corrida pelo campo, sofreou sua montaria ao lado do general.

— A brigada de Wallace está pronta para atacar, senhor.

— Precisamos colocar os companheiros de Harness em linha — disse Wellesley. — Alguma notícia de Maxwell?

— Ainda não, senhor — respondeu Barclay. O coronel Maxwell conduzira a cavalaria em sua perseguição através do rio Juah.

— Major! — gritou Wellesley para o comandante da 7ª Cavalaria Nativa. — Faça os seus homens caçarem todos os canhoneiros sobreviventes.

BERNARD CORNWELL

Não deixe nenhum vivo, e depois protejam os canhões para que não sejam retomados. Cavalheiros? — disse aos seus auxiliares. — Vamos em frente.

Sharpe observou o general cavalgar rumo à névoa fina de fumaça de artilharia, e então baixou os olhos para o rubi em sua mão e viu que era tão vermelho e brilhante quanto o sangue que gotejava da ponta de seu sabre. Sharpe se perguntou se o rubi fora mergulhado na fonte de Zum--Zum junto com o capacete do sultão Tipu. Teria sido por causa disso que o rubi salvara sua vida? A pedra não tinha feito porcaria nenhuma pelo sultão Tipu, mas Sharpe estava vivo quando devia estar morto. E, por falar nisso, também o general de divisão Arthur Wellesley.

O general deixara Sharpe ao lado do canhão com os mortos e agonizantes e do soldado que tentava estancar o ferimento de Diomedes com um farrapo. De repente Sharpe soltou uma gargalhada, assustando o soldado.

— Ele nem agradeceu — disse Sharpe em voz alta.

— O que disse, *sahib*? — perguntou o soldado.

— Não me chame de *sahib* — disse Sharpe. — Sou apenas outro soldado de bosta, que nem você. Que não serve para mais nada além de lutar nas batalhas de outras pessoas. E nove em dez desses cretinos nem agradecem. — Como estava com sede, abriu um dos cantis do general e bebeu sofregamente. — O cavalo vai sobreviver?

Embora não entendesse tudo que Sharpe dizia, o indiano compreendeu o sentido da pergunta e apontou para a boca de Diomedes. Os lábios do garanhão estavam expostos para revelar dentes amarelos através dos quais escorria uma espuma rosa pálida. O indiano balançou a cabeça com tristeza.

— Sangrei esse cavalo e o general disse que era meu profundo devedor. Foram exatamente essas palavras que usou, "profundo devedor". Ele me recompensou com uma moeda por meu serviço. Mas então salvei sua vida e ele nem disse obrigado! Devia ter sangrado ele, não seu maldito cavalo. Devia tê-lo cortado e deixado que sangrasse até morrer. — Ele bebeu mais da água e pensou o quanto preferia que o cantil estivesse cheio de araca ou rum. — Sabe o que é mais engraçado? — perguntou ao indiano.

O TRIUNFO DE SHARPE

— Nem fiz aquilo porque ele era o general. Fiz porque gosto dele. Não pessoalmente, mas gosto dele. De uma forma estranha. Eu não teria feito por você. Teria feito por Tom Garrard, mas ele é meu amigo, entende? Teria feito pelo coronel McCandless, porque ele é um cavalheiro decente, mas não teria feito por muitos outros.

Qualquer um que ouvisse Sharpe acharia que estava bêbado, quando na verdade se achava perfeitamente sóbrio num campo de batalha que subitamente ficara silencioso debaixo do sol poente. Era quase noite, mas ainda havia luz bastante para finalizar a batalha, embora fosse discutível se Sharpe teria qualquer participação em seu final, porque perdera seu trabalho como ordenança do general, perdera seu cavalo, perdera seu mosquete e sua única arma agora era um sabre amassado.

— Mas o que eu disse sobre o general não é completamente verdade — confessou ao indiano que continuava não entendendo quase nenhuma palavra. — Disse que gosto dele, quando na verdade quero que ele goste de mim, o que é uma história bem diferente. Pensei que o maldito ia me promover a oficial! Bem, minhas esperanças foram por água abaixo. Sem divisas para mim. De volta à maldita infantaria.

Com o sabre ensangüentado, cortou uma faixa de pano da túnica de um árabe morto. Dobrando o pano numa almofada, empurrou-a por baixo de sua casaca para estancar o sangue do ferimento do *tulwar* no ombro esquerdo. Decidiu que não era um ferimento grave, porque não sentiu nenhum osso quebrado e os movimentos do braço esquerdo estavam normais. Jogou fora o sabre amassado, encontrou um mosquete mahratta, tirou a caixa de munição e a baioneta do cinto do morto, e foi procurar alguém para matar.


Levou meia hora para formar a nova linha dos cinco batalhões que haviam marchado através da linha de fogo mahratta e posto o flanco direito de Pohlmann para correr, mas agora os cinco batalhões estavam voltados para norte, de frente para a nova posição de Pohlmann, que repousava seu flanco esquerdo nas muralhas de barro de Assaye para então estender-se ao longo da margem sul do rio Juah. Ainda restavam 40 canhões aos maratas. Pohlmann comandava 80.000 soldados de infantaria e uma quantidade imensa de soldados de cavalaria, e os 20.000 soldados de infantaria do rajá de Berar ainda aguardavam atrás dos baluartes improvisados das aldeias. A infantaria de Wellesley possuía menos de 4.000 homens, contava com apenas dois canhões leves funcionais e menos de 600 soldados de cavalaria em montarias que eram pele e osso.

— Podemos contê-los! — gritou Pohlmann para seus homens. — Podemos contê-los e derrotá-los! Podemos contê-los e derrotá-los! — Pohlmann ainda estava montado e usando seu casaco de seda espalhafatoso. Sonhara conduzir seu elefante através de um campo coberto pelos cadáveres e pelas armas capturadas do inimigo, mas em vez disso estava encorajando seus homens a fazer uma última resistência ao lado do rio. — Vamos contê-los! — gritou. — Vamos contê-los e derrotá-los! — O Juah fluía atrás de seus homens, enquanto à frente deles as sombras alongavam-se através dos campos de plantio de Assaye, que tinham sido arruinados pela batalha.

E as gaitas de foles soaram novamente. Pohlmann virou seu cavalo para observar a direita de sua linha. Viu os chapéus de pele de urso, pretos e altos, e os *kilts* esvoaçantes do maldito regimento escocês. Lá vinham eles de novo. O sol se refletia nas baionetas e cananas brancas. Atrás deles, oculta pelas árvores, a cavalaria britânica parecia ameaçadora, embora estivesse contida por uma bateria de canhões na direita da linha de Pohlmann. O hanoveriano sabia que a cavalaria não impunha perigo. Era a infantaria, a infantaria imbatível dos casacas vermelhas, que iria derrotá-lo, e ao ver os batalhões sipaios começando a avançar no flanco dos Highlanders, Pohlmann quase virou seu cavalo para cavalgar até onde o regimento escocês atingiria sua linha. Ele atingiria o *compoo* de Saleur, e subitamente Pohlmann decidiu que não estava ligando nem um pouco para isso. Que Saleur lutasse sua batalha, porque Pohlmann sabia que ela estava perdida. Tornou a olhar para o 78º Regimento e calculou que nenhuma força na Terra seria capaz de deter aqueles homens.

O Triunfo de Sharpe

— A melhor infantaria do mundo — disse a um de seus auxiliares.

— *Sahib?*

— Olhe para eles! Você não vai ver melhores guerreiros em sua vida — disse Pohlmann com amargura.

Embainhou sua espada e olhou para os escoceses que estavam novamente sendo atingidos por tiros de canhão, mas suas duas linhas continuavam marchando em frente. Pohlmann sabia que deveria ir para oeste para encorajar os soldados de Saleur, mas em vez disso pensava no ouro que deixara em Assaye. Esses últimos dez anos tinham sido uma grande aventura, mas a Confederação Mahratta morria diante de seus olhos e Anthony Pohlmann não queria morrer com ela. O resto dos principados maratas podia continuar lutando, mas Pohlmann decidiu que era hora de pegar seu ouro e fugir.

O *compoo* de Saleur já estava recuando. Alguns dos homens das linhas de retaguarda não estavam dispostos a esperar a chegada dos escoceses, e já corriam de volta para o rio Juah e caminhavam pelas águas lamacentas que batiam em seus peitos. O restante dos regimentos começou a hesitar. Pohlmann observou. Antes ele achava que esses três *compoos* estavam em pé de igualdade com qualquer infantaria do mundo, mas se revelaram frágeis demais. A artilharia britânica disparou uma salva de tiros; Pohlmann ouviu as balas de canhão atingirem sua infantaria e ouviu os gritos de guerra dos casacas vermelhas investindo com suas baionetas. De repente, não havia mais um exército de resistência: apenas uma massa de homens fugindo para o rio.

Pohlmann tirou seu chapéu emplumado, que podia identificá-lo como uma presa preciosa, e jogou-o fora. Em seguida, despiu sua cinta e casaca e também atirou-as longe enquanto cavalgava para Assaye. Calculou que contava com poucos minutos, mas esses minutos seriam suficientes para garantir seu dinheiro e sua fuga. A batalha estava perdida e, para Pohlmann, a guerra também. Chegara a hora de se aposentar.

Bernard Cornwell

# CAPÍTULO XII

Apenas Assaye permanecia em mãos inimigas, porque o resto do exército de Pohlmann simplesmente desintegrara-se. A maioria dos cavaleiros maratas passara a tarde como espectadores, mas agora viraram e esporearam seus cavalos para oeste rumo a Borkardan.
5. Enquanto isso, ao norte, do outro lado do rio Juah, os três compoos de Pohlmann fugiam em pânico, acossados por um punhado de soldados de cavalaria da Grã-Bretanha e da Companhia das Índias Orientais em cavalos exaustos. Fumaça pairava como uma neblina densa no campo onde soldados de ambos os exércitos gemiam e morriam. Diomedes estremeceu,
10. levantou a cabeça uma última vez, rolou os olhos e parou de se mexer. O soldado sipaio, incumbido de guardar o cavalo, permaneceu em seu posto, espantando as moscas do rosto do cavalo morto.

O sol avermelhou as camadas de fumaça de pólvora. Restava apenas uma hora de sol, alguns momentos de penumbra, e então seria noite,
15. e Wellesley usou o que sobrava de luz para virar sua infantaria vitoriosa para as muralhas de barro de Assaye. Convocou canhoneiros e ordenou que puxassem canhões capturados do inimigo até a aldeia.

— Eles não vão resistir — disse Wellesley aos seus auxiliares. — Vão fugir assim que receberem um punhado de balas de canhão e virem
20. nossas baionetas.

A aldeia ainda possuía um pequeno exército. Os 20 mil homens do rajá de Berar estavam atrás de suas muralhas grossas, e o major Dodd

O TRIUNFO DE SHARPE

conseguira marchar seu próprio regimento até a aldeia. Vira o restante da linha mahratta desmoronar e testemunhara Anthony Pohlmann descartar seu chapéu e sua casaca enquanto fugia para a aldeia. Mas Dodd, em vez de deixar que o pânico infectasse seus homens, voltara-os para leste, ordenara que os canhões do regimento fossem abandonados, e seguira seu oficial comandante até o emaranhado de becos estreitos de Assaye. Beny Singh, senhor da guerra do rajá de Berar e *killadar* da guarnição da aldeia, ficou feliz em ver o europeu.

— O que vamos fazer? — perguntou a Dodd.

— Fazer? Vamos sair daqui, é claro. Perdemos a batalha.

Beny Singh piscou, desconcertado.

— Só isso? Simplesmente vamos embora?

Dodd apeou de seu cavalo e conduziu Beny Singh para longe de seus auxiliares.

— Quem são seus melhores soldados? — indagou Dodd.

— Os árabes.

— Diga a eles que você vai buscar reforços. Ordene que defendam a aldeia. Prometa que se eles impedirem a invasão até o anoitecer, a ajuda chegará pela manhã.

— Mas não vai chegar — protestou Beny Singh.

— Mas se resistirem, eles vão acobertar a sua fuga. — Dodd dirigiu-lhe seu sorriso mais simpático, pois sabia que homens como Beny Singh ainda poderiam desempenhar um papel em seu futuro. — Os britânicos atacarão qualquer um que tente fugir da aldeia, mas não chegarão perto de soldados que estejam bem-formados e comandados — explicou Dodd. — Provei isso em Ahmednuggur. Assim, você será bem-vindo para marchar para norte com meus homens, *sahib*. Prometo que eles não vão se dispersar como os outros. — Voltou para sua sela, cavalgou de volta até seus Cobras e ordenou que se juntassem ao capitão Joubert no vau do rio.

— Esperem por mim lá — disse a eles e então ordenou para sua própria companhia de sipaios que o seguisse ainda mais para dentro da aldeia.

A batalha podia estar perdida, mas seus homens não o haviam abandonado e Dodd estava decidido a recompensá-los por isso. Assim conduziu-os até a casa onde o coronel Pohlmann armazenara seu tesouro. Dodd sabia que se não desse ouro aos seus homens, eles iriam deixá-lo para procurar por outro guerreiro que pudesse recompensá-los, mas se os pagasse, permaneceriam sob seu comando enquanto buscava outro príncipe que quisesse empregá-lo.

Ouvindo o ribombar de um canhão de grande porte do outro lado da aldeia, deduziu que os britânicos haviam começado a bombardear a muralha de barro de Assaye. Dodd sabia que a muralha não resistiria por muito tempo, porque cada tiro esfacelaria os tijolos de barro seco e desmoronaria as vigas dos tetos das casas externas, e assim, numa questão de minutos haveria uma brecha enorme conduzindo para o coração de Assaye. E no momento seguinte os casacas vermelhas receberiam ordens de entrar na brecha poeirenta e os becos da aldeia ficariam entupidos com gente em pânico sendo espetada por baionetas.

Dodd alcançou o beco que conduzia ao pátio onde Pohlmann colocara seus elefantes e viu, conforme esperara, que o portão grande ainda estava fechado. Pohlmann certamente estava dentro do pátio, preparando-se para fugir, mas como não podia esperar que o hanoveriano abrisse os portões, Dodd ordenou aos seus homens que abrissem caminho através da casa. Deixou uma dúzia de homens para bloquear o beco, colocou seu cavalo sob a guarda de um deles, e liderou o restante dos sipaios até a casa. A guarda pessoal de Pohlmann os viu se aproximando e disparou, mas disparou cedo demais e Dodd sobreviveu à salva de tiros.

— Matem todos! — gritou Dodd para seus homens enquanto, espada em punho, investiu através da fumaça de mosquetes.

Com um chute, abriu a porta da casa e invadiu uma cozinha apinhada de homens em casacas púrpuras. Avançou com sua espada, conduzindo os defensores para trás, e então seus sipaios chegaram para levar as baionetas até os soldados de Pohlmann.

— Gopal! — gritou Dodd.

— *Sahib*? — retrucou o *femadar*, puxando sua espada do corpo de um morto.

— Ache o ouro! Carregue-o nos elefantes, e então abra o portão do pátio! — ordenou Dodd para em seguida continuar a matança.

O sangue tinha subido à cabeça de Dodd. Como um idiota poderia ter perdido uma batalha como esta? Como um homem, munido de 100.000 soldados, podia ser derrotado por um punhado de casacas vermelhas? Era culpa de Pohlmann. A culpa era toda de Pohlmann. Dodd sabia que o hanoveriano estava em algum lugar dentro da casa ou no pátio. Saiu em seu encalço e, enquanto isso, descarregava sua fúria nos guardas de Pohlmann, perseguindo-os de cômodo em cômodo, chacinando-os sem piedade, e durante o tempo todo os grandes canhões martelavam o céu com seu ruído e as balas de canhão golpeavam as muralhas da aldeia.

A maioria dos soldados de infantaria do rajá de Berar fugira. Aqueles no baluarte improvisado viram os casacas vermelhas agrupando-se depois da fumaça do grande canhão e resolveram não esperar que aquela infantaria atacasse, mas em vez disso fugiram para norte. Apenas os mercenários árabes permaneceram. Alguns desses homens decidiram que a cautela era melhor que a bravura e assim juntaram-se aos outros soldados de infantaria que corriam pelo vau do rio onde o capitão Joubert aguardava com o regimento de Dodd.

Joubert estava nervoso. Os defensores da aldeia fugiam. Dodd havia sumido, e Simone ainda estava em algum lugar na aldeia. Aquilo estava lembrando muito Ahmednuggur, pensou, só que desta vez ele estava determinado a não deixar sua esposa para trás, e assim tocou seu cavalo até a casa onde ela obtivera refúgio.

Essa casa ficava ao lado do pátio onde Dodd procurava por Pohlmann, mas o hanoveriano havia desaparecido. Seu ouro estava todo nos alforjes, e a guarda pessoal de Pohlmann conseguira afivelar os alforjes dos dois elefantes de carga antes que os soldados de Dodd atacassem. Mas não havia qualquer sinal do próprio Pohlmann. Dodd decidiu que deixaria o bastardo viver e assim, abandonando a caçada, embainhou a espada e levantou a trava do portão do pátio.

— Onde está meu cavalo? — perguntou aos homens que deixara guardando o beco.

— Morto, *sahib*! — respondeu um homem.

Dodd correu pelo beco para ver que seu precioso castrado novo fora atingido por uma bala da única salva disparada pela guarda pessoal de Pohlmann. O animal ainda não morrera, mas estava encostado contra a parede do beco com a cabeça baixa, olhos entorpecidos e sangue escorrendo da boca. Dodd xingou. Os canhões grandes ainda disparavam fora da aldeia, mostrando que os casacas vermelhas ainda não estavam avançando, mas subitamente eles ficaram em silêncio e Dodd soube que restava-lhe apenas alguns minutos para escapar. Nesse instante, viu outro cavalo entrar no beco. Na sela estava o capitão Joubert. Dodd correu até ele.

— Joubert!

Joubert ignorou Dodd. Em vez disso, colocou as mãos em concha e gritou para a casa onde as esposas tinham sido abrigadas.

— Simone!

— Dê-me seu cavalo, capitão! — ordenou Dodd.

Joubert continuou ignorando o major.

— Simone! — gritou novamente e então esporeou o cavalo beco adentro. Ela já teria partido? Estaria a norte do rio Juah? — Simone! — gritou.

— Capitão! — gritou Dodd atrás dele.

Joubert se virou, reunindo toda sua coragem para mandar o inglês para o inferno. Mas ao virar-se viu Dodd empunhando uma pistola grande.

— Não! — protestou Joubert.

— Sim, "monssiê" — disse Dodd e disparou.

A bala empurrou Joubert para trás, contra a parede do beco, de onde ele escorregou deixando um rastro de sangue. Uma mulher gritou da janela acima do beco enquanto Dodd montava na sela do francês. Gopal já estava conduzindo o primeiro elefante para fora do portão.

— Para o vau do rio, Gopal! — gritou Dodd e então tocou o cavalo até o pátio para se certificar de que o segundo elefante estava preparado para partir.

Enquanto isso, lá fora, nos becos, fez-se um silêncio repentino. Quase toda a guarnição da aldeia fugira e a poeira das muralhas destruídas começava a se assentar. Então foi dada a ordem para os casacas vermelhas avançarem. Assaye estava condenada.

O coronel McCandless assistira à retirada dos homens de Dodd para a aldeia e duvidava que o traidor estivesse conduzindo seus homens para reforçar a guarnição derrotada.

— Sevajee! — gritou McCandless. — Leve seus homens para o outro lado!

— Através do rio? — indagou Sevajee.

— Espere para ver se ele atravessa o vau do rio — disse McCandless.

— Onde o senhor estará, coronel?

— Na aldeia. — McCandless desceu do lombo de Éolo e capengou até os canhões capturados que tinham começado a disparar contra as muralhas de barro.

As sombras agora estavam compridas e a luz do dia quase no fim. A batalha terminando, mas ainda havia tempo para Dodd ser encurralado. Que ele seja um herói, rezou McCandless. Que ele permaneça na aldeia apenas o bastante para ser pego.

Os grandes canhões estavam apenas a trezentos passos da muralha grossa da aldeia, e cada tiro pulverizou os tijolos de barro, levantando grandes nuvens de poeira vermelha que colearam grossas como pólvora de canhão. Wellesley convocou os sobreviventes do 74º Regimento e um batalhão de Madras e alinhou ambos atrás dos canhões.

— Eles não vão resistir, Wallace — disse Wellesley ao comandante do 74º Regimento. — Daremos a eles cinco minutos de artilharia, e então seus companheiros poderão ocupar o lugar.

— Permita-me que o congratule, senhor — disse Wallace, tirando uma das mãos de suas rédeas para estendê-la ao general.

— Congratular-me? — perguntou Wellesley, sobrancelha soerguida.

— Pela vitória, senhor.

BERNARD CORNWELL

— Suponho que seja uma vitória. Sim, pela minha alma, é uma vitória. Obrigado, Wallace. — O general inclinou-se para apertar a mão do escocês.

— Uma grande vitória — disse Wallace, animado, e então desceu de sua sela para que pudesse conduzir o 74º Regimento para dentro da aldeia.

McCandless juntou-se a ele.

— Importa-se que eu o acompanhe, Wallace?

— Fico feliz por sua companhia, McCandless. Um grande dia, não é?

— O Senhor teve piedade de nós — concordou McCandless. — Louvado seja o nome do Senhor.

Os canhões cessaram, e sua fumaça foi carregada para norte enquanto o sol poente brilhava nas muralhas rompidas. Não havia defensores visíveis, nada além de poeira, tijolos caídos e carretas de canhão quebradas.

— Vá, Wallace! — ordenou Wellesley, e o gaiteiro solitário do 74º Regimento levantou seu instrumento e ordenou que os casacas vermelhas e os sipaios seguissem em frente. Os outros batalhões observaram. Aqueles outros batalhões tinham lutado a tarde inteira, tinham destruído um exército, e agora estenderam-se ao longo do rio Juah para beber de sua água e aplacar a sede induzida pela pólvora. Nenhum soldado cruzou o rio, e apenas um punhado de cavaleiros trotou pela água para perseguir fugitivos retardatários na outra margem.

O major Blackiston trouxe para Wellesley uma bandeira capturada, uma dentre as muitas que tinham sido abandonadas pelos maratas em fuga.

— Eles também abandonaram todos os canhões, senhor, cada um deles!

Wellesley olhou para a bandeira com um sorriso.

— Gostaria que o senhor me trouxesse alguma água, Blackiston. Onde estão meus cantis?

— O sargento Sharpe ainda está com todos eles, senhor — respondeu Campbell, estendendo seu próprio cantil para o general.

— Ah, sim, Sharpe — disse o coronel, franzindo a testa ao lembrar de que tinha negócios inacabados a tratar. — Se o vir, traga-o até mim.

— Farei isso, senhor.

Sharpe estava não muito longe dali. Caminhara para norte através dos escombros da linha de batalha mahratta, na direção em que os canhões apontavam para a aldeia e, assim que eles pararam de atirar, Sharpe viu McCandless caminhar atrás do 74º Regimento enquanto ele avançava para a aldeia. Sharpe correu para alcançar o coronel e foi recebido com um sorriso caloroso.

— Pensei que tinha perdido você, Sharpe.

— Quase perdeu, senhor.

— O general liberou você?

— Liberou, senhor, por assim dizer. Ficamos sem cavalos, senhor. Os dois dele foram mortos.

— Dois! Um dia oneroso para ele! Ao que parece, você teve uma tarde bem movimentada!

— Não exatamente, senhor — disse Sharpe. — Na verdade um pouco confusa.

O coronel viu a mancha de sangue na insígnia da cavalaria ligeira no ombro esquerdo de Sharpe.

— Você está ferido, Sharpe — disse, preocupado.

— Um arranhão, senhor. Um bastardo... perdão, senhor. Um homem tentou me fazer cócegas com a *tulwar*.

— Mas você está bem? — perguntou McCandless, ansioso.

— Muito bem, senhor. — Ele levantou o braço esquerdo para mostrar que o ferimento não era grave.

— O dia ainda não terminou — disse McCandless e então gesticulou para a aldeia. — Dodd está lá, Sharpe. Ou esteve. Estou contente por você estar aqui. Ele vai tentar escapar, sem dúvida, mas Sevajee está do outro lado do rio, de modo que ainda podemos encurralar o patife.

O sargento Obadiah Hakeswill estava uma centena de passos atrás de McCandless. Também vira o coronel seguindo o 74º e agora Hakeswill seguia McCandless, porque se McCandless escrevesse sua carta, o posto de Hakeswill correria perigo.

— Não é que eu goste de fazer isso, mas ele não me deu escolha — disse aos seus homens enquanto eles seguiam o coronel. — Nenhuma escolha. A culpa é toda dele. Apenas dele.

Apenas três dos homens de Hakeswill o acompanhavam; os outros tinham se recusado a vir.

Um mosquete disparou dos telhados de Assaye, mostrando que nem todos os defensores haviam fugido. A bala zuniu sobre a cabeça de Wallace, e o coronel, não querendo expor seus homens a tiros que pudessem vir da aldeia, gritou para seus homens acelerarem.

— Para dentro das casas, rapazes! — gritou ele. — Entrem e cacem esses cretinos! Acelerado!

Mais mosquetes foram disparados das casas, mas agora o 74º estava correndo e emitindo gritos de guerra enquanto fazia isso. Os primeiros homens passaram pela brecha aberta pelos grandes canhões, enquanto outros empurraram para o lado uma carroça que bloqueava um beco e, com essa entrada aberta, dois rios gêmeos de escoceses e sipaios desaguaram na aldeia. Os defensores árabes dispararam seus últimos tiros e então recuaram. Alguns estavam encurralados nas casas e morreram sob as baionetas escocesas ou indianas.

— Vá na frente, Sharpe — disse McCandless, porque a perna ferida do coronel estava fazendo com que ele capengasse, e agora ele estava bem atrás dos Highlanders. — Veja se consegue ver o homem — sugeriu McCandless, embora duvidasse que Sharpe fosse vê-lo. Dodd já devia ter ido embora há muito tempo, mas sempre havia uma chance de ele ter esperado até o fim e, se os homens do 74º o tivessem encurralado, então Sharpe poderia ao menos tentar garantir que ele fosse pego com vida. — Vá, Sharpe — ordenou o coronel. — Depressa!

Sharpe obedientemente correu na frente. Escalou a brecha e desceu numa sala arruinada. Correu pela casa, passou por cima de um árabe morto estatelado na porta para a rua, esquivou-se de uma pilha de bosta no pátio e entrou num beco. Tiros soaram do rio, e assim ele seguiu nessa direção, passando por casas que tinham sido saqueadas do pouco que restara depois da ocupação mahratta. Um sipaio emergiu de uma casa com uma panela quebrada enquanto um Highlander encontrou uma balança de vidro quebrada, mas o saque não se parecia em nada com o de Ahmednuggur, de onde tinha-se levado grandes riquezas. Outra salva de tiros soou adiante e Sharpe correu até lá, dobrou um beco e então parou diante do vau da aldeia.

O regimento de Dodd estava no outro lado do rio, onde as duas companhias de casacas brancas haviam formado uma proteção de retaguarda. Era exatamente como em Ahmednuggur, onde Dodd guardara sua rota de fuga com salvas de tiros, e agora o major repetira o estratagema. Ele estava em segurança do outro lado do rio com os dois elefantes de Pohlmann, e seus homens vinham atirando em todos os casacas vermelhas que ousavam aparecer na margem sul do vau. Mas então, assim que Sharpe chegou ao vau, as duas companhias de retaguarda viraram-se para norte e marcharam nessa direção.

— Ele foi embora — disse um homem. — O bastardo foi embora.

Sharpe virou-se para ver quem estava falando e constatou que era um sargento da Companhia das Índias Orientais a alguns metros de distância. O homem estava fumando uma cigarrilha e parecia estar guardando um grupo de prisioneiros na casa às suas costas.

Sharpe virou-se para ver o regimento de Dodd marchar para a sombra de algumas árvores.

— O bastardo — disse Sharpe, cuspindo no chão. Ele podia ver Dodd em seu cavalo logo à frente das duas companhias de retaguarda, e se sentiu tentado a levantar o mosquete e tentar um último tiro, mas o alcance era grande demais e então Dodd desapareceu nas sombras. As companhias de retaguarda o seguiram. Sharpe viu Sevajee a oeste, mas o indiano não podia fazer nada. Dodd tinha quinhentos homens em linhas e fileiras, e Sevajee contava com apenas dez cavaleiros. — O maldito fugiu de novo — disse Sharpe e cuspiu na direção do rio.

— Com meu ouro — disse, arrasado, o sargento da Companhia das Índias Orientais e Sharpe olhou novamente para o outro.

— Com mil infernos! — exclamou Sharpe, atônito, porque estava olhando para Anthony Pohlmann, que vestia seu velho uniforme de sargento. Os "prisioneiros" de Pohlmann eram um pequeno grupo de sua retaguarda.

— Uma pena — disse Pohlmann, cuspindo uma lasca de tabaco. — Dez minutos atrás, eu era o homem mais rico da Índia. Agora suponho que sou seu prisioneiro.

— Eu não poderia me importar menos com você, senhor — disse Sharpe, pendurando o mosquete no ombro.

— Não quer me levar aprisionado até Wellesley? — perguntou o hanoveriano. — Você cairia nas graças dele.

— Ninguém cai nas graças daquele bastardo — disse Sharpe. — É um desgraçado de coração frio, e eu preferiria prender ele do que você.

Pohlmann sorriu.

— Então posso ir embora, sargento Sharpe?

— Faça o que bem entender — disse Sharpe. — Quantos homens você tem aí?

— Cinco. Foi tudo que ele deixou comigo. Ele chacinou o resto.

— Dodd fez isso?

— Ele tentou me matar, mas me escondi num palheiro. Um fim vergonhoso para minha carreira de senhor da guerra, não acha? — Pohlmann sorriu. — Acho que você fez muito bem, sargento Sharpe, ao recusar minha proposta.

Sharpe soltou uma risada amarga.

— Conheço meu lugar, senhor. Na sarjeta. Oficiais não querem homens como eu entre eles. Sei lá, eu posso fazer alguma bobagem, como mijar na sopa deles. — Sharpe caminhou até a casinha e espiou pela porta aberta. — É melhor mandar seus companheiros tirarem as casacas, senhor. Senão, vão atirar neles ou... — A voz morreu na garganta de Sharpe porque, acocorada no fundo da salinha, estava uma mulher num vestido de linho surrado com um chapéu de palha na cabeça. Era Simone. Sharpe tirou a barretina. — Madame?

Ela olhou para ele, discernindo apenas sua silhueta contra o brilho do pôr do sol.

— Simone? — perguntou Sharpe.

— Richard?

— Sou eu, querida. — Ele sorriu, melancólico. — Não me diga que deixaram você para trás de novo!

— Ele matou Pierre! — gritou Simone. — Vi tudo. Atirou nele!

— Dodd?

— Quem mais? — perguntou Pohlmann atrás de Sharpe.

Sharpe entrou na sala e estendeu a mão para Simone.

— Você quer ficar aqui ou vir comigo? — perguntou a ela.

Simone hesitou por um segundo, e então se levantou e segurou a mão de Sharpe. Pohlmann suspirou.

— Eu estava esperando consolar a viúva, Sharpe.

— Já era, senhor — disse Sharpe. — Não será possível.

E saiu com Simone, indo procurar McCandless para dar-lhe as más notícias. Dodd escapara.


O coronel McCandless subiu capengando a brecha e entrou em Assaye. Ele pressentia que Dodd havia partido, porque não havia mais qualquer combate na aldeia, embora alguns tiros ainda estivessem sendo disparados da margem do rio. Porém, até mesmo esses tiros cessaram quando o escocês passou pelo homem morto no pórtico da casa e atravessou o pátio para a rua.

E talvez isso não importasse mais, porque este dia de vitória ecoaria por toda a Índia, pensou McCandless. Os casacas vermelhas haviam derrotado dois exércitos, arruinado o poder de dois príncipes poderosos, e deste dia em diante Dodd seria caçado de refúgio em refúgio, enquanto o poder britânico se expandisse para norte. E iria se expandir, McCandless sabia disso. Cada avanço era declarado como o último, mas cada avanço trazia novas fronteiras e novos inimigos, e assim os casacas vermelhas marchavam de novo, e talvez só parassem de marchar quando alcançassem as grandes montanhas no extremo norte. E talvez fosse lá que Dodd finalmente seria encurralado e morto como um cão.

BERNARD CORNWELL

374

E subitamente McCandless não se importava muito. Sentia-se velho. A dor em sua perna era terrível. Ainda estava enfraquecido devido à febre. É hora de ir para casa, pensou. De volta para a Escócia. Ele venderia Éolo, pagaria Sharpe, pegaria sua pensão, e embarcaria num navio. Vá para casa, pensou, para Lochaber e para as colinas verdes de Glen Scaddle. Havia trabalho a ser feito na Grã-Bretanha, trabalho útil, porque ele se correspondia com homens em Londres e Edimburgo que queriam estabelecer uma sociedade para espalhar bíblias por todo o mundo pagão, e McCandless decidiu que poderia encontrar uma casinha em Lochaber, contratar um criado e passar seus dias traduzindo a palavra de Deus para as línguas indianas. Isso, pensou, era um trabalho digno e ele se perguntou por que levara tanto tempo para se decidir. Numa casinha com uma grande lareira, biblioteca, mesa, estoque de tinta e papel e, a ajuda de Deus, McCandless faria mais pela Índia do que caçando um traidor.

Pensar nessa grande missão o animou. Então, ele dobrou uma esquina e viu o grande elefante de Pohlmann perambulando livre num beco.

— Está perdido, menino — disse ao elefante e segurou uma de suas orelhonas. — Alguém deixou o portão aberto, não foi?

McCandless puxou o elefante, que o seguiu de bom grado. Passaram por um cavalo morto e então McCandless viu um europeu morto numa casaca branca, e por um instante pensou que devia ser Dodd, mas então reconheceu o capitão Joubert deitado de costas com um buraco de bala no peito.

— Pobre homem — disse ele e guiou o elefante pelo portão até o pátio. — Vou mandar alguém te trazer alguma comida — disse ao animal, e então fechou e trancou o portão.

Saiu do pátio através da casa, contornando o tapete de cadáveres na cozinha. Abriu a porta da rua e deparou com os olhos azuis do sargento Hakeswill.

— Estava procurando pelo senhor — disse Hakeswill.

— Você e eu não temos nada a tratar, sargento — disse McCandless.

O TRIUNFO DE SHARPE

— Ora, mas nós temos sim, senhor — disse Hakeswill e seus três homens bloquearam o beco atrás dele. — Eu queria falar sobre aquela carta que o senhor não vai escrever para o meu coronel Gore.

McCandless balançou a cabeça negativamente.

— Não tenho nada para dizer a você, sargento.

— Odeio os malditos escoceses — disse Hakeswill, o rosto se contorcendo. — Tudo que vocês sabem fazer é rezar e dar lições de moral, não é verdade, coronel? Mas a moral nunca fica no meu caminho. Essa é uma vantagem que tenho. — Ele sorriu, e então sacou sua baioneta e a encaixou sobre a boca do mosquete. — Uma vez me enforcaram, coronel, mas sobrevivi porque Deus me ama. Ah, sim, ele me ama, coronel. E não vou ser punido de novo, nunca mais. Nem pelo senhor, coronel, nem por qualquer outro homem. Está na bíblia. — Começou a andar em direção a McCandless apontando-lhe a baioneta. Os três recrutas mantiveram-se atrás dele e McCandless percebeu que estavam nervosos, mas Hakeswill não demonstrou qualquer medo diante do confronto.

— Largue sua arma, sargento — ordenou McCandless.

— Largar a arma? Quase isso, senhor. Vou largar bala dentro do senhor, a não ser que prometa sobre a santa palavra de Deus que não escreverá a carta.

— Escreverei a carta hoje à noite — garantiu McCandless e então desembainhou sua espada *claymore*. — Agora largue sua arma, sargento.

O rosto de Hakeswill se contorceu. Ele parou a três passos de McCandless.

— O senhor gostaria de me cortar, não gostaria? Porque não gosta de mim. Mas Deus me ama, senhor. Ama sim. Ele cuida de mim.

— Está preso, sargento — disse McCandless. — Por ameaçar um oficial.

— Vamos ver de quem Deus gosta mais, senhor. De mim ou do senhor.

— Largue a arma! — rugiu McCandless.

— Maldito bastardo escocês — disse Hakeswill e apertou o gatilho. A bala acertou McCandless na garganta e saiu por detrás da espinha, e o coronel estava morto antes de seu corpo tocar o chão. O elefante no pátio ao lado, assustado com o tiro, bramiu, mas Hakeswill ignorou a besta. — Maldito escocês — disse ele, passando pelo pórtico para ajoelhar diante do corpo e revistá-lo em busca de ouro. — E se algum de vocês três der com a língua nos dentes, vai se juntar a ele no paraíso — ameaçou seus homens. — Se é que ele foi para lá, o que duvido, porque Deus não quer encher o paraíso com escoceses. Está na bíblia. — Ele encontrou ouro na *sporran* de McCandless e virou-se para mostrar as moedas aos seus homens. — Querem? — perguntou. — Então fiquem de bico fechado.

Eles fizeram que sim com as cabeças. Eles queriam ouro. Hakeswill jogou as moedas para eles e então vasculhou a casa para ver se havia alguma coisa que valesse a pena saquear nos cômodos.

— E assim que esta confusão terminar, vamos encontrar o general e fazer com que ele nos entregue o Sharpezinho. Estamos quase lá, rapazes. Foi uma estrada longa e difícil, mas estamos quase lá.

Sharpe procurou o coronel McCandless pela aldeia inteira, mas não conseguiu achá-lo em nenhum dos becos. Levou Simone com ele enquanto vasculhava algumas das casas maiores e, de uma janela alta, viu o pátio onde o elefante grande de Pohlmann estava preso, mas não encontrou nenhum sinal de McCandless e decidiu que perdia seu tempo.

— Acho melhor desistirmos, querida — disse a Simone. — Ele procurará por mim, talvez lá no rio.

Caminharam de volta até o vau. Pohlmann sumira e os soldados de Dodd já tinham desaparecido havia muito tempo. O sol se encontrava no horizonte e os terrenos de plantio ao norte do rio Juah estavam manchados em negro por sombras longas. Os homens que haviam capturado a aldeia enchiam seus cantis com água do rio, e as primeiras fogueiras reluziam na escuridão enquanto homens ferviam água para fazer chá. Simone ficou o tempo todo ao lado de Sharpe, falando sem parar sobre o marido. Sentia-se culpada por não tê-lo amado, mas ainda assim ele morrera porque voltara à aldeia para resgatá-la. Sharpe não sabia como consolar Simone.

— Ele era um soldado, querida — disse a ela. — E morreu numa batalha.

— Mas eu o matei!

— Não, você não o matou — disse Sharpe e, escutando cascos às suas costas, virou-se na esperança de ver o coronel McCandless. Mas em vez disso era o general Wellesley, o coronel Wallace e um grupo de auxiliares chegando do vau do rio.

Sharpe assumiu posição de sentido.

— Sargento Sharpe — disse Wellesley, parecendo embaraçado.

— Senhor — retrucou Sharpe friamente.

O general apeou. Seu rosto estava ruborizado e Sharpe supôs que era o efeito do sol.

— Fui negligente, sargento, porque suponho que lhe devo minha vida.

Sentindo-se enrubescer, Sharpe agradeceu pelo sol estar quase se pondo.

— Apenas cumpri meu dever, senhor — murmurou. — Esta é madame Joubert, senhor. Seu esposo foi morto, lutando pelo coronel Pohlmann.

O general tirou o chapéu e fez uma mesura para Simone.

— Meus sentimentos, madame — disse ele e então olhou de volta para Sharpe, cujos cabelos longos ainda estavam espalhados sobre o colarinho. — Sabe onde o coronel McCandless está? — perguntou.

— Não, senhor. Estava procurando por ele, senhor.

Wellesley manuseou nervosamente o chapéu e respirou fundo, antes de dizer:

— O coronel McCandless teve uma longa conversa com o coronel Wallace esta tarde — disse o general. — Como eles encontram tempo para conversar numa batalha, não sei! — Isto era evidentemente um gracejo, porque o general sorriu, mas a expressão de Sharpe permaneceu impassível, e sua falta de reação desconcertou Wellesley. — Preciso recompensá-lo, Sharpe — disse Wellesley sucintamente.

— Pelo quê, senhor?

— Por minha vida — respondeu o general num tom irritado.

BERNARD CORNWELL

— Estou apenas feliz por ter estado lá, senhor — disse Sharpe, sentindo-se tão constrangido quanto o próprio Wellesley.

— Também estou feliz por você ter estado lá — disse o general e então deu um passo à frente e estendeu a mão. — Obrigado, sr. Sharpe.

Sharpe hesitou, atônito com o gesto, e então se obrigou a apertar a mão do general. Foi apenas então que notou o que Wellesley acabara de dizer.

— Senhor... senhor?

— Sr. Sharpe, é costume neste exército recompensar bravura extraordinária com promoção extraordinária. Wallace contou-me sobre seu desejo de se tornar um oficial, e ele tem vagas no 74º Regimento do Rei. Deus sabe que ele tem muitas vagas. Portanto, se for de seu agrado, Sharpe, poderá juntar ao regimento do coronel como alferes.

Durante um segundo Sharpe realmente não entendeu o que estava sendo dito. De repente, compreendeu e sorriu. Havia lágrimas em seus olhos, mas ele as atribuiu à fumaça de pólvora que pairava na aldeia.

— Obrigado, senhor — disse calorosamente. — Muito obrigado.

— Pronto, está feito — disse Wellesley com alívio. — Minhas congratulações, Sharpe, e meus sinceros agradecimentos.

Todos os auxiliares de Wellesley estavam sorrindo para Sharpe, não mais o sargento Richard Sharpe, mas o alferes Richard Sharpe, do 74º Regimento do Rei. O capitão Campbell chegou até mesmo a desmontar para oferecer sua mão a Sharpe, que ainda sorria quando a apertou.

— Ainda vamos nos arrepender disto, é claro — disse Wellesley a Campbell enquanto se virava. — Quando promovemos homens sem berço ao oficialato, eles inevitavelmente afundam na bebida.

— Ele é um bom homem, senhor — disse Campbell com lealdade.

— Também duvido disso. Mas é um bom soldado, isso eu posso garantir. Ele é todo seu agora, Wallace, todo seu!

O general montou, e então virou-se para Simone.

— Madame? Posso oferecer-lhe muito pouco, mas se puder juntar-se a mim no jantar, ficarei muito honrado. O capitão Campbell escoltará a senhora.

Campbell estendeu sua mão para Simone. Ela olhou para Sharpe, que fez que sim com a cabeça. Tímida, Simone aceitou o braço de Campbell e acompanhou a comitiva do general rua acima. O coronel Wallace parou para se inclinar de seu cavalo e apertar a mão de Sharpe.

— Sharpe, vou lhe dar alguns minutos para se limpar e depois colocarei aquelas divisas no seu braço. Por falar nisso, também seria bom que cortasse um pouco esse cabelo. E, odeio sugerir, mas se caminhar alguns passos para leste da aldeia encontrará muitas algibeiras em cadáveres. Pegue uma, sirva-se de uma espada, e venha reunir-se aos seus colegas oficiais. Temo que sejamos bem poucos agora, mas você certamente será bem-vindo. Até os soldados talvez fiquem felizes por você, embora seja inglês — disse Wallace com um sorriso.

— Sou muito grato ao senhor — disse Sharpe. Ele ainda mal conseguia acreditar no que havia acontecido. Ele era o sr. Sharpe. Senhor!

— E o que você quer? — perguntou subitamente Wallace num tom frio e Sharpe viu que seu novo coronel estava olhando para Obadiah Hakeswill.

— Ele, senhor — disse Hakeswill, apontando para Sharpe. — O sargento Sharpe, senhor, que está preso.

Wallace sorriu.

— Você pode prender o sargento Sharpe, sargento, mas certamente não pode prender o alferes Sharpe.

— Alferes? — disse Hakeswill, pálido.

— O sr. Sharpe agora é um oficial, sargento — disse Wallace, ríspido. — Você deve tratá-lo como tal. Bom dia.

Wallace tocou seu chapéu para Sharpe, e então incitou seu cavalo adiante.

Hakeswill olhou para Sharpe, boquiaberto.

— Você, Sharpezinho, um oficial?

Sharpe caminhou para mais perto do sargento.

— Essa não é a forma de se dirigir a um oficial do rei, Obadiah, e você sabe disso.

— Você? — O rosto de Obadiah se contorceu. — Você?! — perguntou novamente em horror e assombro.

Sharpe desferiu um soco na barriga de Hakeswill, fazendo-o dobrar-se em dois.

— Chame-me de "senhor", Obadiah.

— Não vou chamar você de "senhor" — disse Hakeswill, respirando com dificuldade. — Não antes que o inferno congele, Sharpezinho. E nem depois disso.

Sharpe socou-o novamente. Os três homens de Hakeswill observaram, mas não fizeram nada.

— Chame-me de senhor.

— Você não é oficial, Sharpezinho — disse Hakeswill e então gemeu, porque Sharpe agarrara-o pelo cabelo e o arrastava pela rua. Os três homens começaram a segui-los, mas Sharpe gritou para que ficassem onde estavam e eles obedeceram.

— Você vai me chamar de "senhor", sargento — disse Sharpe. — Espere e verá.

Sharpe arrastou Hakeswill pela rua, voltando para a casa onde vira o elefante. Ele arrastou Hakeswill através da porta e escadaria acima. O sargento gritou com ele, bateu nele, mas Hakeswill nunca fora páreo para Sharpe, que agora tomou o mosquete das mãos de Hakeswill, jogou-o fora, e então levou-o até a janela que se abria apenas um andar acima do pátio.

— Vê aquele elefante, Obadiah? — perguntou, segurando o rosto do sargento na janela aberta. — Não faz muitos dias, eu o vi pisotear um homem até a morte.

— Você não ousaria, Sharpezinho — berrou Hakeswill e gritou quando Sharpe apertando o sargento por entre as pernas.

— Chame-me "senhor" — disse Sharpe.

— Nunca! Você não é oficial!

— Mas eu sou, Obadiah, eu sou. Sou o sr. Sharpe. Vou usar uma espada e uma cinta e você terá de bater continência para mim.

— Nunca!

Sharpe debruçou Hakeswill sobre o peitoril da janela.

— Se você me pedir para soltá-lo, e se me chamar de "senhor", deixarei que vá.

— Você não é oficial! — protestou Hakeswill. — Não pode ser!

— Mas sou, Obadiah — disse Sharpe e empurrou o sargento do peitoril da janela. O sargento gritou enquanto caía sobre um monte de feno, e o elefante, curioso pela estranha interrupção em seu dia já muitíssimo estranho, caminhou até ele para inspecioná-lo. Encurralado contra a parede, Hakeswill pôs-se a desferir socos inutilmente fracos na fera.

— Adeus, Obadiah — gritou Sharpe e então usou as palavras que lembrava de ter ouvido Pohlmann gritar quando o sipaio de Dodd fora pisoteado até a morte. — *Haddah!* — gritou Sharpe. — *Haddah!*

— Afaste esse bicho de mim! — gritou Hakeswill quando o elefante aproximou-se ainda mais e ergueu uma pata dianteira.

— Isso não vai adiantar, Obadiah — disse Sharpe.

— Senhor! — gritou Hakeswill. — Por favor, senhor! Afaste-o de mim!

— O que você disse? — perguntou Sharpe, colocando uma mão em concha na orelha.

— Senhor! Senhor! Por favor, senhor! Sr. Sharpe, senhor!

— Apodreça no inferno, Obadiah — gritou Sharpe e se retirou. O sol havia se posto, a aldeia fedia a fumaça de pólvora e dois exércitos jaziam nos campos ensanguentados dos arrabaldes de Assaye, mas essa grande vitória não era de Sharpe. A sua vitória era a voz que gritava do pátio, gritando frenética enquanto Sharpe descia correndo a escadaria de madeira e saía para o beco.

— Senhor! Senhor! — gritava Hakeswill.

E Sharpe sorria a cada grito porque essa era sua verdadeira vitória. Esse era o triunfo do sr. Sharpe.

# COMENTÁRIO HISTÓRICO

Os eventos secundários de *O triunfo de Sharpe*, o cerco de Ahmednuggur e a batalha de Assaye, aconteceram de forma muito semelhante à descrita no romance, assim como muitos dos personagens na história existiram de fato. Não apenas os personagens óbvios, como Wellesley,
5. mas homens como Colin Campbell, que foi o primeiro homem a alcançar a muralha de Ahmednuggur, e Anthony Pohlmann, que realmente tinha sido sargento da Companhia das Índias Orientais, mas comandou as forças maratas em Assaye. O que aconteceu a Pohlmann depois da batalha é envolto em mistério, mas há algumas evidências de que ele se realistou ao
10. exército da Companhia das Índias Orientais, só que desta vez como oficial. Coronel Gore, coronel Wallace e coronel Harness realmente existiram, e o pobre Harness estava perdendo o juízo e precisou aposentar-se logo depois da batalha. O massacre em Chasalgaon é uma invenção completa, embora tenha havido um tenente William Dodd que desertou para os maratas ime-
15. diatamente antes da campanha para não ser submetido a um julgamento civil pela morte do ourives cujo espancamento ele ordenara. Dodd fora sentenciado a uma suspensão de seis meses de soldo e Wellesley, furioso com a benevolência da corte marcial, persuadira a Companhia das Índias Orientais a impor uma nova sentença, essa de jubilação de seu exército, e
20. planejava levar Dodd a julgamento numa corte civil. Ao saber da decisão, Dodd fugiu, embora eu duvide que ele tenha levado sipaios consigo. Não obstante, a deserção era um problema para a Companhia naquela época,

O TRIUNFO DE SHARPE

porque muitos sipaios sabiam que os estados indianos pagavam bem por soldados treinados na Grã-Bretanha. Eles pagavam ainda mais por europeus (ou americanos) competentes, e muitos deles faziam fortunas em pouco tempo.

A cidade de Ahmednuggur cresceu tanto que muitos trechos da muralha foram engolidos pelos novos prédios, mas a fortaleza adjacente permanece e ainda é uma construção formidável. Hoje o forte é um depósito do exército indiano, e uma espécie de santuário para os indianos, porque foi dentro de seu vasto circuito de baluartes de pedras vermelhas que os líderes da independência indiana foram aprisionados pelos britânicos durante a Segunda Guerra Mundial. Os visitantes são bem-vindos para explorar os baluartes com seus bastiões impressionantes e suas galerias ocultas. A altura da muralha do forte era ligeiramente maior que a da defesa da cidade, e o forte, ao contrário da cidade, era munido de uma vala protetora. Contudo, os baluartes ainda oferecem uma ideia do obstáculo que os soldados de Wellesley tiveram de enfrentar ao lançar sua escalada-surpresa na manhã de 8 de agosto de 1803. Foi uma decisão corajosa, e bem calculada, porque Wellesley sabia que estaria em franca desvantagem numérica na Guerra Mahratta e deve ter decidido que uma demonstração de confiança arrogante abateria o moral do inimigo. O sucesso do ataque decerto impressionou alguns indianos. Goklah, um líder mahratta que se aliou aos britânicos, disse sobre a captura de Ahmednuggur: "Esses ingleses são um povo estranho, e seu general é um homem extraordinário. Eles vieram para cá numa manhã, viram a muralha *pettah*, caminharam sobre ela, mataram toda a guarnição e recusaram o café da manhã! O que pode se opor a eles?" O tributo de Goklah foi apropriado, exceto que foram escoceses que "caminharam sobre a muralha" e não ingleses, e a rapidez de sua vitória ajudou a estabelecer a reputação de Wellesley por invencibilidade. O tenente Colin Campbell, do 78º Regimento, foi recompensado por sua bravura com uma promoção e uma posição na equipe de Wellesley. Ele acabou por se tornar *sir* Colin Campbell, governador do Ceilão.

A história de Wellesley, deduzindo a presença do vau em Peepulgaon por observação e senso comum, é bem atestada. Usar o vau foi uma decisão de coragem imensa, porque ninguém sabia se realmente existia até o próprio Wellesley tocar seu cavalo para o rio. Seu ordenança, da 19ª Cavalaria Ligeira, foi morto enquanto avançava até o rio Kaitna e não há nenhum registro de quem tomou seu lugar, mas algum soldado deve ter assumido suas responsabilidades, porque Wellesley realmente teve dois cavalos mortos debaixo dele naquele dia e alguém estava perto em ambas as ocasiões com uma nova montaria. Os dois cavalos morreram da forma descrita no romance, o primeiro durante o ataque magnífico do 78º Regimento ao flanco direito de Pohlmann, e Diomedes, o preferido de Wellesley para investidas, durante a caótica batalha para retomar a linha de artilharia mahratta. Foi durante essa luta que Wellesley se viu desmontado e cercado momentaneamente por inimigos. Ele nunca contou a história em detalhes, embora acredita-se que tenha sido forçado a usar a espada para se defender, e essa provavelmente tenha sido a ocasião em que esteve mais próximo da morte em sua longa carreira militar. Terá sua vida sido salva por algum soldado anônimo? Provavelmente não, porque Wellesley certamente teria dado crédito por esse tipo de ato que provavelmente teria resultado numa promoção por bravura. Wellesley era conhecido por não gostar de promover soldados ("eles inevitavelmente afundam na bebida"), embora tenha promovido dois homens por bravura extraordinária na tomada de Assaye.

Assaye não é a mais famosa das batalhas de Arthur Wellesley, mas era uma das que mais se orgulhava. Anos mais tarde, depois de ter varrido os franceses de Portugal e Espanha, e após ter derrotado Napoleão em Waterloo, perguntaram ao duque de Wellington (como veio a se tornar Arthur Wellesley) qual tinha sido sua melhor batalha. Ele não hesitou. "Assaye", respondeu. E certamente foi, porque estava em desvantagem, tanto em número de soldados quanto em poderio bélico, e enfrentou o inimigo com rapidez, violência e brilhantismo. Além disso, fez tudo sem a ajuda do coronel Stevenson. Este tentou reforçar Wellesley, mas seu guia local errou o caminho e o coronel ficou tão irritado que mandou enforcar o homem.

Assaye foi uma das batalhas mais frias de Wellesley. "A mais sangrenta que já vi", recordou o duque no fim de sua vida. As forças de Pohlmann tiveram 1.200 homens mortos e aproximadamente 5.000 feridos, enquanto Wellesley sofreu 456 mortos (200 deles escoceses) e cerca de 1.200 feridos. Todos os canhões inimigos, 102 no total, foram capturados e muitos eram de qualidade tão elevada que foram postos a serviço do exército britânico, embora outros, principalmente porque seus calibres não combinavam com os pesos padronizados da artilharia britânica, foram explodidos no campo de batalha, onde ainda permanecem alguns de seus restos.

O campo de batalha continua praticamente inalterado. Nenhuma estrada foi asfaltada, os vaus permanecem como eram, e Assaye em si é um pouco maior agora do que era em 1803. As muralhas externas das casas ainda possuem baluartes de tijolos de barro, enquanto ossos e balas são constantemente arados do solo. ("Eles eram homens muito grandes", disse-me um fazendeiro, apontando para o solo onde o 74º sofreu tanto.) Não há um memorial em Assaye, exceto pelo mapa pintado das disposições dos exércitos num muro da aldeia e a sepultura de um oficial britânico que teve sua placa de bronze roubada, mas os habitantes sabem que uma parte importante da História foi escrita em seus campos de plantio, orgulham-se disso e nos receberam muito bem quando os visitamos. Deveria haver algum marco no campo, porque os soldados escoceses e indianos que lutaram em Assaye conquistaram uma vitória extraordinária. Eram todos eles homens incrivelmente corajosos, e sua campanha ainda não estava terminada, porque parte do inimigo havia escapado e a guerra continuaria enquanto Wellesley e seu pequeno exército perseguisse os maratas remanescentes rumo à sua grande fortaleza em Gawilghur. O que significa que o sr. Sharpe marchará novamente.

# REFERÊNCIAS

ALABARDA — Arma antiga, constituída de uma longa haste de madeira rematada em ferro largo e pontiagudo, atravessada por outro em forma de meia-lua.

ARACA — Bebida de graduação alcoólica de aproximadamente 40°, produzida no Oriente e em alguns países do Mediterrâneo. É uma aguardente obtida a partir de vinho de arroz, cana-de-açúcar, leite de coco e melaços. Pode ser conhecida como Araki, Raki, Rakiya, Arak ou Araka ou Batávia, dependendo do país em que é produzida.

ARTHUR WELLESLEY, primeiro duque de Wellington (1760-1842) — O coronel Wellesley começou a conquistar um espaço de honra nos anais militares ao liderar a captura de Seringapatam no sul da Índia em 1799. Em 1803, Wellesley, então general, obteve outra vitória notável na Batalha de Assaye. Ao retornar à Inglaterra, Wellesley flertou com a política antes de retornar ao serviço militar em 1807. Durante as Guerras Napoleônicas foi postado em Portugal, então ocupado pelos franceses, e logo começou a conquistar uma série de vitórias. Em 1809, assumiu o comando do exército britânico na península ibérica. Após sua vitória em Talavera, em 1809, foi sagrado visconde de Wellington e, depois de tomar Madri, em 1812, ascendeu a marquês. Depois de expulsar os franceses da península, pressionou a própria França até que Napoleão, espremido entre Wellington ao sul e uma aliança prussiana/russa/austríaca a norte e leste, foi forçado a abdicar em 1814. Em março de 1815, Napoleão escapou de seu exílio na ilha de Elba e mais uma vez ameaçou a Europa. O confronto entre Wellington e Napoleão em Waterloo foi um duelo de gigantes. Com Napoleão finalmente derrotado, Wellington retornou à política, campo no qual nunca se tornou popular. Mesmo assim, manteve-se uma figura pública respeitada até sua morte em 1842.

BAGAGEM (OU EQUIPAGEM) — Equipamento móvel do exército.

CANARÊS — grupo linguístico da Índia.

CLAYMORE — Espada de folha larga, grande e pesada, usada pelos habitantes da Alta Escócia.

COMPANHIA DAS ÍNDIAS OCIDENTAIS — O sucesso da Companhia das Índias Orientais estimulou a criação, em 1621, da Companhia das Índias Ocidentais, uma organização nos mesmos moldes que agia na costa oeste da África, em todo o continente americano e no Pacífico até o estreito de Aniã.

COMPANHIA DAS ÍNDIAS ORIENTAIS — Conhecida popularmente como "Companhia John", a Companhia das Índias Orientais surgiu em 31 de dezembro de 1600 sob o reinado da rainha Elizabeth I. Projetada como uma empresa de corso, a companhia foi fundada por um grupo de 125 acionistas que a batizaram originalmente como "Governo e Companhia de Mercadores do Comércio de Londres nas Índias Orientais". No decorrer dos 250 anos seguintes, tornou-se um poderoso monopólio e um dos maiores empreendimentos comerciais de todos os tempos. A companhia concentrava suas atividades na Índia, onde frequentemente também exercia funções governamentais e militares. O enfoque britânico na Índia aumentou depois da independência dos Estados Unidos da América. A partir de meados do século XVIII a Companhia das Índias Orientais passou a enfrentar uma forte resistência da parte dos regentes indianos. A companhia perdeu seu monopólio comercial em 1813, e um ano depois do Motim Sipaio de 1858 cedeu suas funções administrativas para o governo britânico. Quando a companhia foi dissolvida em 1874, o *The Times* reportou: "A Companhia das Índias Orientais cumpriu uma obra comercial sem paralelos na História da Humanidade."

**Fuzil (ou fulminante)** — Na arma de fogo, a cápsula de metal que envolve a escorva e se choca com a pedra de pederneira para produzir lume.

**Gargalheira** — Colarinho alto, feito em couro, usado pelos soldados britânicos.

**Havildar** — No exército britânico indiano, um oficial honorário comissionado de soldados nativos, equivalente a sargento.

**Índia** — País do sul da Ásia. A Índia abrigou uma das mais antigas civilizações do mundo, concentrada no vale do rio Indo de 2500 a 1500 a.C. Partes do território indiano foram invadidas pelos arianos e mais tarde ocupadas ou controladas por poderes diversos. A Grã-Bretanha assumiu autoridade sobre a região em 1857, embora a rainha Vitória não tenha adotado o título de imperadora até 1876. Conhecida como "a joia da Coroa" no auge do imperialismo britânico, apenas em 1947 a Índia conquistou sua independência.

**Lascar** — Soldado de infantaria ou marinheiro, nativo das Índias Orientais.

**Nizam de Haiderabad** — Título do regente de Haiderabad, um protetorado britânico na Índia. O título é derivado das palavras *nazim* (chefe) e *nizmat* (jurisdição).

**Ouvido** — Nas antigas armas e peças de artilharia, o orifício por onde se comunica o fogo.

**Parapeito** — Parte superior de uma fortificação, destinada a resguardar os soldados e permitir que façam fogo por cima dela. Um tipo de baluarte.

**Regimento Havercakes** — O 33º Regimento do rei obteve esse apelido devido ao método curioso empregado por seus oficiais para arregimentar voluntários: fazer os soldados marcharem pelas ruas das cidades com bolinhos de aveia (*havercakes*) espetados nas baionetas para simbolizar a fartura de comida que eles alegavam ser comum no exército.

**Sipaio** — Soldado hindu a serviço da Companhia das Índias.

**Sporran** — Bolsa de couro usada diante do *kilt* pelos escoceses.

Este livro foi composto na tipologia
New Baskerville BT, em corpo 10,5/16, e impresso
em papel off-white no Sistema Cameron da
Divisão Gráfica da Distribuidora Record.